花
笙
STORY

让好故事发生

本作品改编自张巍同名原创剧本及影视剧《一念关山》

一念关山 上

A Journey To Love

左阳 ◎ 著

中信出版集团 | 北京

图书在版编目（CIP）数据

一念关山：全三册 / 左阳著 . -- 北京：中信出版社 , 2024.4
ISBN 978-7-5217-6330-0

I. ①一… II. ①左… III. ①长篇小说－中国－当代 IV. ① I247.5

中国国家版本馆 CIP 数据核字（2024）第 017982 号

一念关山
著者：　　左阳
出版发行：中信出版集团股份有限公司
　　　　　（北京市朝阳区东三环北路 27 号嘉铭中心　邮编　100020）
承印者：　嘉业印刷（天津）有限公司

开本：787mm×1092mm　1/16　　　印张：62.5　　　字数：870 千字
版次：2024 年 4 月第 1 版　　　　　印次：2024 年 4 月第 1 次印刷
书号：ISBN 978-7-5217-6330-0
定价：128.00 元（全三册）

版权所有·侵权必究
如有印刷、装订问题，本公司负责调换。
服务热线：400-600-8099
投稿邮箱：author@citicpub.com

# 目录

|  |  |  |
|---|---|---|
| 第一章 | 红袖暗藏锋，素手快索魂 | 001 |
| 第二章 | 关山刀兵罢，青衫落拓行 | 015 |
| 第三章 | 灵前斩罪人，破棺见蛾眉 | 028 |
| 第四章 | 庙堂听纷扰，深宫易冠升 | 047 |
| 第五章 | 大道欲朝天，归隐竟无途 | 062 |
| 第六章 | 受命聚同道，重舆出梧都 | 085 |
| 第七章 | 越女现图谋，左使剑光寒 | 103 |
| 第八章 | 阴羞收稚徒，阳错中奇计 | 114 |
| 第九章 | 驿路戏英雄，星峡战并肩 | 146 |
| 第十章 | 笑语舞胡旋，剖心行长街 | 226 |
| 第十一章 | 揭破真身刀兵见 | 265 |
| 第十二章 | 红衣重归执念解 | 305 |
| 第十三章 | 金沙楼头人如旧 | 330 |

# 第一章

## 红袖暗藏锋，素手快索魂

北地春迟。

江南已是荼蘼花谢、菡萏初开的时候，天门山一带的春草却还未尽数铺开。风自关外吹来时，黄沙袭面，阳光仿佛也变得苍白。军中大纛被吹得猎猎翻响，仪仗士们也被风沙割得蹙起了眉头，牵动缰绳安抚胯下嘶鸣躁动的骏马。猎猎旌旗之后，军士列阵铺开在关南原野之上，在昏黄风沙之中肃立如松林石碑。

梧国御驾亲征的年轻天子却是意气风发。俊秀的面庞上犹带光彩，眼眸中闪耀着对胜利的笃信。他拔剑高举，雪白的剑刃反射出湛然的明光。一声令下，千军万马向前冲锋，大地也随之震响。

自前朝失政，中原乱世已有百年。而今，九国割据，其中以安、梧两国最为强盛。当今安帝登基后好武贪财，近年已蚕食邻国城池无数；梧国鱼米丰饶，富有铜金矿脉，亦常为安帝所觊觎，故安、梧两国近年间多有征战。

梧永佑六年，安帝李隼兴军欲夺梧南之金矿，梧帝杨行远迎战于天门关之南。而这一天，也是无数人命运转折的开始。

江南夏早。

风沙席卷不到的富贵温柔之乡，有畅畅惠风、融融暖阳。叠山枕河而建的园林玲珑秀丽，恰逢主人孙侍郎的寿宴，处处繁花似锦，高朋满座。

　　台上舞姬做戎装打扮，虽腰肢细柔、歌喉依软，舞中长剑交击时，亦有火花四溅。席间宾朋却是闲适雍容，各自散坐。

　　天子去国远征已数月有余，梧国国都之中却一切如常。

　　这位年轻的皇帝即位三年间，朝政一向都由当初拥立他的宰相章崧所掌控。直到数月前章崧抱病，暂离朝堂，天子才开始尝试掌控朝局，随即便不由分说地御驾亲征去了。如今朝政由天子的弟弟丹阳王代为摄理，亦是井井有条。

　　天子在或不在，于人心、于朝政确实也无大干系。

　　台上剑舞已到妙处，宾客们鼓掌叫好。主人便也起身举杯："愿以此酒，遥祝圣上旗开得胜，大败安军！"

　　舞姬们齐齐跪伏于地，娇声道："祝圣上旗开得胜，大败安军！"

　　宾客们也纷纷举杯遥祝。临场姿态，心诚与否都不妨面上忠恳。而在他们之中，一位头戴金冠的年轻公子和一名武将，举杯间隙，目光却齐齐盯着排在台上最末的舞姬。

　　那舞姬察觉到年轻公子的凝视，起身时便也悄悄扭头来看他，含羞带怯地回了他一个眼神。她生得着实美丽，杏腮着粉，绿鬟如云，黑眸子娇柔清澈，令人见之忘忧。只不大机灵，略一分神便踩到了自己的裙子。

　　孙侍郎察觉到台上错讹，皱了皱眉头，唤来管家耳语。听管家解释，那舞姬名叫如意，笨是笨了些，却很得韩世子的青睐，故而今日也让她上台了。孙侍郎便看向了那金冠公子。那是朝中勋贵韩国公家的世子，也是今日的贵客。见他醉心地凝视着那舞姬，便也不再计较了。

　　一舞已毕，舞姬们一道下拜告退。

　　那名叫如意的舞姬跟着舞队下台时，目光又再次牵绕向韩世子。韩世子喜不自胜，迫不及待地向她比了个口型"亭子"，悄悄地指了指外面。

　　如意含羞点头，一分神，又差点撞上了领头的紫衣舞姬。多亏身侧另一个舞姬拉了她一把。紫衣舞姬不悦地回头瞪她，见她正和韩公子眉来眼去，心中愈发不快，故意横肘撞了她一下。

如意吃痛，先前拉她的舞姬见她受委屈，便挺身要替她出头。如意连忙拉住她："玲珑姐，别。"又向紫衣舞姬赔笑，紫衣舞姬白了一眼，根本不作理会。如意讪讪的，仍是笨拙地笑着。

下场之后，舞姬们纷纷松懈下来。

如意对着镜子整理妆容。她手脚笨，又急着去赴约，忙乱间反而碰掉了一支钗子。玲珑见状，越发放心不下。叹了口气，无奈地上前帮她整理好头发，又为她重新打了胭脂，对她使了个催促的眼神。

如意知道是为韩世子的事，梳妆好便悄悄溜着边出房门去，却不防裙摆被人踩住。她不留神一用力，便是一声裂帛声。如意一愣，回头去看时，裙子已经被撕破了。

紫衣舞姬冷眼看她，分明是故意踩住她的裙摆。如意愣愣地看着裙摆，玲珑已经撸起袖子忍无可忍地冲上前去："当着我的面就敢欺负她，真以为我教坊这七年是白混的？"

眼看她是要与人撕打起来的姿态，如意连忙挡住她，歉意地对紫衣舞姬赔了个笑，便把玲珑拉到一旁，低声解释着："算了，怨我自己笨手笨脚……"

她们今日确实有更要紧的任务，不好节外生枝。玲珑也只能忍下这口气，又有些恨铁不成钢："你也太没用了……赶紧去见韩世子吧，可千万别再搞砸了。"

如意一路急急行来，远远望见花园亭子里，韩世子正焦急地等着。

她抹去残泪，正要奔跑过去，突然便有一只手斜伸过来，捂住她的嘴，将她拖进了一旁的假山山洞里。

如意呜呜地挣扎着，却被按在假山石壁上。黑暗中胡髯蓬乱的嘴唇拱过来，耳边是粗鲁的、急不可待的声音："小美人儿，别急着服侍世子，先服侍服侍本官啊。"

那人正是刚才宴会上对她垂涎欲滴的武将，他力大无比，如意毫无反抗之力，被他按倒在身下又摸又亲，只能掰着他的手指艰难地抗

拒："放开我……"

武将怕她的喊声引了人来，一手捂住她的嘴不肯松开，另一手急色地去解衣服。眼看就要得逞时，身体却忽然一僵，毫无征兆地向一旁歪倒——被他遮住的洞口处便有天光透入，玲珑手握着一只吹筒，正站在那里。

如意艰难地从那人身下挣出来，哭着扑进玲珑的怀里，又怕又委屈："玲珑姐！"

玲珑拍了拍她的脊背安抚她，又埋怨道："小声点！哎呀，你也不小了，怎么每回都能把事办砸？"

"玲珑姐，我好怕……"

"怕也得先完成任务，不然我们都会死。"玲珑也无可奈何，"我们安国朱衣卫在梧都的白雀足足二十个，谁叫韩世子只看中了你？赶紧收拾好出去见他，一定要把他迷得神魂颠倒，让他带你回府，偷到他父亲书房里的那张粮草图。"

不错，这二人既是教坊的舞姬，又是安国间谍机关朱衣卫安插在梧都的细作——最底层的细作。在朱衣卫内部被称作"白雀"的，多是些被挑选调教过的伶仃孤女，出身贫苦，受人控制。她们潜伏在内外各处，靠美色机巧来拉拢策反和刺探情报。说是细作，实则不过是可用可抛的器物罢了。

如意颤抖着整顿被扯乱的衣衫，玲珑见她胆小觳觫，看不过去，便上前帮她，宽解她道："有了这张粮草图相助，咱们安国大军说不定就能大获全胜，咱们就算立了大功了。到那时，堂主多半会开恩赐药，我们就都不用再做出卖色相的白雀了。"她说着便也畅想起来，面露憧憬，"要是成了和玉郎一样的朱衣众，便能紫衣、丹衣、绯衣一级级地升上去，我们的日子就有盼头了……"

玲珑看如意还是懵懂的样子，恍然道："都做了快一年的白雀，你是不是还没搞清楚卫内的等级是怎么回事？咱们安国的朱衣卫，最上头的大人是圣上的亲信——邓指挥使，下面的依次是左右使、绯衣使、丹衣使、紫衣使，还有就是普通的朱衣众。像我们这种只负责色诱和探听消息的白雀，只能算是外门……"

如意也面露黯然，回道："这个我懂，每次去青石巷的时候，那些内门的朱衣众，都不拿正眼瞧我们。"

玲珑便抬手捧住她的脸颊，擦去她眼角泪水："谁说的？玉郎不就跟我好了吗？哎呀，别哭了，赶紧笑。"

如意笨拙地挣出一个笑容。她眼中犹带残泪，一笑便如桃花着雨，娇憨又妩媚。玲珑也不由得恍了恍神，叹道："真是我见犹怜，我现在总算明白当初驯鸟师为什么要选你进朱衣卫了，谁也不会相信这么一个草包美人会是间客……赶紧去吧，待会儿在韩世子面前，一定要机灵点。"

如意却又心有余悸地回头看向被玲珑毒倒在地的人："那他怎么办？"

玲珑推着她离开，安抚道："放心吧。"说着便从怀里摸出个小瓶，"等他醒了，只会记得自己喝醉了，发了一场春梦——"又摸出一根银针，"然后，他就永远别想再当男人了。"

如意走出洞口，眼尾犹然带着濡湿的红晕。她牵着被撕破的裙摆，小心地绕过假山，飞奔向远处的亭台。在韩世子迎上来时，她欢喜地扑进他的怀里。

几句话后，韩世子便迫不及待地要俯身亲吻如意。

如意受了惊一般，身体轻颤，回避着，连忙低声道："不行，这里不行。"

韩世子会意，指了指假山，道："那边有个山洞，肯定没人会看到。"

如意一惊，忙道："那里更不行。"犹豫着，低头牵住了韩世子的衣带，眸子羞怯娇媚，轻声呢喃，"世子，我……我不想再住在教坊的破屋子里了。待会儿酒宴结束，你带我回你府上好吗？"

韩世子大喜，轻轻耳语着将她拥了满怀。

如意头搁在他的肩上，在他看不到的身后，轻轻吐了口气。

宴席却还远未到结束的时候。舞姬们还有歌舞要演，韩世子也不

能离席太久。短暂亲昵之后，两人各自分开，匆匆赶回席间。如意追上舞队时，刚刚好赶上下一支舞曲的出场。

幸而她排在队尾。归队之后，见玲珑焦急关切地望过来，便轻快地使了个眼色，示意她大功告成，玲珑这才放下心来。

如意跟着众人刚上场，便见那名武将在小厮的搀扶下揉着头出现。当看到那人不时还摸摸身下，如意一下子紧张起来，差点踩到了前面一人，玲珑忙替如意掩饰。

武将入席后环视众舞姬。这时音乐乍起，鼓点声越来越急，气氛一下子紧张起来。

好在武将看了半晌后仍是神情迷茫，最后只是接过酒喝了起来，如意如释重负。

随着乍起的音乐摆好姿势，舞姬们正要起舞时，便见门客匆匆闯进席间通传："六道堂赵都尉到！"

六道堂，由梧国太宗创立的军政机要。对内负责护卫、监察百官，缉捕审讯要犯；对外负责刺探军机、传递情报，拉拢收买敌国政要。铲除潜伏在国境之内的叛徒和间客，自然也在其职权之内。其威权之盛大，耳目之灵敏，任是谁被盯上，都要脱去一层皮，一贯令人闻之色变。

乍听闻来人身份，席间宾客皆是一惊，纷纷站起身来。如意也吓得退了一步。玲珑连忙自身后顶住她，示意她莫要流露形色。

短暂的惊慌之后，早有人示意舞姬们退下。玲珑连忙拖着如意尽量躲进不起眼的地方。她手心冰冷、面色苍白，显然也有些慌神了。身为潜伏在敌国京城的间客，任务中途六道堂找上门，也不由人不惊疑是否身份败露。

孙侍郎已整顿衣冠，亲自带人恭敬出迎。便见一锦衣乌冠的阴鸷男子，带着一行精干的黑衣道众赳赳而入。

这锦衣男子便是六道堂副堂主赵季，而他身后跟着的亲信便是六道堂人道副尉娄青强。

赵季见孙侍郎上前，便笑着携了他的手："不必多礼。您的寿宴，赵某既然接到了帖子，怎能不来捧场啊？"

话虽如此，席间众人无不战栗。孙侍郎也只能硬着头皮赔笑，将他迎上首席，亲自为他斟了杯酒后，才示意歌舞继续。

舞姬们胆战心惊地重新上场。身份卑贱，命不由人。再怕，能做的也只有歌舞娱人。众女歌喉柔婉、腰轻如燕，舞袖翻转之间，席间气氛便已有所缓和。

且歌："万里赴戎机，关山度若飞，朔气传金柝，寒光照铁衣……"

宾客们也渐渐松弛下来，一边品酒，一边欣赏着歌舞。席间又有了些热闹迹象。

赵季却忽然一拍几案，大声喝道："大胆，下一句是'将军百战死'。圣上御驾亲征逆安，尔等竟然包藏祸心，想要诅咒圣躬，简直罪该万死！"

满座皆惊，乐声骤停，都不料他竟能罗织至此，无端发难。

舞姬们被吓得跪伏在地。孙侍郎也惊慌地跪坐起身自辩："大人息怒，我等绝无此意，绝无此意啊！"

赵季冷笑不语，席上死一般安静。

幕僚悄悄向主人耳语几句，孙侍郎随即恍然，一咬牙道："下官驽钝，一时失察，恐被安国奸细混入府中。为防寿礼中含有栽赃陷害之物，还请赵大人全数带回核查。"他指了指厅下堆满的贺礼。

赵季这才满意地一点头："都起来吧。"

众人如释重负，重新入座。乐声再起。然而席间之人再无宴饮兴致，都噤声不语。

先前那名武将还有些脑子不清醒，低声嘟囔："六道堂这事做得也太不地道了吧，人家过大寿呢，就用这法子要钱……"

韩世子吓得忙捂他的嘴，轻声道："你不要命了？还以为六道堂是宁远舟当家的时候？"

武官忙噤声。

独孙侍郎心有余悸，谄媚地为赵季斟酒："如此一来，下官身上的嫌疑就洗清了吧？"

赵季瞟他一眼,冷笑:"只有奸细送来的贿赂,没有奸细?"

孙侍郎悚然一惊,瞬间大汗淋漓,目光慌乱地扫向四周,最终落在依旧跪伏在地的舞姬身上,抬手一指:"她们就是奸细!"

赵季眼都没抬,淡淡道:"那就拖下去即刻砍了,替侍郎去一桩心事吧。"

六道堂的黑衣道众们虎狼般拖起众舞姬,向厅外去。

舞姬们惊恐挣扎着,哭喊着:"大人饶命,妾身冤枉啊!"

如意惊惶地试图扑向韩世子,大喊:"世子,救我,救我!"

韩世子迈出一步,却被身旁人拉住制止。他无奈地看了如意一眼,终是未发一言。如意只得手足无措、涕泪交加地被拖出宴会厅。

舞姬们手上被套上了铁桎,由四名黑衣道众驱赶着,踉跄着走向池塘。园中丫鬟杂役们纷纷四散躲避。

玲珑踉跄而行,之前和如意争吵的紫衣舞姬心生侥幸,强忍着恐惧,媚笑着回头讨好领头的军官,想乞讨一条生路,却被一刀捅穿了腰腹。

染血的弯刀自她背后捅出,舞姬们都惊恐地尖叫起来,却是无处可逃。

军官扶着紫衣舞姬犹然面带惊恐的尸身,拔出刀来,道:"我也知道你冤枉,可谁叫你们偏巧遇上赵大人缺钱花呢。"

他一松手,尸身便扑倒在地。他无动于衷地抬脚,将尸体踢进池中,便回头看向其余舞姬:"都给我面朝池子跪好。"

舞姬们胆寒无奈,只得依言面对池水,呜咽颤抖着跪下。很快她们一个接一个地被捅杀,尸身倒入池中,碧水翻起血浪。

如意低声问身侧玲珑:"怎么办?"

玲珑从袖子里摸索出一截铁丝,试图撬开枷锁,强作镇定地安慰如意:"别怕,跟着我见机行事。"

然而尚未找准锁眼,已经又有一个舞姬被杀。

黑衣道众已经走到玲珑身处,提刀要刺来时,玲珑高喊:"大人且慢！妾身上还有一颗明珠，愿献给大人，只求一个全尸。"

那道众心动，收刀示意她把东西拿出来。玲珑装作弯腰去取珠子，却突然暴起，趁着道众分神，挥动手上铁桎就向他砸去。

道众被砸中，头破血流。

领头的军官看见了，不慌反笑："哟，还是个练家子。"

另外两名道众也无人上前帮忙，反而停手看起了热闹。

被玲珑砸中的道众恼羞成怒，挥刀劈向玲珑。玲珑用手上铁桎做盾，勉强抵挡躲避着。双手被锁，她施展不开。腾挪缠斗之间，也无法专心撬锁。不过几招之间就已落入下风。还没被杀的舞姬们惊吓地瞪大了眼。

眼见玲珑被重新制住，军官提醒："先别杀，带回去好好审审。"可话音未落，他脸上便浮现出诡异的笑容，随即软软地扑倒在地。

如意不知何时已站到军官的身后，踢起的足尖上伸着一把漆黑的利刃，利刃上犹然闪着血光。那张早先惊惧哭泣的脸，已如死水般平静无波，宛若彻底换了一个人。

另外两名道众尚未回过神来，如意已经飞身上前。她身姿灵动如燕，杀人的手法却是干脆利落，没有丝毫多余的动作。手臂圈住一人，轻轻一扭，便掰断了他的脖颈。另一人回神，拔出刀来正要呼援，就已被踢中手腕和腿弯。他被踢得跪倒在地，刀柄脱手落下，恰好敲碎了他的喉头。他扑倒在地，喉咙嘀嘀作响，却是没发出一声呼叫。

而如意麻利地用左手一拉右手拇指，只听啪的一声，手指脱臼。错位之后手围变窄，稍一用力，便将右手自枷中脱出。她从倒毙的军官身上翻出钥匙，打开自己手上的枷锁，又帮玲珑打开，之后便麻利地将右手拇指复位。

全程她眉头都不皱一下。美貌无改，然而清冷的眸子映着满池血色与浮尸，炼狱修罗一般冷艳无心。

所有舞姬都惊恐地缩成一团看着她，无人敢发出一声声响。眼前的如意宛若修罗恶鬼沐血而生，何况她们从未善待她。

纵使玲珑也被她眼下的模样吓呆了，颤抖地唤她："如意？"

第一章

如意拾起地上掉落的长刀，只漠然道："闭眼。"

玲珑下意识地闭上了眼睛，便觉有温血溅上了脸颊。她被烫得一抖，惊恐地睁开眼睛，便见先前和玲珑缠斗的那名道众双膝跪地倒下，头颅滚在了一边。而如意面无表情，只将四名道众的尸身尽数踢入池中，又走向舞姬们。

舞姬们抱在一起瑟瑟发抖，惊恐哀求地看着她。

如意一顿，道："闭眼。"

舞姬们绝望地闭上眼睛，瑟缩着抱在了一起。如意却仍然举起了长刀。

玲珑心下不忍，忙道："不要！"

如意头也不回，冷冷道："只有死人才能真正保守秘密，你当了那么多年白雀，连这个都不懂？"

"可大家毕竟在教坊相识一场……"

舞姬们也哀泣起来。

如意冷笑一声。刀尖一转，竟是向着玲珑挥去。玲珑大骇，匆忙躲避，只觉眼前白光一晃，那刀尖已停在她胸口。

她胸前衣襟已被挑开，却似乎并未受伤。她屏息低头，便见刀尖上立着一枚玉瓶——瓶里装的正是她先前在山洞里，用在那武将身上能使人遗忘过往的药粉。

如意手腕一抖，玉瓶在舞姬们头上破开，粉色的药雾弥散开来。舞姬们纷纷倒地。

而如意也不再耽搁，拉住玲珑，飞身几个起落，悄无声息地消失在院墙外。

两人一路逃出侍郎府，落足在一处僻静小巷里。

身后虽无追兵，玲珑却惊魂难定。她们杀了六道堂四个道众，六道堂肯定很快就会发现不对，届时顺藤摸瓜，安国在梧都的朱衣卫都将面临暴露的风险。

她心下焦急，慌张道："他们肯定会很快发现不对的，我们得赶紧赶回青石巷总堂报信！"

如意却没有动，淡声道："不用回青石巷，总堂并不知道死的人里面有没有我们。"

玲珑愕然。她听懂了如意的意思，却不敢相信。

如意看着她，道："你不是一心想要自由吗？现在是绝好的机会。"

玲珑想要自由，她敢说安国的白雀无一人不想要自由。谁愿意受人控制胁迫，活在随时都会因为任务失败被杀、因为暴露被杀的恐惧之中？

玲珑强压下心中悸动，问道："可白雀每半年都要服用解药才能活命，我们要是现在跑了……"

如意淡淡道："那点毒不值一提。我知道怎么解。"

玲珑惊喜道："真的?！"

如意点头。

玲珑却又迟疑起来，看向如意："你到底是谁，为什么知道那么多？你这样的身手，只怕连紫衣使也当得，为什么还要跟我混在一起做白雀呢？我可真傻，居然还一直把你当成什么也不懂的小妹子……"

如意顿了顿，依旧不疾不徐道："跳出六道外，不在轮回中。我谁都不是，只是一抹幽魂。"她看向巷子出口，催促，"你到底走不走？"

玲珑一咬牙，摇头，道："我还是得回青石巷……玉郎他还在总堂呢，我不能一个人走。"

如意闻言却道："你为什么会当白雀？"

玲珑一愣，不解她为何明知故问："不是跟你说过吗？为了还债。我大哥生了病，我娘只能卖了我……原想着进六道堂总比进青楼强，谁知道都是一个样。"

如意反问："为什么你大哥生了病，你娘就要卖你，难道你的命不是命？十年前，为了一个男人，你家卖了你；十年后，你又要为了一个男人，再把自己的命填进去。值得吗？"

玲珑垂眸，却无丝毫迟疑："值得的。我和他已经……"她抚摸着小腹，目光温柔，已不觉噙了些幸福的笑意，"如意，你很快就能

第一章

当小姨啦。"

如意一怔,目光转向她的小腹,原本冷硬的表情便柔和下来。她小心地把手放上去,像是小孩子初次触摸到珍宝。察觉到掌心下的温热时,那双黑漆漆的眼睛便亮了一亮;一瞬间仿佛又变回早先那个笨拙单纯的小舞姬。

玲珑轻声道:"我和玉郎很快就要成亲啦。"

如意收回手:"那你回去吧。"又给玲珑指路,"去青石巷,走侍郎府大门外的马行街转天仓桥最快,三千二百步就到了。"

玲珑一愕:"走那儿?"她探头望了望大门,"可是,万一六道堂的人刚好出来……"

如意道:"刚才进府的六道堂有十二个,但外头有六道堂标志的马只有四匹,这说明只有跟着赵季的那几个才是配骑马的上三道,其他的都是下三道。六道堂上三道的人对下三道的向来不怎么关心,这回又是来要钱消遣的,所以不会那么快发现园子里的事,更不会马上出来。你经过大门时镇静点,别露出破绽就行。"

她一扬手,一道银丝飞出,挂住了远处民居晒着的纱帽和披风。她将银丝一掣,取来衣物,递给玲珑:"穿上。见到堂主的时候,记得告诉她我已经死了。按规矩,白雀死了之后,被抓去当人质的家人就可以恢复自由。"

朱衣卫为控制白雀,无所不用其极。除了给白雀服食毒药外,白雀的家人也会被当作人质。一旦白雀逃亡,家人也会受连坐被诛杀。唯有白雀死去,她们的家人才能恢复自由。

玲珑这才明白:"难道你是为了你娘,才一直忍着当白雀受罪?"

如意没有作答,只催促道:"赶紧走。"

玲珑只得换上披风戴上纱帽,匆匆离开。她走了两步,脚步一顿,忍不住回头:"你的手,要不要包扎一下?"

如意低头看了眼自己的手,才想起先前为了脱出桎梏,她曾将手指掰脱臼。这点疼痛于她只是寻常,却不料玲珑竟还记挂着,眼中有一丝感动闪过,嘴上却道:"不用你管。"

玲珑踌躇着:"那……你保重。"到底还是不能放心,又折回去,撸下腕上的金镯子塞给她,"拿着。我不敢问你要去哪儿,可你独自一人,总归得有点钱财傍身,我才放心。"这才又转身离开。

如意看着手中的镯子,突然叫住玲珑:"等等——"玲珑回头,只听如意道:"明日酉时,圆通寺石塔下,我会带韩家的粮草图过来。"

玲珑愣了愣。

如意抛了抛镯子:"我不喜欢欠人情。我帮你将功折罪,你帮我确保我家人能平安回家。"言罢,她便飞身而去。

侍郎府里,宴会还在继续。

为一次勒索杀七八个舞姬而已,于赵季而言不过是茶余饭后的消遣,甚至都不足以让他皱一皱眉头。酒酣耳热之际,他倚靠在座席上怡然闭目,忽然想到那几个道众离开已有一个时辰,便转头问他身侧的亲信娄青强:"怎么还没回来?杀几个娘们儿这么费事。"

此类勾当他们做得多了,娄青强也是丝毫不当一回事,暧昧一笑:"多半顺便还找了个乐子吧。"

赵季也一笑,但仍道:"你去看看。"

娄青强领命而去。然而不过片刻工夫便匆匆折回,焦急地向赵季禀报:"大人……"

席上《入阵曲》正演至高处,琴女指尖游走如狂蜂振翅,弦上琴声促如疾风骤雨。赵季听不清他说什么,便示意:"你大点声。"

事出紧急,娄青强只能提高声音:"宫中急报,三日之前,我军被安军大败于天门关!"

琴弦砰的一声绷断,周遭一片死寂。所有人都疑惑地看向赵季。

而赵季已经推倒靠几坐起身来,难以置信地瞪着娄青强:"你再说一次?!"

"我军被安军大败于天门关,连失颍、蔡、许三地,圣上、圣上也已然蒙难了!"

这次再无琴声干扰,所有人都听得一清二楚,席间宾客瞬间惊慌

起来。

赵季怒道:"胡说!不可能!"

他执掌六道堂,敌情军报皆要经他之手上传下达,护卫天子周全更是六道堂第一要务。一旦天子罹难,他就是最先该被问罪之人。何况他……

一片慌乱之中,恢宏钟声如水纹般在这繁华帝都上空扩散开来。

一声未平,紧接着便是第二声、第三声。

钟声传至席间,瞬间推平了嘈杂。

所有宾客都不由自主地向北张望——那是钟声传来的方向,也是天子宫城之所在。

梧都宫城最高处为景阳楼,先帝时置金钟于景阳楼上,每日清晨钟声响时,百官入朝议政。

这一日于薄暮时分,景阳钟被紧急敲响了。

宾客们纷纷起身整顿衣衫,在心底忖度着娄青强带回的消息——心中已然信了八分,一时间心思各异。

唯赵季一人呆愣着。娄青强不得不提醒:"大人,景阳钟响了。是监国的丹阳王殿下在召集百官参加朝会。"

钟声一声紧似一声。

许久后,赵季猛然回神,霍地站起身来,疾步而出。府外侍从们早已为赵季备好了马车,赵季跨步上车,吩咐道:"去章相府!"

掀起车帘时,他不由得一顿,看向天际。

时近黄昏,残阳如血,四下楼台霭霭,画栋雕梁尽数掩于暮色,唯檐角风铎随着撼动暮色的景阳钟声摇摇而动。

# 第二章

## 关山刀兵罢，青衫落拓行

风息沙平，残旗斜插，如血暮霞漫涂于昏黄天际。这是距天门关战场数十里的后方，原是辎重后营，但如今也因安军的追杀而尸横遍野。

浑身是血的萧将军拖着伤腿，拄着半截"梧"字旗杆踉跄地走在尸首堆里。他颤抖着翻开一个个尸首，试图寻找哪怕一个跟他一样幸存下来的活人，却只得到越积越多的绝望。他拄着旗杆半跪在地，四下寻望着，声音里已带了哭腔："……还有人吗？还有人吗？"

回答他的却只有一片死寂。

突然，似是被什么东西绊住了。他低头看去，便见一只染血的手正捉着他的脚踝。他吓得惊叫一声，跌倒在地。

便见又有一只手伸出来，随即死人堆隆起个插着羽箭、背着行军锅的脊背，一个人形慢慢从尸首堆里爬了出来。

萧将军惊惧地后退着，想叫却吓得叫不出声。

那人爬出来后，懒散的眼神向萧将军一瞥，小声提醒："小声点，别把打扫战场的人引过来。"便自行挪动尸首，腾了块地方坐下，一根一根地拔着背上的羽箭。

他身量修长，年约三十，满脸脏污，是从死人堆里爬出来的人该有的模样。然而周身却透出难言的懒散之态，令人辨不明他的身份与阅历。

萧将军惊疑地盯着他，问："你是谁？"

那人眼皮都不抬,信口答道:"龙骧骑的火头军。"

萧将军猛然明白过来:"你刚才在装死?!"

那人耳尖一动,懒散的眼神便凌厉起来,突然就把萧将军按在地上,做了个"嘘"的手势,拉过一具尸体的手臂挡住两人,就地装死。

萧将军正要反抗,忽听到马息与人声。这才知道有人靠近,连忙屏息噤声。

便有两个安军骑兵带着四个步兵走来,他们已搜刮了不少尸首,步从背上的口袋装得满满当当,就连骑兵的马鞍上也悬了几条从尸首身上解来的金踝躞。

几人扫视一圈,便有士兵道:"我刚才真的听到有人说话……"

骑兵操起长矛:"总有几个没死透的——"一矛刺下去,挑起一具尸首甩到一旁。另一个骑兵也拔出剑来。步兵会意,纷纷丢下布袋,操起刀剑挨个给尸首补刀。

萧将军闭眼装死,听那补刀声越来越近,整个人也越来越紧张,牙关都开始打战。他几乎就要跳起来逃跑时,忽觉穴道被人戳了一下,整个人猛地僵住。他难以置信地转动眼珠,用余光打量身旁之人,只见那人依旧若无其事地闭目装死。萧将军惊恐绝望,几乎以为自己要死不瞑目时,忽见那人耳尖又一动。

操矛的骑兵从旁边一具尸首上拔出长矛,正要向他们刺来。忽有一道明光一晃,却是那人微拨剑刃,反光耀花了骑兵胯下的骏马。战马一声长嘶,人立而起。持剑的那个骑兵未及牵住缰绳,翻身摔下马来。

电光石火之间,那人已弹身而起。只一剑挥出,四个冲上来包围他的步兵便全数喉部中剑倒地。持剑的骑兵连忙爬起身来,架起连珠机弩向那人射去。那人捡起地上的旗杆一挥,骑兵就被带得手臂一转,手中的弩箭也射偏了方向,和对面那个正要发射连珠机弩助战的操矛骑兵互相射成了刺猬。

一切只在眨眼之间。

躺在地上的萧将军难以置信地看着那人的身影,那人已再次恢复了散漫的模样，揉着腰抽冷气："嘶，好疼。"

他上前摸出敌军身上的葫芦，喝了几口水，又顺便洗了把脸，把了耙散乱的头发。那脸上脏污洗去，露出的是一副修眉俊目的好容貌。有那么一瞬间，那削金凿玉般的侧脸在北地风沙粗粝的落日的映照下，似是透出一股历尽千帆的沧桑。

然而再回过头来，给萧将军解开穴道拉他起身时，却依旧是一副懒洋洋的散漫模样。

萧将军盯着他，总觉得这人似曾相识，难以置信地呢喃："你……你有这样的身手，怎么会才是个火头军？"却忽地醒悟过来，"不对，我认识你——你是宁远舟！六道堂的宁远舟！"

宁远舟懒洋洋地拉过一匹马："萧将军好记性，不过就不用代我跟皇后娘娘问好了。"

他翻身上马，拨转马头要走，萧将军忙问："你要去哪儿？"

宁远舟散漫地笑道："忘啦？我已经死了。"

萧将军连忙去拦住他："不许走！你不能当逃兵！你现在就跟我回去，我们聚拢余部，齐心合力……"

"齐心合力干吗？圣上不是都已经凉了吗？"

"你大胆！"

宁远舟叹了口气，抬手一指背上："看看这儿。我中的箭，是从背后射来的。"

萧将军猛地一愣。

背后的，是自己人。梧国内，有人要趁这一战要宁远舟的性命。

"安国人想杀我们。"宁远舟看了眼满地尸首，才又看向萧将军。萧将军这才看清，那眼中懒散确为历尽千帆之后燃尽的余灰。称之为懒散亦可，称之为想通亦无不可。宁远舟道："圣上战前听信内侍，骄奢轻敌，战时全无章法，阵法混乱，同样也是在杀我们。萧将军，你要对圣上忠孝，那是你的事。可我不欠大梧什么。我已经不想玩了，你懂吗？"

萧将军还待再言，宁远舟突然脸孔一板，拔剑直刺他的面门。

萧将军大惊，跌坐在地。

不料宁远舟只是还剑于鞘，一笑："吓你的。"

他拨转马头，一夹马肚，策马而去。

暮色渐渐浸染大地，只黄沙尽头的天际残存一线余晖。余晖中宁远舟跨马远去的背影洒脱又寂寥。他在马背上的褡裢里摸索着，最终摸出个酒葫芦。他欣慰地一笑，仰头抿了口酒。在日落前的最后一点光晕中，曼声唱道："相看白刃血纷纷，死节从来岂顾勋。君不见沙场征战苦，至今犹忆李将军……"

萧将军目送他离去，只觉恍若在梦中。

不知何处钟声响起，萧将军醒过神来，再欲找寻时，那跨马而去的身影早已消失不见了。

景阳钟声里，两侧楼墙高耸的漫漫宫道上，梧国天子梧帝的弟弟，于梧帝远征时受命监理国政的丹阳王杨行健，正在内侍的引导下疾行着。

这位亲王自幼便以聪慧俊朗著称，在先帝朝曾是最被看好的皇子，却因种种缘由未能继承大统。皇位旁落时他不曾有怨言和异色。如今才不过二十三四岁的年纪，骤然遭逢剧变，也同样未曾显露悲喜。

此刻行在路上，听得身后一声呼唤"殿下"，便停住脚步回过头去。等看清来人，便拱手为礼："章相。"

正趋步赶来之人四五十岁的年纪，紫袍金带，生得老成精明，正是执掌梧国朝政多年的权相章崧。他抱病离朝不过月余，此刻行止之间犹然带些疲病神色，却是紧赶慢赶地追上前来。

而他身后跟着的便是赵季。赵季已示意所有宫人都随他远退至一边。

章崧赶上丹阳王，也不拐弯抹角，直入正题道："殿下，臣匆匆前来，就是想赶在朝会之前，要您一句准话。圣上若是真有个万一，大位应属何人？"

丹阳王面露忧戚，道："圣上乃天佑之人，怎会轻易……"

章崧打断他："这里只有你我两人，就不必说这些官样文章了吧？当年先皇驾崩，三位皇子都非嫡出，圣上居长，但三兄弟中，您的才智才是最佳。臣最终并没有拥立您，就是因为臣更需要一个不够聪明、容易控制的皇帝。可这一年，臣觉得当初的选择错了。咱们这位圣上，实在是不堪大用，为了从臣手中夺回大权，竟然联合阉党，趁臣抱病之机，私自宣布御驾亲征。呵，败了也好，朝堂之上，也该换个明君了。"

他语出惊人。然而如此大逆不道之词，素有聪慧友孝之名的丹阳王却无片言驳斥，只神色一动，抬眼看向章崧。

章崧也盯着丹阳王："何况圣上对您也不怎么信任。临行之前，虽请殿下监国，但调兵的虎符却仍然在臣手中保管。既然如此，殿下何不与臣做个交易呢？"他微微倾身向前，声音一沉，"只要以后臣能继续做朝中领袖，定会全力助您在待会儿的朝会上承继大统……"

丹阳王眼皮一动，还未回答，便听远处赵季清咳一声。

两人同时抬头，见几位大臣出现在宫道尽头，立刻各自袖手分开。

大殿之上，天子宝座空悬，丹阳王坐在宝座旁的一把椅子上，面无表情地听朝臣议事。

前线溃败、天子蒙难的消息传开，文武百官人心惶惶。天门关南这一会战，本就起自天子一意孤行。究竟战胜如何、战败又如何，竟无人先有预案。何况是如此惨败！此刻无人敢擅自建言，都纷纷把目光投向站在首位的章崧。

章崧也并未礼让，出列道："……先帝驾崩，安国又大军压境，国不可一日无主。先帝临行之前，亲口指定丹阳王监国，故丹阳王应即刻继位，以安天下！"

他开口便称"先帝"，朝中霎时便议论纷纷。章崧的门生故吏纷纷出列附和，然而远征的皇帝却也并非没有忠臣，立刻愤怒地出言反驳："事关帝位，怎可草率？圣上驾崩只是传言，并无实证，尔等怎可……"

一时间争得不可开交。丹阳王却始终平静，不发一语。

章崧皱了皱眉："殿下，您怎么看？"

朝臣也纷纷看过去，等着丹阳王决断。丹阳王似有为难，迟疑道："先帝既已蒙难……"

却忽有清亮的女声自殿外传来，打断了他的话："圣上尚安，谁敢妄呼先帝？"

百官回头，先见凤冠博鬓，随即便是年轻苍白却沉静威严的面容——竟是皇后亲自驾临了。百官连忙垂首躬身，丹阳王也立刻从座上起身相迎。

皇后不过二十许，清端华贵的她在百官的恭敬等待中，扶着女官的手一步步踏上云龙金阶，走进大殿。她昂首自大殿中央穿过，踏上御台，回过身面朝百官，领受朝拜。仪态从容而镇定，然而无人察觉之处，轻轻握起的手却在微微发抖。

梧国皇后萧妍出身世家，她一露面，不肯依附章崧的朝臣立刻便有了主心骨，纷纷面露喜色。

章崧亦不能咄咄逼人，只问："娘娘何出此言？"

萧妍将手中的密信掷给他："本宫的堂兄萧明此次也随圣上出征，这是本宫刚刚收到的密信，信中说道，圣上虽败，却性命无忧，如今正暂居安国军中为客。"

天子还活着，天子被俘了——这消息甚至比天子战死影响更为深远。一时间朝臣哗然，纷纷看向章崧手中的密信。章崧看完信，默然无言。

立刻便有老臣出列，迫不及待地否决了章崧先前提案："既然圣躬尚在，新君之事，就不必再议！"

此为君臣大义，朝臣们纷纷点头。萧妍见状，也轻轻松了口气。

章崧却缓缓摇头："不妥。圣躬安好，固是大喜。但是圣上既已落入敌手，以安国的狼子野心，定会以圣上为质发难！"他看也不看御台上的萧妍，只环顾四周，逼问众臣，"若安军以圣上性命要挟我大梧举国投降，我等应还是不应？"

众臣无不一惊，萧妍也不由得攥紧了手心。

"所以，只有让安国得知大梧另有新主，他们扣住圣上已无利可图……"章崧拱手北向，"我等才能有机会安全迎回圣上！"

朝臣都是一愣，片刻之后，渐渐有人点头。纵使有拒绝响应者，却也说不出更为周全稳妥的策略，在章崧目光质问下，也只能纷纷点头或是沉默避让。

待堂上几乎所有人都或响应或默许之后，章崧便看向丹阳王。有朝臣支持，有丹阳王定论，一个萧妍，纵有皇后之名又能改变什么？他们的交易依旧可行。

然而丹阳王仿佛没看到一样，一言不发。

章崧越发皱眉，正想再说什么。丹陛之上，皇后却忽然开口："你们想拥立丹阳王？怎么不问问本宫的意思？"

章崧当即打断她，跪地请命："请皇后为百姓计，为苍生计，为圣上计，速迎丹阳王继位，勿使安国有可乘之机！"

他占住了大义，是请命，却也是威逼。朝臣也纷纷跟着跪地，附和道："请皇后为百姓计，为苍生计！"

萧妍不怒反笑："好啊，圣上尚在，你们就逼起宫来了。"

朝臣们无话可说，纷纷低头。

萧妍垂眸，轻抚小腹，这才再度看向群臣道："太医院医正三日前判定，本宫已经有了身孕。"

她声调平缓，语气甚至比先前更轻柔些，却如投巨石入池塘，霎时间满殿哗然。章崧一时间甚至忘了避讳，惊诧地抬头看向她。

而萧妍则转向了始终一言不发的丹阳王，诘问丹阳王："丹阳王，当初您与圣上在内书房读书之时，先帝亲口教授的'凡今之人，莫如兄弟'，您应该还没忘吧？如今圣上蒙尘，不知王弟身为宗室表率，可否替圣上，还有本宫腹中的皇子，看好这把龙椅？"

章崧以君国大义威逼于她，她便同样以孝悌之伦诘问丹阳王。端看丹阳王敢不敢做这个不忠不孝之人。纵是章崧，也不由得在心底替这女子暗赞一声。

朝堂之上一片寂静。萧妍眼神中含着无比的压迫力，手却不觉攥紧了衣襟。

丹阳王回视着她，良久对视之后，才躬身一礼，回道："臣自当谨勉，不负圣上当初离京所托。"

朝中再次哗然。萧妍终于松了口气，丹阳王却又不疾不徐地问道："不过，娘娘怎么断定您腹中的一定是皇子呢？"

众人皆是一愕，萧妍也一时结舌，不知该如何应对。

章崧眼神一动，当即上前一步："国家危难之时，皇后有孕，实乃我大梧之喜！以臣之计，不如保持现状，仍以丹阳王监国，待娘娘生育之后，视男女而定国统。"

先前不肯依附章崧的老臣都有些愕然，不料他为何突然倒戈，却也立刻抓住时机："臣等附议。"

章崧的党羽也纷纷高声附议。局面便在章崧一言之间彻底扭转。

萧妍后退一步，亦不知是终于松了口气，还是越发忧心前路艰难。

马车车厢里，章崧靠坐在正位上，略松了松肩膀，扫去因这一日的奔波而起的疲劳。

赵季侍坐在他身侧，恭敬地奉上茶水。

章崧从容领受这位六道堂副堂主的服侍，徐徐啜了口茶水，才冷笑道："想玩别人劝进，自己无奈从之的把戏，他还嫩了点。不接我的话，无视我的示好，无非是觉得皇位非他莫属，不用承我的情也能登基，以后就不用再受我挟制而已。呵，如今有了更好的选择，冷冷他也好。"

赵季连忙逢迎，道："没错。皇后为了保住儿子的皇位，自然也会全力跟您合作。"

章崧闭目养神，似有疑惑："不过，圣上失陷，为何消息是从萧明那儿传来，你们六道堂那边却一点消息也没有？"

按说六道堂有天道，专门负责护卫天子安全。纵使前线天道道众悉数战死，也还有潜伏在边境的畜生道能搜集传递情报。六道堂该是最先得到消息，也该是掌控机密最多的那个。

若非如此，章崧也不至于得到传信后，立刻便去同丹阳王交易。

赵季一怔，掩饰道："这个，畜生道这几日一直没传来消息，想必是偷懒了，下官这就……"

章崧猛地睁眼，眼中精光四射，审视着赵季："这几日一直没传来消息?！畜生道的消息向来是每两日一上报，你接管六道堂这么久了，居然还没弄清楚?！"

赵季一室，匆忙跪下："下官该死！"

章崧瞪着他，见赵季分明没有意识到他真正的该死之处，没明白自己为什么非要打压宁远舟让他掌控六道堂。想到自己竟把这么个蠢材提拔到这么机要的位子上，章崧不由得急火攻心。为此等蠢人动怒却也不值，他便揉了揉额头压下火气："难怪最近到处都对六道堂怨声载道，老夫当初真是晕了头，才会废了宁远舟，提拔了你！"

他一提宁远舟，赵季眼中便流露出恨意。章崧却已懒得再同他多言，吩咐赵季："去六道堂。老夫得亲眼看看，你到底把六道堂弄成什么样子了。"

马车直驱六道堂而去。

六道堂是梧国太宗皇帝所亲设，分天道、人道、阿修罗道，及地狱道、饿鬼道、畜生道六道。取六道轮回尽在掌握之意。其中天道，掌皇族亲贵护卫；人道，监察各级官员；阿修罗道，财色收买，此为上三道。饿鬼道，善造机关；畜生道，专事刺探；地狱道，暗杀偷袭，此为下三道。

上三道道众多从贵族子弟中筛选，故而上三道道众往往财薪丰厚、出身高贵。而下三道则多是些三教九流，出身平民甚至氓流，贫穷卑贱。历代堂主也多从上三道中选拔。纵使同在六道堂中，也常有门第之别：尊崇上三道，而鄙薄下三道。

赵季的叔父曾是天道道主，又有个姑姑嫁入相府为妾。他自命出身高人一等，视堂主之位为囊中之物，却不料同期里出了个宁远舟。

　　宁远舟其人，最初原是下三道的普通道众，在上下六道里轮转多年。初时毫不起眼，却硬是凭借自己的功绩步步提拔。更是凭一己之力创设了森罗殿，专门剖析情资密报。在被提拔为堂主之前，其声望和功绩就已冠绝六道堂。

　　但纵使如此，赵季也没将宁远舟放在眼里——江南重门第，地狱道出身的贱民，也配与他争吗？

　　老堂主宋一帆临死时，赵季本以为自己是当仁不让的继任人选。谁知老堂主偏偏就是选了地狱道的宁远舟。

　　他怒而以此子出身卑下、难以服众为由反对，却反而当众揭开了宁远舟的出身——宁远舟不但不贫贱，还是世家子弟出身，更是宋一帆老堂主的关门弟子。当初他正是为了禀承宋堂主改革下三道的意愿，这才隐瞒身份，从天道改入下三道历练。这一下，履历和出身都无可挑剔的宁远舟，彻底堵住了所有人的嘴。但赵季从此也深恨上宁远舟。

　　而宁远舟接任堂主之后，更是彻底将堂内规制变革一新。从此只以才能和功勋择优选取，六道道众人人皆可升上高位。赵季眼看着昔日被他看不起的下三道日渐与他平起平坐，甚至压他一头，对宁远舟嫉恨日深。

　　所有这些，章崧都一清二楚。他也正是利用赵季对宁远舟的嫉恨，驱使赵季将宁远舟扳倒入狱。

　　不是宁远舟不够好，事实上章崧很是欣赏宁远舟的才干，也很清楚在宁远舟的治下，六道堂才真正成为"六道轮回尽在掌握"的天下利器。他一直想将宁远舟收归己用，可惜但凡能人，都不肯轻易为人驱使，身为天子亲兵的六道堂，从未被大臣染指过。章崧也只好用自己的方式，教宁远舟这个新堂主认一认规矩。

　　原本以为有宁远舟留下的底子在，赵季纵使平庸贪婪了些，也不至于耽误大事。所以就算时不时听到朝臣对赵季手里这个六道堂的怨言，章崧也都没放在心上——只要能把六道堂握在自己手中，些许瑕疵，他容得下。

　　谁知赵季竟连天子的生死这么紧要的情报，都掌控不了，差点便坏了他的大事。

也不由得他不考量，是否还能让赵季继续留任了。

六道堂就位于宫城近侧，出宫门向北，不多时便到一处幽僻院落。车夫驱车驶进园子后，章崧在赵季的搀扶下走下马车，抬头便见一座森冷雄伟的高衙，叠高三层，黑墙绿瓦，将视野遮得密不透风，中央高悬一道竖匾，上书"六道堂"三个大字。大殿左右各延伸出三个分殿，各自悬挂着一道竖匾，正是六道堂上下三道的道堂。

立于大殿门前，宛若被阎罗俯视。明明身在初夏，却透出森森寒意。章崧不由得心下感慨，果然是六道轮回尽在掌握。对当年设立此堂的太宗，更心生一分敬意。

章崧大步直趋入衙。赵季亦步亦趋跟在章崧身后，将章崧奉上主位，又唤人上茶。

章崧正要说不必，便觉座下有什么东西，伸手一摸，竟是一支女人的钗子。他大怒，扔在地上，训斥道："你就是这么管事的？！"

赵季低头瞧见，也霎时冷汗淋漓："这……这不干下官的事，都是跟着宁远舟的那些老人混账。"

章崧怒道："放屁！宁远舟革职已经一年了，你还想着赖他？！"

他本想着让赵季送上案卷来查查，此刻也不必了，直接起身，自去各处查看。

自堂侧上楼，见鸽墙的笼格只有寥寥几只白鸽，他不由得皱眉——宁远舟上任后重建了畜生道的情报网，在各国精心布局了一百零八处分堂。是以四方传向梧国的情报，一向都是各国中最快最多的。梧国六道堂总堂，也是信鸽往来最频密之处。

他不由得起疑："怎么鸽子这么少？"

赵季还想掩饰："都飞出去了。"

"是吗？那森罗殿的密报呢？给我看看。"章崧说着，便自行走向后壁，抬手一按机关。只见嵌入墙壁内的数百只机关盒层层打开，却全是空空如也。

第二章

章崧暴怒："为什么什么都没有?!"

赵季扑通跪倒："下官，下官……"

章崧哪里还想不到，道："你掌事之后，就把它们全废了？"

赵季还想狡辩："森罗殿里的都是那些下三道不能再从武的道众，伤的伤，老的老，下官之前觉得养着他们太费事了……"

章崧仰天长叹："费事？难怪圣上此次亲征会如此惨败！……你是比朱衣卫会色诱，还是用毒、刺杀比人强？没有情资密报，你六道堂拿什么赢过安国的朱衣卫？你还有脸说费事?!我看你根本就是自废耳目！"他声色俱厉，气得手都在发抖。

赵季哪里还不知自己闯了大祸，忙匍匐上前："卑职有罪！姑父，求您——"

章崧踹开他，呵斥："闭嘴！区区小妾之侄，还不配称我姑父！呵，万幸我还没有升你做堂主……"他深吸一口气，平复下情绪，亡羊补牢，"立刻把宁远舟给我从狱里找出来。我要派他去安国。"

赵季紧张道："安国？"

"第一，必须确定圣上真的还活着；第二，我若是丹阳王，一定想法子先送圣上归西，再让皇后难产。所以，必须得有一个人抢在他的人之前救出圣上，能办妥这件事的，只有宁远舟。"章崧说着，见赵季面色不对，眼神一厉，"怎么？"

赵季踌躇道："宁远舟此次随圣上亲征，圣上又……卑职只怕不是那么容易能找到。"

宁远舟随圣上亲征？章崧随即便明白过来，冷冷道："又是你搞的鬼？"

赵季忙辩解："不是，是宁远舟在狱中闹事，多次越狱，这才按律被发配充军……"

章崧一脚踹在他脸上，恨恨道："别以为我不知道你们这些伎俩！我陷他入狱，只不过是想杀杀他的威风，好让他能为我所用，你居然敢坏我大事！"

赵季惊缩成一团。

章崧收足，淡淡道："七天之内，带宁远舟来见我。否则，明年清明，我就让你姑姑去祭你！"

章崧终于离开。赵季瘫坐在椅子上，在娄青强的帮助下，龇牙咧嘴地清理着脸上的伤痕。想起章崧的吩咐，他心烦不已。

他送宁远舟充军，根本就没打算让宁远舟活着回来，早安排好人抽冷子对宁远舟下黑手。此刻却唯有寄希望于宁远舟警觉，没这么容易被他得了手。

话又说回来，宁远舟在下三道摸爬滚打多年，谨慎狡诈。赵季也不信他就这么死了。

他已派出人手搜查宁远舟的消息，此刻想了想，又吩咐："也要盯紧宁远舟那几个亲信——宁远舟不死，必定得找个落脚处。宁远舟要是死了，这些人挖地三尺也会把他找出来。"

娄青强会意，回道："属下马上去安排。"

"让徐钧去，"赵季又道，"他跟了宁远舟五年，化成灰也认得。"

娄青强一顿："徐钧以下四人的尸体，刚刚在侍郎府后花园的池中被找到了。"

赵季一惊："什么?!"

"应该是处置那些舞姬时出了岔子，属下亲自查验过，舞姬里恐怕真的混进了朱衣卫的白雀——还没死的舞姬什么都不记得了，但身上沾了逍遥散的粉末，那种东西，只有朱衣卫才有。"

赵季疑惑："朱衣卫？徐钧至少能在我剑下走上五十招，白雀里怎么可能有这样的高手！"

"要不要马上找越先生来问一声？"

赵季脸上闪过一抹厉色："不用。叫越先生提前行动。章相这会儿正在气头上，要是找不回宁远舟，也只能用这场大功稍微抵挡一二了。"

# 第三章

## 灵前斩罪人，破棺见蛾眉

如意快步穿行在街巷之间，向着朱衣卫总堂所在的青石巷赶去。

她同玲珑约定今日酉时在圆通寺石塔下碰面，她如约拿到了粮草图前去赴约，玲珑却始终没有出现。

梧都的白雀为那张粮草图筹谋多日，玲珑更是需要拿这张粮草图将功折罪。若不是遭遇了意外，她不可能爽约。

忽有大队人马自街上疾驰而过，如意忙藏身到暗处。见这群人牵着猎犬，向城外方向去，分明是为找人，心下越发觉着不妙。

这一行人过后，更夫便敲着更锣开始巡街，提醒往来之人，今日城门将提早关闭，出入城门务必从速。

如意皱了皱眉头，加快了脚步。

青石巷口却是一切如初，临近傍晚时分，浓荫铺地，青石生潮。素日里往来于此的行人便少，此刻更是幽寂无声。

如意悄然靠近总堂所在的宅院，见四下无人，便闪身翻墙跃入。

宅院里却也是空无一人，寂静得可怕。如意贴着墙角和庭树快步行走着。她对此处地形熟悉得很，知晓何处不易被发现。然而一路行来，竟当真一个人影也不曾看见。

绕过后院，来至前庭，只见庭院中荷花盛开，两只猫懒洋洋地卧在荷花缸下睡觉。四面院墙屋舍，皆寂静无声。

如意不由得屏息，贴着墙根挪到正房窗台下，透过窗缝窥视着屋内。只见屋中几净窗明，花影寥落，似是并无异常。

她正要看向别处，眼前忽有一滴鲜血落下。如意一惊，抬头向上看去，便见房梁之上钉着一具女尸，双目浑浊圆睁，鲜血自七窍、指端无声地流出——竟是玲珑。

如意倒退了一步，便听侧院传来一声喝问："谁？！"

她心如电转，转身奔离，刚转过正房拐角，便见前庭满地尸首横斜，惨状可怖。

便听一句吩咐："各处都看看，搜仔细了。"——分明是赵季的声音。

不过转瞬之间，娄青强便带着几个属下疾步赶来。

庭院中却一切如常，只两只猫儿似是被几人的脚步声惊到，跃至檐廊下，同娄青强碰个正着。

娄青强抬脚踢开猫，遣人四散搜索。庭中一目到底，并无可藏人之处。他确认无异，便对随后走来的赵季道："大人放心，只是猫打架。"

赵季的目光也扫过庭院，见庭院中只一缸荷叶轻摇，并无可躲藏之处。这才转向一旁，问道："越先生，你确定朱衣卫梧都分堂的所有人都在这里？"

他身侧之人黑衣兜帽遮蔽全身，声音透过面具的遮挡传来，瓮瓮如瓦鸣："确定，昨天梧都分堂收到在侍郎府上暴露的白雀示警，在册的所有人都全数转到青石巷总堂这里来会合，一个人也没有少。一共四十七条性命，才三千金，便宜你了。"

赵季冷笑道："一个也没有少？可我不相信，你们一只白雀就能杀了我四个得力的手下！"

"赵大人是在质问我吗？"

"我的手下总不能死得不明不白。"赵季审视着他，"越先生，给句明话吧，除了梧都分堂的人，你们朱衣卫总堂，有没有直接派过其他高手来这里？"

那黑衣人却丝毫不为所动："据我所知，没有。我和你的交易已经结束了，钱呢？"

赵季冷哼一声，却也知道轻易套不出什么话，便示意娄青强送上

金子。那黑衣人接过匣子，看也不看，转身离去。

娄青强目送他的背影，感慨道："这位越先生在朱衣卫里到底是哪路神仙？这可真是个狠人，眼看着四十七个同僚断气，连眼皮都没有眨一下。"

赵季不以为意："不过是些低等的白雀和朱衣众而已，死了自然有别的人填上。"便又转而问道，"那个叫玲珑的白雀，是你审的？"

娄青强点头道："是。属下亲手折断了她全身的骨头，她才肯说实话。"

"她那个亲亲好情郎呢，跟她死一块儿了吗？"

娄青强轻蔑地一笑："怎么会？那可是越先生的亲信，越先生就带走了他一人。"

赵季思索了片刻，犹然有些疑虑："我还是觉得，就凭那个玲珑，一个人干不了这么大的事。你再好好把这儿搜一遍——城中也须得严加盘查。若真有漏网的朱衣卫，必定会想方设法出城，务必把他拿下。"

娄青强领命。

天气炎热，赵季低头瞧见满地尸首，微微皱眉，一挥手："烧了吧。"

六道堂的人穿梭在庭院各处点火，熊熊大火在宅院各处燃起，腾起的火苗映红了暮色中渐渐暗白的天空。火海之中，唯有庭院中心的一缸水，碧绿清凉。

如意闭息潜伏在那缸水中，用力攥紧了手心。但四面都是敌人，她还不能暴露行踪。

忽有道众留意到庭院中央的荷花缸，举着火把走过来。那荷花缸一人多高，荷花盛放，荷叶田田，看不到缸内情形。他便拔剑往荷花缸中刺了刺，察觉到刺中了什么，便拔剑来看，见剑上有血，便下意识地探头往缸里看去。

如意便在此刻破水而出，手中银针直刺他咽喉。那道众猝不及防，已被刺破了声道。他摸着脖子后退，想唤人来增援，却发不出声音，只得挥剑攻来。

如意也持针攻上前去，不料身上一沉，竟半途跌落在地。她察觉到经脉凝塞，连忙催动内力，却是毫无反应。低头看去，才见伤口上竟渗出黑血。她猛地醒悟——剑上有毒。

那道众见她毒发，狞笑着杀上来。但如意很快膝尖用力，轻松跪断了他的咽喉。

大火越烧越旺，各处房舍亭台都开始坍塌。那小小一隅的缠斗声淹没在烈火和坍塌声中，无人察觉。

赵季看了一眼火中的宅院，下令："走吧！"

宅中正房也终于轰然坍塌，如意向着犹然燃烧着的废墟走去。她终于从废墟中翻到了玲珑的尸首，抬手合上她的双目，抱起她的尸体从废墟中走出，凌乱的发丝凝着干涸的血迹。

梁柱在她身后倒塌，熊熊烈火再度缭绕腾起，映红了她苍白如纸的面容，然而那双漆黑无光的眼睛却始终冷如寒冰。

大火烧尽时，院中犹自冒着浓烟。看热闹的百姓围在宅院前的巷子里，探头探脑地张望着。

景阳钟于傍晚时响起——官差频繁穿梭于街巷城门，坊间已流传起不少谣言。人们纷纷低声议论着。

无人知晓这一把火源自六道堂对朱衣卫的清剿。在六道堂的授意之下，前来善后的官员只将这案子当普通的失火来处置和通报。清点好尸首之后，他点头哈腰地陪着娄青强从火场里走出来，聆听这位阎罗的吩咐。

娄青强却突然停住了脚步。就在官员忐忑自己是否出了什么纰漏时，娄青强回过头，再次确认了一遍青石路面上按性别分别排列的尸首数量。

随即这位阎罗皱起眉头，唤来了六道堂的缇骑："男的多了一个，女的少了一个。再查！"

一家酒坊地窖里，如意挤去肩上黑血，用烈酒冲洗伤口。剧烈的

第三章

疼痛令她精神恍惚，眼前忽地便浮现出些杂乱的画面。

大火映红了天空，亭台在烈焰中坍塌。华服的凤冠女子回过头来，推着她："快走，别管我……"她伸手想拉着那人的衣袖，却捉了一手空，眼看着那身影远去……

她心中剧痛，却嘶喊不出。忽地，那女子回望的面容便同玲珑死不瞑目的面容重叠了，尸首铺陈满地，青石巷的大火冲天而起。

隔着陶缸和灌了满耳的清水，越先生、赵季和娄青强的声音杂乱扭曲地传来。

"四十七条性命，才三千金，便宜你了。"

"那个叫玲珑的白雀是你审的？"

"属下亲手折断了她全身的骨头，她才肯说实话。"

……

利剑迎面向她刺来。

如意陡然从回忆中惊醒。

她解下颈中贴肉挂着的一只锦囊，从里面取出一枚蜡丸，捏碎，一咬牙，仰头服下——蜡丸中装的是高阶朱衣卫才有的"万毒解"，名虽夸张，但世间八成毒药确能应效，唯一的缺点，就是使用后七日内内力全无，后面也只能缓慢恢复。

这才又从锦囊里掏出一块小小的丝绢，那丝绢上题"索命簿"三字。如意眼中闪过一丝厉色，她以簪为笔，以血为墨，一字一字开始往上添加名字：赵季、越先生、娄青强……

天色已然沉黑，六道堂的人还在青石巷里翻找搜寻着，却依旧一无所获。

娄青强再次将目光投向地上陈列的尸首，忽见火把映照之下，一具男尸身上有一点反光。他冲过去翻找，片刻后便从那尸首身上翻出一枚腰牌——是六道堂的"人道"腰牌。

娄青强脸色铁青——有人杀了六道堂的人，换出一具女尸。朱衣卫中，果然还有漏网之鱼。

已是宵禁时候，各家都已锁门闭户，街上却并不平静。六道堂的缇骑牵着猎狗，循着干涸的血迹四处搜寻着。到处都是犬吠声、脚步声和踹门搜查声。

奔走半夜却一无所获，娄青强抬头看见不远处酒坊招牌，忽地意识到——能在他们眼皮子底下杀人偷尸的，必定是高手。怕是早已料到他们会带猎犬搜查，必定会寻找能扰乱猎犬嗅觉之处躲藏……酒坊，或者香料铺！

他立刻抬手："那边。"

踹开酒坊大门，不多时果然从地窖里翻找到沾血的衣物。

娄青强看着明显属于女人的衣服，有片刻惊讶："女的？"却随即眼神一厉，"还没走远，继续搜！"

如意猫低身体在屋顶上奔跑，却因为不断渗血的伤口而越跑越慢。

不远处传来狗叫声，火把的光也渐渐逼近。如意咬了咬牙，把衣物撕成布条，沾上自己的血，包上石块，一边跑，一边向着相反方向奋力扔出去。

六道堂的人牵着兴奋狂奔、不停狂叫的猎犬，东冲西撞，奔到尽头，却只找到一块血布包着的石块，只能转向再找。

屋顶上，如意伏在屋檐上，安静地融入夜色。

街道上，娄青强已接连被几块沾血的石块戏耍，气急败坏，却依旧带着人马奋力地搜寻着。

月已西沉，如意听得犬吠声渐近，却已无余力继续奔逃了。她扭头看向一侧，见不远处便是一处荒凉的院落，院落中有一间老屋，透过破败的后窗，月光下隐约可见屋内有几副棺材。她想也没想，悄然翻过院墙，穿窗而入。

猎犬终于在如意曾落脚的屋檐下，找到一摊血迹。娄青强摸了摸血迹，见那血迹淋漓，分明是翻过坊墙往那侧去了，立刻便带着手下前去追捕。

夜色已深，坊门已经闭锁。六道堂的人砸门呼喊坊正来开门，砸了一阵子仍无人来应，便不耐烦地开始踹门。

第三章

"六道堂捉拿钦犯，开门！"

却忽然响起一声"闭嘴"。娄青强一惊，连忙收手。

坊门打开，里面站着的果然是赵季。他正带着几名手下隐匿在院墙拐角处，似是在围捕什么。见娄青强来，他面色铁青地瞪过去。

娄青强小心翼翼地上前："大人……"

赵季一脸怒气，低声骂道："滚，别妨碍我办正事！"

娄青强连忙带着自己人退下。赵季不是什么宽以待下之人，何况刚在章楤手下吃了挂落。娄青强不敢让他知道，自己手底下刚刚走脱了个朱衣卫的奸细。退得远远的了，他还不忘叮嘱几个手下："今晚的事谁都不准透露给大人知道，否则咱们都得死！"

堂里的规矩、赵季的暴戾，众人都懂，都栗然点头，却也不免要问："那，今天晚上还查不查？"

娄青强一眯眼："不查了，把东西交给越先生，让他去查——要是逃走的人把这事捅到朱衣卫总堂，吃亏的也不是咱们。"

坊门内，赵季指挥着手下悄悄围向一处破败的院门。忽听得门内一声细微响动，他一个手势，众人立刻躬身躲进隐蔽之处。片刻后，院门打开一条缝，一个腰缠孝带的少年警觉地探头出来。

那少年小心地向四周打量了半晌，似乎并未察觉到什么动静，便又重新关好了门。

众人松了口气，纷纷直起身来，赵季阻挡不及，便听墙内传出一声："谁？"

众人不料这少年竟如此警觉，再要躲避时，那少年竟已直接跃上院墙，见四面都是鬼鬼祟祟的人，当即便持剑攻上来。他看上去不过才十六七岁年纪，身手已是不俗，招招凌厉，赵季带着的几个手下合力竟也不是他的对手。赵季不得不亲自出手，这才将少年逼入死角。

少年却毫不畏惧，伸手便向腰间探去。

赵季眼神一厉，立刻喝道："元禄！是我！"

那少年一愣，看向赵季，随即笑了："赵大人？大晚上这身打扮，是想偷鸡呢，还是摸狗呢？也不早点出声，可真是险哪，差一点我就送您两颗雷火弹了。"

他手往外一掏，赵季眼皮不自觉跟着一跳，然而抛出的却只是一枚糖丸。

那名唤元禄的少年将糖丸咬在嘴里，嘎吱嘎吱地嚼着，黑眼睛含笑带讥地挑着赵季，对这位鬼见也愁的六道堂副堂主竟是毫不畏惧。

赵季皱了皱眉："你为什么会在这儿？"

"禀大人，我——就不告诉你。你不会年纪大了就记性不好吧，小爷元禄我早就不是六道堂的人了。"

少年戏弄过他，转身便要往门里走去。赵季脸上一阵红一阵白，喝道："大胆！"

立刻有手下拦住元禄。元禄又摸出一颗糖丸，上下抛着，毫无惧意："哟，想尝一发我当年轰掉半个器械堂的雷火弹？"

手下惊惧后退，赵季却阴冷地接了句："你炸啊。我就不信你敢炸掉宁远舟的老宅。"

元禄脸色变了一变。赵季一挥手，众人便向院门扑去。元禄左支右绌，渐渐着急起来："不许进去！你们有没有点良心？今天是宁头儿的'头七'，你们也不怕扰了他的英灵！"

在场都是六道堂的人，听闻宁远舟的死讯都不由得一惊，纷纷缓了攻势。赵季见状，厉声喝道："攻进去。"

众人不敢抗命，只能继续围攻，元禄抵挡不住，渐渐向院中败退。

一行人闯进院子里，只见院中处处素白，心中已对元禄的话信了八分。元禄却无意欺骗他们，身后正堂里摆的就是宁远舟的灵堂，他退无可退，只能从腰间摸出暗器开始攻击。他奇门遁甲之术却更胜剑术，一时间奇招百出，暗器乱飞。赵季一行虽人多势众，却也对他无可奈何。

赵季被暗器擦伤脸颊，不由得大怒，亲自挥剑攻上去。元禄勉强抵挡几招之后，便被剑架住了脖子。

众人一拥而上，按住了元禄。元禄挣扎不止，见赵季要推门进屋，急得破口大骂:"赵季,你不准进!"

赵季自然不做理会。推开门,只见屋里一灯如豆,昏暗寂冷。屋子似已许多年无人住过,并无多余的陈设。当中一张临时充作供台的几案,上陈着几样鲜果水酒,应是元禄新供上的。几案后是一张陈旧的高台,高台上依次摆放着几代先祖灵牌,最新的那块灵牌上写着"梧故府君宁远舟之灵"。高台之后,则停放着几具棺材。分明是做供奉、停灵之用的祠堂。

六道堂众人都一凛,纷纷肃立。

赵季走进去,默立一刻后,目光扫过四处,突然飞脚踢向棺材,高台上的灵牌也倒落一地。

众人又惊又愧又怕:"大人!"

元禄气急,破口大骂:"赵季,你还是不是人?!害得宁头儿充军战死还不够,现在连他的遗骨都不放过!六道堂有你这样的主事,真是倒了十八辈子血霉!"

赵季冷笑道:"你倒是一心想着宁远舟,可惜,你家宁头儿可没把你当心腹啊。"

他抬脚腾地一下,又踢翻了一具棺材。

元禄死命地挣扎起来,大喊着"住手"。

赵季夺过一支火把,提高了声音:"宁远舟,你再不出来,我就放火烧了你家!"

所有人都惊疑不定地四处张望。屋内却只有火把燃烧发出的轻微毕剥声。

赵季举起火把,提高声音:"一,二,三!"

他把火把扔到了蒲团上,蒲团迅速烧成了火球,又引燃了一旁几案。屋内霎时间浓烟滚滚,众人都被呛得咳嗽不止,纷纷往屋外退去。这屋里家具老旧蒙尘,干燥得很,再拖下去迟早引燃全屋。

然而灵堂之上依旧寂静无声。赵季也还在等。

元禄终于挣开牵制,挥着衣服扑上去,试图扑灭火势,怒骂道:"赵季你疯了吗?宁头儿的遗骨是萧将军亲自让人加紧护送回来的,他怎么可能还活着?!"

赵季目光赤红,却已丧心病狂。他一把揪住元禄的衣领,前来擒拿元禄的道众也立刻押住元禄的双臂,将他按住。

赵季抽出腰间匕首,比在元禄锁骨上,狞笑着高喊:"宁远舟,你舍得你家百年老宅,那舍不舍得你这个小跟班儿?琵琶骨一断,他那双巧手可就从此废了!一!二!三——"

语音刚落,赵季便抬臂向元禄刺去。眼看那刀尖离元禄的肩膀只有一毫,众人只觉眼前一花,一个鬼魅似的影子闪过,被他们牢牢制住的元禄便已经被劫到了院外。

那道鬼魅似的身影救出元禄后迅速折回,赵季尚不及反应,身上披风已被挑开,扑在了燃烧的几案上。火苗瞬间熄灭。

元禄和众人都不由得惊喜出声:"宁头儿!"

院中站着的正是从天门关战场上假死归来的宁远舟,只见他仍是一副懒散的样子,微微眯起眼睛,看向赵季:"深更半夜来我坟头上折腾,赵季,你真是越来越出息了。"

赵季又惊又喜:"我就知道你没那么容易死。一听察子来报,说有个身高八尺半的男子一口气买了十三只张记的一口酥,我就知道一定是你!"

元禄愕然,无语又气恼地看向宁远舟。

宁远舟干咳一声:"不好意思,就这毛病,下回一定改。"

赵季挥手,道:"拿下他!"

众人却迟疑不决——毕竟这可是宁远舟,他们的"宁头儿"。

赵季拔剑亲自冲上去,大声道:"抗命者死!"

众人只能随他一道杀上去。宁远舟却不慌不忙,诸人扑到近前,突然纷纷跌倒,原来一条透明细线如拦马索一般绊倒了他们。众人爬起来再冲,宁远舟穿枝拂柳般几步横穿,一干人等已被卸了关节,扑倒在地。

转眼之间,就只剩赵季在同宁远舟交手。对赵季,宁远舟却不曾手下留情,招招快且硬,不过片刻赵季就已招架不住。眼看自己手臂被擒,疼痛已顺着经脉传来,赵季忙喝道:"天道自柴明以下十六人的下落,你还想不想知道?"

虽然自己在战时不过只是一个后营的火头军,与天道众护卫相距甚远,不通消息,但宁远舟身形一滞,手上动作便停了——逃亡回京的路上,他也曾多次打听柴明的消息,但梧军溃如潮退,竟毫无头绪。想着柴明他们毕竟武功高强,自能与自己一般护得性命,是以宁远舟才微微放心。不意今日赵季的一句话,竟让他心弦骤紧——难道柴明他们竟出事了?

赵季自觉拿捏住了宁远舟的软肋,冷笑道:"他们可个个都是跟你有过命交情的好兄弟,想知道的话,就跟我进去!"

宁远舟竟当真放开赵季,跟着他进屋了。进屋后他拾起地上的灵牌,重新摆好,淡声道:"说吧,柴明在哪里?"

赵季却自顾自拿起案上之酒,自己喝了一杯后,又倒了一杯推给宁远舟:"先喝口酒,慢慢说。"

宁远舟接过酒。赵季举杯示意,宁远舟只好跟他碰杯。

杯口还没碰上,赵季又道:"现在我执掌六道堂,你只是个火头军。"

宁远舟手一顿,立刻会意。他也懒得去争这口闲气,放低杯身,换做双手捧杯,杯口也比赵季矮了半寸,轻轻一碰。捧杯时见赵季还盯着他,便又扯了扯嘴角,低头示敬,务要一次就把这人敬舒坦了。

赵季这才满意,洋洋自得地喝了半口酒,却将余酒往宁远舟脸上一泼。

门口的元禄大怒,跳起来就要进屋。宁远舟抬手阻止。他缓了口气,平静地擦拭脸上酒渍。

赵季猖狂地看着他:"我这是让你醒醒神,认清自己现在的地位。别仗着自己武功好,就真拿自己当个人物。就算你刚才能伤了我,可我姑父章相,转头也能下令掘了你宁家祖坟。"

宁远舟擦干了脸,点头认了句:"是。"他自觉赵季该满意了,便问道:"柴明他们是不是被你派去护卫圣上了?"

赵季道:"等你办到了章相吩咐的事,我自然会告诉你。"

宁远舟眼皮一抬,问:"章崧要我做什么事?"

"圣上北狩蒙尘,章相想找人把圣上救回来。你在安都潜伏了半年,对安国最熟。"

宁远舟默然不答。

赵季便又道:"章相金口玉言,只要你能成功,不光所有的罪责全免,还许你官复原职。你意下如何?"

宁远舟一笑:"你先告诉我柴明他们的下落,我再告诉你我愿不愿意。"

赵季狠声道:"少给我来这套。"

宁远舟提醒:"能把你大半夜逼到这儿来,章崧多半下了严令吧?"

赵季无奈,只得说道:"柴明他们随圣上出征,有些人当场战死,其他的跟着圣上被安国人抓走了。你要是去了安国,顺手就能救了他们。"

宁远舟却笑了笑:"没兴趣。"

赵季一愕。

宁远舟搁下酒杯,回身整理高台上的供物:"我早就不是他们的上司了,问一声生死,无非念着当日的交情。安国,我是不会去的。"

赵季大怒,一脚踢翻高台,灵牌掉落一地:"宁远舟,你别敬酒不吃吃罚酒!"

宁远舟手里还捏着一副没摆好的筷子,低头看了眼地上灵牌:"赵大人生气了?何必呢。"他转身走向赵季,"我问你,可还记得六道堂堂规第九条、第三十一条和第七十八条?"

赵季被他问得有些蒙,只见他面色平静,眼睛里却是半分笑意也无,执掌六道堂多年的威势仿佛重新回到他的身上。赵季同他对视,莫名竟有些被慑住了。

"记不得了?那我来告诉你。第九条,勾结外人,有害道众性命者——"

赵季还在听着,眼前突然就一花。喉间一热,他惊恐地抬手摸去——那双筷子竟已穿过了他的喉咙。赵季瞪圆了眼睛,捂着喉咙,

第三章

热血顺着指缝流出。

宁远舟平静地背诵着:"有害道众性命者,死。"

赵季挣扎着走向堂外,元禄连忙让开。原本散坐各处忙着疗伤的道众们听到动静,纷纷聚集过来。赵季伸出手去,哑声求援:"救我……"道众们见他濒死挣扎的模样,无不骇然。

宁远舟却头都不回,只将倒在地上的灵牌捡起来,轻轻擦拭着,平静地继续背诵:"第三十一条,栽赃陷害道众者,死;第七十八条,大不敬上官者,死。"

他将擦好的灵牌重新摆正,恭敬三礼:"这里供奉的,除了我宁氏先祖之灵,还有我义父宋老堂主之灵。刚才,赵季踢翻的棺材,是他老人家的。只因他遗命要我扶棺入土,我又一直身处牢中,才拖延至今。"

众人这才看清,灵牌上写着的是"梧故辅国大将军六道堂堂主宋一帆之灵",忙齐齐跪倒磕头:"老堂主英灵永照!"

宁远舟背向他们,朗声道:"见灵如人,赵季大不敬老堂主,是否有违堂规第七十八条,按律当死?"

众人相视,不敢答话。

宁远舟又道:"我为六道堂抛却生死,奔走十五年,却因赵季上媚奸相,被两次陷害,险些死在天门关。他是否有违堂规第三十一条,按律当死?"

众人大震,看着在地上抽搐的赵季,终于有人大声回道:"当死。"

宁远舟转过身来,道:"赵季上任不过一年,便将老堂主与我费尽心血建立的制度一一破坏殆尽,闲置信鸽司,废除森罗殿,罗织罪名,将不服者一一投狱;拖累远征大军无可用之密报,白白战死沙场;天道柴明等十六位兄弟,半数血战而死,半数忍辱被囚……他是否有违堂规第九条,按律当死?"

这一回,六道堂众人无不听得虎目含泪,悲愤难抑,齐声吼道:"当死!"

宁远舟这才走出正堂:"既然如此,我按六道堂堂规处置这三罪齐发之人,各位可有异议?"

道众齐声:"堂主英明!"

宁远舟却摇头,道:"我早就不是你们的堂主了,以后也只想当个寻常百姓,各位如果还念着往日的香火情,最好只当今晚没见过我。过两天我为义父迁灵后,自会离开京城。"

地上赵季终于吐出最后一口气,僵硬不动了,却早已无人在意。

众人只听宁远舟要走,纷纷上前挽留:"宁头儿你别走,我们舍不得你!""自从您走了之后,六道堂就不像个样子了,您回来吧。"

宁远舟看向众人道:"天下无不散的宴席,我意已决。何况我现在一身是伤,也无力再奔走下去了。只想找个山明水秀的地方,劈劈柴、种种花,过几年安稳日子。还请各位行个方便吧。"

道众们难过至极,却也知"宁头儿"的决定无人能动摇。终于有人一抹眼泪,回身说道:"朱衣卫梧都分堂全数被捣毁,赵都尉出城追击余孽,不知几时才能回来!"

众人会过意来,连忙找麻袋将赵季的尸体一套,高声答道:"起码得三四天吧!"

"那——天色不早了,朱衣卫奸细也没抓着,兄弟们,撤!"

他们最后向宁远舟抱拳致意,道一声:"您保重。"便扛上麻袋,迅速离开了。

目送众人离去之后,元禄回身就打了宁远舟一拳,"你玩假死,干吗不告诉我?害得我还以为你真没了,哭了好多回!"

他年纪小,性情率直单纯,藏不住心事,此刻又是欢喜又是气恼。

宁远舟最放心不下的,其实也正是这个孩子。他叹了口气,拍着他的背,示意他先平复心情,仔细解释着:"对不起,我也是没法子。你知道,自打章崧开始扶植赵季,我就不想玩了。只是这个身份实在太打眼,不这么假死一回,把你也骗倒了,那些盯着我的眼睛,怎么可能放我走?"

"我不管,我打小就是你的跟屁虫,你活着,去哪儿都得带着我;

第三章

你死了，我也得给你看坟！"

宁远舟的耳朵却突然微微一动，已凝起心神："好。我答应你就是。快去把门关好吧。"

元禄兴冲冲地跑去关门，嘴巴犹然不停："说好了啊！那明早我先去化人场瞧瞧。对了，你回京的事，要不要告诉盈公主？上回我进宫，她还拦着我，直问你什么时候能回来呢……"

宁远舟却闪身奔向屋内，一掌击向棺材。那棺材瞬间四分五裂。

如意从中飞弹而出，狠狠摔在地上。虽用十八跌卸去了些力道，却也跌得不轻。她在棺中听到了外面发生的所有事，已经知晓面前的人便是六道堂前堂主宁远舟，心如电转，已在思索对策。

她身形一动，宁远舟立刻飞身而出，一面防备她用毒，一面阻住她的去路："刚才他们追的就是你？朱衣卫的奸细？"

如意抬起头时，已调整好表情。只见她衣衫发髻凌乱，强撑起的身体微微颤抖，显得弱不胜衣，黑眼睛里映着破碎的光，惊恐地看着宁远舟："不，奴不是！公子饶命！"

宁远舟声冷如冰，丝毫不为所动："不是朱衣卫？那刚才摔倒的时候为什么用了朱衣卫的十八跌？"

"奴，奴真的不知道什么朱衣卫蓝衣卫，奴只是个教坊的舞姬！"如意抬手攥住胸口，声音颤抖，"那天姐姐们去侍郎府献艺，结果一个都没能回来，六道堂的官爷硬说姐姐们唱的曲子是诅咒圣上，把她们都杀了！昨晚上他们又上教坊来抓人，说奴也有嫌疑！"她捂住脸，"奴不想死，拼着清白不要，差点被看牢的给祸害了，这才冒死逃了出来……"她说着，便放声抽泣起来。

宁远舟却依旧不为所动。如意却也知道他没这么容易受骗，这番话原也不是为了骗过他。

元禄锁好门，早听到动静跑回来，听到这番哭诉，心肠已软下来："我知道这事，赵季就是为了问人要钱，硬污她们是奸细！还好这混账东西已经死了……"他转向如意，"你别哭，现在已经没事了。"

宁远舟面色不变："你扶她起来。"

如意摇摇晃晃地起身,还未站稳,宁远舟已持剑直刺她的面门!如意料知他还会再试,只做未察觉,丝毫不做闪避。直到剑尖刺至眼前,才如刚刚反应过来一般,膝盖一软跪倒在地。

元禄忙来搀她:"别怕别怕,宁头儿只是想试你,不是要杀你。"又看向宁远舟,"她见了剑都不会躲,怎么会是朱衣卫?"见宁远舟还是不置可否,便抓起如意的手腕运功一试,随即喷了一声,直接把她的手腕递给宁远舟,"喏,一点内力也没有。"

宁远舟一把抓住如意的手腕,运功试探。月光之下,那手腕皓白如玉,因害怕而微微颤抖着。宁远舟却是毫不怜香惜玉,片刻方道:"丹田里倒真是空的。"

如意原本就在勉力支持,此时见情势稍缓,精神一松,意识便模糊起来。她身子一软,顺势倒在了宁远舟怀中。隐约中,她只听到元禄担心的声音:"哎呀,她晕过去了!"

宁远舟本能要避,却到底还是扶住了她。

月光如水,怀中女子面色苍白得近乎透明。

夜色深沉,月过中天。

丹阳王的府邸却依旧灯火未熄,丹阳王杨行健正焦急地等在书房中。

自昨日与皇位擦肩而过,他便立刻差人四处搜集前线消息。虽有皇后兄长萧明的亲笔书信,但焉知萧明所说是否属实?焉知一切就不是皇后为保住权位而设下的权宜之计?若无确切信源,丹阳王不信天子尚存。他必须尽快了解当日情形,才能重新夺回主动。

引路的侍从自门外小跑进来时,还未望见今日来客的身形,丹阳王已迫不及待地起身迎上前。便见月光之下,一位重伤未愈的缇骑被人用担架抬了进来。

侍从们小心地将担架放稳,担架上的军官勉力起身,向丹阳王行礼:"六道堂天道校尉蒋穹参见殿下。谢殿下派亲信接末将回京。"

丹阳王忙按下他:"不用多礼,孤是你的旧主,救你乃是应有之

第三章

义。我只想知道，圣上如今究竟如何？"

蒋穹艰难地拱手向北遥敬，"末将亲眼所见，圣上平安尚在。"

丹阳王一震，失落地坐下，喃喃道："你亲眼所见？"

蒋穹面带愧色："是。末将无能，与圣上一起，被安国的长庆侯所俘。"

丹阳王微惊，忙道："快同孤说说，当日究竟是何情形。"

数十日前。

梧帝下令冲锋之后，两军短兵相接，梧军渐渐不敌。鏖战中，忽有一支安军杀入，将梧帝重重围困。梧军和天道众人奋力拼杀，奈何寡不敌众，一个接一个地倒地。天子战前英武，陷阵后眼见面前血肉横飞，早已吓破了胆，混乱中头盔滚落在地，惊慌地呼救："柴明、蒋穹，快召集你们天道护驾！带朕逃出去！"

天道残部都忙于护着他拼杀，还来不及回答，便有个白袍小将如风一般杀来。他在奔马之上弯弓搭箭，箭无虚发。

眼见他一箭射向梧帝面门，柴明奋不顾身地扑上去，挡在了梧帝面前，胸中一箭倒地。蒋穹也随即被安军击倒，终于梧帝身边再无护卫之人。

白袍小将驱马来到梧帝面前，翻身下马。

重伤难起的蒋穹倒在地上，入目只见天地昏黄、伏尸填谷，那一袭白袍落地，他双眼都被耀得生疼。

而那白袍的主人不过二十出头的年纪，全不似寻常北地骑士那般粗粝伟壮，生得一副风流蕴藉的俊美模样，面见梧帝的仪态亦是儒雅有节。

他不失恭敬地向梧帝行礼："安国长庆侯李同光，参见梧帝陛下。"

惶惶不安的梧帝下意识地道："平身。"

而李同光在他虚扶之前便直起身来，微微一笑："陛下万岁万万岁。"便在说话同时，挥出一剑。

一道银光之后，血箭喷出，梧帝不可置信地颓然倒下。

李同光抖落剑上血珠，桃花眼中笑意未熄，依旧是儒雅风流的俊美少年。这般平静淡然，仿佛前一刻砍的不是万乘之尊，而不过是一条丧家之犬。

　　因奋起要和李同光拼命而受伤不轻的蒋穹被押入帐篷时，只见帐中梧帝被束着手铐脚镣，身上多处包扎着绷带，神色委顿。

　　蒋穹几乎落泪："圣上！"

　　梧帝闻声蓦然站起："蒋穹！"

　　李同光走进帐中，一笑："如何，我说你们皇帝平安无事吧？"他自去案上取水，背对着蒋穹边斟饮，边道，"既然见到了，就替我带个话给贵国章相，皇后也行，就说我国并无久留贵国圣上之意，只要十万两黄金，便立刻放人。"

　　蒋穹、梧帝均是一惊。梧帝欢喜询问："当真？"

　　李同光瞥他一眼："我既然能捉了你，自然也能放了你。"

　　他随手一指蒋穹，吩咐手下："给他马、干粮和腰牌，确保他能一路无阻通过各道关卡。"

　　蒋穹一咬牙，跪倒在地："唯愿侯爷一言九鼎，并善待圣上！圣上乃一国之君，若有人刻意辱之，我梧国上下勇士数万，当不惜性命讨之！"

　　李同光浑不在意，一笑："既然你如此豪言壮语，那我就再加一个条件。你们派来的迎帝使，必须是皇子之尊，否则，也配不上你们那尊贵的圣上不是？"

　　蒋穹愕然，李同光却已经迤迤然走远了。

　　丹阳王听得双眉紧皱："孤记得这个执掌虎翼军的长庆侯李同光，是安帝唯一的外甥？"

　　蒋穹点头："是，末将听说他的生母是与安帝一母同胞的清宁长公主，当年曾远嫁宿国为太子妃，后来两国交战，公主拼死逃回国内，受不了少苦，后来又病重早亡。是以安帝对他多有歉疚，年纪轻轻就许他以高位。"

丹阳王摇头："单凭歉疚和恩宠，他绝对坐不稳虎翼军的帅帐；生擒圣上之功，凭的也绝不只是运气。"他闭目思索着，疑虑重重，"十万两黄金，这是想掏干我大梧国库啊。外加一位皇子，这分明是冲着孤来的。他们收了钱，多半还会扣住孤和圣上不放，如此一来，朝中就只能拥立皇后之子继位。到时候君幼国贫，败亡之日，必不远矣。"

蒋穹道："不如让英王殿下做迎帝使？"

丹阳王苦笑："三弟他自幼残疾，打六岁起就没离过药碗。让他去安国，那便是送他去死。"

蒋穹默然无语。

丹阳王叹了口气，无可奈何道："呵，长庆侯这一招，是想离间我们的兄弟情分啊。还真是一石三鸟，难怪安帝如此看重这个外甥。"他头痛扶额，感叹，"难啊，难。算了，明日朝会之上，你如实向各大臣讲述此事即可。眼下，也只能因势而就了。"

侍从正要将蒋穹抬下，蒋穹忙道："等等！殿下，末将还有一事相求！"

丹阳王道："说。"

"末将一路进京，听到不少流言。许多人都说，圣上蒙难，乃是我们天道护卫叛国所致。可末将敢以性命担保，我天道诸人，无论是死是活，都是英勇之辈，绝无叛国宵小！我们可以为国战死，但不能背着莫须有的罪名！"蒋穹仰望着丹阳王，眼含热泪，目光切切，"求殿下日后在朝堂之上，为我天道兄弟正名。"

丹阳王长叹："不是孤不想帮你，只是天门关战事远在千里之外，活着的除你之外，又尽数被俘往安都。若无实证，单凭孤一言半语，如何能还你们清白？"

蒋穹抓紧了担架，悲愤道："难道，柴大哥他们就白死了吗？！"

丹阳王不能作答，揉着额头叹了口气——今夜需要他烦心的事，实在过于多了，无奈的也并不只有这一件。

他挥了挥手，示意侍从们将蒋穹抬下。

不多时，书房里便安静下来，只香炉中雾气缭绕升起。

## 第四章

## 庙堂听纷扰，深宫易冠弁

如意做了个梦。

梦中雾气弥漫，然而那雾气却又如晨光一般是温暖柔明的，就像是许多年前她在昭节皇后身边度过的某一个平凡的清晨。她知晓这是在做梦，现实中她身负重伤躺在六道堂前堂主破旧的老宅中，尚未摆脱猜疑和追捕，是不可能在温馨中安睡的。

但她好想念当初的日子，她好想那个人……

于是梦中，她便再次听到如当年一般温柔的声音，轻轻呼唤着："阿辛，醒醒，你不能再睡了。"

是，她不能再睡了。她必须……

她挣扎着爬起来，便看到了昭节皇后温柔慈爱的笑颜。她本该意识到自己再次陷入了梦中，却在看到那面容的瞬间，便模糊了梦与现实的距离："娘娘！"泪盈于睫。

梦中昭节皇后扶住她："你怎么伤得这么重？"

她便向昭节皇后倾吐这数日间的遭遇："我不要紧。可是整个朱衣卫梧都分堂都被叛徒出卖了，没有一个人活下来。我也在被追杀。"在这个人面前她不必伪装和自欺，所有的挣扎和心事都可以诉说，"我想替他们报仇。"

没错，她想替他们报仇——她早已想离开朱衣卫，她应该自保和远离。但亲眼看着这么多人死去，她想替他们报仇。

昭节皇后便又问："那，你现在安全吗？"

她在梦中和昭节皇后分析着自己的处境："我藏的地方是六道堂前堂主宁远舟的家，这个人心机很深沉，连我也不知道他以前还在安都潜伏过。不过娘娘你放心，这种人，我最会对付了。我之前看过他的卷宗，他也没跟我打过交道，所以多半不会识破我。我知道他的弱点，嘴冷心热，特别重视道中兄弟，还喜欢吃甜的。我只要故意在他面前露点破绽，他反而会更相信我……反正六道堂不敢查这里，我会想尽办法留下来，等养好伤再逃走……"

昭节皇后抚摸她的头发，柔声道："你一定能的，在我心里，你一直都是最能干的。"

如意泪盈于睫："娘娘，我好想你。"

昭节皇后同样说道："我也想你。"迷雾渐浓，昭节皇后很快就被雾气包围，只能依稀听到声音，"千万记得我的话，别为我报仇，你要有自己的孩子，替我安乐如意地活着……"

如意上前追逐昭节皇后，大喊着"娘娘！娘娘！"，却听到一个男人的声音："你还要睡多久？"

如意迷迷糊糊地睁开眼睛，看着眼前男人有些模糊的面容，一时尚未从昏睡中清醒过来。

那男人又道："上过药了，死不了的。醒了就赶紧走吧。"

这种声音，这种语气……她瞬间清醒过来——是宁远舟。

于是立刻啊的一声，紧紧拉住被子遮住自己，惊羞颤抖着："是公子帮奴上的药？那，奴的身子岂不是已经被您……"

宁远舟却丝毫不为所动："省点力气吧。既然是教坊的舞姬，就别装得三贞九烈了，不像。"他转身便走。

如意连忙挣扎着起身，追出去："公子等等，公子留步！"她追上宁远舟，"如意并非是想赖上公子。可求您别赶如意走，外面都是恶人，我一个弱女子，只怕一走出这院子，连一刻都活不了！"

宁远舟头也不回，自行收拾着院子："跟我有什么关系？"

"上天有好生之德，公子是善人……"

宁远舟停下手里活计，看向她，一笑："你昨晚应该听见我的身份了吧？六道堂的人，会是善人？"

如意一哑，楚楚可怜地跪倒在地，凄婉道："您昨晚没有赶奴走，您就是大善人！求您再发一回好心吧，别赶奴走，您要奴做什么，奴都心甘情愿！"

不知有意无意，她这一跪，跪得玲珑曼妙，起伏有致。领口恰到好处地半开着，恰可见若隐若现的锁骨，凌乱的鬓发缭绕在雪白的颈子上。

宁远舟一滞，凝视她许久，终于俯身向她靠近。

如意浑身微微颤抖，两人面容越来越近。宁远舟的鼻息几乎能拂上她的脖颈时，如意微微闭上了眼睛。

他的鼻息终于擦上了她的脖颈，有那么短暂的一瞬间，他们几乎呼吸相缠。而后宁远舟伸出手去——拿起了如意身边放着的柴刀，转身开始劈柴。听到劈柴声，如意愕然睁开眼睛。

宁远舟背对着她劈着柴，直言戳破："一个没有半分内力的人，居然能从六道堂眼皮子底下逃走，舞姬？你是白雀吧？"

如意眼波一闪，故作惊慌地扑到他身边，刻意露出破绽："没有，奴绝对不是什么朱衣卫的白雀，公子你相信我！"

"那你是怎么知道白雀属于朱衣卫的？"

宁远舟回头便见如意愣在原地，分明是哑口无言，于是抬手一指："门在那边。"

"我不走。"

宁远舟无奈叹息："恶客难送啊。"他上前押住如意的胳膊，一把捏住了她肩上伤口。

如意伤口崩开，汗水霎时沁满额头，但如意知道，唯有这样的计中计，才能略略取信于宁远舟。剧痛中，她声音都有些断断续续："公子就算杀了我，我也不走！审我的人说玲珑姐姐是朱衣卫的白雀，我记性好，就成了罪过吗？玲珑姐姐之前是想要招揽我，可我只当没听懂。我不蠢，不想为了一点小钱就卷进麻烦……"

宁远舟手中继续用力，冷冷道："这就从奴变我了？何必呢？一

第四章

个从来没有受过折磨训练的人，居然能在我的手中熬这么久，就凭这一点，你出去了也能活得好好的。"

如意咬破了双唇，满口是血，却不肯呼痛。她似乎意识都有些模糊，却还是断断续续地辩解着："谁说我没被折磨过？教坊使用蘸水的皮鞭抽我，你们六道堂的人用刑具折磨我，哪个不比现在痛！可就、就算再痛，我，我也能忍，因为我想活，我不想死！"

她仰头看着宁远舟，黑眼睛不知是因疼痛还是恨意而水汽泫然。她似乎依旧想以柔弱博取怜惜，眼中水汽水银一般滚动着，似是随时都会凝成泪珠滚落下来。那黑瞳子却如黑火一般腾烧着，泪水始终没有滚落下来。

不知何时朝阳跃起，晨光越过院墙落在她的身上。一瞬间，盈满眼眶的水汽映着明光，宝珠般璀璨。她染血的嘴唇，红得妖冶如夏花怒放。

宁远舟有片刻失神，手中力道微泄。如意趁机抓向宁远舟捏着自己肩膀的手，重重地咬了一口。

而元禄的声音也适时传来："你们在干什么？"

宁远舟吃痛，放开了如意。如意立刻抱着肩膀半蜷起来，在他二人看不到的地方，悄悄松了口气。

元禄带如意回到房内，帮她仔细包扎着伤口，边包扎边问："宁头儿怎么下这么重的手？"

如意楚楚可怜道："怨我不该跟他顶嘴，我实在是不愿再被那帮人抓走了！"可能是元禄不小心碰到伤口，如意突然啊的一声，抽了一口冷气。

元禄赶忙安慰道："不痛不痛，已经好了，我现在就给你熬药去。放心，宁头儿那边，我帮你说去！"

元禄回到院子里时，宁远舟在劈柴。元禄站在他身后，踟蹰不去——刚刚给如意包扎时元禄看到了她的伤口，这一次，宁远舟下手实在有些重。他知道宁远舟必定有自己的道理，但……

"你真想留下她？"宁远舟停下斧子，回头看向他。

元禄下意识地点头，想了想，又摇头道："她是挺可怜的，可她毕竟是个陌生人，你要是觉得她不对头，我们就赶她走。反正从之前到以后，只要是宁头儿你说的话，我都听！"

宁远舟一笑："长进了啊。"顿了顿，又问，"不过你见过的姑娘也不少，怎么突然就对她那么好心？"

元禄低头："当年我爹娘出事，是宁头儿你把我救出的火场。那会儿我才五六岁，你们给找来照顾我的那个傅母，就是个从良的教坊舞姬，她跟我讲了好多当年的事。"他声音低下去，"我觉得……其实她们挺可怜的。"

宁远舟一怔，拍了拍他的肩。

元禄终还是狠不下心："咱们马上就要离京了，让她待两天也没事吧。真要出什么幺蛾子，大不了我一剑捅了她就是。"

宁远舟看着他希冀的眼神，叹了口气："去熬药吧。"

元禄离开后，宁远舟才拿出一直背在身后的手，见手背上清晰的一道咬痕，不由得皱了皱眉头。

房间内，如意看向肩头刚刚包扎好的伤口，见纱布上又洇上了血，不由得咬了咬银牙——宁远舟。

以敌人的立场而言，此人心机深沉、周密谨慎，实在难缠。但她并未将宁远舟当成敌人，更没打算害他。她留下来只是为了躲避六道堂的追捕，顺便养伤。毕竟宁远舟这里六道堂不敢搜查，对她而言是最安全的去处。

唯一需要留意的是，别在宁远舟面前暴露了真实身份。这点倒是不难——他们之前没有打过交道，宁远舟不可能识破她。而她曾看过宁远舟的卷宗，虽卷宗上的情报很是有限，譬如昨日赵季说宁远舟曾在安都潜伏过，卷宗上便没写，但经过这两日观察，如意也多少摸准了他的弱点。

至于她身上的伤、躲藏于此的理由、宁远舟对她的怀疑，她本以为只要在宁远舟面前露些破绽，就能让宁远舟相信她只是个无意中听得秘密的舞姬，洗去白雀的嫌疑，但这男人太敏锐了，单凭装柔弱根本骗不过他。好在他最终还是有所动容，应当还是吃这一套的。

正盘算着，忽听到门响，如意忙做出还在抽泣的样子。

宁远舟推门进来，讥讽道："一滴眼泪都没有，你这只白雀，实在是有点……"他抱臂打量着她，皱眉，"啧啧。"

如意一滞。

宁远舟立刻堵住她："别找词分辩了，我也懒得听——你可以留下。"

如意忙起身要拜："多谢公子！如意来世必定结草衔环相报！"

宁远舟却突然微微一笑："不用来世，就现在吧。"

如意愕然。

宁远舟扫她一眼："瞧你挺有精神的，待会儿喝了药，就起来干活吧。把院子里的柴都劈了，做些素食。我们出去一趟，回来要吃上热饭。"他吩咐完了，转身要走，却忽地又想起些什么，特地回头看向如意的眼睛，"对了，以后少在我面前装可怜，我这几天胃不好，不想吐。"这才扬长而去。

如意咬着牙，一把抓住椅背，几乎要把它捏碎。好半晌，远远看到元禄端药接近的身影，心中郁气才稍稍散去。她轻轻舒了口气，脸上重新摆出带着一丝感激的微笑。

梧宫大殿，丹阳王坐于丹陛之上，看着底下大臣争论不休。

六道堂天道副尉蒋弯已在朝堂上如实讲述他在安国大营中的见闻，将李同光的条件告知众臣。

丹阳王思量一夜，依旧破不了这困局。

他去，则安国俘虏了梧国皇帝后，又赚了摄政王上门。可想而知，必定有去无回。可若他不去，就坐实为臣不忠、为弟不敬的罪名了。若他大节有亏、兄弟离心，怕也无法安稳主持朝政。

他原本希望将真相原本转述给百官后，有谁能解他两难，但……

"安国也未必包藏祸心，天门关一战，他们也损失不小。提出以钱换人之法，也是情理之中。"

"若他们拿了钱不放人呢？光是圣上北狩还不够，还要再加上丹阳王殿下？上次朝会你就极力反对殿下即位，今日竟然替敌国说话，真是其心可诛！"

"我何时说要让丹阳王殿下去安国了？不是还有英王殿下吗？……章相，您是首臣，您说句话吧？"

底下争得面红耳赤，却全是攻讦之言，无一句对家国、对眼下困境有益。而章崧好整以暇地站在底下，仿佛置身事外。不知是不是错觉，丹阳王甚至觉得他还有些幸灾乐祸。

"我可不敢有什么高论，"章崧慢悠悠地说着，"毕竟前日我曾力主丹阳王殿下即位，若是有人抓住这一点，硬说我不愿迎回圣上，那我可就百死莫辩了。"他冲丹陛上拱了拱手，貌似恭敬，"殿下，圣上临行之前既然已令您监国，那国之大计，还当由你一语裁之。"

丹阳王环视众人："孤如何能裁？我若不愿为使迎回圣上，则难逃国人不义不悌之责；我若自愿为使，则我安国恐临灭国之难。列位臣工，若是你们面前摆着两杯毒酒，一杯是砒霜，一杯是鹤顶红，你们会选哪一杯？"

群臣默然。

丹阳王叹了口气，言辞一转："可问题是，我们为什么一定要从那两杯毒酒中选一杯喝呢？"他目光炯炯。

终于，有人似乎领悟了他话中之意，猛然惊醒："不错！安国人如今也必定头痛该如何安置圣上，难道我国不付赎金，他们便敢危及圣上性命吗？我们大可以拖上一段时间，让他们不再奇货可居。"

这话正中丹阳王的下怀，却不能由他来说、来决定。但如果这是朝臣普遍的意见，他……

"一派胡言！"却听一声怒斥传来，当即便有人挥着手中笏板，暴怒地砸过去，跳着脚骂，"圣上蒙难，汝等却丝毫不见着急，可还配称人臣？"

殿中眨眼间乱成一团。无人注意到，大殿外有个小内监正扒着窗子好奇地窥视着堂上众人。

他生得纤瘦柔弱，身量未足，看上去不过十五六岁的年纪。身上衣帽对他来说太大了些，帽檐几乎滑到眉角，盖住了他大半张脸，只露出小巧圆润的鼻子。他抬手推了推，才又露出一双满怀关切的杏眼。

太极殿极尽壮丽巍峨，朱漆菱花的窗子高得仿佛望不到顶。他趴在窗缝上，像是长轴巨幅的边角上，错添了只猫。

忽然一只手从斜刺里伸过来，捂住了他的嘴，强行将他拖走了。他连踢带咬地挣扎着，不留神蹭掉了帽子，满头青丝散落。

拖住他的侍卫小声道："殿下，是我。"

听到声音小内监立刻停止了挣扎，欢喜又忐忑地回头看去："青云。"面容清秀可亲，分明是个女孩。

郑青云见她认出了自己，便也松开了她，埋怨道："殿下是尊贵之人，怎能扮成卑微内监，随意探听朝会？"

"我，我也是因为担心皇兄啊。再说了，除了远舟哥哥和你，谁会把我当正经公主？比起内监，我也高贵不到哪儿去。"女孩声音细弱又胆怯。

她正是元禄口中的盈公主，生母仅为采女的杨盈。

郑青云放柔了声音："殿下不可如此自轻，就算殿下生母位卑，但殿下仍是先皇真龙血脉。"

杨盈低下头去，喃喃道："可长姐骂我是下贱坯子的时候，就从来没把我当成父皇的女儿。"

郑青云拭去她眼中的泪水，轻声道："殿下既然比兴阳公主美上十倍，自然也要比她的心胸宽广上十倍。"

"你当真这么认为？"杨盈眼前一亮。

郑青云点头，道："在臣心中，公主就是当世第一美人。"

杨盈鼓足了勇气，抬头看向他："那，那，你为什么一直不愿娶我呢？"

郑青云苦笑："我朝驸马向来只出于勋贵之家，而我只是个根基全无的侍卫。这一次，我原本也想随圣上出征，博个武勋，可偏偏未得批准。"

杨盈情急："你没去才好呢！远舟哥哥去的时候，我哭得眼睛都快瞎了！天门关死了那么多人，要是里头也有他，该怎么办？我，我……"她说着便哭了起来。

郑青云见四下无人，拉着她手安慰："公主别急，您忘了，宁都尉不单是顾女傅的独子，还是六道堂的堂主呢，以他的身手，怎么可能会有事？"

杨盈啜泣道："真的？你保证。"

"我保证。"

杨盈却又道："你骗人，你说驸马只出于勋贵之家，可长姐的驸马只是个出身平民的探花。"

郑青云道："兴阳公主是先皇后所出，食邑八百，按例，是可以自择夫婿的。"

杨盈怔了怔，泪水再次涌上来："我若也有这么多的食邑就好了。"

郑青云轻轻擦掉她的眼泪，柔声规劝："皇后如今刚刚有孕，又为圣上之事忧心。公主不是和她关系不错吗？若是能常去走动，说不定新帝登基推恩，您就有加封的机会了。"

杨盈一震，忽地又想起些什么，心神动了动，揽起袍子便向内廷跑去："我这就去找皇嫂。"

昭阳殿。

萧妍在宫中来回踱步，难掩焦急——安国开出的条件，关键不在于黄金多少，而在于迎帝使。如今都城之中皇子只有两人。英王自幼体弱多病，何况他的腿当初就是为了救去看龙舟的她才废掉的。她不能让英王去送死。

但丹阳王势必不会为了天子以身涉险——不但不会以身涉险，只怕他还要从中作梗，拒绝缴纳那十万两赎金。

丹阳王无须直说，只需要拖延。拖延越久，迎回天子的希望便越渺茫，局面对他便也越是有利。

他甚至有现成的理由去拖——天子被俘，英王病弱，而她腹中孩儿尚未出世，连是男是女都还未知。当此之时，谁敢再把朝中唯一可

第四章

支撑大局的亲王送到安国人手里，谁就是图谋不轨。

而从杨盈带回的消息看，丹阳王也确有此意。

杨盈自认带来的该是个好消息，然而自她将消息告知萧妍后，萧妍反而越发焦虑难安，已经足足一刻钟没有坐下了。

杨盈有些懵懂："皇嫂你别着急，安国既然开出了条件，皇兄肯定就能回来。我们大梧又不是没有十万两黄金。"

萧妍无奈摇头："你不懂，这根本不是金子多少的事。"

正说着，萧妍宫中的近侍裴女官匆匆而来："娘娘，英王殿下突然去了朝会！"

萧妍一惊，猛地顿住脚步。

女官喘息着："侍卫抬着他进去的，一进殿，他就当着百官的面向丹阳王请命，自请出任迎帝使，接回圣上！"

萧妍的脸霎时变得雪白。

大殿之上，丹阳王用力地想要扶起跪倒在地的英王："你起来说话！"

但英王抓着兄长的手，不肯起身，坚持请求："二哥，你要是不同意，我就一直长跪不起！若是天下太平，我继续做我的闲王也就罢了。可如今皇兄有难，我如何能置身事外？"

他看向众臣，道："圣上北狩，王兄身为监国，当然不能轻易离京。孤若不归，王兄尚可率百姓迎敌；可若王兄也有个万一，皇嫂又产女，国祚何人能持？自小，孤就是个什么事也做不了的废人，百姓们养了孤这么久，如今，终于该到孤回报大梧的时候了！"

对上少年亲王坚定的目光，先前打作一团的朝臣无不惭愧，也无不动容。终于有人出列奏请："臣请以英王为使，迎回圣上！"

越来越多的人出列奏请："臣附议！"

丹阳王道："绝对不行，父皇走前，曾再三叮嘱我要好好照顾你。你连自己走进这大殿都好不艰难，如何还能千里奔波？"

他的目光微微看向章崧。章崧却袖手不语。

英王一咬牙，磕起了头："王兄，我求你，求你许我去吧！"

丹阳王握紧了双拳，双眼紧闭，半晌说不出话来。

大半臣子齐呼："请丹阳王殿下颁令！"

殿外，萧妍扶着裴女官的手，疾行在宫道上。

杨盈追在她身旁，见她面色苍白，连忙也上前扶住她的手，道："皇嫂，你慢点，小心身子！"

萧妍却一步也不肯缓下，道："不能让英王去。英王的腿，当初是为了救我才废的。刘太贵妃临终时本宫答应过她，一定要护住英王平安！至于迎帝使的人选，大不了，本宫从旁枝宗室里选个人，过继到先帝名下，谁敢不认他是皇子？"

裴女官担忧道："可安国那边能认吗？那些宗室，怕也不愿意冒死出使吧？"

萧妍道："本宫可以许他以亲王之尊，食邑三千。重利之前，总会有人动心的。"

听到"食邑三千"四字时，杨盈身子一震。她脑子里忽地冒出个胆大包天的想法，她自己都觉着荒唐。可那想法一旦浮现，便再也压不下去。她快步跟着萧妍前行着，却满脑子都是那个念头。

她突然一咬牙，道："皇嫂，阿盈有话想对你说！"


大殿之上，局面依旧僵持不下。

大半朝臣都已跪地，丹阳王却依旧犹豫不决。

突然英王身子一歪，晕倒在地，大殿中霎时一片慌乱。丹阳王忙扶起他："快传太医！"话音刚落，立刻有内侍扶了英王下去诊治。

章崧一副看好戏的样子："殿下，您既不愿英王出任迎帝使，难道是想自己去？"

丹阳王咬了咬牙，他当然不想自己去，但他也不想送自己的弟弟去死。谁都不去，才最好。原本这话不该由他亲自说出，但此刻却也不由得他再回避表态。他只能咬牙道："孤尚未——"

话音未落，大殿之外便传来一声清亮的嗓音："臣弟皇四子杨盈，参见丹阳王兄!"

众人讶异地望向殿外,只见殿门洞开,"少年"单薄的身形出现在耀眼的明光之中,向着他们走来。

"他"面容犹带稚气,目光却很是坚定。跨步进来时"他"似乎略有些拘谨,仿佛是初次出现在大庭广众之下。然而"他"很快便平复了心神,在众人的注视之下,缓缓从大殿中央、从群臣之中走过。

"他"的嘴唇似乎微微有些发抖,却无疑撑住了场面。每向前走一步,"他"身上的气质与那一席皇子服饰便也越来越浑然契合。当"他"穿过朝臣中央,来到丹陛之下,仰头看向丹阳王时,自背后看去,已分明就是个初次出现在朝臣面前的少年皇子。

朝臣们心底都开始打鼓,纷纷交头接耳——先帝竟真有这么个儿子吗?随即他们很快想起:"先皇确实有第四子……"然而……

"可皇四子不是还没授爵,就早夭了吗?"

就连丹阳王也诧异地看向"少年"。直到看清"少年"带着些期待的面容时,他才震惊地认出来:"阿盈?"他张了张嘴,想说什么,然而脑中忽有一个念头电光石火般闪过。他立刻闭上了嘴。

杨盈一拂袍子,行皇子礼下拜:"丹阳王兄,你执掌国事,英王兄又身子不好,都不便离京,既然如此,何不由臣弟来当这个迎帝使呢?"

众人无不震惊。就在此时,大殿门外又传来一声:"盈皇弟此举,大善!"

萧妍扶着裴女官的手,款款走了进来。朝臣们连忙跪地参拜。

她一直走到丹陛之上,丹阳王的身侧,才停住脚步,转身面向朝臣:"诸位或许不知,盈皇弟幼时多病,先皇得高僧指点,要待他成年方入玉牒。是以盈皇弟虽未封王,却是实打实的先皇血脉。此事,丹阳王、本宫都曾听先皇再三提及。"她眼皮一抬,看向丹阳王,眼含压迫,"丹阳王殿下,是也不是?"

众臣先是震惊,尔后有不少慢慢明白过来,交头接耳。丹阳王也看着皇后。

两人都已是图穷匕见——对丹阳王来说,谁都不去最好。但此心不可昭然。若有人固请，也算解了他此刻两难，他会顺势而为。对皇后来说，哪怕送个女扮男装的假皇子去，也一定要将天子赎回。

短暂目光交锋之后，丹阳王看向自己的妹妹："阿盈，你知道去安国有多危险吗？你真的愿意当这个迎帝使？"

杨盈情不自禁地抖了一下，却还是稚气地仰起头："臣弟当然知道危险，不过，只要王兄也封我一个跟你一样大的亲王，再赏我很多很多东西，我就不怕了！"

殿中原本紧张的气氛，因为她天真的话而轻松了不少。

丹阳王轻斥："儿戏！"

杨盈一脸真挚地回道："王兄，我真的想去，圣上也是我的亲哥哥，我也盼他早日归来啊！"

朝臣们也都有所触动——只要能解如今僵局，管他是公主还是皇子呢？终于有人出列奏请："皇四子公忠体国，臣请殿下颁令，册封皇四子杨盈为亲王！"

众臣对视一眼，齐声奏请："臣附议！"

章崧玩味地看了看眼前三人，一笑："臣也附议。"

大局已定，萧妍肩头也缓缓松懈下来。她走到杨盈面前，看着少女不谙世事的面容，忽有一股愧疚混杂着感激涌上。她轻轻拉起杨盈的手："你真的想好了？不后悔？"

杨盈点了点头。

丹阳王便也不再多言："好！传令！晋皇四子杨盈为礼王，食邑三千，择日持节出使安国，迎回圣上！"

群臣齐呼圣明。那声音在大殿里来回回荡，洪亮整齐，杨盈被吓了一跳。只见殿中宝座巍巍，金柱林立，群臣华服肃立，齐齐俯首，极尽雄伟绮丽，也极尽威严肃穆。她先是瑟缩了一下，却随即胸中涌出一股豪壮之气，勇敢地挺起了胸膛。

那种奇异的亢奋感一直持续着，让杨盈有种如踏步在云端之上的不真实感。她一直保持着傲然而自信的姿态，直到在宫女们的簇拥中回到殿中，被殿前门槛绊了一步。

第四章

宫女们连忙上前："殿下！"

杨盈身上力气骤然卸下，这才察觉到自己扶住门框的手竟在发抖，一时竟有些虚脱感，却道："没事。"

进殿入座后，刚端起茶水，她便听到门外轻响。知道是谁，她心中立刻雀跃起来，连忙按捺下表情，示意宫女们退下。

待宫女们都离开，确定殿中无人后，杨盈才迫不及待地打开窗子——她有太多心情想同他分享了。看清那个熟悉的身影，她掩不住欢喜："青云！"

郑青云跳进窗来，眼神却是担忧和责备："殿下，你怎么这么傻?!"

杨盈愣了愣，急切又有些羞赧地解释着："我不傻，我现在已经是一品亲王啦，只要能够迎回皇兄，我就可以比长姐还尊贵，可以赦免远舟哥哥的罪，可以和你、和你在一起……"

郑青云又感动又难过："可一旦被安国人发现你是个冒牌皇子，你会死的！"

杨盈争辩："我不是冒牌货，我也是父皇的孩子！我娘在我三岁的时候就死啦，我一个人能在冷宫里长到这么大，命硬得很！你看，我当了这么久公主，身边却一直只有两个小宫女，可刚被册封，皇嫂就给我配了八个！这么风光，有什么不好的啊……"

她最初还勇敢地说着，可在郑青云怜惜的目光中，她越说越小声："你别再这么看我了好不好？要不然，我好不容易才攒起来的勇气马上就没了，我其实好怕，好怕，刚才，我腿软得险些都站不住。可是，我实在不想在深宫里做个默默无闻、不得自由的小公主了，就算这次很危险，可我还是想搏一回啊！"

郑青云心中大痛："可是，殿下，安国离这里上千里，你却连宫门都没出过呀！"

杨盈一怔，泪水夺眶而出。

远离故土的恐惧、对未卜的前途的恐惧、同心爱之人分别的恐惧一起涌上心头，她终于再次变回那个深宫里柔弱无助的小姑娘，泪流满面地同郑青云紧紧拥抱在一起。

假扮亲王出使异邦，也确实不是如杨盈头脑一热时所想的那般简单的事。

皇后宫里，杨盈一身男装，听皇后和皇后宫中女史为她讲述安国地理民俗、皇族关系。

她自幼长在深宫，生母身份低微不受宠爱，自己也只是个不受重视的公主，宫中对她的教养便也不是那么上心。许多东西她都得从头学起，直学得她昏头涨脑。

皇后正给她耐心地讲着课："……安帝李隼当年也是斗倒了他的太子嫡兄，才登上了皇位，是以本宫总觉得他一定心术深沉……"回头就见学生目光呆滞，几乎可以瞧见自己所说的话一字字被榆木疙瘩弹开的情形，"阿盈？"

杨盈犹未回神，负责教习她的女史已面露不快，皱眉轻敲桌子，提醒："殿下？"

杨盈骤然一惊，惶恐地回神："对不起，皇嫂，我不是有意走神，只是实在有点累了。"

萧妍也脸现疲态，柔声道："没事，你之前从来就不知道这些，现在才急就章，整整学了四个时辰，早就该休息了。"

杨盈狠掐着自己，强令自己清醒起来，对萧妍道："我不困了，皇嫂你继续教我，不，继续教臣弟吧。臣弟学得越多，才越不会在安国人面前露出破绽。"

萧妍赞许地点点头："就是要这个精气神，记住，任何时候都不要忘了自己是大梧的礼王。"

"臣弟谨遵教导，"顿了顿，杨盈又想起什么一般，仰起头，"不过皇嫂，臣弟托您的事……"

萧妍微笑着安抚她："放心，你丹阳王兄已经下令赦了宁远舟的罪，尽快召他回京了。"

正拿着绢书入内的裴女官闻言一震，手中绢书落地，喃喃道："宁都尉还活着？"

第四章

## 第五章

## 大道欲朝天，归隐竟无途

宁家老宅。

如意一脸烟灰，焦头烂额地在灶台前奋战着，将不慎打破的陶碗、烧煳的米面、焦黑的锅底风卷残云般毁尸灭迹。忽听到院门外有细微的脚步声靠近，落地极轻盈平稳，分明轻功不俗。她立刻将锅盖一扣，悄然藏起。

院门吱呀一声被推开，复又关上，宁远舟摘下遮掩相貌的箬帽，眼也不抬，边走边道："不用躲了，是我们。饭好了没有？"

如意这才从藏身处出来："好了，我这就去拿。"

他们一早出门，是为去安排前堂主宋一帆的身后事宜。此刻回来，先进正堂，将老堂主的灵牌重新摆好，拈香为礼，拜了几拜，才回身到院中，在桌案边坐下。

如意也已匆匆洗去脸上灰尘，正要端上饭菜，便听宁远舟道："打盆水，我要净手。"

如意隐忍未动。

元禄连忙起身来："我来帮你。"

"服侍"宁远舟净手后，如意端上盘热气腾腾的豆沙包。元禄眼睛一亮，鼻子微动："好香，是加了糖桂花的豆沙包！"

宁远舟也被香气吸引，问道："白雀不是只管色诱的吗，你还会做这个？"

如意继续隐忍，装傻道："啊，这个豆沙包做得像兔子，不像麻雀，公子您认错了。"

宁远舟一哂,道:"继续装,白雀的味儿,我三十里外都闻得到。"

如意原本正背对他们,此时一僵,深吸一口后,她眼中闪过一抹厉色。回身时却只是一脸恍然:"啊,公子鼻子那么灵,属犬的吧?"

元禄奇道:"他三十,正好属犬,你怎么猜得那么准?"随即扑哧一声,刚吃进去的糖丸差点把他呛着。如意忙替他拍背。

宁远舟冷哼一声,伸手拿包子。

如意抬眼:"公子不怕里面有朱衣卫的毒?"

宁远舟笑道:"怕啊。"

他出手如电,拿过一只包子分成两半,一半强塞到如意嘴里,一半自己吃掉:"不过现在就不会了。"

如意反抗不得,咳呛半响,气结不已。

宁远舟嚼着包子,边吃边道:"嘶,这包子怎么像前头巷子刘大妈的手艺?"他看向如意,一挑眉,"啧啧。"

如意微笑:"呵呵。"

元禄看看宁远舟,再看看如意,也嘿嘿笑起来,一拉如意的袖子:"你也坐吧,一起吃。"

"多谢。"如意看向元禄时,目光不觉又柔和下来。

她揽裙坐下,见元禄三下五除二吃完一个豆沙包,又拿起一个往嘴里送,便忍不住道:"元小哥,吃点别的菜吧。"

元禄眨了眨眼睛,有些不解。如意便道:"豆沙包太甜,我瞧你刚才又连吃了两颗糖丸,怕你齁着。小孩子别吃这么多糖,伤牙。"又顺手给他倒了碗水推过去,"喝点水,你刚才吃太快了,小心噎着。"

元禄一怔,看她的眼神多了几分温暖:"谢谢。对了,还没请教姐姐你怎么称呼?"

"我姓任,叫如意。吉祥如意的如意。"

宁远舟突然嘴角一勾,道:"宫里头的内监,叫吉祥、富贵的挺多的。"

如意终于忍不下去了,放下筷子站起,道了句"我吃饱了,先去后院洗衣裳了",便转身离开。

元禄嘴里还叼着个包子,含糊不清地埋怨:"宁头儿,你就不能跟十三哥学学怎么好好说话吗?非要呛着人?"

宁远舟懒懒的,神色却已松懈下来,给元禄解释:"试试她而已。一个教坊舞姬,二十啷当了,还这么一副受不得激的脾气,可见她要么之前极为自傲,要么是真的没做过几天白雀。"

元禄眨了眨眼睛,笑看着他的手背,那手背上红痕醒目鲜明。"我怎么觉得,就是因为她把你咬伤了,你才总是找她事啊?可我记得,以前你对其他姑娘家,好像都挺客气的。"

话音刚落,就见宁远舟拿筷子敲了一下他的头,道了声"吃饭"。

三人用过午饭,如意洗好衣裳,元禄盘腿坐在屋檐下捯饬小玩意儿,宁远舟检查马匹。

突然间大门就从外被推开了。

如意警觉地低头蹲藏在窗墙后,元禄本不必躲,然而看清来人模样,竟也立刻翻窗蹲到了如意身旁。

如意一惊,目光询问——你躲什么?

元禄挠了挠头,口型回应——看宁头儿的热闹。然后便悄悄从窗台上冒头出去张望。

唯有宁远舟躲闪不及,被来人四望的目光捕了个正着。他也只好尴尬地从马后出来。

那人一身便服,却是皇后身边的裴女官。见宁远舟果然活生生地站在面前,她立刻惊喜地快步上前:"远舟,你果然还活着!你什么时候进的京城?殿下还让兵部在找你……"

宁远舟尴尬一笑,指了指马,道:"刚到,你怎么来了?"

"我也是刚刚得知你还活着,就想来你家看看。"她一时情切,忍不住上前查看,"你怎么样,有没有受伤?"

宁远舟不着痕迹地避开,回道:"还行,你呢,最近也还好吗?什么时候嫁去杨家?"

裴女官身子一颤，幽幽地看着宁远舟。

元禄啧啧看戏。

如意见宁远舟的背已经僵直，目光一闪，便盈盈走了出来："远舟哥哥，你什么时候陪我去买衣裳？"她似是才看到裴女官，一惊，狐疑地走到宁远舟身旁，拉起他的手，"远舟哥哥，她是谁？"

宁远舟微微一愣，见裴女官如遭雷击，立刻了然，配合道："以前的邻居。"他轻咳一声，向裴女官介绍，"我老家来的表妹。"

裴女官看着宁远舟将如意拉着他的手藏在背后，似是终于明白了什么，倒退一步，踉跄而去。

裴女官一走，宁远舟立刻放开如意的手。

如意却道："我见你这位故人穿着打扮气度不凡，只怕是位官家女子吧？如今她已经看见我了，说不定转头就会把我出现在这里的事告诉别人。"她仰头一笑，"表哥，要是被人怀疑你有个奸细表妹，只怕不太好吧？"她目光盈盈，似得意，似挑衅。会算计，却总透着些单纯。

宁远舟叹了口气："不会做饭，倒是满肚子心机。你想要什么？"

"带我一起出京，只要一离开城门，我立刻走，绝不会再麻烦您一分一毫。"

宁远舟审视着她，半晌道："行。"

如意不料他竟这么轻易就答应了，有些错愕，随即莞尔一笑："真的？多谢表哥。"

宁远舟一怔，看着她雀跃离开的背影，眼神意味深长。

而在他看不见的地方，如意脸上的笑容迅速消失，一脸狐疑地思索着。

暮鼓声中，城门关闭，夜幕降临。

六道堂隐秘的角落里，娄青强正和越先生密谈。

越先生依旧是之前的打扮，黑衣兜帽，声音透过面具传出来，瓮瓮如瓦鸣，不辨男女。他身为间客，卖情报给敌人，做的是一旦暴露

第五章

必死无全尸之事，不肯以真面目示人实属正常，娄青强不以为异。

越先生取出一片沾血的碎衣——正是那日夜里，娄青强从酒坊里搜到的东西——指着上面沾着的微小蜡片，"这是朱衣卫'万毒解'特有的蜡壳。有资格用它的，只能是高阶的朱衣卫。这个人来头不小，如果等他回到总部，我们这回合作的事，只怕就掩不住了。"

娄青强故作惊讶："呀，那越先生您只怕就危险了吧？"

越先生目带嘲讽："你们想隔岸观火？呵，现在外头已经有六道堂泄露贵国军情的流言了，我也可以帮你们加一把火，让这消息天下皆知！"

娄青强闻言大急："胡说！六道堂从来都是忠心耿耿！圣上兵败，分明是他自己轻敌——"然而对上越先生的眼神，他却忽地明白过来。

越先生冷笑："这种事情，就算你们没做过，说的人多了，你们就做了。"

娄青强咬牙，终是无法可解，恨恨地问："你想要什么？"

"用了万毒解后，一段时间之内人会内力全失，那人若想把消息传回总堂，多半会去朱衣卫各地分部调用飞鸽。离京最近的分部是开阳和天玑，我需要在那两个地方都设下埋伏，但现在梧都朱衣卫的人已经死光了，我人手不够。"

娄青强想了想："赵大人不在京城，我只能先借你十个人。"

越先生丝毫不留商讨的余地："不够，至少三十。记住，"他凑近娄青强，目光狠戾，"现在我们是一条绳上的蚂蚱，要是让他活着出了梧国，大家都得死！"


义父已入土为安，宁远舟在梧都最后的牵挂也已了结。自午后他便开始收整行囊，入夜后便已收拾完毕。此刻他正清理书架，将一本本册子投入火盆中烧掉。

被他差遣出门去买药材的元禄匆匆进门，来不及放下手里的东西，便道："宁头儿，刚才我在外头遇到昨儿来刘大哥，说朱衣卫的梧都分堂，前晚上被赵季带人给全端了。"

宁远舟抬起头来，有些惊讶："全端了？"他想了想，"朱衣卫这些年在梧都经营得相当不错，我在任的时候都从没暴露过。赵季要是能把他们一网打尽，要么是朱衣卫内讧，要么就是有人跟他里应外合。"

"不愧是宁头儿，一猜就中。刘大哥说，漏消息给他们的人，至少是个紫衣使。"

宁远舟见怪不怪，继续整理他的书架，淡淡道："哪儿都少不了钩心斗角，我当初还不是吃了赵季的亏？"

元禄急道："我不是说这个，我是说她，"他指了指外面，"朱衣卫梧都分堂一个活口都没留，她要真是逃出来的白雀，运气会不会太好了点？"

"你现在才想到？当初非留下她的不也是你吗？"

元禄绕到他身旁，道："我就觉得她可怜嘛。头儿，你说要不要再去试试她？"

宁远舟终于停下手里活计，似笑非笑地看着他："要是试出来了，你准备怎么办？刚刚你还叫人家如意姐呢，还吃了人家做的豆沙包。"

元禄挠了挠头，有些无措。

宁远舟道："我们已经不是六道堂的人了。就算她是朱衣卫，也跟我们没有关系。救她一命，就当结个善缘。"他想了想，又道，"赵季的死多掩一天，兄弟们的麻烦就多一天。我们明早就出发吧。"

元禄点头道："好。"说着便咳了两声。

宁远舟叹了口气，上前试了试他的额头，关切道："又受寒了？赶紧吃你的糖丸。"

元禄嘿嘿一笑，抛出糖丸，玩了个花活，又一口在空中咬住。

宁远舟笑道："去喂马吧。"

元禄离开后，宁远舟收起笑容走到窗边，推开窗子，对院子里的如意道："都听到了吧？"

如意转过身来。她伤势未愈，月色下面容苍白，素缣一般，只一双水墨染就的眉眼，如画上远山，不喜不怒。

宁远舟道："明早卯时，记住你说过的话。城门别后，再无干系。"

如意不发一言。

宁远舟关上了窗，目光落在自己手背上结了疤的咬痕，轻轻拨开上面的痂皮，暗暗道："真是个麻烦。"

黎明时，城门开启。等待出城的百姓在城门前排起长队。

宁远舟身着裘衣扮作富家子。他底子好，稍作收拾便是个长身玉立、英俊潇洒的翩翩贵公子。元禄和如意便装扮成随从和丫鬟，跟在他的身后。这三人要么是六道堂，要么是朱衣卫出身，对伪装身份早已驾轻就熟。

终于排到城门，守城侍卫正要盘查三人，六道堂的缇骑巡查经过，马上对守城侍卫道："都是自家兄弟，他们没问题！"

守城侍卫见是六道堂的人，笑着点头招呼，随即摆了摆手，便放宁远舟三人出了城。如意松了一口气。

出城之后，行至岔路，终于到了离别的时候。

宁远舟对如意并无别情可叙，站得远远的，只留如意和元禄说话。

元禄为如意准备了马匹，执意相赠："收下吧，骑着能走快点。"

如意柔弱地摇头，道："谢谢你了，可我不会骑马。"

元禄看看她还在继续伪装，欲言又止，终于点头道别："好吧，那你自己多保重啊。"

如意深深地福身道："如意拜谢元小哥救命之恩。"

元禄忙扶起她道："可别，真救你命的，是宁头儿，我只是他的小跟班儿。要不是他杀了赵季，咱们现在谁都别想在这儿。"

如意一怔，顿了顿，还是走向宁远舟，盈盈拜了下去，用只有两人听得到的声音道："我欠你一条命。"

宁远舟依旧是那副懒懒散散的模样，似是自嘲："没事，我欠别人的命也多着呢。"

如意不再多说，走回元禄那边，道："你刚才说错啦，你可不是什么小跟班儿，你很有本事。那天我躲在棺材里，听你跟赵季他们对峙的时候丝毫不落下风。就凭这份胆色，你在我心里，就是个大英雄。"

元禄大震,失声道:"如意姐!"他似有千言,终于忍住没说,"你,一路顺风,下回有缘再会,我请你喝酒。"

如意一笑,背着包袱走向另一条路。

宁远舟听到了这一切,却突然扬声道:"想自投罗网,可以去庐州的天玑分部和开阳分部,昨天赵季的手下已经派人往那方向去了。"

如意转头,故作不解:"什么鸡?什么糖?奴听不懂。奴要回盛州老家。"仿佛还是那个天真烂漫、破绽百出的小"舞姬"。

宁远舟一笑,转身带着元禄翻身上马离去。

晨光中,他轻裘缓带,白马翩翩的闲适姿态,让如意微一凝神。但她随后便果断转身,继续赶路了。

两路人马就此分道扬镳,从此陌路。

宁远舟纵马在江南小路上,元禄驱马跟在他的身后。

两岸青山悠远,百草丰茂。有清风迎面袭来,马蹄踏花,尘土生香。此去江湖,从此远离庙堂钩斗,不必再为杀戮和阴谋拼却性命,机关算尽。宁远舟心情舒畅,马蹄轻快。

路上忽见对面有马车驶来,车上堆满货物。他便引马避让至一侧。江南商贸频密,路桥便也修得多。这条小径虽非官道,没那么平阔,却也足容他们两路人马并行。然而交会错身之际,那马车上绑着货物的绳子陡然崩断,货物落下,扬起一片尘土。

道路被阻断了,又有货物接连滚落。马受惊徘徊,宁远舟虽察觉有异,却也一时只能拉紧马缰。

便在此刻,四面忽有一众人跃起,向着他们围攻而来——竟是娄青强率人埋伏于此,等着两人。

宁远舟猝不及防,只能自保,眼睁睁地看着元禄左支右绌。

如意走出不远,却忽然停住脚步——她依稀听到远处似有声响。

心念一动,她立刻跃到树梢远眺,只见远处烟尘腾起,风中隐约夹杂着宁远舟声音:"元禄!"

如意挑眉,下树继续赶路——有宁远舟这个滴水不漏的男人在,纵使遇上些意外，想必也很快能解决，无须她出手。

然而没走几步，便又传来一声惊呼——这一次，是元禄。

如意停住了脚步，不免有些担心。想去，却又折回。一时犹豫不决。

宁远舟已被团团围住，胯下马匹被人攻击，惊跳不止。他一边自保，一边提醒元禄："不用管我，用雷火弹！"

可话音未落，便听"哗啦"一声——原来六道堂早有准备，已有人用水将元禄泼得全身湿透。

眼看元禄被娄青强踢飞手中之剑，又有一人刺向他咽喉。危急关头，一只包袱突然从半空飞来，正击中剑身，那剑锋从元禄喉旁险险擦过。元禄惊喜叫出声："如意姐！"

如意终于还是来了。她手中并无武器，杀上前时顺手从路边散乱的货堆里抓来一块披帛，唰唰抖出，那披帛如灵蛇一般攻向六道堂等人。一人被击中颈侧，应声倒地。娄青强挥剑反击，但巾身柔软，却全无着力之处，反而时不时被缠住，肆意戏耍。

如意趁机杀到元禄身旁。她将披帛舞成一只圆环，护住两人。

元禄得救后还在惊叹："你不是不会武功吗，还能这样？"

如意用披帛卷住一个攻来的六道堂道众，用舞蹈般的姿势"咔嚓"一声果断地扭断了那人的脖子，言辞干脆地回道："飞花落叶皆可杀人，何况绸缎？"

见元禄脱险，宁远舟一剑逼退娄青强，跃过货物，与如意会合，背对背而立。两人都迅速观察着周围的情势，随即不约而同低声开口：

"你带他离开！"

"我带他离开！"

话音一落，两人对视一眼。

宁远舟道："你们往西跑，再沿小河逃走。"

如意道："好，你左边第三个，刚才被我伤了腿，你往那边突围。"

两人同时出手，宁远舟从左边第三人开始猛攻，几乎是一招一个，不过数招之间便打乱了包围。如意也趁机猛攻，打开缺口。她牵起元禄的手，在宁远舟提醒"快走"的同时，已带着元禄冲杀出去。

元禄脱身,宁远舟再无顾虑。娄青强太清楚此人武力究竟有多强横,眼见不敌,当即下令:"弓弩手!射!"

弓弩手犹豫:"可那是宁堂主……"

娄青强大怒,踢翻弓弩手:"给老子射!信不信我打断你全身的骨头?!"

如意一震,猛地回首看向娄青强。

青石巷小院中,她躲藏在荷花缸里,亲耳听到娄青强对赵季说道:"属下亲手折断了她全身的骨头。"她未看清此人面容,却清楚记得他的声音。

原来是他。如意眼中闪过一抹厉色,随即用披帛卷倒两人,几不可见的微喘后,带着元禄从缺口向西而奔。

如意边跑边回视背后,可元禄猛地停了下来。

如意一怔,也随即停住了脚步——前方是数十名士兵布成的箭阵。密密麻麻的箭正对着两人,眼看一触即发。

宁远舟还在跟娄青强等人缠斗着,突听背后一声:"住手!"

宁远舟回头,便见章崧在一众随从和士兵的保护下,正向此地走来。

娄青强忙卑躬行礼道:"参见相国!"

章崧却看也不看他,只是微笑着走向宁远舟:"宁堂主,赵季既然请不动你,老夫就只能亲自出马了。"

宁远舟本不想理,但见章崧一挥手,身后元禄和如意被士兵押着走出,只得收剑,回应章崧:"宁某无官无职,当不起如此称呼,章相近来安好?"

如意被士兵押着,从娄青强身边走过时,装作一个踉跄,电光石火间,指甲刮过娄青强的喉头。娄青强猝不及防,喉头顿见一抹血线。他心中气恼,正要咒骂,喉头伤口却突然迸裂,鲜血如泉般喷出。他抽搐着倒地,不过片刻便血尽而亡。

事发猝然,众人甚至都还不明白发生了什么。唯独宁远舟看得明明白白,眼中也第一次有了震惊之色。

第五章

如意指尖滴血。套在手指上的锋利的铁指套已切断了娄青强的喉咙，正一滴滴落着血。然而她目光冰寒，面容冷漠。知道宁远舟在看自己，却是毫不遮掩，只淡淡看回去，道："第一个。"

六道堂众人这才反应过来，扑上去攻击如意。

宁远舟上前护住如意，低声道："你还是不装，才比较顺眼。"

章崧却道："住手，不得对宁堂主的表妹无礼。"

路边风雨亭。

如意和元禄坐在亭前石阶上——虽没被捆绑起来，然而三五个佩刀的侍卫人眼不离地守着，实则已被严加看管起来。

如意也无意逃走，只专心帮元禄挑出伤口中的污物。元禄痛得龇牙咧嘴，如意的手腕却未见任何颤抖。

风雨亭中，宁远舟和章崧坐在桌边，章崧亲自点茶，推给宁远舟。

宁远舟低头看了眼茶水，知晓其意，却没有碰，只道："相国来意，宁某心知肚明，只是在下才疏力薄，只恐难以胜任。"

章崧哈哈大笑："你才疏力薄？那老夫岂不成了行尸走肉？"章崧抬头看向一旁随侍的道众——此人名丁辉，隶属六道堂地狱道，跟随宁远舟多年。当日赵季率众围攻宁远舟时，他便在其中。今日，章崧特地将他带在身旁。

"说说，在你们这些六道堂缇骑脑子里头，间客到底是什么？"章崧道。

丁辉回禀："监视、暗杀，还有，收买变节之人。"

章崧不屑一笑，道："这些小事，节度使养几个游侠儿就能办到，可朝廷为什么还要花每年军饷的六分之一，养着你们六道堂？"

亭外，如意的手微一停顿。

章崧道："宁远舟的武功或许只比你们高一点，但智计却胜你们百倍。六道堂上千人，只有他一个人清楚间客对于朝廷真正的作用——不是暗杀，不是偷盗，而是搜集情资，再从成千上万条情资里，整理出真正对国政有用的信息！可他走之后，赵季闲置地狱道，废了森罗殿，是以圣上出征前拿到的情资，十条倒有九条都是假的，为什么？因为人家安国朱衣卫也不是吃素的，一样也会放假消息！没有经过多路验证过的情报，就是个屁！"

章崧一指远处娄青强的尸体，冷笑："为什么刚才赵季的亲信死了，我无动于衷？因为在我眼里，他连你们宁堂主的一根寒毛都比不上！"

六道堂众人尽皆低头，如意也大为震撼，抬头再次看向宁远舟，重新审视起他来。

宁远舟却依旧波澜不惊："相国谬赞了。"

章崧叹了口气，坦言道："老夫可没有给你戴高帽子，这一次圣上被俘，败因之一就在六道堂。其实老夫早就欣赏你的才能，可惜你始终不愿为我所用，老夫才只能袖手，听任赵季再三陷害于你。"

宁远舟垂眸，道："相国如此坦诚，无非是想恩威并施，可宁某早已厌倦朝中倾轧，且因入狱身患沉疴，是以难当相国之重托。"他先辞之以礼，随即眸中精光一闪，不闪不避地直视着章崧，"刚才我表妹的功夫，相国已经见识过了。您固然可以用元禄他们的性命要挟我，可宁某也能赶在他们断气之前，送您早登极乐。"

侍卫大惊，纷纷欲护章崧。章崧却丝毫未见慌张，悠然端起茶杯，微微一笑："我自然知道你不受要挟，可若是此事关系到盈公主的性命呢？"

宁远舟一怔。

章崧道："安人同意我国以重金赎回圣上，但要求以皇子为使。丹阳王监国，英王病重，盈公主便自请以皇子身份赴安。此时此刻，她正在午门行辞陛礼，过一会儿，车驾就该到附近了。"

昔日空旷的午门前，这一日仪仗森森林立。新近受封一品亲王，奉命出使安国的皇四子在此行辞陛礼，丹阳王和皇后亲自率领百官相送。

杨盈已是一身亲王打扮。连日来她一直在皇后殿中练习仪态，此刻仪表已同少年无异。一身金冠蟒袍，对少女而言虽不免重了些，却恰可支撑起她略显瘦弱的身量，穿在身上尊贵非凡。

她依礼向丹阳王和皇后拜别。身后随行长史和女官也随即上前，聆听皇后和丹阳王的叮嘱。随后使团依礼拜别。

车马仪仗，侍从护卫，俱已周备。礼官宣告吉时，杨盈登车启程。跨步上车时，她万分不舍地望向都城皇宫的方向。郑青云品阶不够，未能前来送行。她走前到底没能再见他一眼。

烟尘滚滚，车队离宫。

萧妍挥手目送车驾，杨盈从车中回首，向萧妍、丹阳王挥手道别。

动身前她一直都在想着要早日启程完成使命，真到此刻，意识到当真要离开自己自幼生活的地方了，却不觉间就已泪流满面。

风雨亭中，章崧看向不远处的官道，不紧不慢道："令堂乃顾尚书掌珠，昔日是盈公主的教习女傅，将她从三岁照拂到十岁，你少年时也常和公主见面，说声情同兄妹也并不为过。令堂临终之前，曾嘱咐过你务必照顾好公主；而公主甘愿舍身赴安之前，提出的唯一条件，也是要赦免你的罪过。"他一停顿，看向宁远舟，"丹阳王向来和公主关系淡薄，眼下又对帝位势在必得，你觉得，他会允许公主平安到达安都吗？"

宁远舟端着茶盏的手终于一颤。

章崧微微倾身，向他耳语："老夫其实并不在意你是否能救出圣上，只要你能平安护送公主见到他，问他要到一封传位于皇后腹中亲子、尔后由我监国的圣旨就行。"

宁远舟攥着茶杯，依旧沉默。

章崧坐直了身体，眼神一厉："如果你还想拒绝，老夫现在就让公主去死。"

他说得平淡又阴狠，甚至故意提高了音量。亭外元禄和如意都听得一清二楚，同时看向宁远舟。

宁远舟面色一沉，抬眼看向章崧。

章崧也看着他，正色道："公主若死在安国，自然是安人的阴谋，公主若死在国内，那就是丹阳王企图篡位的铁证。老夫对谁坐龙椅并不太感兴趣，但我绝不允许任何人，挑战我掌控大梧的权力。"

他抬手一指远处，只见烟尘滚滚，正是大队人马行经之处。"这会儿公主的车驾正好经过西郊山坳，只要我放出鸣镝，埋伏的人马上就会点燃火药。宁大人，你是知道的，我向来没有什么耐心。十，九，八……"

他身边的侍卫弯弓搭上了一支鸣镝——鸣镝传音，是动手的信号。

章崧盯着宁远舟，似在同他比拼定力。

"六，五……"

元禄终于按捺不住，突然暴起攻向弯弓士兵，企图抢夺鸣镝。那侍卫察觉到他的动静，闪身躲避。然而慌乱之中，手上弓弦竟就一松。

鸣镝破空，划响天际。

只听远处一声巨响，地动山摇，烟尘滚滚而起，铺开近一里之广，草木道路尽数淹没其中。

众人无不震惊。元禄双目赤红，青筋暴起，气怒交加地冲向章崧，怒斥："你杀了公主？她才十六岁！"

却被如意一把按住："冷静点，公主应该没事。"

元禄猛地一怔，顺着她的目光看去，只见宁远舟仍然稳稳地端着茶汤，丝毫不见惊惶。

章崧眯眼，笑道："你倒沉得住气。"

宁远舟微微欠身："毕竟相国刚刚才说过，没有经过多方验证的情报，就是个屁。单凭一句威胁，就想让宁某相信您会杀了公主，实在是太儿戏了些。"

西山山坳，使团车队人乱马惊，车辆横斜——适才一声巨响，烟尘滚来，不但惊了马匹，人也都吓得不轻，此刻一团混乱。

杨盈初次出门，遇到这种意外吓得捂着耳朵尖叫。偏偏受命照顾教导他的女官明女史也并不是个沉稳决断之人，不但丝毫不能安抚她，反而自己也吓得惊慌失措。

幸而随行的杜长史端方沉稳，带着众侍卫努力控制住惊马。此刻

第五章

巨响平息，他立刻到杨盈车前禀报："殿下请勿惊惶！只是前面的山道上有山石崩落而已！"

杨盈惊魂未定，扑在明女史怀中哭泣。

出使仪仗所用的车马是做宣威之用，华盖蔽顶，四面并无遮挡，便于观拜之人瞻仰使者姿容。护卫士兵们眼见使者扑进女官怀中惊哭，纷纷注目。

明女史尴尬至极，小声暗示。杨盈这才警醒，立刻坐正，重新装出男子姿态。

风雨亭中，宁远舟平静地看着章崧，道："若我猜得没错，您确实埋伏了人在途中，但也只是想伪造丹阳王企图谋杀公主的证据，以期日后所用吧？"

章崧缓缓鼓掌道："洞见如烛！现在老夫越来越觉得当初不该选赵季去执掌六道堂了。"他叹了口气，"好吧。"便端正姿容，站起身来，正对着宁远舟，"若我放弃威胁，仅仅以一个普通梧国百姓的身份请求你护卫公主和十万两黄金安全赴安，赎回圣上，你可愿意？十万两黄金，是我国两年岁入，若安国拿了赎金还不放人，大梧不单将人财两失、再蒙国耻，群强环伺之下，亡国也在旦夕之间！"

他深深一礼，郑重道："章崧虽是世人眼中的权臣奸相，但仍不忍同胞生灵涂炭。宁大人，请你看在同为梧人的分上，受章某所请！"

宁远舟显然已被打动了，却仍是没有说话。

章崧又道："还有一事——你可知护卫圣上而被俘往安都的天道道众，已经全数身亡了吗？"

宁远舟震惊地看向刚才答话的六道堂缇骑，似在求证。

丁辉低声道："因为战事阻隔，安国各分堂的联络一直中断，前几天才陆续打通。今天早上，安都分堂传来消息，说天道被俘的兄弟，因为伤重难治，已经全数殉国了……"

"柴明、石小鱼他们呢？"宁远舟连忙问道。

丁辉道："柴大哥早就在天门关阵亡了。"

宁远舟闭上了双眼，元禄也红了眼圈。四面六道堂众人，也有不少人偷偷地抹了抹眼泪。

章崧叹息："可惜，他们现在在世人眼中，不是英雄，而是叛徒。"

宁远舟霍然睁眼。

章崧回头示意，丁辉便呈上几张帖文和奏章。章崧将东西一份份递给宁远舟："这是在我军退守瞻州时发现的无名揭帖——'六道堂卖国，傻皇帝遭殃'。这是今日虎峙骑送往朝中的奏章，文中直指天道护卫军前擅权，与安国勾结，以致圣上蒙尘……"

元禄怒道："胡说八道！"

宁远舟浏览之后，将那些文件撕得粉碎。

章崧道："你撕得了它，撕不掉天下人悠悠之口。败军之将，自然会拼了命地推卸责任，只有一个人活着回来的天道，就成了最好的替罪之物。宁远舟，你身为六道堂的前堂主，就算可以不心痛当初的革新化为乌有，难道还能眼睁睁地看着当初把你从血海里背出来的兄弟死后还背上千古骂名？"

宁远舟闭上眼睛，掩去情绪："我若不愿，那就只有一个法子——我亲赴安都，救出圣上，让他亲口对着天下人证明天道道众的忠贞英勇。"

章崧道："跟聪明人说话，就是简单。那你去还是不去？"

众人都忐忑地看向宁远舟。

宁远舟闭目沉思着。良久，他轻轻舒了口气，睁开眼睛，眼中已是一片清明，再无游移："去。"说完，便举起拿了很久的茶盏，一饮而尽，将碗底亮给章崧。

章崧松了一口气。

宁远舟继续道："但要想事成，我必须有足够的支持。"

章崧当即便从袖中拿出一卷令谕，道："老夫早已备好敕书，从此刻起，你升任左卫中郎将，重掌六道堂。"

在场六道堂众人无不欢欣，齐齐跪下，朗声道："恭喜宁堂主！"

章崧又拿出一只玉佩递给宁远舟："这是先皇赐我的玉符，你可凭此便宜行事。事若成功，重赏；事若失败，不罚。"

宁远舟接过玉佩："我无需重赏，只要相国许诺事成之后，令六道堂阵亡之人尽入英烈祠，保公主一生富贵安康，并放我归隐山林。"

章崧道一声"诺"，泼茶于地，指天起誓："誓如泼水，可发不可收。"

宁远舟接下令谕，气场陡然一变，目光如电，周身再无一丝懒散之气。他当即便回身吩咐道："公主的行程不能耽搁，丁辉，你带天道十人前去护卫公主，定时用飞鸽汇报情况。"

丁辉领命而去。宁远舟也向章崧辞行："我需要马上回京组织人手，尽快出发，如此才能在使团入安前和公主一行会合。"

章崧略作思索："事不宜迟，老夫亲自送你回六道堂。"

一行人步入六道堂。

有巡查回来的缇骑一身疲乏地从旁路过，然而看到宁远舟跟章崧一道进入六道堂，似是猛然意识到了什么，瞬间精神抖擞地迎上前来，兴奋溢于言表："参见相国，参见堂主！"

而后回身一声高喊："宁头儿回来了！呃，相国也来了！"

六道堂招揽三教九流，混杂奇人异士。不少人都性格乖僻，不讲究礼仪。章崧也不见怪。只见一路不断有人迎上来，神色激动地向他们行礼，也不由得感慨："看来让你复职，的确是众望所归。"便随意看向一个刚刚迎出的道众，"怎么不见赵季？"

这道众恰也是那日随赵季前往宁宅的缇骑，他飞快地看了一眼宁远舟，而后面不改色地向章崧回禀："赵大人出京追捕朱衣卫余孽，至今未归。"

章崧自是毫无察觉，随手赠了宁远舟一个人情："以后六道堂你一言九鼎，赵季如何安排，不必顾及老夫的面子。"

却不知已被宁远舟预先用掉了。元禄忍不住发笑。宁远舟仍平静地谢道："多谢相国。"

此行艰难，萧妍不说，杨盈不知，而丹阳王自己便是此行艰难的理由之一，唯恐不够艰难，故而无人提及。但章崧却是心知肚明，否则也不会断言非宁远舟不可。宁远舟说要回来组织人手，他也不由得好奇："除开那几个天道的护卫，你准备带多少人去安都？"

宁远舟也知道章崧想看一看他选的人的本事，要一个心安，边引着他走出堂外，边道："贵精不贵多，四个就够。"便看向元禄，"想不想跟我去安国，看看你从来没见过的大漠和孤烟？"

元禄惊喜，毫不犹豫："想！"

章崧也看了眼元禄，见他面容稚嫩、性情跳脱，有些怀疑道："他？有十八了吗？刚才瞧他武功也不过平平——"

宁远舟一笑："元禄，把你的木鸢放出来给相国看看。"

元禄道一声"是"，当即像猴子一样飞速爬上了六道堂房梁，在房梁上摸了摸，便摸出一只木鸢。他抓着木鸢，从三丈高处跃下，落到章崧面前。只是距离极近，差点和章崧的鼻尖碰在了一起。饶是章崧，也被吓了一跳。

元禄嘻嘻一笑，转身扭动木鸢上的机关，接着向外一扔，那木鸢便如翼龙一样飞到了空中，滑翔一圈后，竟落回到章崧手中。章崧震惊地抚摸着木鸢。只见那木鸢构造复杂，极尽工巧。他曾在书中读过，还以为是杜撰，谁知今日竟见了实物。

宁远舟道："元禄是墨家后人，饿鬼道里最出色的天才。"

章崧点头信服，又问："剩下的几个是谁？"

宁远舟便吩咐人："去叫孙朗来。"

不多时，一个身着常服、打扮潦草的男子从正堂走来，但一见宁远舟，立马双眼放光："宁头儿！"

章崧颇带些玩味的眼神打量孙朗，目光停留在他邋里邋遢的常服上："这……"

去给孙朗传信的人忙道："孙校尉在杨尚书的私宅不吃不喝微服监察了三日，这才刚回总堂。"

宁远舟见章崧还有疑虑，一拍孙朗的背："孙朗，你也露一手吧。"

孙朗喜上眉梢，应诺："是！"便转身向章崧行礼，"下官擅长箭术,还请丞相指定一只标靶。"

章崧四面看了看,见远处数十丈外的树梢上有一只鸟窝,窝中依稀可见一只毛茸茸的小鸟,便抬手一指,道:"就那只小鸟吧。"

孙朗吸了口气,面露不舍道:"这可有点难了。下官最喜欢毛茸茸的小玩意儿,只怕是下不了手。换成鸟窝右边那块树疤如何?"

不待章崧回答,他已走到武器架前,拿起弓箭,背对大树道:"一!"

章崧还在诧异,孙朗已然回身弯弓射箭,众人惊觉,他竟不知何时用布条蒙上了眼睛。

那箭发出,正中树疤。

众人还不及惊叹,孙朗已又回身,换了处位置。再次弯弓射箭:"二!"

射完再换一个位置:"三!"

三箭都齐齐扎在树疤上同一个地方。

众人都鼓起掌来,章崧也忍不住点头:"不错不错,还有两个呢,是谁?"

宁远舟笑道:"剩下两个,就都需要丞相您帮忙了。"

大牢里,锁链冰寒,木栅森然,空气里浮动着稻草发霉的潮湿气息。本该是鬼哭狼嚎之地,这一日却意外地安静。所有人都屏息看向同一处。

那里,一双修长漂亮的手正在为一女子画眉、涂朱。此刻妆容将成,在那双妙手之下,微微仰着头的女子妆容妩媚至极。那手挑起女子的下巴,片刻后,又为她插上簪子。这才传来一声轻笑:"好了。"

那嗓音清朗风流,正该是那双手的主人。然而那双手却穿过牢门木栅的间隙,收向了牢狱之内。不错,为女子化妆的人,此刻正锁在牢里。他竟是隔着牢门为女子化妆的。

被化妆的女子迫不及待地看向木桶中的倒影,扶在木桶上的手肥胖粗糙,衣衫也是最寻常的灰布衣——分明是个肥胖的中年妇人。然而倒影在水中的面容,却如花魁般妩媚动人。

妇人陶醉道："天哪，我郑牢婆从来就没这么美过！"

而牢里的男人一身白衣，胡子拉碴却不掩风流姿态。他悠然坐在稻草之上，宛若食英漱玉的贵公子坐在锦绣堆中，翩然笑道："郑姐姐何必自谦，为天下美人增色，是我于十三毕生所求。"但腹中饥肠却在提醒他，姿态好看填不饱肚子。他轻咳一声。

妇人恍然，忙把食盒送入："我都忘了，你吃，你快吃！"

原六道堂阿修罗道都尉于十三依旧不忘姿态，文质彬彬地取过食盒。打开盒盖，见里面是只肥鸡，口水都差点从眼睛里流出来，却还是背过身去，才形象全无地抓起肥鸡狼吞虎咽。

其他牢房的男犯又馋又怒，纷纷咒骂，于十三恍若不闻。

突然，牢外有人叫道："于十三，有人来接你出狱了！"

于十三大喜，吞下最后一口肉，潇洒整好衣冠，这才迤迤然步出。

通道两侧也是牢房，关着不少女囚。于十三出狱的消息已经传开，女囚们正隔栏相告。

关于于十三是个没良心的风流子一事，他入狱几日，女囚们早已亲身体会——事实上只怕整个梧都所有信息通畅的女子都耳熟能详。然而这没良心的浪荡子，偏偏有这世上最妙手生春的技艺，能赋予一切女子绝色容貌。实在令人又爱又恨。

想到这浪荡子出狱，再无人能陪她们打发这暗无天日的囹圄生涯，女囚隔着木栅纷纷呼号挽留。

于十三就这样在众女的呼号挽留中，一路拱手道："刘姐姐，我会想你的……许家妹子，你千万要保重……苏娘子，别忘了我……"

一女囚伸手穿过牢栏拉住了他："十三哥，你走之前，再给我们变一次戏法好不好？"

于十三温柔至极地回道："为美人效劳，虽千万人吾往矣！"

他一挥袖，手中便变出一朵花来，放在女囚手中。众女子正在艳羡，于十三又变出更多的花来，撒向她们。一时牢中都是花瓣雨，众女迷醉赞叹，纷纷鼓掌。

宁远舟站在通道尽头，眼看着这个男人如蝴蝶穿花般从大牢里走

第五章

出，却早已见怪不怪。

然而于十三望见宁远舟背光而立的身影，却是一惊："老宁?!"

宁远舟道："有件要命、没钱的活，你干不干？干了，去年元宵你拐带裴国公千金的罪，就可以一笔勾销。"

于十三不满道："那哪是拐带啊？我是那种人吗？人家小娘子从来没出过府，我就带她出去看回灯，然后就好端端地送回府了，没想到被她爹……"他摆摆手，"算了算了，什么活？跟着别人干就算了，跟着你嘛，倒是可以考虑一下。"

宁远舟道："保护一位年方十六、柔弱美丽的公主远赴千里之外。"

于十三眼睛一下子亮了，惊喜道："十六？柔弱？公主？"他一下子搂住宁远舟的肩，喜笑颜开，"干！咱们俩谁跟谁啊！"

羽林军校场，都尉钱昭正带着手下羽林军侍卫训练。

能被选入羽林军之人，无不仪表堂堂、武艺过人。都尉钱昭更是个中翘楚，他相貌英伟，精通各种武艺，性情持重可靠，尤其膂力过人，以力举千钧著称。

但这一日被皇后传唤，却是因其他的本事。

他入殿觐见时，皇后萧妍面前堆满了书画。

见他拜见，皇后便道："钱都尉来得正好，这些天为筹圣上赎金，国库空虚泰半，本宫便想卖掉私库所藏的几幅名画。只是一时花了眼，竟然分不清到底哪一幅《天王图》，才是吴仙人的原作。"

钱昭上前，扫了一眼两幅一模一样的画，便道："此幅。另一幅实中有虚，虚中有实，应是吴仙人徒弟卢道客的仿作。"

萧妍疑惑地问："何谓实中有虚，虚中有实？"

钱昭道一声："恕臣无礼。"便拿起一边的笔墨，在纸上挥毫，片刻后便画出一张精妙的画作。他指着画中一处，道："此处便是转折中虚。"

萧妍端详着那画作，叹道："钱都尉不愧名门之后，文武双绝。若不是章相亲自相请，本宫还真有些舍不得。"

钱昭一怔，看向殿门。章崧和宁远舟不知何时已经出现在那里。

钱昭向宁远舟微微点头。

章崧看向钱昭，道："钱都尉，圣上蒙尘，除礼王之外，娘娘还欲遣宁将军率六道堂急赴安都。他心思缜密，担心因昔年曾被贬官，难以取信圣上，所以想借调一位圣上信任的宫中禁卫一同前去。老夫听说你之前与六道堂的天道护卫们就颇为熟悉，此次可愿暂入六道堂，随宁将军救主还国？"

钱昭眼中波光一闪，躬身领命："臣早有此意，敢不从命！"

至此，宁远舟所说四人，已全部集齐。

章崧亲眼见证过他们的能耐，早已信服，再无多言。

三人出了内廷，一道行在宫道上，往宫城南门去。路上，他便催促着宁远舟："人既已齐全，就尽快出发吧。"

宁远舟道："除使团之外，我们还需要伪造一个身份。一明一暗，才能方便行事。大战之后药物最是紧缺，我想扮成褚国的药商，这样在安国行动才不至于太打眼。安排这些还需要点时间，所以明日才能出发。"

章崧点头。

宁远舟又道："此外，还请相国在京中看紧丹阳王，他若从中作梗，我们便会腹背受敌。"

章崧回道："老夫会尽力，只是事关帝位，他肯定也会有所动作，你们自己也得多加留意才行。"

两人站在宫道之上，四目相对。虽彼此并无什么值得动容的交情，甚至从宁远舟的角度来看，还有些值得相杀，然而想到经此一别，还不知有没有来日，竟也不免有些静默。

片刻后，章崧对宁远舟一礼："你们离京之时，老夫就不来相送了。愿平安归来，早日再会。"

互相致礼道别之后，章崧走了几步，半途突然返身问："对了，使团之中，有没有你那位如花似玉的表妹？"

宁远舟闻言一笑："没有。"

章崧颇有深意地看了他一眼，转身离开。

钱昭狐疑地扭头道："我认识你二十多年，怎么不知道你还有个表妹？"

出宫门，坐上了自己的马车，章崧才终于松懈下来，感慨："这些天一直闹哄哄的，直到如今，才算是有了条理。"

身旁亲信却犹然有些担忧："相国难道不担心宁远舟中途反悔？只要劫了公主，十万两黄金在手，他随便找一块地方招兵买马，便又是一方豪强。下官以为，不如将他的表妹留在京中，作为人质。"

章崧微笑看着他："比赵季还心狠手辣的表妹，你敢留吗？"

想到众目睽睽之下娄青强的死状，亲随一寒，露出些为难的神色。

章崧笑道："无须担忧。刚才在亭子里，难道你没看见宁远舟已经把那盏茶都喝光了吗？"

亲随一愣："难道那茶里面……"

章崧点头："此药乃前朝秘传，名为'一旬牵机'，凡密使出行，必以此药为牵制，每隔十日必须服下解药。赵季执掌六道堂后，各处分堂常有不服，他便向我求了此药，分派给各处分堂用以控制手下。宁远舟毕竟离开六道堂已经一年了，安国好几处分堂的堂主早就换成了我们的人；他只有依次经过这些分堂，才能按期领到每一期的解药，至于最后一枚……"章崧摸了摸袖中的锦盒，捻须一笑，"除非他做好所有答应我的事，否则……他是个聪明人，懂得怎么叫我放心，所以我才会把那枚玉符给他，也让他安心。"

他说完，便安然靠在车厢上，闭目养神。

忽听宫城之中暮鼓声起。只见楚天沉沉，暮色霭霭，楼台宫阙一重连着一重，遥遥望不见边际。

## 第六章

## 受命聚同道，重舆出梧都

这是如意第二次和宁远舟一道出城门，只不过上一回他们一个是躲避搜求、意图退隐的假死之人，一个是逃命的小白雀；这一回却一个是众望所归、位高权重的六道堂堂主，一个是他武功高强、谜团重重的"表妹"。

才不过一日之间，便已历尽生死起落，恍若隔世。

晨曦之中一座城门，两人相对而立。宁远舟看着卸去伪装的如意，如意也看着焕然一新的宁远舟。

却是宁远舟先开口："昨天你杀人的时候，说的'第一个'是什么意思？"

如意坦言道："在青石巷虐杀玲珑的，他是第一个。"

宁远舟了然："玲珑？你那个白雀姐姐？呵，你不该选在那个时候动手的。"

如意不屑道："没有人比我更知道什么时候动手最合适。"

宁远舟一笑，道："你连白雀都做不好。"

如意闻言不反驳，只道："我是最好的刺客，除了杀人，其他的确都不算擅长。"

"是吗？那你这个最好的刺客，昨天为什么会做去而复返、暴露自己其实武功高强的蠢事？"

"因为元禄提醒了我。你杀了赵季，而他是'第二个'。"如意一顿，"我不喜欢欠别人情。"

宁远舟点头，道："刚好，我也是，那我们就算是两清了。"他向守城的护卫出示令牌，城门护卫收起长枪放行。

如意却没有动，她只抬头看着宁远舟道："你现在已经又是六道堂的堂主了，为什么还要放我走？"

宁远舟道："因为这个决定，是我还不是堂主的时候做的。而且你之前都那么死皮赖脸出尽百宝了，就当是感谢你对元禄不错吧。你应该庆幸自己的特征和森罗殿里任何一个六道堂仇家的记录都不相符，否则，我就没这么好心了。"

如意一哂："这么心慈手软，难怪之前会被赵季那种货色陷害。"

宁远舟反唇相讥："彼此彼此。你一个刺客，居然委屈自己做白雀，还为了另一个白雀想要杀六道堂的副堂主，看起来也不怎么聪明——"他也看向如意，"你是朱衣卫的叛将，还是褚国的不良人？"

如意淡淡道："什么都不是，我只是一个已死的人而已。"

宁远舟盯了她半响，却终究什么都没有问。只送她出城门外，把缰绳递给她，道："那好，希望我们自此人鬼殊途，再不相逢。"

如意接过缰绳，却没有上马，突然抬头看向他，问道："我可不可以不走？"

宁远舟一怔，不料她竟会提出这种要求。虽明知她不可能不有所盘算，然而乍对上那双似有所求的眼睛，却也还是有片刻迟疑。

如意道："你们不是要去救皇帝吗？我们可以做个交易，还有几天，我的内力就可以慢慢开始恢复了。带我上路，我可以帮你杀人，安国的朝中和宫中的事，我也知道不少……"

"你想混在使团队伍里，躲开那个越先生的追杀？"

如意摇头，坦言相告："我不是躲他，而是想找到他，这个人向你们六道堂出卖了整个朱衣卫的梧都分堂。"

宁远舟想了想，道："知道越先生身份的人，只有赵季和他的党羽，但他们现在都死得差不多了。据见过越先生的道众说，这个人个子比你高三寸，出现的时候总是戴着面具、穿着黑袍，根据他的武功和口气推算，至少是位紫衣使。"

"谢谢。但我想和你交易的,是另外一件事。我有一位故人,几年前突然被人害了,但走之前,她怎么也不肯说出谁是凶手。你们六道堂的地狱道和森罗殿既然无所不知,能不能……"

宁远舟打断她:"不能。你是别国的间客,我怎么可能用梧国的公器来和你交易?我刚才告诉你越先生的事,只是为了再让你欠我一个情,换你对我们去救皇帝的事情保密。"他一笑,"我不需要刺客,而且你身上的秘密太多,我的使命又太重,大家还是大路朝天,各走一边比较好。"

如意默然片刻,终于不再说话。她翻身上马,牵动马缰。

宁远舟却忽地又问道:"越先生是第三个?"

如意冷冷道:"不干你事。"

她一夹马肚,头也不回地疾驰而去。

宁远舟望着她的背影,身后元禄不知何时赶来,告知他:"堂里那边,都准备好了。"


六道堂正堂内,钱昭、于十三、元禄、孙朗已然齐聚。四人神色肃穆,都已换上六道堂堂服。那堂服是本朝太宗所钦定,黑革银甲,饰以金绣。晨曦之中,甲光耀目,威严又壮美。

正堂之外,其余六道堂之人也都已整齐列队在庭中,人人静默挺拔,肃立如松林。六道堂堂主宁远舟便踏着晨光,走进气势一新的六道堂。他面容肃穆,步伐坚定,身上绣金甲胄铿然作响。

走到重伤未愈却依旧在兄弟的搀扶下坚持列阵的蒋穹身旁时,宁远舟停住脚步,蒋穹眼中一热:"堂主……"宁远舟连忙扶他起来。

蒋穹哽咽着,滚下泪来,悲凉道:"宁头儿,是我对不起天道的其他兄弟。如果当初为圣上挡箭的不是柴明,是我就好了,他们也就不会被安人丢在河滩上,客死他乡,背上一个卖国的骂名!"

宁远舟拍了拍他的背,道:"我们六道堂的人,只要不是荣归故里,死在哪儿都一样。这次行动为百姓也为他们,必正天道英名!你跟老杜两个坐镇总堂,随时支援。"

第六章

他拥抱了重伤归来的战友后，便大步流星直入内堂。

入堂后，他净手拈香，率领即将随他出行的四人一道向内堂中"六道轮回，善恶终始"的条幅敬香。堂外众人也同时躬身礼敬。

已有道众手捧托盘，为五人奉上堂徽。堂徽上堂中六道各有标识，如轮盘排列，中央铸字标识各自身份。堂中道众人手一枚，见牌如见人。每有出征，必携带在身上。

宁远舟拿起自己的堂徽，其余四人也同时上前一步，各自拿起。

"六道堂堂主宁远舟，今领堂徽，不胜无归！"

其余四人也齐声道：

"阿修罗道都尉于十三！"

"饿鬼道副尉元禄！"

"天道都尉钱昭！"

"人道副尉孙朗！"

"——今领堂徽，不胜无归！"

他们将堂徽佩于腰上，又从道众手中接过酒碗。

宁远舟举起酒碗，郑重道："敬柴明等天道兄弟！"他酹酒于地，而后再次举起一碗酒，"一祭天地，二慰同袍，三壮来路。"仰头将酒一饮而尽。

堂中众人随他一道酹酒，而后饮酒礼敬。

宁远舟摔碗于地，斩钉截铁道："出发！"

晨光铺地，地上酒雾升腾。五人一同步出六道堂，庭中众人同时单膝跪地相送。他们皆知此行艰难凶险，启程五人未必人人都有归途。然而所有人胸中都豪情满怀，无惧无畏。六道轮回，善恶始终。壮士一去，不胜无归。

然而路上行踪，自然不能绣衣银甲昭告天下。一行人早已换上商人便服，骑马"护送"着马车辎重，扮作商队缓缓向城外去。

元禄犹然不舍，小声嘟囔着："堂服多好看啊，怎么就穿了那么一小会儿。"

孙朗拍拍他的头，耐心给他解释："以后有的是穿的机会，现在咱们得扮成商队啊。再说刚才穿堂服,也是为了宁堂主复职,得给兄弟们鼓鼓劲儿。"

行经宁家老宅时,数日间难得闲适宁静的生活忽就涌上脑海。宁远舟一时难掩怀念,见钱昭扭头看他,连忙低头轻咳掩饰。

于十三嫌弃地看过来:"不是吧,你怎么连这点酒都受不了了?"

元禄替他分辩:"宁头儿坐牢熬刑时受了寒,一直没好。他又不像十三哥你,有那么多胖的瘦的黑的麻的红颜知己照顾。"便摘下水袋,关切地递给宁远舟,"润润嗓子。"

于十三被他捧得很是舒坦,冲街边看他看呆了的女子抛了个媚眼,得意地冲元禄一抱拳:"过奖过奖。"

孙朗扭头,道:"老钱,给宁头儿开两服药吧。"

钱昭面无表情道:"药只能治病,不能医情。我怕他这样,是因为舍不得那个如花似玉的表妹。"

宁远舟被水呛住,咳嗽更剧。

于十三却来了精神,眼神精亮,道:"如花似玉?表妹?真的?!"

钱昭依旧冷面道:"章相亲口所言,怎会有误。"

眼见于十三立刻拨马追着钱昭去打听"表妹",宁远舟哭笑不得。

独元禄有些愣神,低声问宁远舟:"如意姐真的走了?"

宁远舟点头。

元禄又问:"那她有没有跟你说,她到底是哪边的人?"

宁远舟摇头,又道:"八成还是朱衣卫,褚国不良人很少用女的。朱衣卫这些年内部倾轧得一直很厉害,连指挥使都换得跟走马灯一样快。她孤身一人,身份隐秘,提起朱衣卫的时候很冷漠,为其他白雀报仇的时候又很坚决,多半是颗棋局中的弃子,才会对故主有那么复杂的感情。"

于十三正和钱昭说着话,突然听到最后两字,又精神了:"感情?!"

宁远舟无奈,转头问钱昭:"安军现在何处?"

钱昭回道:"安帝夺得颍、蔡、许三地后,军力也到了极限,故而派员镇守后,便已亲率大军班师回朝。现在应该到了归德城,圣上也在随行人员之中。"

梧帝处境不太好。

归德城距天门关不远,地近塞北,是安国北疆重镇。大军班师回朝,经归德原入归德城,便脱离边境战场,可安心驻扎休整。

归德城民风淳朴尚武,听闻大军归来,无不欢腾鼓舞地齐聚在官道两侧,翘首以盼。自安国建朝以来,从未取得过如此战绩——俘虏了敌国的皇帝。

城外已搭起彩架。随着鼓声擂起,大军行近。远远望见天子兜鍪耀日、金甲灿然,两侧山呼万岁之声如雷声滚动,响彻整座城池。

安帝端坐马上,抬手示意百姓平身,享受着万众瞻仰。他已年过不惑,在梧国人口中是个鹰视狼顾的阴鸷贪婪之人,但此刻端坐马上,却身姿英伟、威风凛凛。

他身后半步之遥,便是在此战中立下大功、俘获了梧国皇帝的虎翼军统帅——长庆侯李同光。这位安国军中最年轻的统帅白衣胜雪,玉面金冠,宠辱不惊。所过之处,男子敬仰其武功卓著,女子仰慕其俊美风流。

紧随其后的,便是被俘虏的梧帝。他依旧是当日挥斥号令的打扮,然而头盔已丢,蓬头垢面,绣龙金甲上沾满血污,双手被缚。安、梧两国交战多年,边境城池谁家没有子弟死于战场?彼此仇恨深重。今日梧帝被俘,两侧安国百姓无不咬牙咒骂,纵使有士卒拦着不许抛掷秽物,也还是忍不住唾弃。

梧帝早如丧家之犬,此刻游街一般被草芥贱民辱骂,更是耻辱狼狈至极。脸上血痕未消,却已苍白如纸。

归德城中,安帝膝下两位皇子也早已恭迎多时。眉眼中英气十足的那位,是安帝长子河东王李守基,另一位眉眼含笑的,则是次子洛西王李镇业。安国的将兵见了他们,纷纷滚鞍下马。

安帝仪仗渐近,二人躬身相迎:"儿臣恭迎父王,贺父王威震天下,大胜而归。"

安帝眉开眼笑："平身平身！朕在前方肃敌，你们在后协助，也是功劳不小。"

河东王连忙道："父皇过奖，儿子不过只是押运粮草，又有何寸功？倒是二弟护送贵妃从京城跋涉而来，一路委实辛苦。"这番话，自谦表功之余，却是暗讽洛西王没做什么正事。

洛西王确无功劳可表，便以孝道回敬："贵妃姨母既奉父皇旨意前来，儿臣自然要全力尽孝。"

安帝不偏不倚，笑道："你们都辛苦了，这一回朕从梧军手里得到了不少宝物，等安顿下来，各有重赏！"

二人自是欣喜谢恩，随安帝一道往行营走。一人貌似不经意地透露着自己对行营的上心布置，另一人则不甘其后地暗示贵妃姨母已经焚香沐浴等待多时。安帝仿佛并未察觉两人暗较高低，连声应好，只特地叮嘱："记得给同光安排一间离朕近些的营帐，朕晚上还有些军务要和他商议。"

两人这才看到后方的李同光。与那些一早就跪在地上的兵将不同，李同光只不过微微欠身，抱拳道："两位殿下万安，请恕末将甲胄在身，礼数不周。"

两人眉头瞬间便皱起。河东王沉得住气些，皮笑肉不笑地道："长庆侯多礼了，父王对你最是恩宠。既是姑表至亲，还那么客气做什么。"洛西王却已语带讥讽："话虽如此，可是同光这一身打扮也太华丽了些，别人不知道的，还以为你是个戏台上的将军呢。"

李同光不动声色道："两位殿下过奖。"却径直上前，向安帝耳语，"陛下，刚才接到梧国国书……"

安帝听完，一挑眉："礼王？朕怎么没听说杨行远有这么个弟弟？"

"所以臣才想待会儿好好盘问一下……"

见李同光不但反应平淡，而且完全旁若无人地和安帝密谈，两王颇感无趣，却也不敢打扰，只能竖起耳朵，努力听个一言半语。不经意间眼神一触，对面前储位竞争者的厌弃便又占据上风，立刻烦躁地分开。

第六章

091

草地中央，篝火腾起。一只肥美鲜嫩的全羊在火焰的炙烤下滋滋作响，焦香随着舞乐声一道飘满营地。

大军驻扎，归德城中烹牛宰羊供献美酒，安帝举宴犒赏大军。王帐前安帝、诸王诸将分坐，此刻酒至酣处，觥筹交错，丝竹之声不绝于耳。营地周围围满了士兵百姓，人人都想近前瞻仰天子风姿。安帝心情好，有意与民同乐，早已示意侍卫们不必驱离。

两位精心打扮的舞姬踩着鼓点献舞，柔婉绮丽，看得散坐在周围的达官贵人们不停鼓掌叫好。

然而舞姬再好，也不如安帝身边初贵妃之万一。这位初贵妃为沙西王之妹，是沙西部的明珠，也是安国已故皇后的表妹，尊贵美丽，温婉解语，深得安帝宠爱。安帝班师，不及回到都城，便先传召初贵妃前来伴驾。此刻初贵妃正侍坐在安帝身侧，含笑替他斟酒。一双明眸如弯月一般，眉心一点朱红花钿，娇俏明艳。一时她仰头向安帝说了些什么，引得安帝畅快大笑。

喜庆喧嚣之中，梧帝脚戴镣铐，坐在角落里，忍受着众官和舞姬们的指点议论，脸色苍白地独饮着。

李同光坐在他的邻座，见他眉头紧皱，便笑问道："这酒可还合陛下胃口？"

梧帝摇头："又苦又涩，难以下咽。"习惯了江南的丰饶甘醇、锦绣温文，此地之贫瘠粗鲁实在令人不堪忍受。梧帝想不通自己何以战败，忍不住道："龙蛇混杂，成何体统？这就是你们安国的国宴？"

李同光一笑："归德城地近塞北，风俗崇尚天然。陛下以后说不定还要在我国做上好几十年的客，还是早点习惯为好。"

梧帝道："朕一天也不想多待，待我皇弟送来赎金，就请贵国依诺送朕平安返国。"

"那位礼王杨盈，真的是陛下亲弟？怎么据朱衣卫回报，之前都查无此人呢？"李同光状似无意般提起。

梧帝眼神微闪——礼王？杨盈？却也知事关他能否平安回到梧都，不动声色道："盈弟今年十六岁，乃宫人所出，只不过从小养在深宫，又没领过实职实封，是你们无能才查不到而已。"

李同光貌似恍然，笑道："哦，原来只是个无用的闲散皇子。也是，丹阳王殿下倒是才略过人，只不过他如今正忙着治理政务，没时间来迎您这位让梧国蒙羞的陛下吧？"

梧帝气得浑身发抖，但也只能强忍。李同光畅快地取酒豪饮，笑容落入河东、洛西两王眼中，都颇觉刺眼。

席间一曲终了，舞女舞罢退场。河东王起身禀道："父皇，归德城的百姓为了庆贺您的大胜，特意织了一张百胜毯，想要献上。"

安帝道："宣！"

几位百姓便抱着一卷地毯献上，当众展开。毯上所织，正是安国雄壮威武之师在天子率领下奋勇杀敌、俘获敌酋的场景。比之江南织物的靡丽工巧，不免风格朴拙，却别有一股雄浑豪迈之意，更有民心爱戴鼓舞之意。安帝看后颇为高兴，立刻挥手道："赐酒！"

百姓们豪迈地一口喝完，亮出杯底，众人纷纷拍手叫好。

北地酒烈，烧喉又上头。满满一海碗灌下去，几人都醺醺然。边境民风又彪悍，其中一名女子被酒气一激，豪兴大发："圣上您是大英雄，梧国的这个蠢皇帝哪配跟您坐在一起！让臣女替您把他赶走吧！"

她醉醺醺地捡起篝火边上一根粗树枝，就向着梧帝冲了过去。安国君臣对这位"敌酋"却是殊无敬意，都看好戏似的不加拦阻。那妇人就要冲到面前，梧帝却因脚镣动弹不得，虽惊怒交加，却只能举袖抵挡。眼见那粗黑的树枝就要打向梧帝面门，突然之间，一根织金镶玉的马鞭伸了过来，架住了那妇人的树枝——出手人正是李同光。

只听李同光声音温柔道："姑娘的豪爽，委实令人佩服。不过梧国皇帝是咱们圣上好不容易才请来的贵客，您这位归德城的贵女，能不能瞧在本侯的面上，替圣上多尽几分待客之礼呢？"

他生就俊美风流的模样，正是陌上少年，更兼笑意温润、语气轻柔。那女子目光同他一对，脸上霎时飞红。树枝啪地掉在地上，她捂着脸飞也似的跑了。场中人猛然间哄笑起来。

贵妃抿唇笑道："瞧瞧咱们的玉面长庆侯，多招姑娘家喜欢！"

第六章

安帝也跟着调笑："看来朕得早点替他找一个名门贵女成婚，省得他老抢朕的风头。"

贵妃微笑着奉上一杯酒："光赐婚哪够？这一回能生擒梧帝，小侯爷是首功，圣上除了美人，只怕还得赏个国公的爵位吧？"

席间众人纷纷笑着附和。

河东王妒意骤起，冷笑一声："同光真是不容易，为了护着梧国皇帝，连美男计都用上了。哦，不过这也不奇怪，毕竟是子从父道嘛。"

此语一出，举座皆惊。洛西王干咳一声："大哥可别说笑，同光乃是姑姑唯一的血脉，父皇特赐御姓，尊贵至极。"

河东王犹然未觉，大剌剌道："呵，谁不知道他亲爹就是个卑贱的面首……"

他身后亲随连忙拉他。洛西王也高声提醒："大哥！你喝醉了！"

宴席上死一般寂静，众人都看向李同光。安帝亦没有出言相助之意，只是玩味地看着众人的表情——尤其是李同光的表情。

李同光面色却丝毫不变，平静地饮下一杯酒，道："河东王殿下还真是风趣，什么话本流言都信。"

安帝这才笑道："说那么多闲话干吗，给朕添酒！"

宴席上重新热闹起来。梧帝的心，却沉静了下来。他看着神色自若的李同光，眼神中突然有了一点复杂的敬意，举杯道："刚才，谢了。"

李同光款款笑道："谢陛下。这苦酒多喝几回，总能习惯的，不是吗？"

酒宴残席上，安国人已醉得歪七倒八。安帝在初贵妃的搀扶下回王帐歇息后，酒宴终于告一段落，尚清醒能走之人各自散去。

李同光也令人搀起醉酒委顿在席的梧国皇帝，送他回帐中看押。行至拐角处，便听不远处传来怒斥与鞭打声。河东王正气急败坏地挥着鞭子痛打亲随："谁让你拉着孤的？故意跟老二串通了，当着父皇下孤的面子?！"亲随已被打得血肉模糊，连呻吟声都发不出了，河东王却犹不停手。瞥见李同光走来，他下手越发狠毒，提高声音辱骂道：

"贱人，孤今天就要打死你这个面首坯子！"

李同光恍若无闻，径直走过。河东王气结，踢了一脚早已人事不知的亲随，恶狠狠地吩咐："拖下去，扔进河里。再找几个梧国俘虏来，放进狗场里去，孤要看他们狗咬狗！"

李同光目光清明，却是毫无醉意，一直亲眼看着人将烂醉如泥的梧帝扶入房中，又吩咐随从："就算他喝醉了，也不能放松警惕，看守的人数再加两人。"安排完看守，眼尾瞥见河东王气急败坏离去的背影，又吩咐道，"去河里把人救了，要狗场的人拉住点狗，别出人命。"

而后他将整个营地都巡视了一遍，确定没有纰漏后，才转身淡淡地对亲随道："去准备，我要散心。"

亲信朱殷追随他多年，知他心中郁结，立刻领命："是。"

林中寂静无比，只有李同光挥剑如风的声音。

月光照在他年轻的脸上，不多时他便练得汗湿鬓发。他停顿片刻，喘息连连，眼中却是更加深重的笃定，一剑再起，他继续不遗余力地舞着，似是要把胸中所有的不平与愤懑都借此挥散出去。

待宣泄尽愤懑之后，再次回到营帐之中，李同光已又是一副宠辱不惊、淡然若水的面容。他走入帅帐，平展双手，脚步不停。随从追随在侧，动作娴熟地帮他除去外衣。

一展屏风之后，浴桶已然备好，正有人将满满一盆冰块倒入其中。

李同光赤裸上身跨入冰桶之中。刺骨的寒冷透过皮肤侵入四肢百骸，激得骨髓都在发疼。他闭上眼睛，缓缓沉入桶中。桶中冰雾腾起，他那张面对激赏与羞辱始终毫不动容的脸上，也终于微微闪过痛苦与释然的表情。

随从们似是早已习惯，见他闭目，纷纷沉默退去。

不知道过了多久，一双柔荑从他身后伸了过来，拿着巾子替他抹去额上的水珠，轻柔的嗓音暗含疼惜："每回不痛快，都这么压在心里作践自己。你那位师父到底教过你什么啊？"

李同光身子一侧，猛地避开，抓住女子的手腕。看清女子面容后，面色才稍缓："是你？"

女子似嗔似怨地回应："除了我，还有哪个女人敢进你房间？"

李同光不着痕迹地移开她的手，淡淡道："老头子睡了？"

女子有点受伤，但仍然一声轻笑，回道："睡了，他毕竟也老了，喝多点就不行了，不然我怎么能出来看你？赶紧出来吧，水里多冷啊！"

她抬起头来，云鬓凤簪，明眸柔媚如新月，眉心一点朱红花钿，尊贵又美丽——竟是初贵妃。

安帝宠妃在侧，李同光却是毫不惊慌，只淡淡道："比起那帮取笑我的畜生，这水暖得多。"但他还是从水中起身。

初贵妃想替他拿架上的单衫，他不过手一招，内力到处，单衫就已经到了手中，他利落披衣。

他仅着一件半湿的亵衣，越衬得宽肩长臂，手臂上肌肉劲瘦精悍，如白隼展翅。他回过身时，初贵妃望见他衣领下厚实的胸膛，一阵脸热，垂眸道："好几个月没见了，你想不想我？"

李同光没有直接回答："那你呢？"

"当然想，难不成我还能想那个老头子？当初他纳我入宫，不过是看中我们沙西部的势力，我傻了几年，早就清醒了……"

她抬手想亲近李同光，手指几乎攀上李同光的胸口，李同光却不着痕迹地转身避开了。她负气道："干吗一直离我这么远？你不想见我是吧？那我就走好了——"

她转身欲走，却忽然被宝石明光耀花了眼睛。李同光手里拿着一只金累丝镶宝石的镯子递来，华贵耀眼。初贵妃一见之下，便已被吸引。

李同光道："你又多心了，我只是想去拿这只镯子而已。"他转动着镯子，"这是我生擒梧帝的时候，在他身上找到的。前朝古董，梧后的爱物，他带在身边当作念想。我偷偷地藏起来，就是为了今日。"他把镯子放到初贵妃手中，柔声道，"愿以此物，贺娘娘早踞凤座。"

初贵妃对镯子爱不释手，但一想到安帝，她不禁嘲讽："可惜，老头子是不会立我当皇后的。后宫的妃嫔都是各部的贵女，他要保持势力平衡。所以，他天天说着难忘我的表姐昭节皇后，什么'结发夫

096

妻，故剑情深'……"

李同光低声蛊惑："太后，也是后宫之主，而且权力比皇后更大。"

初贵妃靠近，依偎在他肩头，轻声道："当然，咱们不就是这么计划的吗？我会帮你二桃杀三士，除掉大皇子和我那个蠢到不行的表外甥二皇子，到时候，我做太后掌控内宫，你做首相权倾外朝……"

这一次李同光没有躲开，他只是淡淡一笑："再立江采女生的三皇子，他才三个月，最好控制……"

他垂首在初贵妃耳侧轻言细语，神色却清冷至极，没有丝毫情动。

出梧都一路向西北，追赶了一日夜之后，宁远舟一行人终于在六十里外的谯州驿署追上了使团。

丁辉带着手下天道众人已等候多时，见到宁远舟，因接到任务而未来得及去拜见宁远舟的天道众人难掩激动，纷纷跪地，齐声道："堂主万安！"

听到声音，杨盈跌撞着飞奔出来。她面色虚弱苍白，看清眼前确实是宁远舟，惊喜却又犹然有些不敢置信地唤道："远舟哥哥！"

身后明女史厉声呵斥："殿下，注意体统！"

杨盈一惊，但仍情急地询问宁远舟："你这么快就回京了？怎么会突然来这儿？"

她激动不已，哪里还有心情掩饰，分明一副小女儿情态。杜长史见状一脸尴尬，明女史则不满皱眉，不善地瞪着宁远舟，开口质问："你是何人？"

宁远舟并不理会，只一拂衣袍，容色庄重地跪地向杨盈行大礼："臣左卫中郎将、六道堂堂主宁远舟——"

钱昭、于十三、元禄、孙朗也随即跪地，同宁远舟一道行礼："参见礼王殿下。"

杨盈一怔，不知该如何反应，只慌忙扶他，道："远舟哥哥，你快起来……"

宁远舟举起监国玉佩，朗声道："臣奉章丞相密令，暗中护送礼王殿下入安,迎帝归梧。使团一应大小事务,此后皆归臣所节制。"

杜长史和明女史都脸色一变。却是杜长史先回过神来,立刻回礼:"下官遵令!"明女史也随即改了态度,给宁远舟行礼,道:"女史明氏,参见宁大人。"

一行人移步进入馆舍中,杨盈抓着宁远舟的衣袖不放。她初次出行便路遇艰险,又是连日奔波,身体虚弱,更兼惊恐忧虑,故而面色苍白。偏偏随行杜长史古板,明女史严厉,都不是善于揣摩女孩心思、懂得安抚的人。此刻遇上可以信赖之人,杨盈终于可以一诉心中惊恐:"远舟哥哥,我好怕,杜长史老说到安国后可能会遇上刺客……"她说着便滚下泪来,"我、我会死吗?"

明女史不快地将杨盈拉开,疾言厉色地规劝杨盈:"殿下应该自称孤,您也不能那么称呼宁大人——"她举止间对杨盈竟无丝毫敬重之意,只令杨盈越发惊恐拘谨起来。宁远舟不由得微微皱眉。

他放缓了语调,轻声安慰杨盈:"放心吧,我们不是来了吗?"便先指着最魁梧强壮的孙朗,向杨盈介绍,"这位是孙朗,从今天开始,他就正式加入护卫你的使团,负责保护你的安全。"孙朗生得虎背熊腰,向前一站,气势逼人,安全可靠。

宁远舟这才又向杨盈仔细讲说:"我们一离京,朱衣卫的眼线必然会增多,所以为了行事方便,我们也会伪造一个身份,一明一暗,配合使团行动。大战过后药材最是紧缺,所以我们会扮成去安国贩卖药材的褚国商队,因担心一路上不太平,便靠着和使团护卫的交情,跟在使团后面一起搭个伴。日后叫我宁掌柜便好。"他便向杨盈一个个介绍,"天道钱昭,扮商队的护卫;元禄你认识,扮小厮;最后这位……"

于十三桃花眼一弯,笑道:"我是商队最重要的账房,于十三。初次见面,有个礼物想送给殿下,"他信手一翻,指间一枝娇艳的鲜花盛放,他笑着递给杨盈,"刚才在外面摘的,希望礼王殿下看到这鲜艳的花朵,心绪能安宁许多。"

杨盈不由得脸红,想接却又畏缩不敢。

杜长史见状皱眉，正欲说话，宁远舟却道："刚才看殿下身子似乎不太爽利，大夫怎么说？"

明女史道："殿下自出京以来，一直郁郁寡欢，虚弱无力，可我们走得匆忙，没带御医，再说公主这情况，也不能随意请民间的大夫。"

钱昭上前一步，直言："请恕臣无礼。"便给杨盈把脉。

杨盈偷偷抬头看一眼明女史，小声辩解道："我也不想生病，就是总吃不好睡不好，杜大人还天天进讲，逼我学安国的东西。"

宁远舟便问："殿下学得怎么样了？"

杨盈有点心虚地回答："还好。"

钱昭诊脉已毕，依旧是面无表情地说道："并无大碍，多半是受不了马车的颠簸，脾胃不和而已。"

宁远舟便放下心来，提醒钱昭为杨盈开几方调理的药剂，便对杨盈道："那臣来出几个考题考考殿下。安国有几位皇子？各自封号是什么？"

杨盈道："三个。有一个叫河东王，另外两个……"她抬眼望见明女史，思路忽就一断，越是用力去想，便越是想不起来，她敲了敲脑袋，"我刚刚还记得的，就是一下子突然想不起来了。"

教导失职，杜长史很是尴尬，明女史也皱起眉头。眼看杨盈越发焦急起来，元禄赶紧替她打圆场："头儿，刚刚钱大哥不是说了嘛，殿下这是累了才一时想不起来，不如先好好休息，或许明日就想起来了呢？"

杨盈连忙点头，惴惴地抬眼看向宁远舟。

宁远舟便也起身，道："既然如此，殿下便早些歇息吧。臣等就不打扰了。"

他带着众人施礼退下，杨盈终于长松了一口气。

一行人离开房间，一到外厅，宁远舟便沉下脸来，转头看着杜长史和明女史，厉声道："你们失职了。"

两人羞愧万分，齐声道："下官无能。"却也不能不分辩一二。

杜长史为难道："殿下身子不适，老夫也不能强行授课。"

明女史也恨其不争，忍不住埋怨："是啊，殿下的性子实在太过柔弱了，又总是思念梧都，动不动落泪发热……我提点过她好多次了，但她实在是才质有限。"

杜长史却不尽赞同，对杨盈有不同的看法："殿下其实颇为聪慧，只是一时千头万绪，不知从何学起。好在路途尚远，老夫和明女史自明日起，一定加倍用功，为殿下授课。"

宁远舟不置可否，只问："你们准备讲些什么？"

杜长史拱手道："大梧与安国之间的恩怨，安国三品以上大臣的大致履历。"

明女史历数："安帝的性情，后宫的情况，以及各位皇子的情况。"

宁远舟默然。于十三看看杜长史，又看看明女史，见他们确实说完了，没有再多补充了，终于忍不住问："就这些？不讲朱衣卫？不讲安国朝中有哪些势力？不讲万一进入安国之后，有人刻意为难该怎么处置？只说三品以上大臣的情况？提醒你们一下啊，把圣上抓走的那个忠武将军长庆侯，他可只是个从三品。"

杜长史面露尴尬。明女史却厉声呵斥："大胆！你竟敢大不敬！圣上只是北狩！"

宁远舟淡淡地看了她一眼，明女史感受到压力，立刻噤声。得宁远舟示意"继续说正事"之后，她才又小心翼翼地辩解："娘娘怕贪多嚼不烂，只让我拣最要紧的讲讲便是。毕竟殿下的职责，只是交付赎金而已。与安国的谈判，自有杜大人负责。"

杜长史点头说道："不错，反正世人眼中的礼王殿下自幼不通朝政，若太过精明，反而会让安国起疑心。"

宁远舟反问："杜大人觉得，现在动不动就哭的殿下，就不会让安国起疑心吗？"

杜长史语塞。

宁远舟又转向明女史发问："不知明女史将如何讲安国初贵妃？"

明女史道："初贵妃是前任沙西王爱女，数年前入宫，宠冠后宫。她喜骑射，擅媚术……"

宁远舟只听一句便够，立刻打断她："多谢。"再次转向杜长史，"杜大人又准备怎么和安国谈判？"

杜长史正色道："晓之以利害，动之以情理，自然，还要奉上赎金。"

"要是这三样都做了，安帝还不肯放人，甚至扣押使团呢？"

杜长史正气凛然地说道："若真到了鱼死网破之时，老夫自当直闯朝堂，当着文武百官的面，痛斥安帝言而无信，尔后从容赴死，以全君臣之义！"

明女史也盈然有泪，附和着："不错，反正我们从离开京城那一刻开始，便已经有了一去不回的觉悟！"

商队四人面面相觑。片刻后，宁远舟一笑，说了三个字"有道理"，便不再询问杨盈之事，转身问起了他们的房间在何处。

一进房间，于十三就忍不住讥讽："直闯朝堂，痛斥安帝？戏本子看多了吧？"

元禄也道："安人要想发难，只消把使团软禁在驿馆之中，一丝风都透不出去。"

于十三已经在开赌盘："打个赌，咱们的小公主这样子去到安国，多久会被识破？我赌一天。"

元禄道："以后有宁头儿坐镇，怎么也能拖到两天吧。"

钱昭竟也忍不住凑热闹，冷不丁插嘴："半个时辰。"众人纷纷注目，钱昭一摊手，居然是认真的，"那个女官不行，她根本不尊重殿下，怎么能教得好她？"

明女史的态度确实一目了然。于十三叹了口气，道："唉，冷宫长大的小公主，就是这么可怜。"他拍了拍宁远舟的肩膀，"就知道跟你出来就不会有轻松的事。不过公主倒确实是个美人儿。"

宁远舟眸光变冷，说道："丹阳王好心计，既不想让圣上平安归来，又不想做得太明显，索性就选了杜长史。这样不通机变的忠义直臣，到时候办砸了事，就成了天命如此。"

于十三问："那现在怎么办？公主要是一进安国就出了岔子，我们连皇帝都见不着，还怎么救人？"

宁远舟叹了口气："长史是换不了了，得马上让皇后再派个得力的女官过来。"

钱昭却又突然插嘴："没有别人了。"

众人都一怔。他是羽林军都尉，自圣上出征后就一直受命保护皇后，对皇后宫中情形最熟悉不过，他说没有别人了，那——

果然就听钱昭道："宫中能顶得上用的女官就那么几个。除非你是故意找借口，想换你那青梅竹马的裴女官过来，不过人家已定亲了，不太合适吧？"

宁远舟被呛得咳了一下。于十三忙岔开："要不，让安国分堂找几个女道众过来？"

元禄有些迟疑："来不及吧？再说赵季把各地分堂的老人裁撤得七零八落的，能不能选到合适的人，还是个问题。"

众人一时都陷入沉默。元禄说得不错，既要合适又要可靠，哪有这么容易找得到。他们实在想不出还有什么门路。

于十三伸出双手在空中画了条凹凸有致的曲线："唉，要是能天降一个对安国无所不知的美人儿，就阿弥陀佛了。"

宁远舟却突然一醒。他确实认得这么一个人。此人不但对安国无所不知，而且恩怨分明、言出必践，为一个小小的白雀不惜当众刺杀六道堂的副尉。她武功高强，也聪明至极，极其擅长判断时机、伪装和揣摩人心，正是指导杨盈的最佳人选。

分别前，如意仰望着他的面容已再次浮现在脑海中，她有一双漆黑美丽的眼睛。那双眼睛曾楚楚可怜地看着他，亦曾在复仇之后染血凝冰一般沉静。她和他说："带我上路，我可以帮你杀人，安国的朝中和宫中的事，我也知道不少。"她甚至还有意与使团同行。

宁远舟甚至来不及深思，此刻心中惊喜是因为终于寻得既合适又可靠的人救此刻之急，还是因为这个人恰好是如意，只知不能再迟疑下去。

于是他立刻起身唤元禄："元禄！飞鸽传书给总堂蒋弯，要他马上严审已经召回的赵季党羽，务必查到越先生的行踪！"

## 第七章

## 越女现图谋，左使剑光寒

梧都北，开阳。

开阳县城池不大，不过数里见方。在富庶江南算不得繁华形胜的名邑，却也是个勾连南北、消息通畅的好地方。县城西南有家开了许多年的老布店，时不时便从南来北往的行商手里收些各国时兴的新料子售卖，在城中女眷们口中也颇有些名声。

这一日也是生意兴隆，不时有客人进出。掌柜是个随和的中年人，笑盈盈地亲自接待着。直忙到临近晌午时，店里空闲下来，才叮嘱伙计看好店门，打起帘子进后堂休息。

门帘落下时，他脸上笑意便已收起，肩颈一展，随和无害的模样已变得精悍狠辣起来。他走进后堂，抱拳向屋内行礼，恭敬肃然道："暗哨都放出去了，大人放心。"

一个二十来岁的英俊青年自内打起门帘，便见内堂主座上坐着个头戴罩袍、面具遮脸的黑衣人——正是越先生。

越先生点头，对他的安排似是满意："一旦那人出现，格杀勿论。"

掌柜却犹然有些疑虑："可是六道堂的人都已经撤光了，属下担心，会不会有什么变故？"

越先生抬眼打量着掌柜，道："你怕了？"

掌柜连忙低头道："属下不敢！只是……"他顿了一顿，试探性地问，"您说逃走的那人有万毒解，不会是位紫衣使吧？"

安国朱衣卫内等级森严，最上为指挥使，其下依次是左右使、绯衣使、丹衣使、紫衣使和寻常的朱衣众，朱衣众之下还有数不清的白雀。和梧国六道堂不同，朱衣卫中无善道，所做尽是些刺查暗杀、谍扰策反之事，为清流和世家所不齿。朱衣卫中人出身卑下，也因此晋升尤为严苛。每爬出一个紫衣使，背后不知得垒起多少朱衣众的尸骨。

而万毒解这样的珍贵药物，也只有紫衣使以上之人，方有拥有的可能。格杀勿论四个字，未免……掌柜不能不多问一句。

先前打门帘的青年已又站回到越先生身边，闻言却倨傲地一笑："紫衣使算什么？就算是位丹衣使，敢蹚我们大人的浑水，一样得死。"

这青年虽有几分俏丽容颜，却一副小人得志的嘴脸，实则不过是越先生的相好罢了，名字似乎唤作什么玉郎。掌柜心中并未看得起他，正待向越先生确认，却忽听到有铃声响动，神色立时一凛："属下去看一看。"说着便连忙抢出门去。

只见如意头戴斗笠，站在柜台边等着。

掌柜从门帘后走出，依旧是满脸堆笑的模样，笑容中却多了一分谨慎。他一面打量着她，一面走上前来，笑道："姑娘想选什么绸缎？"

如意不说话，只推过去一张纸条，那纸条上画着个古怪的花押。掌柜看到花押，面色一震，忙挥手令伙计们都退下。

待左右无人了，掌柜才压低声音，目光紧盯着如意道："三十六宫土花碧。"

如意道："天若有情天亦老。"

掌柜张了张嘴，难以置信道："……任尊上？"

如意微微点了点头。

掌柜激动起来："您、您居然还活着，这可太好了！自打您……"

如意忙做了个噤声的手势，低声道："我有紧急消息要传回总堂，飞鸽有吗？"

掌柜面色一凛，回禀："有，我带您去密室。"

他垂着眼睛，引着如意走向一侧密室。如意似是并未怀疑，跟着他走过去。

掌柜背对着她，目光游移，心中犹豫不决。他已将如意引入陷阱。开阳分堂是他的地盘,堂中机关重重,所有人都在等他一声令下。但……

正迟疑间,忽有一股浓烟喷出,直冲如意而去——竟是有人抢先触动机关,强行动手了。

箭已离弦,不容反悔,掌柜连忙抢前一步。身后一只大网从天而降,已将如意笼罩其中。堂中潜伏的朱衣众们同时拔剑冲出,将摔倒在地的如意团团围住。

掌柜看向不知何时从后堂出来的玉郎,心知就是他故意触动机关。但此刻如意竟真被控制住,他也只觉得后怕和侥幸,无心同他计较。见越先生从后堂步出,他连忙站到越先生身侧。

越先生拍手道:"做得好!"

立下功劳的玉郎难掩骄傲,上前挑开了如意的纱帽。但纱帽飘落之后,掌柜却又是一惊:"是你!"眼前面容,根本就不是他所想之人。

越先生皱了皱眉,问道:"你认识她?"

"她是西街红香楼的头牌,平常最擅口技……"掌柜心念百转,又惊又怕,上前拎起倒地的女子,急问道,"你怎么会在这里?怎么会那花押和切口?"

那女子中了迷烟,又受惊吓,气息虚弱:"今天早上,有个女人给了我一两金子,让我学了她两句话,再上这儿来……"话音未落,便晕倒在地。

掌柜腿上一软,慌张道:"完了,完了,左使故意派她来的,我们都活不成了。"

越先生一惊:"左使?陈左使?"

掌柜面如死灰道:"不,是——"他一顿,终是说出了那个名字,"是任辛任左使。"

越先生大惊:"不可能,她不是早死了吗?"

掌柜点头,正要说什么,却突然前扑倒地。

开阳分堂的堂主在众目睽睽之下被杀,在场朱衣众竟无一人察觉是谁从何处下手。堂内一时混乱起来，玉郎连忙护住越先生。有人追出店外寻找凶手，有人上前验看掌柜的尸首——只见一根银针正钉在掌柜后颈中央，银针上带着张布条，上书"叛者唯死"四字。

看到布条上的字，越先生惊恐交加，扯住身旁一个朱衣众，几乎破音地命令道："送我回安都，马上！"

车辆随从很快便准备妥当，越先生似乎确实是吓破了胆，除自己带来的十个人外，又将整个开阳分堂能调动的人手全都带上。在几十个人的护送之下，向着安都的方向急速赶路。

坐上马车后，越先生犹然压制不住恐惧。虽竭力掩饰，身上却还是不停地颤抖，时时便因车外一点风吹草动，流露出惊慌。

玉郎见状，握住越先生的手，轻唤一声："大人。"

越先生这才稍微回过神来。

玉郎心中疑惑，小心翼翼地问起："大人，任辛是谁呀，为什么……"

越先生忙按住他的嘴打断他："别提这个名字！"

玉郎眼神一闪，应声："是。不过，管她是谁，玉郎都愿为大人分忧，求您拨给玉郎五个人，玉郎这就替大人去杀了她。"

越先生无奈道："傻孩子，你怎么可能杀得了她？"他抱紧了怀中钱箱，"我们能带着这些金子平安回安国，就已经是老天保佑了！"

玉郎不解道："她有那么厉害？我怎么从来没听说过？"

"你进朱衣卫才两年，自然不知道她当年有多可怕。"

越先生不觉陷入了回忆。记忆中的女子逆着光，站得又高又远。越先生仰望她，从未真正看清过她的面容，却记得她踏着一众尸骨杀出生天，玉石般莹润的脸上飞溅着热血。她脚步坚定地走到指挥使面前，身后鲜血浸入泥土。她单膝跪地后仰起头来，眉睫上染着光，清冷无染。她从指挥使手里接过浅紫色的丝结，高高举起，仿佛是只为刺杀而生的无情修罗。

关于那个人的所有记忆全都浸透着鲜血。她从一切被认为不可能活着回来的炼狱里，收割敌人的头颅后活着杀出来。千军万马、森严大内都如入无人之境。同期所有朱衣卫都畏惧她、敬仰她，将她视作杀神。

越先生竭力忍着身体的颤抖，但声音却依旧发抖："在我们那一代朱衣卫眼中，她简直就是一个传奇。当年，她不过是最低级的朱衣众，却在遴选会上一战成名，连败三位丹衣使，被指挥使直接升为了紫衣使。她是朱衣卫有史以来最成功的刺客，只要她一出手，就没有她杀不了的人。南平信王、褚国袁太后，都死在她手上。后来，她更因为在一个月中连杀凤翔、定难、保胜三军节度使，被圣上亲赐左使之号。"

"她平时并不怎么参与卫中具体事务，除了对外行刺，只是负责追缉叛徒。你不知道她的手段有多毒辣，更不知道那些被她亲手处置的人，有多恨自己没早早自裁！"一想到当初她处置叛徒的手段，越先生不禁浑身颤抖。而现在，这个令人闻风丧胆的杀手，盯上了他们。

玉郎闻言也不寒而栗，不解道："可，可我怎么从来没听说过她？"

越先生迟疑了一瞬，开口道："本来不该告诉你的……唉，因为她五年之前竟突生祸心，刺杀先皇后，被围捕后自焚于诏狱。圣上大怒，将她挫骨扬灰后，严禁任何人提起她的名字。当年我就觉得她的死有些蹊跷，没想到她竟然真的还活着……"

关于那人的记忆都是可怖的，越先生说着便情不自禁地抱住了双臂，牙关都在发抖："她故意当着我的面杀了一个人，就是想挑明身份，让我害怕！她就是一头豹子，故意盯着我，一等我露出破绽，就扑上来咬断我的喉咙！我还不想死，不想死……"

玉郎打了个寒战，一咬牙道："大人别怕，玉郎怎么觉得，那个人未必就是任辛呢？她要真是那么厉害的刺客，现在还能放过我们？她又没露面，就凭花押和切口，也作不得数啊。"

越先生一怔，肩头缓缓松懈下来，点头道："有道理。刚才的切口和花押也是掌柜认定的，我并没有亲眼看见。"

玉郎眼珠一转，道："属下一直有个想法，不知当讲不当讲。"

"说。"

第七章

玉郎沉思着道："那个从青石堂逃走的人，会不会是老跟着玲珑的那个小白雀如意？毕竟属下当日清查过所有尸体，确认所有的人都已经死了，只除了如意——玲珑前一日回报说，她死在侍郎府上了。"

越先生一凛，急速思考道："没错，就是她！呵，你说得对，她不可能是任辛。当年的左使之尊，又怎么会来做一个最低等的白雀！"

玉郎附和道："八成她认识任辛以前的亲信，碰巧知道些切口花押什么的，所以就胆大包天，扯着虎皮当旗！大人您想想，那如意既然能想出假死这一招，难道就不能再弄一次调虎离山？您这一回安都，可不就没人追杀她了吗？万一她找个其他的分堂，要了飞鸽向总部传信告发咱们——"

越先生也终于明白过来，道："贱人，竟然敢跟我耍心计！她玩假死，无非就是想借此除籍，换她家人自由而已。"说着恶狠狠地推开窗子，向随行朱衣卫吩咐，"马上去查她老家在何处！"

朱衣卫领命去放信鸽。

翌日。

如意回盛州老家路上，途经一个小镇，路过一处告示栏。告示栏前一群人围着议论纷纷。当她看到告示写着"寻人：江氏，知情者可至盛州杜家庄，十金重酬"，瞬间明白了是怎么回事，不禁又惊又怒。犹豫之后，她一闭眼，深吸了一口气，似是决定了什么之后翻身上马。

而正如如意所料，她的义母江氏出事了。此刻，她正被人捆在老家的院中，嘴里塞满了布巾，整个人瑟瑟发抖。而一圈弓箭手躲藏在院中各处严阵以待。如意若是此时回家，必是危机重重。

而这头，载着越先生和玉郎的马车一路飞驰着。车里，越先生不停催促马夫："快，再快一点！"

玉郎安慰道："大人稍安，盛州分堂的人不是已经控制住如意的义母了吗？咱们还有三十人去支援了。只要她一去救人，必定会死无葬身之地！"

越先生并不相信这些人能杀死如意，反驳道："不行，光靠他们，我放不下心！我刚刚才想到，你那天说的也不全对。如意如果只是普通白雀，怎么能接连几次从我们和六道堂的眼皮子下逃脱，还敢当着我的面杀了掌柜……"

随着二人的对话，马车已经来到一座道路狭窄的小桥。车里的越先生正决绝道："……所以，我必须亲眼盯着她断气才行！"

话音刚落，耳边传来震耳欲聋的爆炸声，巨大的气浪掀翻了马车。越先生被撞得七荤八素，随马车一道坠下桥去，河水倒灌进来，坠住衣物将人往下砸。越先生拖着玉郎，挣扎着推开车窗爬出马车，跌撞着爬上河滩。

只见河滩上到处是被炸死炸残的人马，河上小桥也已被炸断，只留残存的桥基。越先生被日头耀花了眼睛，抬手正要揉一揉，便有一柄剑指上了咽喉。越先生屏息，顺着剑抬头看过去——只见眼前持剑的女子逆光站着，白玉般莹润的面孔上溅着鲜血，漆黑的眼瞳冰冷无染。

这一刻，眼前面容确实与记忆中尊贵又遥远的左使重叠了。

愣怔对视间，被越先生丢在身后的玉郎也挣扎着爬起来，却是抱紧怀中宝箱，抢下匹马便不管不顾地拍着马肚催马逃走了。

越先生难以置信地喊道："玉郎！"

听到这个名字，如意也一凛。然而目光追去时，玉郎却已消失在山坡后了。

越先生大受打击，脸色灰败地坐倒在地，道："您故意诱我来的。"苦笑着，克制住颤抖的嗓音，"属下糊涂了，您在暗，孤身一人，我在明，手下众多。您去分堂刺杀属下，那便是自投罗网；所以索性将计就计，故意以家人为饵，分散属下的兵力，再半途出手，一击即中。果然不愧是任左使。"

如意挑开越先生的斗篷，出乎意料的是，斗篷之下露出一张陌生女子的脸。

如意眉头微皱，问："你是谁？"

越先生道："梧国分卫紫衣使，越三娘。大人邀月楼蒙难之时，小人还只是一个小小的朱衣众，没机会得您召见。"

第七章

如意冷然道:"你既然认识我,应该也知道我的手段。说吧,你身为梧国分卫之长,为什么要出卖手下,害了整个梧都分堂四十七条性命?"

"属下哪有胆子自专,这是总堂的命令。"只听越三娘自嘲道。

如意冷笑着,手腕一抖,剑尖刺破越三娘的皮肤。

越三娘苦笑道:"属下命在旦夕,哪敢信口开河?去年经属下的手,梧都分堂领了两千两黄金收买梧帝身边的胡太监,但这笔款子在总堂的账目上,却是五千两。"

如意瞳孔收缩,道:"有人从中贪墨?"

"是。但这事被梧都分堂的紫衣使发现了,总堂的人怕他告发,索性就下了死令让我灭口。还说反正这回我军大获全胜,梧国分卫也算立了大功,折损一个分堂的人,上头也不会详查。我为了让这件事做得天衣无缝,才找了六道堂合作。他们也想借此立功,便一拍即合。"

"六道堂给了你三千两,你就卖了四十七个手下,越三娘,你这生意做得可真精。"

比在脖子上的剑尖一颤,越三娘连忙高呼:"大人恕罪!难道大人就不想知道总部贪墨的那个人是谁吗?"

如意冷笑:"你会说吗?"

越三娘察觉到剑身轻晃,不由得一怔,眼睛盯紧如意的手腕,目光晦暗,屏气凝神道:"只要大人饶属下一条性命,属下便知无不言!那人就是……"话音未落,她身形暴起,暗器如雨一般射向如意。

如意急急屏住呼吸,挥剑后退。

越三娘纵剑逼上,狞笑道:"连剑尖都在晃,任左使,万毒解的效力还在,你果然一丝内力都没有了吧!"

如意且战且退,但毕竟内力已失,在越三娘的猛攻之下渐渐有些体力不支。被炸伤的朱衣卫中也有人缓过劲来,见越三娘正在对敌,也爬起来上前助阵。如意以一敌多,左支右绌,终于露出破绽,被暗器打中了左肩,霎时血流如注。

越三娘收起暗器,见昔日高高在上的杀神捂着伤口虚弱后退,竟被两个朱衣卫的喽啰逼在悬崖绝壁前，克制不住心中得意，狞笑道："看来您的本事也不过如此！"

不料如意竟回身一个急旋，手上热血飞溅开来，糊住了朱衣卫的眼睛。趁他们视野受损，如意身如鬼魅，再度一剑旋出，齐齐划断了两人的咽喉。

越三娘的笑容生生被掐断，咬牙疾起，挥剑攻向如意。如意已是强弩之末，后继乏力，再度被逼回悬崖绝地，已是退无可退。

就在这生死关头，忽听一声呼喊："如意姐！"——竟是元禄。

如意猛然回头，就见桥上宁远舟正将几个药包掷来。

越三娘以为是暗器，匆忙躲避。如意借机以飞来的药包为垫脚，踏空而起，跳出越三娘的堵截。越三娘躲过了药包，再次追着如意杀过去。如意在空中不及回身，便自腋下一剑回刺，正中越三娘胸前。

越三娘摔落在地。如意再次逼上前去，追问："下令的人到底是谁？"

越三娘露出诡异的微笑，断断续续道："我不会告诉你，但他联系不到我，一定会查到你的……"她咳了一声，口吐鲜血，扑倒在地，当即断气。

如意上前试了试她的脉搏，确认她确实死了，才终于卸下防备。松懈下来之后，她不禁一阵眩晕，却仍是勉力从越三娘腰间扯下一只紫色的穗子。

斜刺里伸出一只手扶住了她。如意回过头去，便看到宁远舟担忧的神色。


不一会儿，宁远舟几人已经坐在装药材的马车上。如意身后垫着毡子，靠在堆叠的药材包上，抬头看着碧蓝无云的天空，随马车晃晃悠悠地前行着。身旁宁远舟正在帮她包扎伤口。

自青石堂逃亡以来少有的悠闲，似乎都是同这个男人在一起时，虽说每次都是劫后余生。

"你们不是去追公主了吗？怎么会在这里？"如意到底还是开口

第七章

询问了。

元禄挥着鞭子赶车,闻言脆生生地开口:"我们担心你,特意来找你的。如意姐,你放心,你盛州的义母,我们已经救出来了,人没事。"

听到义母平安,如意悬着的心终于落了下来,但她也马上猜出了宁远舟前来的理由:"想起用得着我的地方了?后悔那天没跟我做交易了?"

宁远舟垂着眼睛,道:"对。就按你那天说的,你教给公主一切有关于安国的事,我帮你查害死那位故人的幕后真凶。"又特地解释,"这是公事,不算我徇私。"

如意讽刺道:"你还真是大公无私啊。"却也随即沉静下来,就事论事,"交易可以继续,不过价格变了。你还得送我义母去她陈州娘家,安置妥当,并保证我到达安都之前的安全。"

宁远舟点头道:"成交。不过我也得先验货,如果在进入安国国境之前,公主所学还达不到我的标准,交易便就此作废。"

如意抬眸,看向他道:"定金都没付,就想空手套白狼?"

宁远舟看着她,道:"定金就是我刚才救下的你的命。你不是不爱欠人情吗?"

如意沉默片刻,方道:"成交。但我要你立誓。"

"你还信这个?"

"信,"如意看着他的眼睛,"我要你以你天道兄弟之名起誓。"

宁远舟一震,定定地看向她——这女子竟如此了解他的死穴何在!半晌后,他举手立誓:"六道堂宁远舟,以天道殉国兄弟之名起誓,此生必遵与任如意之约。若违誓,天道诸弟兄永入无间阿鼻,累世不得昭雪冤名。"

如意道:"你重新说一次,我真名不叫如意,叫任辛。甲乙丙丁、戊己庚辛的辛。"

任辛!元禄闻言大惊,下意识地拉紧了缰绳。驾车之马人立而起,马车猛地一晃,随即停下。元禄回首不可思议地看着如意。

宁远舟眼中也精光暴涨,声音一沉:"你就是任辛?!"

如意平静无波地看着他："对。五年前我'死'的时候，你应该还没当上堂主，只是地狱道的道主。"

"可你和六道堂卷宗里的资料完全不一样。任辛是男的，身高六尺，左脸有长疤。"

如意冷嘲："那是我刺杀褚国太后时所用的身份，人皮面具而已，你们六道堂难道没有？"

元禄脱口而出："有。于大哥就特别会做这个。"话音刚落，他便意识到自己失言，连忙捂嘴。

如意盯着宁远舟，眸中兴致寥落："看来，你们的地狱道、森罗殿，并没有像章崧吹嘘的那么好，你也有很多查不到的东西。我有点后悔做这笔交易了。"

宁远舟道："可你没的选。"

如意和宁远舟对视良久，冷哼一声，躺在药材包上睡下，翻身向里。

看来是成交了。宁远舟目光一缓，提醒元禄："走吧。"

元禄这才回神，忙重新挥鞭上路，犹自喃喃："任辛居然是个女人？这下好了，有如意姐来教公主怎么扮男人，肯定没人能看出破绽。"

宁远舟笑了笑。阳光照在如意苍白的脸上，只见她眉间轻蹙，似是有些不满，然而想是厮杀过后身体虚弱，却显然是懒得一动了。虽才刚刚得知眼前女子便是传闻中令人闻风丧胆的女煞星，然而此刻她侧卧在简陋的马车上，蹙眉将就着的模样，与先前也没什么不同。

宁远舟想了想，到底还是微微侧了一下身体，替她挡住了刺眼的光。

如意察觉到变化，微微张开眼帘，看向宁远舟的侧脸。只见光影在这男人脸上勾勒出俊朗的线条，她慢慢陷入了沉思。

# 第八章

## 阴差收稚徒，阳错中奇计

归德城外。

大战过后，人马俱疲。虽携胜归来，士气依旧高昂，但也急需休整调养。犒赏宴后，安帝并没有急于赶回都城，而是令大军就地驻扎休整三日。他自己也难得偷闲，这一日朝食过后，便带上儿子、外甥和一干朝臣，一道去营地侧近的原野上散步。

正是北地草原绿意成茵的时候，安帝同子侄臣僚们边赏景边闲聊着。说到前日犒赏宴上，李同光向梧帝试探礼王的真假时，朱衣卫现任指挥使邓恢恰巧赶来汇报梧国迎帝使一行的行踪——梧国礼王一行已然出发离开梧都。

令梧国皇子送赎金赎回梧帝，是李同光一力主张。当日进言时力陈此举就算不能赚来丹阳王，也能让梧国朝堂两派离心。谁知横空冒出个名不见经传的礼王来，听梧帝那边的口风，这个礼王还真是他的亲弟弟。先前盘算显然是已经落空了。

河东王不由得幸灾乐祸："看来梧国是送了只闲棋来，同光，以你的高见，到时候梧帝放还是不放？"

李同光面色平静道："此次天门关一役，我国虽然大胜，但将士也多有折损，所以圣上才下令班师回朝。而梧国这回虽然大败，但元气犹在，要想让他们彻底俯首称臣，须得徐徐图之。所以梧帝必然是要放归的，否则难免有背信弃义之名。"说着话锋便一转，"但什么时候放，就有许多文章可做了。"

安帝起了兴致，便道："详细说来。"

李同光回道："若是把梧帝多留上一段时间再送回去，到时候丹阳王的势力已经坐大……"他停顿下来，一笑，"国不可无主，也不可有二主。"

安帝看了李同光一眼，一笑。

洛西王忙道："如果梧帝、丹阳王两败俱伤，那礼王岂不是继位之人?!父皇，我们一定得好好招待礼王，儿臣愿亲自主持此事……"

李同光却打断他："臣倒以为，礼王入国，应该最初冷一冷他，等他心灰意懒了，方以重礼接待，冷热交作，对比鲜明，方能让他深深记住圣上待他的一片赤诚之情。此外，礼王既然还是弱冠之龄，多半尚无婚配，圣上好客宽宏，宫中还有两位公主，若是……"他笑了笑，不再多说。

朝臣们心有所悟，纷纷点头。

安帝也赞许道："这才是老成持重之言。这接待礼王的事，就先让礼部看着办。"便看向两个儿子，"你们两个啊，还嫩了些。对了，这一次同光擒获梧帝，立下大功，还未封赏，"安帝笑看向李同光，道，"朕这就晋你为一等侯，羽林卫将军！"

李同光眼中闪过一道喜色，忙跪地谢恩。朝臣们也纷纷恭喜这位新任羽林卫将军。两位皇子眼看着李同光风光无限，难掩心中嫉恨。

安帝冷眼打量着子侄们的神色，挥了挥手："都散了吧，朕想自己四处走走。"

众人告退，安帝瞧见身侧一副笑脸的男人也要跟着人群溜走，便提醒道："邓恢留下。"

朱衣卫指挥使邓恢依旧是那副面具般的笑脸，停住脚步，笑着领命："是。"


一离开御前，李同光便被勋贵公子、少年将军们团团簇拥起来。他本就是勋贵子弟中第一流的人物，此次擒住梧帝立下首功，更令众人望尘莫及。今日安帝又当众给他加封，正是风头无两的时候，人人

第八章

羡慕奉承。

"恭喜小侯爷加官进爵——羽林卫将军,乃是圣上心腹中的心腹啊!"

"是啊,谁不知道圣上向来待小侯爷如亲子一般!"

李同光心思再深沉,也难掩春风得意的少年心性。他虽面上依旧宠辱不惊,却也还是在众人簇拥下,纵马去草场上打猎了。

草场上风高天远,有鹰隼展翅高翔,鸣声旷远。

李同光弯弓搭箭,一箭射出。只见空中大鸟应弦而落,四周少年公子们齐声喝彩。李同光含笑不语,但显然甚是高兴。

然而不多时,替他去拾取猎物的下人却两手空空地归来,向他告状:"侯爷,鸟在林子那边被洛西王殿下的亲随拿住了,硬是不给!"

李同光心下一声冷笑,当即拍马向林边奔去。

而安帝和邓恢也正一前一后向林子走来。

"朕什么时候才能知道丹阳王的动静?"安帝声音不怒自威。

"梧帝被俘之后,梧国大肆清查,梧都分堂因此损失殆尽。臣已从其他分堂调配人员增补。等礼王几日后到了恒州分堂的地界,便会有消息传来。"邓恢的笑容仿佛长在了脸上,说话也是不疾不徐。

安帝闻言道:"朱衣卫梧都分堂全没了?不会是你下的手吧?朕去年令你执掌朱衣卫,是要你帮朕清理掉多年以来,被卫中老人把持的势力,可不是要你碍了朕的大事。"

邓恢仍是一副笑模样地回道:"臣不敢。陛下亲征,朱衣卫不单收买了梧帝身边的吴太监,臣手下还在梧军军马中下毒,出力良多。"

安帝看着邓恢那张笑脸,不禁气道:"朕真想把你脸上这笑给扯下来。算了,左右不过是些你讨厌的白雀罢了,死了也就死了。倒是关于礼王之事,朕还想问问你……"

李同光来到林边,却并未见有人影。然而下人言之凿凿,他略一犹豫,还是翻身下马,只身进入林中去寻找。

走了几步,忽然听到安帝的声音,李同光一愣,下意识地藏身到树后,发觉安帝和邓恢正在林中闲谈。

不知说到何处，只听安帝冷笑："呵……朕提拔他，不过是为了敲打老大和老二而已，我一出征，这两个小子就开始不安分了。长庆侯就是一块石头，朕要用他磨磨那些不安分的刀。"

少年得志之心被冰水泼醒，李同光面色大变。

安帝的声音渐行渐远："让他去管羽林卫，只是要把他拘在京城。难不成，朕还能一直把虎翼军留在他手里，养大他的心……"

李同光握紧了拳头，身体微微颤抖着。待那声音终于消失在远处，再也听不见了，他才起身匆匆离开。

他离开之后，邓恢道："刚才树后有人。"

他脸上始终都带着面具般的笑容，说这话时，也丝毫看不出不同。

安帝笑看着他，似在思索自己的心腹近臣何种境遇下才能换一换表情，毫不在意地说道："是李同光，朕故意让他听见的。"

李同光走出树林时，众人都已经跟了过来。先前去捡鸟的下人见他面色不豫，小心翼翼地上前道："侯爷……"

李同光看着他，突然挥鞭，劈头盖脸地抽了他一顿："混账！连只鸟都看不住！"

众人心中惊异，却也无人敢去触他的霉头，纷纷缄默不语。

李同光当众发泄完，怒气冲冲地离开了。众人心中讪讪，无人敢再跟过去。

日光耀得人心烦意乱。李同光独自走在路上，心中明澈，却也有那么一瞬似乎分辨不出，到底是阳光下不时挥动鞭子，向道旁草木发泄愤懑的人是真实的自己，还是心底阴暗处那个洞彻真相后，冷静盘点着利弊对策的人是真实的自己。

途经营地上一排停着的马车时，突然有一只手从车后伸出，拉住了他。李同光下意识地警惕起来，这才看见初贵妃关切的目光。

四面马车里都空无一人，初贵妃将他拉到层层马车中央，才停下脚步回过身来，担忧地仰头看向他，问："又出什么事了？我在车里看见你走路的样子，担心得不得了，赶紧找了个由头跑出来。"她指尖轻轻攀上李同光的脸颊，抚摸着他的头发。

李同光握住了她的手。初贵妃一瞬间流露出惊喜至极的表情，李同光却只是将她的手缓缓放下，目光已然恢复了冷静，淡声道："没什么。"

初贵妃心下失望，却还是说道："告诉我，不然我会不高兴的。"

李同光淡淡道："他人前刚升了我的官，人后就想故意打压我。"

此举分明是忌惮、敲打之意，初贵妃也不由得一惊，却还是安慰道："无论如何，升官总是好事，忍得一时之气……"

李同光道："我知道，他故意让我听见，我就得故意那样发火。要是全像在宴席上那样忍下来，岂不让他更提防我吗？"

初贵妃这才松了口气："你呀，心思也太深了些。"

李同光冷笑："不深、不忍、不时刻保持理智，怎么能达成我们的宏愿？"

初贵妃却有些失落，幽幽地看着他："我倒情愿你真对我失了理智。同光，我虽然被你迷得神魂颠倒，但不是个傻子。这么久了，你从来就不愿意真正靠近我。你嫌我身上有老头子的气味，对不对？"

李同光正欲开口，忽有一声异响响起。两人一惊，同时回头，便见一个洗衣女一脸惊吓地站在一辆马车边，怀里抱着的衣物掉了一地。见被他们发现，侍女掉头飞奔。初贵妃如梦初醒，连忙催促道："杀了她，要是她说出去，我们俩都完了！"

李同光不语，疾步追了出去。他追出马车群时，那侍女已然不见了踪影。

李同光四处张望，终于在远处河边看见一群洗衣女。但她们全都打扮得一模一样，正埋头清洗着衣物。李同光快步走上前，依次挑起她们的脸，却仍然分辨不出。他心下焦急，正要再找，却忽然察觉到对岸有人正看向这边——却是河东王。

李同光眼神一凛，立刻提高嗓音："你们谁看见本侯的家传玉佩了？"

洗衣女们都惊惧摇头。

河东王还站在那里看着，李同光心知不能被人察见端倪，只能匆匆离开。

河东王意趣盎然地望着李同光的背影——他还是头一次见到李同光这么心急，且还是对着一群洗衣婢。

他抿唇一挥手，吩咐手下："给我好好查一查。"

所幸那洗衣女还落下了一堆衣物。李同光立刻令亲信找来猎犬搜寻，很快找到了人。

被猎犬追到时，那洗衣女正躲在一处偏僻的草场后，假装晾晒衣物。李同光自背后抓住她的手臂，拽着她回过头来。她瑟瑟发抖地埋着头，但李同光还是认出了她。

晾衣竿后便是一顶休息用的帐篷，此刻正空无一人。李同光将她拖进屋里，拔出匕首，声音一贯地冷淡："闭眼。"

洗衣女步步后退求饶："别杀我，我不会说出去的。"

李同光按住她，温柔地安抚道："听话，很快就过去了。"

他语调怜惜，动作却是毫不容情。洗衣女挣扎着："小侯爷饶命！"匕首却已擦上了她的脖颈，她惊慌失措地唤着，"鹫儿饶命！"

李同光的动作骤然停下，漆黑的瞳子有一瞬间空茫："你叫我什么？"

他手上一松，洗衣女已滑倒在地："奴婢琉璃，以前跟着尊上伺候过您。"

李同光的身体剧烈颤抖起来，回忆瞬间袭上心头。

他曾被人唤作鹫儿，秃鹫的鹫，荒野里食腐的恶鸟，无父无母，自生自灭，被所有人厌弃和远离的不祥之物，恰也是少年时的他最真实的写照。

却也曾有人教过他、管过他。那个比他大不了几岁的女子，却已是朱衣卫的紫衣使。既没有母性也不懂得温柔，强行当了他的师父，却一次又一次地将他打翻在地，踩着他的脸告诉他："李鹫儿，记着这屈辱，下一回，你就不会输。想让他们在你面前闭嘴，就得让他们

第八章

怕你。你知道乱世之中，人最怕什么吗？"

他倒在尘埃里，自泥土和杂草中，望见高高在上的碧蓝天空和女子微微俯下的面容。火焰似的红衣，垂落的黑发，玉白的面容，还有那双永远映着一泓明光的黑瞳子。

他咬着牙顶回去："不知道。"

女子便凝视着他的眼睛，定定地告诉他："兀鹫，因为战场上人一死，兀鹫闻到血腥味，就来吃肉了。别辜负了长公主给你起的这个小名，要让他们像怕兀鹫一样怕你。"

那时她的身后，确实跟随着一个年轻的女朱衣卫。

李同光站不稳，坐倒在榻上，问道："你不是朱衣卫吗？为什么会在这里做洗衣妇？你在监视谁？"

名唤琉璃的女子凄凉一笑："奴婢原本只是只白雀，当年有幸追随尊上。可五年前邀月楼那场大火……"她顿了顿，"奴婢本来也是要死的，还好有卫中旧人相助，奴婢只断了一根琵琶骨……"

帐外突然传来脚步声。一个男子声音说着："殿下放心，小的看得真真的，就在这儿！"

琉璃面现惊惶，李同光也紧张起来。电光石火间，李同光突地暴起，将琉璃压在身下，扯松了她的衣裳，埋下头去。两人的脸庞只隔分毫，急促的呼吸混在一起，一瞬间回忆再次袭来。

大火吞噬了一切……天牢被烧得只剩一片残垣断壁。他在夜色中疯狂地用铲子挖着，亲随朱殷在旁边帮忙，除他们之外，四周空无一人。

突然，铲子折断了，他抛下铲子，不管不顾地就用手挖了起来。他的手很快被磨破，但他疯了一般甩开阻止他的朱殷："别管我，我要带师父走！"他手中不停，不一会儿就见了指骨，鲜血淋漓。

突然有响动传来，朱殷忙拖他藏到一边。只见一朱衣卫打扮的年轻女子悄悄走了过来，四处打量了一下，就地点了纸烛，低声道："尊上，愿您早登极乐……"忽地远处又有声音传来，女子慌忙再拜了一下，便如惊弓之鸟般跑了。

原来那名女朱衣卫便是他眼前的琉璃。

房门随即被踹开，河东王带着手下闯了进来。

李同光受惊一般从琉璃身上支起："谁？"他惊慌失措，身下还压着个衣衫不整的洗衣婢。

河东王看清他们的模样，先是惊愕，随后撇嘴一笑："打扰表弟雅兴了，你们继续，继续。"便轻蔑地笑着带手下离开了。

李同光的风流韵事很快便传遍了整个营帐。

夜晚安帝帐中举宴时，底下勋贵公子们都在窃窃私语讨论着。河东王和洛西王尤其兴致盎然，说话间不时便面带嘲笑地看向座上独自饮酒的李同光。

就连安帝也被他们勾起了兴致，笑问道："你们在说什么？"

河东王立刻起身回禀："禀父皇，我们在说同光不愧是风流小侯爷，光天化日就把一个洗衣女按进了帐里。哈哈哈！"

席间众人都颇有兴味地看着李同光，独初贵妃不知发生了什么，笑意里带些惊慌。

安帝笑看向自己的外甥："同光啊，什么时候动起凡心来了啊？"

李同光面色不佳，回道："一个奴婢而已，我心里烦闷……啊，酒喝太多失言了。"很快意识到自己说错话了，忙换作笑脸，对着安帝大声道，"谁叫舅舅您刚提拔了臣，臣实在是欢喜坏了，总得找点乐子。"

众人哄笑起来。安帝颇有深意地看了他一眼，也笑道："这么说还怨朕了。"

洛西王起哄道："那洗衣女在哪儿？赶紧让大家看看是怎么个倾国倾城的样儿啊。"

李同光唤了一声："琉璃。"他身后已换成侍女打扮、修饰一新的琉璃便上前一步，福身行礼。李同光面带笑意，看向众人："不过从此以后她可不是什么洗衣女，而是我长庆侯的贴身侍女，诸位要是不小心叫错了，我可是会生气的。"

第八章

众人不料他是来真的，纷纷交换目光，不敢再嬉笑。初贵妃这才明白发生了什么，难以置信地看向李同光。

入夜后服侍安帝睡下，初贵妃到底还是忍不住，再次找到李同光。见面不及拉下兜帽，便愤怒地质问："你为什么不杀她?！她只要活着就是个隐患！难道你真的喜欢上她了?！"

月色之下，李同光面带隐忍，不发一言。

初贵妃焦急，委屈道："你说话啊！"

李同光道："记得绿罗裙，处处怜芳草。"顿了很久，他才再次看向初贵妃，"她哭的样子和你很像，那一瞬间，我突然就下不了手了。"

他眸子里映着月色，看上去隐忍又温柔，是任何女子都拒绝不了的模样。初贵妃一愣，竟不知是茫然、愤怒还是欢喜，喃喃道："你骗我，我活生生地就在你面前，你碰也不碰。一个赝品，你倒和她……"她闭上眼睛，不去看李同光的眼睛，令自己冷静下来，"大皇子亲口说的，你和她滚在一起！我早就知道，你一直只是在利用我，你嫌我脏……"

李同光突然爆发："我嫌弃我自己身上的卑贱血脉，你非要我说出来吗?！是，我是不敢靠你太近，因为我会自卑，我会深深地嫌弃、恶心我自己。你是沙西部最光彩夺目的明珠，大安宫廷里最高贵的女人。而我，一个面首的儿子，如果不是因为你实在太孤寂，不是拿未来的权势和你交换，怎么有资格站在你的身边？"他伸出颤抖的手，似想触摸初贵妃，但还是在最后一刻收回，痛苦地呢喃，"不行，我真的做不到！"

他少有这么失控的模样，脆弱又深情。初贵妃被深深地打动，忙握住他的手腕："好了，你别逼你自己了！"她心中又怜惜，又满足，轻轻靠向李同光，"我以后也不会逼你了，你不用碰我，只要这样，让我靠一靠就好……"

李同光脑海中却是一片一望无际的草原。记忆中求而不得、不敢碰触的女子红衣白马，如草原上跃动的火焰。她孤身离去，头也不回，他苦苦追逐，却是连衣角也再碰触不到了。

他痛苦地闭上眼睛，对着记忆中的背影默念：师父，鹭儿想你。

乌云蔽月，林中夜鸦腾起，远远地传来嘶哑的鸣叫声。

晴日高悬，万里无云，乌鸦在空中盘旋着。空气里浮动着燥热，路上尘土都被日头映得发白。

一树阴凉之下，有商贩用竹竿布棚支起简陋的茶摊。于十三和钱昭歇在茶摊竹凳上，正喝着茶水，忽见远处尘土扬起，听到辘辘车轮声。不多时，元禄驾着马车赶来的身影便出现在道路那头。

于十三立刻起身打招呼："掌柜的回来啦！"

马车停下，走下来的却不是预料中多少有些散漫不羁的糙汉子老宁头，而是个冰肌玉骨、鸦羽似的长睫下黑瞳子盈盈含光的凌厉美人。于十三迈出去的步子都在空中滞了一下，他由衷感慨："北方有佳人，绝世而独立。宁不知倾城与倾国，佳人难再得……"正吟着诗，忽觉有哪里不对，"咦，这'宁'字怎么这么熟？"

便见宁远舟跟着美人走了下来。

钱昭打量一下如意，再看一眼宁远舟，确认道："表妹？"

宁远舟干咳一声。

于十三恍然大悟，意有所指："原来是表妹，难怪有个宁！难怪东家让我们兵分两路去救人！"当即殷勤上前给如意递板凳端茶，"表妹坐。表妹想喝什么茶？表妹脸色这么白！"他吸了吸鼻子，神色认真起来，"有血腥气，难道受伤了？表妹怎么称呼？"

宁远舟跟着也坐下来，替如意作答："任如意。以后她跟我们一起去安国，路上负责教公主。"又向如意介绍，"这是风流鬼于十三，会做人皮面具的那个；这是钱昭，什么都会一点。"

如意向他们微微点头。

宁远舟便招呼钱昭："她伤得不轻，你给她看看。"

钱昭依言上前给如意把脉，仍是一副死人脸："没有内力，中毒了。这伤口，怎么像朱衣卫的血蒺藜？"

第八章

如意目光一闪。宁远舟不动声色地遮掩，说出早就为她想好的假身份："她是褚国的不良人，跟朱衣卫有点过节。"

钱昭便不再问下去，拿起酒壶浇上如意腕上的伤口。于十三看得倒吸一口冷气，如意却是面无表情。钱昭自怀中取出精巧的格盒，盒中有数十格，钱昭手如飞蝶般取出各格中的药粉弹入酒杯中，抬手一指，示意如意："喝。"

如意毫不犹豫，端起杯子一饮而尽。

于十三看得敬佩不已，鼓掌道："表妹真是女中豪杰……可是表妹怎么不说话啊，嗓子不舒服？"

如意面无表情，宁远舟拍了拍于十三的肩膀："她只是懒得理你。"

于十三还追在他身后喋喋不休，宁远舟已自去茶摊主那儿取了两包东西，提醒众人："走吧，回驿馆。"

如意正要上车，宁远舟扔给她一包东西："吃点吧，免得头晕。"

干燥生尘的驿路上，马车摇摇晃晃地前行。道旁树冠浓密，在风中窸窸窣窣地摇曳着。

如意坐在马车上，树荫筛落满身。手中打开的油纸包上，张记的一口酥静静地躺在摇曳的光影中。

如意忽就想起，玲珑总是说："等完成了这次任务，就叫玉郎买几包张记的一口酥给你压惊。"她一时有些沉默，身旁元禄不解地看着她："怎么了？这个可好吃了。"

"没什么……以前我有个姐妹，也最爱吃这个。"如意回过神来，分了元禄半个一口酥，"我刚才见你吃糖丸了，只许吃半个。"

元禄乖乖地接过来："谢谢如意姐。"

如意抬头看向车外。钱昭驾着马车，宁远舟和于十三骑着马跟随在马车两侧。明明队里多了个来历不明的人，却无人多问一句话。此刻众人正旁若无人地闲聊着，也并不回避她。

她不解道："为什么他们两个一点也没有怀疑我的来历？"

元禄吃着一口酥，理所当然道："因为你是宁头儿带过来的啊，宁头儿让钱大哥给你看病，那就是把你当自己人。"

"你们就那么相信他？"

元禄一笑："他叫大伙儿去死，我们也不会眨一下眼睛。"

如意不解："他真有那么好？"

说到宁远舟的好，元禄滔滔不绝，与有荣焉："那当然，我们宁头儿出身江东世家宁氏，母亲又是诗书名门顾氏，在宫中都做过女傅的。我们宁头儿，论文才，能考进士；论武功，那更是一等一。他胸有机杼，谋略无双，待兄弟仗义，对手下体贴，还是六道堂里头一个二十多岁就当上堂主的人。这样的人能不好？别说外头的名门贵女了，就是六道堂里，想嫁他的女道众，数也数不清⋯⋯"

如意看着前方夕阳下宁远舟的侧影，又看看手中的一口酥。若真如元禄所说，那么，此刻她面前似乎有一个面容英俊、身姿挺拔、文武双全，并且尚未婚配的男人⋯⋯

如意突然目光一闪，脑中电光石火般划过了一个突如其来的念头。"是吗？"她抿唇一笑，迷茫消散，整个人霎时间便又生机勃勃起来。

于十三听到了如意的声音，靠马过来，殷勤调笑："哟，表妹终于开口了，表妹的声音真好听。"

如意瞥他一眼，目光冷峻："别那么叫我。"

于十三纠缠不休："表妹怎么那么狠心——"

话音未落，如意忽然闪电般出手，她手中稻草唰地一抖，已经变成一条直线，直抵于十三的右胸下部，冷冷道："你的罩门在巨阙穴。"

于十三神色骤变。几乎在同时，前方驾车的钱昭回身出手，如意飞身而起，避开他刺来的一剑，同时欺身而上，一根银针直刺钱昭面门，在他眼球前一厘米距离才停住，道："你的在睛明穴。"

钱昭的瞳孔猛然收缩——兔起鹘落，惊鸿挂影，她的武功竟是自己生平未见！如意却已收回了手，重新坐回了原位置。

元禄早在钱昭袭来时，就跳到了宁远舟的马上，和他共乘一骑。谁知狂风骤雨呼啸而起，转眼就已风平浪静。钱昭面无表情地继续驾车，如意和先前一样坐在车上，一抬手，于十三就已把水袋递到了她的手上。

第八章

马车继续前行，几人面色平淡，仿佛什么也没发生过一般。

元禄咽了口唾沫，低声问宁远舟："怎么突然就动起手来了？"

宁远舟眼皮一耷，见怪不怪道："一头新狼加入狼群，就算是头狼带进来的，也得跟其他狼排排位置，免得以后乱了分寸。"

元禄恍然大悟，眼神晶亮："哦。我懂了，那现在宁头儿是头狼，如意姐就是二狼啰。"

宁远舟忍着笑，抬手摸了摸他的头。

元禄又掰着指头数起来："那钱大哥是老狼，我年纪小，就算小狼吧，十三哥呢？"

于十三还未回答，钱昭就面无表情地开口："色狼。"

于十三气急道："喂！平常这么说就算了，在美人儿面前你怎么能说实话呢！"拿鞭子便朝钱昭打去，百忙中还不忘对如意谄媚一笑，"我这么叫你行吧？"

钱昭依旧面无表情，一手执缰，一手还击。元禄笑得直不起腰，宁远舟也摇着头，忍俊不禁。

队伍打闹着前行。如意捧着半个一口酥，不知为何，突然觉得手中的一口酥分外香甜，唇边不觉浮出一抹笑意。

于十三还在唠叨："再说了，老宁怎么能是狼呢？他明明就是头心里有一百八十个弯的老狐狸，对吧，宁狐狸？"

钱昭转头冷漠地看他道："你想说表妹也是狐狸精？"

于十三啪地捂住了自己的嘴，元禄笑得更大声了。


赶到驿馆时，夜色已深。残月半悬在树梢，空中星子寥落。街上夜灯零落，远远传来犬吠之声，越发凸显得驿馆里灯火清冷。

傍晚时信鸽便传来消息，说宁远舟有要事求见，故而杜长史、明女史和杨盈此刻都还没有睡。

杨盈略有些疲倦，然而瞥见一侧明女史严厉的目光，只能咽下哈欠，强撑起精神。她听到宁远舟他们进院子的声音，眼睛才随之一亮，正要起身出迎，宁远舟已带着如意走进门来。

杨盈一眼就看见了宁远舟身后的红衣女子——她生得白净美貌，夜色下也很是显眼。她正好奇，便听宁远舟道："这是任如意，我帮你请来的教习女傅。她对安国的情况了如指掌，见到安帝之前，由她来教导你。"

杨盈正要说什么，如意已从宁远舟身后走出，一身冰雪杀伐之气，一拂袖口，利落行礼："见过礼王殿下。"明明一身布衣，却仿佛能听见铁甲铿然之声。嗓音也是敲金击玉，字字掷地有声。

杨盈被她气势所慑，下意识地往宁远舟身后躲，小声道："平、平身。"

明女史却是立刻明了此举含义，一脸震惊地看向宁远舟："宁大人，你为何不和我们商议，就随意换人？"

宁远舟不答。如意已抬头看向她，直言："因为你无能，教不好她。"

杜长史不明就里："这是怎么回事？"

明女史震怒："大胆！我乃皇后娘娘亲派，当年曾随浔阳长公主出使过安国……"

话音未落，如意突然提起明女史的衣襟，往窗外一扔。只听扑通一声，明女史被准准地摔入马车车厢中。

杜长史目瞪口呆地看着窗外，事情发生得太快，他一时甚至回不过神来。杨盈眼睛一亮，只觉眼前的如意是如此强大与美丽！

如意懒得解释，直接交代了对明女史的安排："送她回京城。"

窗外于十三立刻应声："是。"

杜长史胡子都在发抖，瞪眼看向如意，不必开口便知是"成何体统"云云。如意不待他开口，先行截断："你们没的选，这不是商量，是通知。"

杜长史震惊地看向宁远舟，宁远舟回了个无奈的笑容。

杨盈看看杜长史，又看看如意，一瞬间，她彻底下定了决心，立刻高声道："我……不，孤——孤要她做孤的教习！这是孤的命令！"

杜长史错愕地看向杨盈，却见杨盈神色激动，双目铿亮，所有胆怯、疲倦都被驱开，正兴奋地看着新来的教习女傅。

第八章

礼王有令，此事已再无转圜了。

杨盈的激动一直持续着，哪怕天性中的胆怯、自卑再度追过来，可当如意来给她上课时，她也还是眼睛亮晶晶地追着如意，满含好奇和亲近。见如意在书桌上写着什么，她便小心地凑过去："你在写什么？"

"安国朝堂都有些什么大人物，待会儿你要背的。"如意说着，手中却不停。

先前令她听得头大的东西，此刻她却毫不排斥，只了然点头："啊。"反而把自己的水杯端给如意，"那你一边喝水，一边写。这种泉水，很好喝的，以前我在宫里都喝不着。"

如意头也不抬，边写边问："你为什么不怕我？"

杨盈一怔。

如意等了一会儿，停下笔："你之前那么胆小，说句话都结结巴巴的。可后来，为什么又突然要留下我了？"

杨盈低着头，没有回答。

如意抬眼看向她："说。"

杨盈吓了一跳，对上如意的目光，磕磕绊绊地说道："因、因为你一过来就能制住明女史。明女史她，很严厉……"

如意眉头微皱，问道："她打过你？"

杨盈点头，又下意识地摇头。

如意一把拉了她过来，卷起她的袖子翻看，果然在她上臂下方看到一大片紫色的出血点。

"用针扎见不得人的地方，你为什么不告诉宁远舟？"

杨盈眼圈一红，低声道："我怕远舟哥哥为难，而且明女史也是为了提醒我用功听讲。"

如意看了她一会儿，推开窗子，道："元禄。"

窗外元禄立刻冒头过来："如意姐？"

"给送明女史回去的人传个信，回京之前，你们六道堂的附骨针，每天三针,一天也不许少。"

元禄一怔,马上点头道:"好。"

如意关窗回身,却见杨盈抽泣了起来。如意皱眉,不解地问:"哭什么?"

杨盈放声大哭,扑过来抱了她一个满怀:"如意姐,你真好!宫里的人,都嫌弃我娘只是个宫女……"

如意被她蹭了一身眼泪,调侃道:"你再哭,我也会嫌弃你。"

杨盈马上收声,离得远远地坐好,乖乖地用小狗一样湿漉漉的大眼睛看着如意。

如意唇角微微一勾,把那张纸放在她面前:"背吧,明天我会查问。"她也不在一旁守着,留杨盈一个人对着纸张背诵,便自行离开。

她走进庭院中时,宁远舟已经等在外面。见她出来,似有一瞬间的不自在,却还是很快便走上前来,目光诚挚地看向她:"元禄都跟我说了,谢谢你。我太久没有见殿下,疏忽了。"

如意不以为意道:"女人折腾女人的把戏,你不知道很正常。"

宁远舟转身为她引路:"我带你去休息的地方。除了商队的人,使团里还有几个负责保护的道众,领头的孙朗你在我家见过……"显然是打算带她去见使团里的其他人。

这男人,似乎在尽力避免和她单独相处,难道他也觉察到了她对他还不算清晰的意图?

见宁远舟也没多问,如意便叫住他:"你不问我怎么教她?"

宁远舟脚步一顿,回过身来:"既然托付给你了,自然用人不疑。何况——"他抿唇笑看着如意,"全天下谁还能比左使大人更熟悉安国的情况?"

"我离开安国已经好几年了。"如意淡淡道。

"教殿下已经足够了。"宁远舟回道,顿了一顿,又道,"对了,为免麻烦,对使团里的随员,你是六道堂的女道众;但在道众面前,你还是褚国来的不良人。"

"为什么不直接跟他们说我是朱衣卫的白雀?"

"因为我认为这个世界上，没有一个女人，希望被别人当作出卖色相之人。"宁远舟看向如意，"你也一样。"

如意一震，想起她在宁家老宅时和他说过的话，怔怔地看着他。

宁远舟又一指西厢房门："何况，虽然你和我、和元禄都没有什么过节，可老钱他们，有亲友死在朱衣卫的手上。尤其是老钱，他对朱衣卫十分痛恨，你千万不能在他面前暴露身份。"

宁远舟回过头去，如意却已然做好了决定——有些事情，既已命中注定，那动心动念，便不过须臾。如意忽然近前一步，妩媚一笑："宁大人果然体贴。"

宁远舟突遇软玉温香，下意识地屏住呼吸，有瞬间僵硬。如意却已笑着转身，走进了自己的房间。

宁远舟看着关闭的房门，不由得抬手摸上手背。手背上被如意咬过的伤痕已然愈合，却仍是留下了淡淡的疤痕。那一刻，他分明听到了自己的心跳。

换下了明女史，由如意接任教习女傅后，杨盈脾胃不和的症状虽未痊愈，精神却肉眼可见地好转起来。在驿馆中稍作休整之后，使团便继续前行。

耽误了这几日，再启程时，马车也加快了速度。杨盈却没有再叫苦，和如意一道坐在飞驰的马车里，也依旧勤学不辍。等她背诵完安国朝堂政要显贵，如意又给她找来安国的州县舆图，给她讲解安国各部势力与朝臣关系，不时也考校一下她背诵过的东西。

每每答出问题，杨盈便两眼晶亮地看着如意，一脸求夸奖的表情，令人忍不住勾起唇角。

如意却显然不是个慈爱甚至不是个一味宽和的女傅。偶尔杨盈答不出，不论杨盈再怎么着急害怕，她也照旧皱眉训斥。她一严厉起来，杨盈便吓得噤声，像只可怜的小狗般低着头，悄悄红了眼圈。

如意没那么纤细的心思，记不住，那便加课，还不行，那就罚抄。

傍晚时到了驿站，马车停下。如意话说完，便自行下车。杨盈也赶紧擦干净眼泪，强装出若无其事的模样，跟着她走下来。即便被训斥了，小姑娘也依旧想亲近师父，紧追着她进驿馆去。如意却不知停下来等一等。

商队众人在院子里停车牵马，远远看见这一幕。似于十三这种，一眼就能瞧出七八分，忍不住摇头心疼："唉，美人儿心可真狠，殿下毕竟还是个娇滴滴——"见宁远舟眼神飘过来，语调一转，随口补圆，"娇滴滴的娘娘养大的小皇子……"

元禄也心有不忍，目光追着杨盈："如意姐之前不是对殿下很好吗？怎么现在又骂上了？"

只见宁远舟微皱双眉，却仍是替如意解释："为师者，必须恩威并施。如意为殿下处罚明女史，并不代表她就要对殿下一直宽和。"

小姑娘到底心思细腻，受了委屈便有些提不起精神。晚饭时杨盈和如意同桌而坐，很久才勉强动了动筷子。

如意却不给她空闲，依旧端正授课，教习她举止礼仪："殿下，请饮此杯。"

杨盈没精打采地举起杯来。

如意皱眉，纠正道："错了，男子喝酒，应该如此。"她示意给杨盈看。

杨盈学着她的模样喝了一口，却被呛得咳嗽起来。内侍连忙为她顺背。

如意看了她一眼，声音稍缓："继续吃饭。"

杨盈拿起筷子，却实在咽不下去，小心翼翼地抬头看她："我——孤，胃口不好，吃不下。"

如意道："那就去后院蹲半个时辰的马步，昨天我教过你。"

杨盈垂下眼睛，乖巧地起身去了。

如意毫不动容，自顾自地喝完杯中酒，才扬声道："你是不是觉得我对她太狠了？"

宁远舟不知何时出现在门前，闻言脚步一顿："你现在对她狠，好过以后安国人对她狠。何况——"他看着如意，却又道，"算了。"

如意头也不抬，随手又给自己斟了杯酒："说清楚。"

宁远舟沉默片刻："何况我觉得，你当初肯定受过比她更多的苦、更疼的伤，才会有现在的模样。"

如意握着酒壶的手一震，抬眼看向他。

宁远舟诚恳道："时间仓促，殿下要是能学到你十分之一，我就已经很满足了。"

如意垂眸："你突然对我这么好，真有些不习惯。"

"以前是以前，现在同舟共济了，自然不一样。"

如意一笑，道："是吗？"她举杯笑看着宁远舟，眸中波光盈盈，"现在反正没有别人，不如坐下来一起喝一杯，好好聊聊怎么同舟共济？"

门口的宁远舟本能地觉得不对，警惕地回道："我有旧伤，喝不了寒酒。"

如意握着酒壶起身，走到他身边，小指如轻风般拂了一下他的手背，眼尾波光潋滟："那我去帮你热热？"

宁远舟顿觉异样，正要躲避，如意却已翩然离开。烟霞似的红色发带自他眼前飘过，只留一缕残香。

宁远舟看着她远去的背影，心中猛然有种异样的情绪漾起，但他马上告诉自己这肯定只是错觉。为此他还特地抬起手背检查了一下，偏偏那里什么异样也没有——如意并没有借机下毒。

他一抬眼，却正看见窗子开着，院子里于十三一脸震惊地看着他，指指如意的背影，又指指他的手，张大嘴一副要叫出来的样子。

宁远舟闪电般比画了四个手势——"噤声""抹脖子""向后转""回屋去"。

于十三一脸不甘，狠狠挥了几下拳，这才不情不愿地走了。

宁远舟安下心来，却又忍不住抬起手背，只觉如意指尖划过的地方，微微热了起来。

杨盈站在水池边，扎着马步。她在车上颠簸一整天，又没好好用晚饭，此刻早已脱力，浑身都在颤抖。

恍惚之间，她脑海中便又浮现出郑青云的身影。

临行前那夜，依稀也是同样的月色。郑青云与她执手互诉衷肠，泪眼相别。他抬手轻轻帮她拭去泪水，温柔的声音仿佛依旧响在耳边。

她心中悲凄，一时间相思之意、思乡之情悉数涌上心头。一个走神，她膝盖便瘫软下来，几乎扑倒在地，一双手从旁伸出，及时扶住了她。

杨盈醒过神来，见是如意，惊喜地唤道："如意姐！"她想站直，但双腿酸痛不已。

如意搀住她，见她还在努力，便道："不问我为什么让你扎马步？"

杨盈的头摇得仿佛拨浪鼓："不知道，但你做什么肯定都是为我好。"

如意顿了顿，仔细解释："你吃不下东西，一是因为脾胃虚，二是因为长久不活动。出点汗，累一点，慢慢地就会有胃口了。"

杨盈忙点头，勉强站好："好，我再来。"

如意看她摇摇欲坠，声音不觉一缓，道："先休息一刻再继续。"

杨盈忙又乖乖地坐好。

如意不解道："你怎么这么听话？"

杨盈声音低低的，乖巧又软嫩："我第一眼就喜欢上你啦，你的话，我肯定听。"

如意却并不这么认为："不，你身为公主，明女史待你那么差，可她的话你也听。这只说明一件事，你以前习惯了顺从别人，根本不敢反抗别人。"

杨盈一滞，垂下头去："乳娘和女官都是这么教我的，她们说女子以贞静温顺为要，我是公主，更应该如此。不然，以后一辈子都嫁不出去。"

"谁说女子就一定要嫁人的？你是公主，大可以独身一人，永世自在。"

杨盈愕然："可是，我要是不嫁人，以后谁照顾我，谁陪我说笑，又怎么生小宝宝啊？"

如意冷笑："嫁人有什么好？人生莫作他人妇，百年苦乐由他人。"

第八章

不用嫁人，女人也一样可以有自己的孩子。"

说到这儿，如意眼前再次浮现华服女子身在一片火光中的场景，只听那人含泪带笑地对她说："你是个傻孩子，除了杀人，别的什么也不懂。我只要你记得一句话：这一生，千万别爱上男人，但是，一定要有一个属于你自己的孩子。记住了吗？"

杨盈有些蒙，她本能地相信如意不会骗她，可这念头太过匪夷所思了，不但同她以往所受教导背道而驰，甚至一言打翻了她一直以来的向往和努力。她不知该怎么反驳，好半晌才喃喃道："可是别人都说，找一个好驸马，就是我一辈子最重要的事。"

如意闻言从回忆中醒转，嗤之以鼻："他们在骗你。"

"不会的，别人骗我，可皇嫂绝对不会，她也这么说。"提及萧皇后，杨盈言之凿凿，目光里满是笃信。

如意冷笑："是吗？那你知道萧皇后其实是一心想要送你下黄泉吗？"

杨盈霍地站起，瞪着如意："我不许你这么说皇嫂，她待我那么好！"

"待你好，却明知道你是个漏洞百出的公主，还派你女扮男装出使安国？你真当安国的百官都是瞎子，看不出你连喉结都没有？为什么只派来一个色厉内荏的长史，和一个飞扬跋扈的草包女官？"

杨盈震惊地看着她，声音渐渐低下去："不是这样的。我，我是事起仓促，临危受命……"

"等你见到阎王的时候，也可以这么告诉他。"

杨盈张了张嘴，却一句话也说不出。

如意直视着她的眼睛，步步紧逼："让我来告诉你真相吧。丹阳王根本不想你皇兄平安归来，他恨不得现在就看到你皇兄的尸首，这样他就能名正言顺地兄终弟及；皇后也没那么想救你皇兄，她只想再多拖几个月，等她生下孩子，就可以遥尊你皇兄为太上皇，自己以太后之名临朝称制。至于你和你皇兄两个人质，最好一直待在安国暗无天日的大牢里，过几年一病而死，这，才叫皆大欢喜。"

杨盈看着她，在她的紧逼下步步后退。如意每说一句，她心中的笃信便破碎一分，更合理的真相卷着惊骇的巨浪冲击着内心，终于让过往的一切笃信轰然坍塌。她忍不住大喊着打断了如意的话："你骗我！"

如意怜悯地看着她："不信，你可以问他。"

杨盈惊惧地转过头，看到了不知何时到来的宁远舟。她求证一般望向宁远舟，眼睛里带着微茫的期待。

但宁远舟只叹了口气，看向如意："你不该告诉她这些的。"

如意道："她以前反正也不是个千娇万宠的公主，这会儿早点清醒也好，至少以后不用做个糊涂鬼。"她转头看向杨盈，一字一句告诉她，"杨盈，你听好了，要是你不马上改掉你那娇弱忧愁的性子，你真的会死。用尽全力去吃，养壮身子，认真学习，才是你唯一的活路。"言毕，她转身离去。

杨盈怔怔地落泪，牵起宁远舟的衣袖，仰头看着他："远舟哥哥，她说的是真的吗？"

宁远舟长叹一声，点了点头。

杨盈哇的一声哭出来，扑到了他怀中。宁远舟想说些什么，却终究无话可说，只能轻轻抚摸着她的头发，聊作安慰。

杨盈哭得累了，在宁远舟怀里沉沉睡去。宁远舟将她送回房内，安置在榻上，抬手为她擦了擦脸上未干的泪痕，便给她盖上被子，悄悄离开。

轻微的关门声响起，杨盈睁开了眼睛。

房内已熄灭了灯光，月辉透过窗上明瓦落在榻上，明暗交割。她坐起身，抱着自己的膝盖蜷缩在黑暗的角落里，无声地落泪。

如意的话如影随形地追着她，她其实已经信了，只是……为什么？明明她这么听话，这么相信他们，这么努力去按他们说的做了……

她喃喃地念着："为什么，为什么……"为什么要这么对她？为什么她要遭遇这一切？"我不要这样……人生莫作妇人身，百年苦乐由他人……"她眸光轻晃，似是下定了什么决心，眼神渐渐坚毅起来。

第八章

第二日醒来，杨盈眼睛依旧有些浮肿，却再没有像先前那样，用可怜巴巴的眼神看着如意，讨取怜惜。她沉默地在侍从的服侍下净手，强迫自己多用了些膳食。

使团众人牵马备车时，她一个人坐在窗边看了一会儿，便又拿起如意写给她的绢册，默诵要点。直到登上马车，她才放下绢册，看向如意。

仿佛一夜之间，惴惴不安的小公主就长大成了沉默寡言的礼王殿下。

路上没那么平坦，又要赶在天黑前到下一个驿站。马车行得飞快，颠簸不止。杨盈依旧有些不适，却没说什么，只等着如意抽问。

如意便接着前一日要点问起："安国国主有几个儿子？"

这一次杨盈没有再中途卡住："三个。长子河东王李守基，虽然喜欢声色犬马，但已数次在安帝出征期间监国，并得其岳丈汪国公一派支持；二子洛西王李镇业，先皇后所出，虽是嫡子，但身体不算强健，因此并未受安帝特别看待；还有三皇子李承远，江采女所出，母早亡，才刚出生几个月，尚未封爵，在朝中最为寡助。"

她一次把几个问题一起答全。如意合上绢册，点头道："进步挺快。果然还是下猛药管用。"

杨盈眼眶又一红，低下头去，强忍住了没有哭："嗯。"

如意便又道："接下来跟我再练练喝酒的姿势。女子喝酒，多用双手捧杯；男子喝酒，多用单手，虎口向内，拇指压住杯口，沉腕……"她抬手示意给杨盈看。

杨盈打起精神观摩着，又做给如意看。

赶到白沙驿时，天色尚明。

使团的马车、仪仗驶进驿馆庭院里，很快就将原本空旷安静的院子填得满满当当。杜长史指挥着众人开始搬卸用品，催促驿馆尽快安排膳食。驿馆的吏员则早已得到消息，殷勤地上前迎接，表示膳食早已备好。到处都是忙碌往来的人和催促交谈的声音。

元禄跳下马车："我肚子也饿了。"说着便望向前方不远处的马车，想到杨盈苍白的面色，便转而问宁远舟他们，"还有几天才能到边境啊？"

于十三随口答道："早着呢，得先到陵州、茌城，然后还要经过好几个州县……"说着便也顺着元禄的目光，看向了前方马车。

一片杂乱中，独杨盈和如意乘坐的马车无人打扰。夕阳铺开金色的辉光，照耀在朱屋青盖的马车上，华贵静美。一时车中人打起帘子踏出车厢，车辕一沉，车上鸾铃便在金色辉光里叮当摇响——却是如意从车里走了出来。

于十三一眼瞟见，眼前一亮，随即又想起些什么，扭头去看一旁的宁远舟。

他分明意有所指，如意一眼瞪过来："看什么？"

于十三笑道："美人香车，交映生辉。"

如意懒得再理他这个不正经，自行跳下车去。身后杨盈也从车厢里出来，正扶着内侍的手下车，却突然脸色一变。

于十三也立刻察觉，关心道："殿下怎么了？"

杨盈掩饰着："孤无事。净房在何处？"有人忙替她指路，杨盈却走到如意身边，涨红了脸，低声说道："如意姐……你有没有……那个？我好像突然那个了。"

如意见她按着小腹，立刻会意："没有。服侍你的人以前没有帮你安排过吗？"

杨盈咬了咬嘴唇，摇头："出来得太匆忙了。"她看看左右，为难地望向如意，哀求道，"刚才过来的时候好像经过了一间铺子，你能不能帮我找些有用的东西……求你了，他们都是男人……"

如意点了点头，便向于十三索要马匹，离开驿站，去帮杨盈置办月事用品。

杨盈一直等到如意离开后，才走向净房。身后侍女和内侍想要跟来，她回头喝住："孤自己去，不用服侍。"

从净房里出来，她四下打量了一番。庭院那一端烟火气腾起，伙夫和杂役们正忙碌吆喝着准备膳食、向外送菜，显然是驿站的灶房。

第八章

她一边观察着四周，一边向灶房走去。

灶房外的窗台下摆着酒缸，有杂役正从缸里打酒出来，见礼王到来，忙躬身行礼："参见殿下！"

杨盈看了一眼酒缸，示意他起身："有水吗？孤要净手。"

杂役忙进灶房里去为她取水。

晚饭时杨盈依旧有些提不起胃口。使团其余众人却没她这么纤弱的肠胃，累了一天，纷纷埋头狼吞虎咽，大口灌酒。

杨盈勉强吃了几口，见席间已酒过一轮，便微微皱起了眉头，捂住了小腹。

她身边的杜长史察觉到她身体不适，忙搁下筷子："殿下……"

杨盈似是有些支撑不住："孤身子不适，你们先用吧。"她起身离开正厅，往自己的房间里去。

如意不在，她身边只有两个不顶事的内侍，杜长史有些担心，起身想跟过去。宁远舟却也察觉到杨盈离席，想起昨夜的事，便拦下杜长史："我去看看就行，你们先用饭吧。"

杨盈回到房中，汗涔涔地捂着肚子疼倒在榻上。听到门口响动，她立时绷紧了精神："谁？！"

见推门进来的是宁远舟，她才松了口气，声音里已带了些哭腔："远舟哥哥，我肚子好疼！"

宁远舟回头要去找人："我让钱昭过来替你把脉。"

杨盈慌忙叫住他："不要不要……"她咬了咬嘴唇，垂着眸子解释，"我不是病了，如意姐替我找东西去了。你帮我把那边的热蜜水拿过来就好。"

宁远舟这才明白过来，一时间很有些窘迫，忙把桌上那杯水端给她。

杨盈却不肯接，可怜兮兮地埋着头："你帮我尝一口，看烫不烫。"

宁远舟便取来一只空杯子，倒出些蜂蜜水尝了尝："不烫。"

杨盈见他只沾了沾唇，不满道："你再多尝一点，我怕不够甜。"

宁远舟只得又喝了一口，向她保证："够甜了。"

杨盈这才肯接那杯蜂蜜水，拿在手里，却又恹恹地道："还是很烫。"

她把水杯放到一边，缩回到被子里："我待会儿再喝，现在想睡一下。"

宁远舟只得替她拢上被子："那你好好休息。"

从杨盈房间里出来，走在檐廊上，宁远舟突然觉得头有些晕。他依稀察觉到不对，却想不出是哪里出了差错。勉力扶住廊柱后，他便一头栽倒在地上。

已开始模糊的视野中，房门打开，杨盈一脸惊惶地从屋里跑出来。宁远舟眼前陡然一黑，就此失去了意识。

宁远舟再醒来时夜色已深，屋里一灯如豆。如意坐在桌边，见他睁开眼睛，淡淡一笑："醒了？"

宁远舟想挣扎起身，但浑身无力，马上明白过来："我中了迷药？"

如意点头，又道："不是我下的，否则你现在根本醒不过来。"

宁远舟思量片刻，想到杨盈那杯蜂蜜水，愕然道："是公主？"

如意对小徒弟做下的大事竟似乎还有些赞许之意："意外吧？连我都没想到她胆子这么大，前头刚支走了我，转头就对你们下了蒙汗药。"见宁远舟还在思索，便道，"可能那天我说的话把她吓到了吧。她不甘心，就想逃回京城向萧皇后和丹阳王问个究竟。只是连我也没想到，你们这么多六道堂的人，居然全被放倒了。"

宁远舟苦笑："盲拳打死老师傅。这药，她是从哪儿弄来的？"

如意扶起他，道："皇后出发前给的，说是以防万一。口渴吗？想喝什么？"

他挣扎着想起身，却还是动弹不得，莫名竟有些尴尬："不必了，能麻烦你叫元禄他们过来吗？"

如意眼角含笑，上前来扶他："他们也都被迷倒了，这会儿能动的就我一个。"

第八章

宁远舟再度苦笑："那可真麻烦你了。"

说话间，如意已扶着他坐起身来。他浑身绵软，虽勉力支撑，身体却还是不由得向前一扑，正撞进如意手臂间。一时间两人四目相对，呼吸交缠。宁远舟不由得屏住了气息，移开目光，竭力想拉开距离。

如意眼眸波光盈盈，扶他靠着床头，自己则在床边坐下，笑意友善："一点也不麻烦。"

她坐得近，宁远舟甚至能看得清她眸中倒影。偏偏她还若无其事地伸手过来，帮他拨开被压在肩后的头发。一俯身，她身上馨香便又传递过来。

宁远舟尴尬又窘迫地避开："那个……"

如意随手助人之后，便又坐正了。她似是并未察觉到两人距离依旧过近了些，如寻常聊天一般说起来："你想不想知道，我是怎么样一个人？"

这语气与话题过于亲切，不免突兀了些。宁远舟有些蒙："啊？"

如意却已经开口："我其实不是安国人，任辛也不是我的真名。朱衣卫一向有买来民间少女培为白雀的习惯，买到之后，也懒得起名，就用天干地支随便组合着叫。我分到的，就是壬辛。后来我长大了，也眼看姐妹们一个个断了气，而我呢，终于踩着她们的尸体，一步步从外门白雀变成内门朱衣众。提拔我的恩人说，没个像样的姓总不好，这才加了个人字旁，叫任辛。"

她的身世令人动容，宁远舟忙安慰道："嗯，你很不容易。"

如意一笑："想知道我那恩人是谁吗？我告诉你，她就是五年前去世的大安昭节皇后，也是我和你交易中提到的那位惨死的故人。"

宁远舟闻言不由得愣住："你不是因为谋害昭节皇后，才被安帝定罪处死的吗？"

如意摇头苦笑："朱衣卫的生活暗无天日，她是待我最好的人，我又怎么会害她？那天我赶去邀月楼，其实是想救她。"

如意继续说道："是她，把我从白雀那恶臭的泥潭里一力拖出；此后十年，一直关怀我、指点我，一步步将我送上左使之位。在我心里，她如姊如母。那天，我其实是知道有人可能要害她，才特意去邀月楼救人的。"说着，昭节皇后端庄和蔼的身影，再次浮现在如意眼前。

宁远舟回道："难怪，我是早就觉得昭节皇后之死有些蹊跷……所以，你发现真相之后，就烧了邀月楼，借此死遁？"

如意否认："不是我烧的，是娘娘她自己不想走。"

她犹然记得，那一日昭节皇后凤冠翟衣华贵端庄，背对着她，仰望着面前熊熊大火。那烈焰已吞噬了邀月楼，火龙般狂舞着烧透了夜空，正向着四周蔓延开来。昭节皇后却是丝毫没有逃生的打算。

她只身一人冲上了高台，向着昭节皇后伸出手去："娘娘！"

昭节皇后看到她的瞬间，脸上才流露出焦急来，却是推着她，催促她："快走，别管我。"

她牵住昭节皇后的衣袖不肯独自离开，昭节皇后满脸泪水，却还是微笑着轻抚她的头发："阿辛，听话。"

她没能救下昭节皇后。

"那天的邀月楼真热，明明火焰都已经烧着了她的披帛，可她却还是笑着嘱咐我，要离开朱衣卫，安乐如意地活着，以后不要爱上男人，但一定得有一个属于自己的孩子。"如意声音带着痛苦和自责，说着眼中便涌上泪水，却立刻闭目收住，令自己重新冷静下来。

宁远舟恍然："所以你就改名如意了？"

如意点头道："对。邀月楼烧塌了之后，我成了众人眼中谋害娘娘的凶手，受了重伤，又被投入天牢。好在后来，我从前的手下放火帮我烧了天牢，我想方设法逃出来了，安国却没有我的藏身之地，就只能逃到你们这边的盛州，躲在一个刚死了女儿的姓江的大娘家里养伤。没想到过了些年，朱衣卫潜进盛州来挑选白雀，下头的人并不认识我，硬是捉了我去。我既无力反抗，又想借此机会探察害死娘娘的真凶，便索性将计就计。直到今年，武功才恢复得差不多了。"

真相太过曲折离奇，若非如意直言相告，个中内情怕是谁也猜想不到。宁远舟也很是震惊，只能感慨："太复杂了，简直像千层酥一般，一层叠一层。"他不知该怎么安慰如意，便向她保证："你放心，

第八章

只要你按承诺把公主教好了,我一定会全力帮你查出害死昭节皇后的真凶。"

如意闻言却转了个话题:"我挺喜欢任如意这三个字——娘娘临终前说过,要我以后替她安乐如意地活着,所以就自己改了这个名,任我如意,自由自在。你觉得呢?"

宁远舟微觉怪异,但仍道:"嗯,我也觉得挺好的。"

如意看向宁远舟,道:"那我的孩子,叫任小船如何?这个名字,男女都能用,又大气,又好听。"

宁远舟更觉怪异:"好是好,可你不觉得,和我的名字有点太像了吗?而且我师父,六道堂的老堂主,就叫宋一帆。"他对上如意的目光,强烈的怪异预感突然笼罩了他。

如意微笑,朱唇轻启:"虽说孩子是我的,但你毕竟也出了力嘛,名字,就当是个纪念好了。"

宁远舟五雷轰顶,第一回失了态:"什、什么?!什么叫我毕竟也出了力?"他忽然间想到什么,拼尽全力想掀开被子,奈何药效还在,虽勉强抽出手来,却根本掀不动,"难道刚才我对你……"

如意凝视着他,微微俯身:"不是刚才,是待会儿。我不会强迫你做你不情愿的事的。"

宁远舟终于明白了她的意思,慌乱感和荒谬感如两只巨浪同时涌起,轰地撞在一起,拍碎了他的思路。"任如意,你先冷静一点……是我吃错了药,不是你!"此刻他无力地躺在床上,连抬手推拒一下都做不到,平生头一次感受到恐慌。

如意却似是确认了什么,轻轻一笑,逼近了他。

宁远舟瞳孔不由得一缩,屏住了呼吸。

如意长睫低垂,吐气如兰:"刺客冲动只会死,所以我不会。其实,我早就决定是你了。你武功好、个头儿高,孩子以后不管是像你还是像我都差不了;你没成家,给我个孩子,也不会伤害到其他女人;这回去安国其实是九死一生,你要是不幸死在半路,我还能帮你留下一点香火。这么三全其美的事,你应该开心才对啊。"

宁远舟拼死挣扎："好什么好呀？关键——"

如意的手指却不知何时攀上了他的腰，抬手一勾，解开了他的衣带："我本来还想一点点地勾引你，没想到突然天降良机了。"她目光最终落在他唇上，吐息温热，嗓音低柔，"反正你也被下了药，就当什么也不知道，其他的交给我就行。"

宁远舟大惊失色，竭尽全力后仰着："这、这不是你一个人就能干成的事！我只会和我喜欢的人……"

如意却并未将他的抗拒当一回事，抬手按住他的唇，媚眼如丝道："你敢说你对我一点都没动心？别撒谎，我们白雀最精通的，就是揣摩男人的心意和情欲。"

是的，她心中无比肯定，宁远舟对她的关注，已经远远地超越了一般的"合作者"。男与女的羁绊，常起于青萍，长于无形，在无声中织就一袭绵密的锦缎。

宁家老宅里，这个男人捏住她伤口试探时，因她一滴泪水而放松了牵制。

马车上，这个男人主动替她挡住刺目的阳光。

茶摊上，这个男人把自己假死时还惦记着的一口酥抛给了她。

驿馆里，她手指勾过这个男人的手背时，他的脊背瞬间僵硬……

这个男人根本就不可能没有心动。此刻抗拒，不过是因为流程超出了他的预期罢了。

宁远舟垂死挣扎，竭力想找点什么隐藏自己，似乎这样就能躲开如意。

如意见状不禁轻笑道："我知道为什么自打我加入商队，你就对我变得这么温柔。攻心市恩嘛，朱衣卫也用同样的法子调教从别国跑来的叛将。先要刻意提起我过去的伤痛，再同情我、关怀我；一边说你之前也不容易，一边哄我开心。就这样先冷着我，后哄着我，过几天，再寻个机缘和我同生共死一回，我九成九都会从此对你死心塌地。"

"我……"

如意却不容他辩解，手指顺着他的嘴唇向下，在他下巴上轻轻一勾，眸光潋滟地凝视着他："宁大人，你的招数还真是老。"边说边靠近他耳边，吹了一口气，笑道，"你的身子，也热了。"

平日里外人眼中喜怒不形于色的宁远舟，此刻终于狼狈万分，他奋力避过如意："你冷静一点，我心机太深，和我生孩子，你会吃亏的。"

如意却微微一笑："怎么会？孩子像你这样满腹机谋才是好事，千万别像我，除了杀人，什么都不太灵，拖了这些年，也没查出谁才是害死娘娘的真凶。"她手指顺着宁远舟的下巴向下，不轻不重地划过他的喉结，停驻在他锁骨中央，挑起了他的衣襟，"放心，草原上的母狮子，从来都是自己捕猎、自己养孩子的，公狮子只要合作一下就好。待会儿你多努点力，只要一次成功，我就不会再缠着你。"

宁远舟勉力抓紧自己的衣领，试图再做一点无谓的抵抗，哀号道："可我不是狮子，于十三不是叫我宁狐狸吗？狮子和狐狸，那就不是一回事啊！"

如意却道："我不介意。我呢，绝对不会贪图你的家产，更不会阻挠你和别人在一起。我只要一个完完全全属于我自己的孩子，我会把从小没得到的一切全部给她，不让她再受一丝欺骗、一丝背叛，快快活活地过一辈子。"

宁远舟拼命摇头："你别听元禄、于十三他们瞎吹，我命犯天煞孤星，长辈亲人都不在了，孩子像我，一点都不好！"

如意笑了，她伏在宁远舟胸上道："好巧，我也是。你就认命吧，总之我不会让你吃亏的，之前我答应帮你把公主平安送到安国，现在我再加一点码，大不了……再帮你把你们皇帝救出来如何？"

宁远舟的胸膛不断起伏，如意却直接扯松了他的衣襟。她正要吹灭蜡烛，宁远舟忽道："等等！你现在和我在一起，真的会害了孩子。我身上有毒！"

如意一怔，手上稍缓。

宁远舟忙道："章崧一代奸相，你以为他会那么容易地让人带着公主、人马和大笔黄金离京？出发之前，我已经服了'一旬牵机'，每隔十天，必须在他的人手里领取解药。现在正是我们出京的第七天，我身上毒性最重的时候。"他强行伸出手腕，递给如意，"不信你看看？"

如意将信将疑地给他把脉，随即脸色一沉，但很快又道："没关系，我血中有万毒解，能克天下之毒，所以蒙汗药才对我无用。有它在，伤不到孩子。"

眼看她又要动作，宁远舟连忙解释："但我现在肾气不足，一两次肯定成功不了，就算侥幸成了，难道你想孩子先天不足？"见她终于面现迟疑，连忙稳住她，"你愿意帮我救圣上，我自然再高兴不过。但我的头一个孩子，我自然希望他康健平安。你再多等两日，等我拿到第一期的解药，一定让你心想事成。"

如意轻笑："跟我玩这种拖延时间的把戏？"

眼见她又要俯身，宁远舟提高声音："任如意！你难道想让自己的孩子在父母心不甘情不愿的情况下来到人间？"

如意心中一凛，直起了身子。突然，她手一探，从怀中取出一只小瓶打开，道："同心蛊。你用了，我就相信你。"

宁远舟毫不犹豫地张开嘴。

如意将同心蛊喂入他口中，手指不经意擦过了他的嘴唇，才稍稍平息的气氛再次暧昧起来。

宁远舟满脸滚烫，目光躲闪："这蒙汗药怎么才能解？"

如意似乎很是败兴和受挫，拿过茶几上的冷茶水，冲他就是一泼。

宁远舟一个激灵，发现手终于能抬起来了，他苦笑着："很好，至少我现在不热了。"

第八章

## 第九章

## 驿路戏英雄，星峡战并肩

月光透窗穿户，照耀着驿馆里杯盘狼藉的正堂。先苏醒过来的人正点起灯烛，挨个用冷水泼醒伏倒在饭桌上的商队和使团众人——傍晚时他们就在此处用晚膳，被杨盈加了蒙汗药的酒给放倒了。

此刻杯盘都还没有收起，正堂里一片混乱，钱昭和孙朗忙着唤醒众人。于十三还在美梦中亲着"小娘子"，迷迷糊糊地亲了钱昭的手，被钱昭嫌弃地甩开。

听到是杨盈给众人下的蒙汗药，元禄不可置信地开口："是殿下下的药？"

杜长史也悠悠转醒，意识到所有人都被放倒了，立刻便要去确认杨盈的安危："殿下，殿下现在何在？"却差点扑倒在地，众人连忙扶住他。

杨盈在自己的房间里——她运气不好，没跑多远便被如意捉了回来。如意也没有询问她缘由，只先缚住她的双手将她扔在床上，确认了驿馆内的状况后，便去料理宁远舟。

可惜如意同样运气不好，因章崧一剂"一旬牵机"，不得不暂且搁置意图。

宁远舟要确认杨盈的安危，如意便带他来确认。

此刻杨盈躺在床上，不哭闹，也没有挣扎，只是怔怔地流泪。逃跑失败，她也没必要再继续伪装坚强和懂事。她想不通她的皇嫂和王兄是否真的想么对她，为什么要那么对她，她就是想不通！

"还活着，放心了吧？"如意道。

宁远舟上前查看杨盈的脉息，确认她确实无恙，给她盖好了被子。

如意却又冷不丁问起："你什么时候才能拿到解药？"

宁远舟尴尬地咳了一声，提醒道："这个问题不合适在她面前谈。"

如意才不信他的鬼话："在外面，只怕你更不愿意谈。"她信手点了杨盈的穴，杨盈立即昏睡过去。她接着用匕首割开捆绑杨盈的绳子，转头对宁远舟道："现在你可以说了吧。"

宁远舟又咳了一声："其实，我觉得有一点你说得特别对。"

如意不解。

宁远舟道："除了当杀手，你其他方面确实不太灵——很抱歉，之前的约定恕我不能从命。"

如意一怔，大怒出手。宁远舟从容接招，没几下便将她制住，推倒在一边："你没有内力，打不过我的。"

如意冷笑："你想赖账？"

她反手往自己心口一点，口中密语连连，宁远舟吃痛，下意识地捂着胸口。待他扯开衣襟，只见有活物在心脏处跳动，让他越发吃痛。

如意看在眼里，解释道："同心蛊的噬心之痛，没人能抵挡得了。"说完便走到他跟前，"求我，我就饶了你。"

宁远舟挣扎着想推开她，如意反手擒拿。两人扭打着，撞倒了火盆。

于十三正喋喋不休地追着钱昭理论，忽然听到杨盈房里传来的打斗声，忙丢下钱昭，前去查看。踢门进去，却见宁远舟和如意扭打在地上，如意翻身骑在宁远舟身上，抓着他的领口怒斥："你为什么不愿意跟我生孩子？你答应过我的！"

于十三呼一口气，抹了把脸，转身就走。

宁远舟看到于十三忙道："还不过来帮忙？！"

于十三脚步一顿，看看如意，再看看他，面露难色："这个，这个，我不方便插手吧？"

宁远舟怒吼："于十三！"

第九章

于十三只好接近，帮宁远舟控制住如意。如意的胸脯因为气愤而不断起伏，他一眼看见了，忙偏头念叨："罪过，罪过。"

如意愤怒地瞪着宁远舟："你逃得过一时，逃不过一世！只要这同心蛊还在你身体里头，我随时随地都能让你求生不得，求死不能！"

宁远舟捂着胸口，气喘吁吁地站起来："未必。"

他反手一点自己胸膛，也开始和如意一般念起密语来，指间用气，逼着胸膛下的同心蛊一点点移动到手臂上。

于十三惊讶地道了声"嚯"。如意同样震惊地看着宁远舟，只见他抄起她先前扔在桌上的匕首，看向她："不止你一个人去过武陵蛮。"话音刚落，便挑开自己的手臂，蛊虫带着血飞出，落进火盆里，翻滚扭动。

宁远舟松了口气。于十三却又提醒："还得浇点酒，才能烧干净！"便向如意解释，"不好意思，这法子是我教他的，以前有两个苗女，总是不放过我——"

宁远舟看了眼于十三，见他还按着如意，便提醒道："放开她吧。"

于十三有些犹豫。

宁远舟道："任姑娘比你更识时务，她知道事已至此，不会再无谓发怒了。"

于十三这才意识到，如意确实安静得很，忙松开手。

如意果然没再纠缠，恢复自由后，便径直向门外走去，只在路过宁远舟身边时，用极低的声音说道："你会后悔的。"

宁远舟心中愧疚："对不起。"

而如意也并未等他回应，转眼便消失在门外。

宁远舟这才上前，拿起桌上的残酒浇在火盆中，火盆升腾起一阵烈焰，很快便将蛊虫残骸烧尽了。

于十三探头看了眼门外，两眼晶亮地盯着宁远舟："这到底是演哪一出？放心，我嘴很严的！"

宁远舟张嘴欲言，又难堪闭嘴。

于十三道："你要不告诉我，我的嘴就不严了。"

宁远舟无奈与他耳语,心中烦乱:"你在外面不都听到了吗?她看我皮囊还不错,想要跟我借个种罢了。"

还有这等好事!于十三闻言又是震惊,又是惋惜,简直羡慕至极。"而你居然还不愿意,还打她?宁远舟,你是不是男人啊,那可是你孩子他娘!"

宁远舟反手塞了枚果子,堵住了他的嘴。

宁远舟从杨盈的房间里出来,立刻便被众人团团围住。

宁远舟目光扫过众人,一眼便能看出使团中人人疑虑,士气低落。

这却也不是急在一时的事——唯有杨盈振作起来,才能真正安抚众人的不安。否则纵使一时鼓起了士气,也还是无本之木,一点风吹草动就又散了。

便只避重就轻道:"殿下没事,只是受了些惊吓。大家也都辛苦了,今天晚上就好好睡一觉,明日不着急出发,原地休整一天。"

杜长史犹在震惊之中,实在接受不了,追问着:"当真是殿下对我们下的药?她为什么要这么做?难道她不想救回圣上了?"

宁远舟正色道:"但凡大事,必多坎坷;太过顺畅,反而难成。杜大人早些回房吧。"便吩咐钱昭,"老钱,帮杜大人开剂定神散。"

钱昭点头,陪着杜长史离开。杜长史脚步踉跄,仿佛老了几岁。众人望着这位古板老人的背影,竟难得有感同身受之意。

元禄仰头看向宁远舟,忧虑道:"头儿,公主当真不愿意去安国?"

宁远舟淡淡地道:"她只是怕了。"便看向在场众人,提高音量,"想想你们第一回领差事的时候,是不是也同样腿软过?"

六道堂众人都愣了一愣,瞬间便对杨盈的感受共情起来,纷纷点头。笼罩着整个使团的愁云惨雾,也随之烟消云散。

宁远舟正色道:"这件事倒是提醒了我,使团和商队组建得太仓促,我也很久没有带你们出过外差,大家都有些松懈了。从今日起,要抽两个人出来巡查,每两个时辰换一班,不与大家一起饮食……"

诸人用心地听着,肃然应道:"是!"

第九章

一时众人各自回房休息，元禄拐了拐心不在焉的于十三，悄声问道："刚才殿下屋里噼里啪啦的，出什么事了？"

于十三脸一板，敲了敲元禄的头："小孩子不许问这些！"

元禄莫名其妙，捂着头埋怨："你们为什么老爱打我的头？！"

月华流淌，寂静宜人。

如意在自己房中盘膝运功，竭力想压下心中火气。奈何脑海中今日所受挫折翻涌不息，她终于还是气恼地抓起身旁杯盏，狠狠砸在地上。

"宁远舟，你等着，我的内力已经在恢复了，今日之耻，我必定要报。你的孩子，我一定要要！"

正诅咒着，忽听门外一阵响动传来，如意警觉地抬起头，喝道："谁？！"

门吱的一声被推开，于十三花枝招展地走进来。

如意冷冷道："你来干什么？"

于十三一拂额发，亮了个潇洒的侧脸给她，微笑道："自然是来看你，美人儿。"

如意莫名其妙，皱眉看着他。

于十三表情丰富："宁狐狸所作所为，实在是太混账了。但是，除了他之外，天下好男人还有很多。"说着就变魔术般从身后拿出一束花，递到如意面前，两眼晶亮地看向她，"比如我。"

如意一怔。

于十三毛遂自荐："小可方过而立，有潘安卫玠之貌、太白明皇之才，待女子温柔如水，擅男儿任侠风流之态，正是姑娘儿子亲生父亲的最好人——"说着声音就一顿，最后一个字卡在了齿缝里——如意的铁指甲正比在他脖子上，尖端闪着冰冷的光。

"滚！"

于十三却是愈挫愈勇，纵使被铁指甲逼得仰起头来，脖子也要伸得挺拔玉立，声音越发深情款款："英雄尚无末路事，岂敢美人花下死？况且，小可也心甘情愿死在如意姑娘手中，因为那样，你就会记我一辈子。"说着便闭上眼睛，一副甘之如饴的模样，"来吧，不要因为我腰细腿长就狠不下心，我受得住！"

他受得住，如意可受不了，一招将他格飞。

于十三伸出手去，凄美悲情道："美人儿，你好狠的心！"

如意回身就要拔剑，钱昭及时飞奔出来，一个果子塞住于十三的嘴，将他倒扛在了肩上，拍了拍他的屁股："别闹，该回去喝补肾的药了。"截下了于十三，他似乎又想起什么，面无表情地回头冲如意点了点头："他确实很混账。"

如意初时还没反应过来，片刻后才忽觉哪里不对，恼怒地瞪过去，喝道："站住，你——"

然而钱昭已跑到门口了，怕如意没听懂一般，出门之前还不忘解释："刚才，他在屋里，我在门外。刚才的刚才，他也在屋里，我也在门外。"前一个"他"说于十三，后一个"他"，自然就是说宁远舟了。

话音未落，人早已消失在夜色中了。

如意半晌才回过神——她刚才揾着宁远舟的事，居然已经尽人皆知了吗？

乌云蔽月，万籁俱寂。

黑暗中，正在沉睡的宁远舟辗转反侧，大汗淋漓。

梦境里，如意的手指仿佛依旧轻柔地游走在他的身上。她红唇丰润，媚眼如丝，噙着笑俯下身来，灼热的呼吸如汤泉沃雪般扑进耳中，流向全身。宁远舟耳中便灌满了水声，身体在热泉中不停地下坠。

脑海中忽地响起个声音："大道无情……"

他猛地睁开眼睛时，便发现自己已变回了十五六岁的模样，正身处幽冷山洞之中。山洞四壁上悬挂着各色美人的画像，或妖艳，或清纯……他立时便记起这是何种场景，连忙仰头望去，便看到了义父的面容。记忆中不苟言笑的男人依旧是四十许的模样，高大沉稳，未生白发。似是察觉到他的迷茫，便严厉地皱起眉头，告诫他："大道无情，只有过了'欲'字一关，你的武功和心智，才算真正得窥大家门

第九章

径。你是我最得意的弟子，别让我失望！"

他心中一凛，忙凝神静气，趺坐冥思。更多的记忆却随之袭来。

他看见母亲一身素服，眼中含泪，却还是决绝地推开了义父，关上了房门。

他看见义父借酒浇愁，醉卧亭中，从此义父便再未流露过软弱。

义父说："忘情方能入世，欲色皆是冤孽！"

然而如意盈盈的笑意，俯身时自耳后垂落的发丝，解开他衣襟的纤白玉指，打斗中不经意相贴时透过衣衫传递过来的温暖与触感……却也在告诫声中不断闪现。

突然间，如意一剑向他劈来。宁远舟猛地惊醒过来。

屋内犹然沉黑，四面寂静无声。他长呼了口气，翻身起床，走进庭院里先洗了把脸，便靠在水缸边，拿起瓢猛灌了几口凉水。

正在巡查的孙朗望见他，向他遥遥敬礼，他示意免礼，目光也随之扫向四周。

天色尚早，除轮班巡查的孙朗外，众人都还未起床，只见各房间都漆黑一片。但他本能地感觉到有什么不对，四处观察寻找，走到马栏边时他停了步，眼眸瞬间收缩。

"马为什么少了一匹？"他问。

孙朗一惊，赶紧过来查看。宁远舟却已经如闪电一般冲向房间。

杨盈还在沉睡。杜长史刚被惊醒。

宁远舟面色一沉，忙又奔向如意房间，却见房中空空如也。他上前一探被窝的温度，脸色越发沉重。

此刻其他人也已被吵醒过来，听孙朗说少了匹马，已各自行动起来。

于十三直奔如意房间，见屋里情形，便露出果然如此的表情，叹道："看看，把人给气走了吧！换我我也生气，那么点小事都不肯答应！这下好了，美人儿一走，谁来教公主？"

外面传来狗吠声，钱昭也匆匆赶来，道："找到马蹄印了，往余州方向走的，看土的干湿程度，大约是在一个时辰之前。"

宁远舟转头奔出房去，迎面遇上尚在迷糊的元禄，急道："给我迷蝶！"

元禄忙掏出一个小盒子扔给他。宁远舟脚步不停，接过盒子直奔马厩。他翻身上马，一牵马索："明日此时之前，我一定会赶回来。在此之前，一应事务，交与钱昭代掌。"话音未落，已驾马冲了出去。

身后于十三追着道："我跟你一起去！"可他马刚翻上一半，就被钱昭硬生生地拉了下来。

"孩子的事，只能交给爹娘解决，你不要插手。"钱昭面无表情地说。

于十三不甘地捶地："为什么？我也可以的啊！我哪点比他差了？"

元禄不解地看着他们，又看看驰马而去的宁远舟的背影，迷惑地挠了挠头："什么孩子，什么爹娘？"

于十三和钱昭转头齐声道："小孩子不许问这些！"

元禄捂着头，不甘道："又打我！"

孙朗幽幽地探出头来，虎背熊腰，却一脸纯良："那我可以打听吗？"


梧国，沙溪镇。

深夜时分，繁华的街市上已没什么行人。各处灯火已暗，星空之下瓦屋如山脊起伏。唯有几处高阁之上还隐隐传出欢笑与琴歌之声。

黑暗中，如意勒住奔马，翻身跳下，将马拴在路边，抬头望向几处彩灯招展的高阁。街口有狗冲出来吠叫，如意出手如闪电，一块碎石径直击在狗身上。狗低声呜咽两下，乖巧蹲下。

如意拿出从越三娘身上扯下的穗子，让它闻了闻。狗摇了摇尾巴，飞快地带着如意向着一处高阁的方向奔去。

沙溪城中最热闹的迎来送往之地——怜香楼上依旧灯火通明。房间内杯盘狼藉，花天酒地之后，玉郎餍足地卧在锦绣堆里睡得正香，突然间一个激灵醒了过来——便见雪刃如水，正横在他的脖颈处。

玉郎艰难地回过头去，看清持剑之人的模样，大惊失色："如意！"

剑尖一挑，如意嗓音冰冷："起来。"

玉郎胆战心惊地滚下床，跪倒在地，哀求："大人饶命！"

如意只问："玲珑本来自己可以逃走的，但她为了你，特意赶回青石巷报信。你是她的未婚夫，为什么不救她?!"

玉郎瑟瑟发抖地指天赌誓："是越先生逼我的！我本来和玲珑两情相悦，却被越先生看中了，硬逼着我服侍……"

如意冷笑着，反问："你和玲珑两情相悦？"

玉郎宛如抓住了救命稻草，连声应道："当然！我的心里只有她一个！以前我和玲珑还带着你逛过园子呢，你不记得了？……我真的是被逼的！"他叩头不止，"如意，大人，求您饶了我！"

如意目光一寒，却还是说道："老实交代越先生的真实身份，我就饶了你！"

玉郎身子一颤，马上道："越先生，她就是朱衣卫在梧国的掌事紫衣使，越三娘……"

窗外似有彩蝶飞过，玉郎隐约瞧见蹁跹暗影掠过锦帐，然而惊恐慌乱之下却也无暇分神细思，只瑟缩地仰望着如意："收到玲珑回报已经暴露的消息后，越三娘就觉得这正好是完成总部任务的天赐良机，当晚就发出朱砂令让梧都分堂的所有人赶回。"

如意追问："总部下灭口令的那个人是谁？"

玉郎摇头道："事关机密，越三娘没有告诉我。我只不过是她手中的一个玩物……"

如意似是确认完毕，道："闭眼。"

玉郎不解，却见如意举起了剑，他大惊道："大人！你说过只要我说出越三娘的身份，就饶了我的！"

"凌迟改为处斩，也是饶。"如意手上雪刃一挥，玉郎的脖颈已被斩断，倒地而亡。如意冷冷看着地上尸首，"你既然和玲珑两情相悦，她死了，你当然也不能独活。"她随手一扔，将玉郎的尸体扔出窗外，只听扑通一声，尸首已没入窗外河水之中。

如意回身欲走，目光扫过了对面高阁，夜风掀起纱帐，宁远舟的身形便出现在对面楼阁的栏杆前。

夜色之下，两人隔空而立，四目相对。

如意皱眉问道："你怎么找到这里来的？"

宁远舟一指空中还在飞的迷蝶，道："元禄养的迷蝶。我让钱昭给你把脉的时候，就已经叫他在药粉里加了迷蝶蜜。方圆五里之内，你无论在哪里，迷蝶都能找到。"

如意冷笑："果然阴险狡诈。"

宁远舟容色不变："过奖。你不是已经知道越先生就是越三娘了吗，为什么还要再问他一次？"

"章崧说过，没有经过多路验证的情报，就是个屁。"

宁远舟了然："你倒是学得快。"他目光一瞟楼下灯影幽幽的河流，玉郎的尸首已沉入河底，水面上只留一团残红，也随即便淹没在流水和夜色之中，"原来你的目的并不是回朱衣卫总部鸣冤，你只是想要复仇。否则，你会留下玉郎这个活证。"

"对，我不是你。明明已经被六道堂抛弃过，现在还要为它卖命。"

她摸出怀中的丝绢索命簿，蘸着血在她杀人名单上的"玉郎"旁边打了一个钩——他是第四个。

宁远舟轻轻皱眉，看向她手中丝绢："你的名单上还有多少个人？"

"很多。所有害了玲珑和娘娘的人，我都会送他们去六道轮回。"

"所以你早就决定要来这里杀他？"

"当然，我知道玉郎的老家就在附近。本来准备明天才动手的。"她收起丝绢，抬头看向宁远舟，冷笑，"怎么，你担心我一怒之下就此离开，丢下杨盈不管了？放心，我不是你，不会背信弃义。"说着便指着水中，"我会送你去和他做伴。"

"你现在没有多少内力，打不过我。"宁远舟回道。

"你防得了一时，防不了一世。你们六道堂一样也有地狱道，你应该知道，杀手的耐心比别的人多得多。"

宁远舟似是一笑："我会信守承诺，"却也随即认真地看向如意，"但你不能再像今晚这样脱离我们擅自行动。因为你一杀人，朱衣卫

第九章

势必会闻风而动，这会影响整个使团的安全和我的营救计划。"

"凭什么？这并不在我们之前的交易范围之内。"如意反驳。

"凭你想为昭节皇后报仇的意愿，比我救皇帝的必要性要强得多。任如意，"宁远舟看着她，"现在是你在求我。"

如意眼中寒光一闪，飞身跃入对面阁中，欺身而上，挥剑攻向了宁远舟。宁远舟却并不还击，只是步步后退。避过如意手中长剑，却被随着挥来的一掌击中，他闷哼一声。

如意手上一顿，抬眼看向他："你为什么不躲？"

宁远舟凝视着她的眼睛，轻声道："我欠你的，总得让你出了心头这口气。"

"我出气的方式是杀人。"

宁远舟一笑，道："你舍不得的——我死了，就没人能帮你查到昭节皇后之死的真相了。"

如意愤恨地收掌："对，我是舍不得。"她上前一步，黑漆漆的瞳子直对着宁远舟的眼睛，"我就喜欢你这种满肚子阴谋诡计的样子，所以，你一定会成为我孩子的父亲。"

宁远舟屏息，却没有后退："我会小心防备，不会让你有这种机会。"

如意轻笑："是吗？如果我伺机给整个使团下了毒呢，你也不从？"

宁远舟面色不变："不从。你忘了你托我安排你义母江氏回陈州娘家了？"

如意眼眸瞬间收缩，冷笑："你想拿她威胁我？做梦。一个义母算得了什么，我连亲娘都可以杀。"

宁远舟却缓缓道："是吗？那为什么你会不惜杀了娄青强和越三娘，为玲珑这么一个不过是对你不错的白雀报仇？"他顿了一顿，凝视着如意的眼睛，轻声说道，"任尊上，你其实比你自己以为的更心软。"

如意的表情由惊转怒，她张了张口，却什么也没说出来。她默默地转过身，独自向着窗外。夜风吹过，纱帐如影，楼下水声泠泠。寻欢作乐之声也仿佛随夜风与流水远去了。夜色之下，她身影单薄又萧索。

宁远舟心中一紧，忽就有些不忍。他轻咳一声："对不起。"

如意没有说话，只肩膀微微颤抖。

宁远舟犹豫了一下，终于还是伸出手，探向她瘦弱的肩头："我刚才的话，有些过了——"

话音未落，他的眼睛猛然睁大——如意竟趁势一回身，红唇覆上了他的嘴唇！时间仿佛静止。良久，宁远舟才猛地推开了如意。

如意诡秘一笑："宁大人，你其实也比你自己以为的更心软。"

她一步步接近宁远舟，宁远舟也一步步后退着。她似不解，又似劝诱，眸光流转，嗓音轻柔，细密地纠缠上来，令人挣脱不开。

"你为什么要拒绝我呢？和我在一起，你又不会有任何损失。我做过白雀，知道你们男人喜欢什么样的女人。"

窗外又传来乐曲声，如意信手拿起案上不知哪个舞姬留下的披帛，依曲舞动。她确实极其擅长伪装，也极懂得男人的心思。仅凭身姿仪态、目光表情，她便可一人千面，展现出截然不同的身份与风情。她边舞动边询问着："是天竺酒坊里妖艳的胡姬，还是重门深户里端庄的闺秀？是绝世而独立的清冷佳人，还是带着刺的火热玫瑰？"她步步逼近退无可退的宁远舟，"你所有的幻想——"

如意一拉宁远舟的前襟，红唇噙笑，媚眼如丝。近在咫尺，呼吸可闻，只消轻轻欺身迎上，他便可吻上她雪白的脖颈。耳中传来灼热又轻柔的嗓音："我，都可以满足。"

宁远舟脑中嗡地一响，少年时在山洞中趺坐冥思时，环绕在周身的各色女子画像仿佛霎时间活了过来。她们妖艳地嬉笑着，歌舞着，周身璎珞叮当，披帛飞扬。纤指，媚笑，似嗔，如怨，不断地旋转着……

梦中的少年大汗淋漓，殷红的唇擦过，终于在一声声"不要被她们迷惑！别睁眼！她们只是你的心魔！心魔！"的告诫中，忍受不住地睁开了眼睛。宁远舟目光一晃，一切幻象都已消散，眼前只剩下正勾着他的下巴、俯视着他的如意。

时间终于再次开始流淌，宁远舟出口却已是平静的语气："玩够了？该回去了。"他走到窗边，背对着如意，"你这白雀，当得真不怎

第九章

么样。"言毕,他转身跃下高阁。

如意寒脸扔下披帛,也跟着跃了下去。落地时她微一踉跄,宁远舟扶了她一下。她冷冰冰地甩开宁远舟,宁远舟却扔给她缰绳。

两人不发一语,在微亮的晨光中并肩走向拴马处。

天光乍明。

白沙驿的庭院里,元禄心不在焉地喂着马。宁远舟说"明日此时之前"回来,却还不见人影。元禄挂念他,又担心他能否找到如意,不由得心急地探头看向院外。

突然,院外传来马嘶,宁远舟和如意先后进了院子。元禄的心也一下子放了下来,忙迎上前:"宁头儿,如意姐!"

话音一落,原本分散各处的众人纷纷蹿出来迎接,目光齐齐盯着他们。

宁远舟翻身落马,眼也不眨,便道:"宫中密使昨晚到了沙溪镇,紧急召任女官去回话。大家务必对殿下和杜大人保密。"

众人了然,一哄而散。

如意讥讽地看着他:"不愧是宁狐狸,谎话张口就来。"

宁远舟反诘:"我是为了你的面子,和整个使团的军心。"又道,"再说一次,以后绝对不可未经我允许擅自离队,否则交易作废。"

如意一指杨盈的房间,道:"你我的交易只限于我向里面那位教授安国的知识,可并不包括应付她一次又一次的下毒和折腾。"

宁远舟道:"我会去处理。"便转向于十三,"殿下怎么样了?"

于十三道:"已经醒了,但是不管怎么劝,都一句话也不说,也不肯吃东西。"

宁远舟点头,道:"我去看看。"

他一走,于十三就探头冲如意摇手,笑靥如花道:"回来啦?你真的不考虑我昨晚的提议?我真的不比他差——"

如意还没发作,宁远舟已霍地转身,正色提醒:"于十三,如意是我们必须尊重的同伴,不是你可以随意调笑的女子。"

于十三犹自未觉:"我哪调笑了?再说,你见过我对哪个女子不真心、不尊重过了?"

"她只要没有对你表示过主动垂青,你的每一句求爱之语,都是不尊重,尤其还当着其他人的面。"

如意一怔,有些意外地看向宁远舟。

于十三这才醒悟过来,拍了自己脑门一记,神色肃然地看向如意:"是我孟浪了。"他深深地躬身致歉,"对不起。"

如意只怔怔地望着宁远舟远去的背影,没有理他。

于十三道完歉,却又嬉皮笑脸起来:"以后我绝对不会再像刚才那样了,我只会默默地、真挚地、拼了命地去打动你,你迟早有一天会看到我的好……"见如意还盯着宁远舟,便转身跟她一道看过去,"你可千万别把宁远舟说的当真啊,他这人就是假正经,自己胆子小,看我对你好,就专借这种大义凛然的词儿来吃飞醋……"

屋子里开着窗,天光已然大亮。杨盈却依旧侧卧在榻上,面朝里侧,一言不发。

自昨日醒来,她便一直保持着这个姿势,不说话也不肯吃东西。

如意不在,使团和商队众人又都是男人——虽有个善于体察少女心思的于十三,却显然也不能放他去向杨盈献殷勤。只能令驿馆里的侍女照料她的起居。

侍女却也不知该如何是好,只能跪坐在一侧,轻声规劝她:"殿下,您还是多少进些吃食吧……"

杨盈心中悲凉,拉起被子蒙住头:"我不吃,你们不让我回京,我就死在这里。"

侍女轻声道:"殿下怎么能说这么丧气的话?您是堂堂正正的礼王、迎帝使,圣上的性命、大梧的未来,都靠着您来擎天保驾呢。"

杨盈却忽地掀起被子,翻身向她,大声道:"我不是礼王!我是公主!我是女的!我不懂朝政,也不懂那些军国大事,我只是想回去问清楚丹阳王兄和皇嫂,他们为什么要骗我,为什么?!"

侍女大惊失色，手中杯盘落地。

宁远舟便在此时走进房中，闻言拔出佩剑，向着侍女走去。

杨盈惊吓地坐起身，喝问："你要干什么?!"

宁远舟正色道："亲王出行，只带内侍。她是驿站的侍女，不知内情。你在她面前暴露了身份，她就只能死。"

侍女浑身颤抖，跪倒在地："大人饶命！"

杨盈也忙阻拦道："你不能杀她！"

宁远舟却丝毫不为所动："凡上位者，一言一行，必深思远虑，否则就会祸及他人。殿下，请记住，她是为你死的第一人。"

杨盈惊惧，挣扎起来挡在侍女面前。"我不许，我——"她眼神一顿，猛地想起什么，忙强撑起亲王的架势，仰头瞪向宁远舟，"孤乃亲王，孤命令你放了她！"

宁远舟却道："外臣不奉内廷之令，你刚才说了，你是公主。"

他推开杨盈，将剑架在侍女脖上。杨盈吓坏了，忙扑上来抱住他的胳膊："你别杀她！只要你别动手，我什么都答应！"

宁远舟看向她："那殿下还要绝食吗？"

杨盈突然明白过来，难以置信地看着宁远舟："远舟哥哥，你在威胁我。"一时间悲从中来，她凄凉地笑着，"我都这样了，你们还是要逼我。好，你要杀就杀吧，大不了，她死了，我转头就去上吊，黄泉路上也好有个伴。"

她坐回到榻上，面若死灰地落着泪，不再看宁远舟。

侍女也扑到宁远舟脚下："大人饶命，饶命啊！"

自宁远舟进屋，商队众人便都偷偷探头，隔着窗子关注着杨盈这边的状况，此刻见宁远舟僵立在当场，上不去、下不来，都有些尴尬。

于十三摸了摸鼻子移开眼神。元禄挠头，替杨盈解释道："殿下这是伤心坏了，钻了牛角尖了。"

钱昭一言不发地进屋，把侍女拉了出来，交给孙朗，吩咐道："叫分堂的人关她几个月。"才总算解开了僵局。

房内，杨盈默默地落着泪。宁远舟无计可施，只能柔声规劝："阿盈，你坚强些。"

杨盈委屈极了，哭着看向他："我都被你们骗去送死了！我还怎么坚强？我从小长在冷宫，爹不疼娘不在，除了顾女傅，谁也没把我当个正经公主。我不过是为了自由，为了把你从充军大罪中救出来，才咬着牙想去搏一回。可谁承想，我的亲哥哥、亲嫂子，居然一面夸着我，一面想拿我的性命去换他们的帝位！"她不甘心，她想不通，"凭什么？凭什么呀！"

眼前毕竟只是个十五六岁的小姑娘，窗外众人都不知该说些什么好。如意冷笑："宁远舟吃软不吃硬，这下惨了。"

宁远舟长叹一声，扶住杨盈的肩膀，想要安抚下她的情绪，面对着面和她好好聊一聊："阿盈，我知道你现在很伤心，但是这里头的道理很复杂，远舟哥哥得给你慢慢讲——"

杨盈负气，推开他："我不想听。"

宁远舟还想再尝试，杨盈情急之下一挥手，宁远舟避无可避，硬生生地受了一记耳光。杨盈吓坏了，连忙要查看宁远舟脸上红痕，焦急道："对不起对不起，远舟哥哥，我真的不是有意的。"

不料宁远舟却道："你想知道凭什么吗？好，我带你去看！"他拉住杨盈的手腕，带着她几个起跃，便登上了驿馆瞭望塔。

高处风急，杨盈站立不稳，见屋顶、树荫皆在脚下，地上众人惊愕地仰头望来，头上忽有飞鸟掠过。她不由得晃了一晃，霎时吓白了脸，惊恐地紧紧抓住宁远舟："救命！我要掉下去了！"

杜长史听到声音，从屋里冲出来，抬头见杨盈被带到高处，惊吓地呵斥道："宁远舟，你在干什么?！赶紧放下殿下！听到了没有！"他慌忙催促叫院中的诸人，"你们快去帮忙！别愣着！"

宁远舟立在旁边的屋檐上，青袍在风中猎猎飘拂，眉眼中尽是威势，喝道："都退下！"他亮出监国玉佩，"我奉皇后和章相之命行事，我在之处，我便是王法！"

使团众人齐声正色道："遵令！"随后他们便整齐划一地站到檐

下，背身向里。杜长史愕然，却也无计可施，半晌，也只能无奈地一挥袖子，回了房间。唯有如意一动不动，依旧仰头望着宁远舟。

宁远舟看着惊惧万分的杨盈："没有人会救你。殿下，我想请你认真看一看，你们杨家所统治的江山。"

杨盈渐渐从惊恐中抬起头来，天高云淡，她顺着宁远舟所指的方向看了过去，只见阡陌交通，田野相连，零零落落的房屋渐渐密集，终于在远方聚集成一片繁华城镇。清晨明媚的阳光映照在水陌楼船、朱栏旗幡之上，鳞光点点，屋宇之间有炊烟袅袅升起。

耳边传来宁远舟轻缓的嗓音："这个地方叫白沙镇，那边是沙溪镇，更远的地方，便是殿下生母的故乡余州了。"

杨盈愕然，忘了害怕，极目望去："那就是余州？"

"对，余州城方圆二十里，有户一万四千五百，城中水陌横穿，鱼米丰饶。殿下可知这样的城池，梧国一共有多少座？"

杨盈摇头。

宁远舟道："原本有三十八座。可是因为你的皇兄一次毫无必要的御驾亲征，梧国就整整损失了三城。为君者，应止戈爱民，可圣上却害得数万人沦入战火，妻离子散，夫死父亡……你们杨氏，欠百姓们良多。"

杨盈怔了一怔："可，可那不关我的事，我从小在宫里，什么都不知道——"

宁远舟道："但只要你姓杨，这事就跟你有关。你固然长在冷宫，不通政事，但你一样凭着你的血脉，享受到了平民百姓一辈子都不可能享受到的衣食无忧。就算再不受重视，公主的年例都至少有五百贯，可那些随着你兄长战死在关山的士兵，抚恤金也只有一贯而已！"

杨盈愕然抬头，难以置信："真、真的？"

宁远舟的目光最终看向杨盈，一字一句告诉她："杨盈，你记住了，整个使团，上至我和杜大人，下至内侍马夫，之所以会愿意赔上性命护送你入安，不是因为愚忠，不是为了加官进爵，而是为了让两国百姓少陷战火，为了洗清那些明明为你皇兄英勇战死、却被泼上叛徒脏水的天道兄弟的冤屈！"他高声问道，"你们说，是也不是？"

背身向里的使团成员们早已听得心潮澎湃，他们虽然看不到现场的情景，仍然齐刷刷地高声应道："是！"

杜长史早就在屋里老泪纵横，此时也推开窗子，颤颤巍巍道："是！"

如意怔怔地望着宁远舟，眼中不知何时，也隐然有了泪光。

记忆中昭节皇后心疼地捧着她的脸，替她拭去脸上的血痕，告诉她："阿辛，你真的不用这么辛苦的。其实我一直都不想你再做刺客。"

但她朗声说："臣知道，但是娘娘，臣喜欢手中有剑啊。"

昭节皇后叹气道："也罢，有些豪强生来好战，总想着用百姓的白骨堆起他们的霸业。你提前除掉他们，免去战乱之祸，便能挽救许多无辜性命。"所以昭节皇后一次次送她出行。她也一次次出生入死、沐血拼杀，一次次弄脏自己的手。

瞭望台上，宁远舟质问着杨盈："你觉得不甘心，想要逃回京城，回避你本应负起的责任的时候，可曾想过这些百姓为杨家血染沙场时，是否甘心？你下药之时，可曾想过一旦药量过多，就会害死使团所有的人？"

杨盈已泪流满面。她太年轻了，从未走出过宫城，也从未有人教导过她这些。这是她第一次意识到皇城之下还有芸芸众生，一己悲喜之外还有民生疾苦。她终于明白自己此行重任，明白自己确实是错了。

她哭着道歉："对不起。"

宁远舟放柔了声音，道："哭是没有用的。殿下，很多事，你一旦做了选择，便没有退路。安国之旅固然云诡波谲，但若殿下从此坚强心志、发愤图强，臣等必与殿下同生共死！"

杨盈擦了擦眼泪："真的？"

"臣愿以性命担保。"

杨盈一闭眼，终于下定了决心："好，那我发誓，以后我不逃了，我一定会坚强起来的！"

白沙驿庭院中，使团与商队众人肃然列队，听宁远舟宣告此次事件的处置结果。

侍从奉上一把戒尺。宁远舟看向众人，宣判："王子犯法，与庶民同罪，不正纲纪，无以治使团。兹有礼王杨盈，为一己之私，暗中于饮食中下药，祸及使团上下共六十九人。宁远舟既负国命，便处其以笞掌之刑二十记，此令！"

话音落下，杨盈身子一颤，使团众人也颇为吃惊。

宁远舟伸手去取戒尺。于十三心有不忍，往前一站："要不，我替殿下受责吧，可以加倍！"

杜长史也小声规劝着："宁大人，这样不好吧，毕竟还得顾及殿下的体面。"

宁远舟一言驳回："她下毒的时候，可曾想过皇家的体面？任何人都不必说情了。此举，乃为以儆效尤。"他看了一眼咬着唇的杨盈，见她强忍着恐惧一言不发，自己也心软下来，顿了顿，又道，"不过，刚才杜大人也言之有理，当众行刑确有不雅，我这就带殿下入房行刑。大家都看清楚了，今后使团上下，谁要是再敢有异心，礼王殿下便是前车之鉴！"

众人齐声道："敬诺！"

宁远舟挥手："都散了吧，再休整两个时辰，便立刻出发！"

众人散开。宁远舟当先走向房间，杨盈委屈地跟上去。

如意挡在门前，伸手截住宁远舟，道："我来吧，你就是嘴上说得吓人而已，没人的时候，未必真狠心下得了手。"

她夺过宁远舟手中的戒尺，对杨盈道："进来吧。"

两人走进房中。杨盈发着抖探出手去，如意出手如电，便是一记。杨盈吃痛，泪水立刻涌出来："啊！"

听着房内的惨呼声，商队诸人不寒而栗。

元禄坐卧不安道："如意姐还真下得了手。"

孙朗也倒吸一口凉气："是啊，这响声我听着都疼，下手可真狠。"

正说着，便听房内又传来一声呵斥："伸直了手。"显然是适才那一下杨盈吃痛缩手了。

随后便接连几记啪啪啪。

于十三脖子一缩,啧啧感叹:"美人儿狠起心来,不知多么销魂。"

钱昭一拍宁远舟的肩,面无表情,却无端透出些怜悯来:"你居然敢拒绝她。以后初一十五,我会记得给你坟上添香的。"

元禄、于十三齐刷刷点头。

孙朗抱着小猫,一边撸,一边和元禄、于十三一起点头。

房里如意又猛打了几记,杨盈已经痛得泣不成声。如意这才停下戒尺,安静地看着她,待她泪水稍缓,才道:"如果你告诉我,让你甘愿女扮男装出使安国的真正理由,剩下那十记,可以暂时记下不打。"

杨盈一愕。

如意看着她:"一个长居深宫的小公主,能为了什么自由才不顾一切?他们男人不懂,可我懂。说吧。"

杨盈一咬牙,终于开口道:"有一个御前侍卫,叫郑青云……"她絮絮说了起来,表情时而怀念,时而幸福,时而向往,时而却又落回悲苦。

如意始终一言不发地倾听着,待她说完后,才道:"你就是一心想嫁他,才豁出来女扮男装的?"

杨盈骄傲地点头。

如意却道:"可是你想过没有,如果昨晚你成功逃回去了,会不会被关在深宫里直到老死,一辈子见不到你的郑郎?"

杨盈一怔:"不会的。我真的只是想跟皇嫂问个明白……"

"你问了,她就会承认自己想送你去死吗?不,她只会觉得你是个需要解决的麻烦。你当真以为自己无可替代?错了,礼王出使的消息既然已经天下皆知,他们大可以让人戴上人皮面具,扮成你的模样入安。"

"这,这怎么可能?"

话音未落,她愣住了。眼前的如意手一抹,已然换上了一副陌生男人的人皮面具,虽身着女子衣裙,却仍是男子气十足地一甩下摆落座,森然而粗声道:"跪下!"

如意取下人皮面具，恢复了原本的声音面貌，看向杨盈："是不是比你还更像些？"

杨盈的身子剧烈颤抖起来。

如意道："你看，我就可以扮成礼王，但我并不愿意。一则，我不是你们梧国人；二则，我发现，你比我所想的其实要更大胆、更聪明。"

杨盈怔了怔，难以置信地看向她。

如意似是抿唇一笑："你能一边哭哭啼啼，一边不动声色地下药毒倒使团里所有人，单凭这份急智，就足够让我高看你一眼。如果你好好学，未尝不能变成一个比你皇嫂更强大的女人。"

萧妍在她心中历来都是可望而不可即的完美女子，但如意在她眼中也是顶顶厉害、无所不能的女子。如意这么说，杨盈又不敢置信，又隐隐有些期待："真的？"

如意笑道："你值得我骗吗？"

"我以后，真的能变得像皇嫂、像如意姐你一样厉害？"

如意蛊惑地一笑，压低声音道："对，到时你不单可以风风光光地嫁给郑青云，还能把所有欺侮过你、小看过你的人，踩在脚下，就像这样。"她双手发力，手中戒尺应声而断。

杨盈眼前一亮，艳羡不已。

如意招手："你过来。"她将半根戒尺放在案边，按住一头，比手成刀，高高地举起，"像我这样，想着你全部的恨、全部的骄傲，毫不迟疑地劈下去。"

杨盈不由自主地走上前去，闭上眼睛学着如意的样子举起手来。然而举在半空中的手，却不由自主地发着抖。

如意厉声道："劈！"

杨盈一咬牙，猛地劈下，那半根戒尺便应声断成两截。她不可思议地睁开眼睛，看着断开的半截戒尺："我做到了？"随即脸上便涌出喜色，抓着如意的手分享惊喜，"我做到了，我做到了！"

如意道："对，你做到了。"她目光再次严厉起来，"现在告诉我，你是谁？"

杨盈一愣，随即便昂首挺起了胸膛，已是一副清高华贵的王者之相。她傲然道："孤，乃大梧礼王。"

如意这才露出笑容。

她走出杨盈房间，对一直等在外面的宁远舟道："都听到了？"

宁远舟点头："谢谢。我的确没有你细心。只有找到她的心结，才能真正帮她立起来。"

如意一笑，道："不过是之前调教手下的老把戏而已，先给巴掌再给个枣，不值一提。赶紧传信回梧都，控制好那个郑青云吧，至少让他写封书信来，安安她的心。"

她转身欲离去，宁远舟却忽地又叫住她："你为什么这样？"顿了顿，才道，"你做的，已经远远超过了我们的交易范围。"

如意回首，目光仿佛透过他看到了遥远的过去。她说："因为你刚才在高处的那一段话，说得很好听。"

宁远舟狐疑地皱眉。

如意一哂："好吧，那就当我是在讨好你。直接下手不行，就换心战。你这个人既然心软，多帮你几回忙，总会水滴石穿的。"

宁远舟叹了口气："你还是放弃吧。不管你怎么做，我都不会和合作伙伴有任何的情爱牵绊，这是我做人的原则。"

如意大奇，靠近他，似笑非笑："你太自作多情了吧？我只是要和你生孩子，谁要跟你有情爱牵绊？"

宁远舟脸色一变，然而尚未厘清此刻心中滋味究竟为何，如意便已转身离开了。宁远舟目光追着她的背影。半晌回过身来，便看到元禄一脸震惊的表情。

"你要和如如……意、意……姐生孩子？"

宁远舟头痛，按住他的肩掉转他的身体，推他离开："小孩子不许问这些。"

元禄不满地回头抗议："头儿，我都十八了，你怎么还拿我当小孩呢？"

"你就算八十，在我面前都还是个小孩子，这两天记得吃糖丸

第九章

167

了吗？"

元禄忙摸了颗糖丸扔进嘴里："记得。"又要穷根究底，"可是你到底和如意姐——"

宁远舟连忙打断他，催促道："赶紧去看看马，准备出发了。"

元禄只得不甘而去。

远处于十三看到他们的情景，见宁远舟表情微妙，不禁狐疑起来。

处置完此间事故，使团终于能再次上路。

宁远舟骑着马，头戴斗笠遮去面容，也混在使团队伍中。他透过偶尔飘起的车厢帘，注视着如意和杨盈，却不知是担忧杨盈这边再有意外，还是因如意先前的话而挂怀于心。

忽有人驱马从队伍后面赶来，交给宁远舟一张小绢条。那绢条明显刚从信鸽腿上解下，是梧都总堂加急送来的密信。宁远舟展开看后眉头微皱，吩咐道："传令，原地休息一刻钟。叫孙朗过来。"

车队便在路旁停下。杨盈掀起车帘走出来，扶着内侍的手正要下车，却忽地想起什么，转身问道："如意姐，男人该怎么下车？"

如意一拂下摆，示意给她看。杨盈双眼漆黑明亮，惟妙惟肖地模仿起来。

元禄张望着看向她们，身旁于十三忽地捅了捅他："喂，刚才你听到如意跟宁头儿说什么了？他怎么脸色都变了？"

元禄一愣，有些犹豫。

于十三举起手中酒囊，眉毛一挑："说了，我就让你喝一口我的桃花酿。"

元禄眼睛亮起来："那你可不能告诉别人，不然宁头儿要生气的。"

于十三连忙点头，凑耳过去。元禄便一五一十地将清晨所见告知他。于十三先是一惊，随即忍不住发笑，转头就传给了钱昭，说着就笑出声来："哈哈哈！他也有今天！他以为人家当他是个宝，结果人家只当他是药渣！哈哈哈！"

钱昭面无表情地点头赞同。

元禄不满地抗议道:"喂!明明说好不告诉别人的!"

于十三瞟他:"我的话你都能信?而且你钱大哥是别人吗?"

元禄虽有不甘,但被他们戏弄多了,倒也不甚纠结,反倒对他们的话更好奇些,追问:"什么是药渣啊?"

于十三忍俊不禁,示意他附耳过来,如此这般耳语一阵。元禄目光不禁追向远处正在和孙朗议事的宁远舟,脸色不禁变得精彩至极。

宁远舟却突然抬头看过来,招手令元禄他们过去。元禄正心虚着,吓了一跳,指了指鼻子确定是叫自己后,才忙和于十三、钱昭起身走了过去。

他们离开之后,丁辉从树后走出来,脸上表情各种古怪,仿佛依旧不敢相信自己适才无意中听到了什么。

四人商议了一阵后,面色都已严肃下来。

宁远舟便招呼使团护卫和商队众人,高声吩咐:"大家听着,前路可能有些变故,为保安全,以后我们未必次次都能在驿馆打尖过夜,而是改住各处分堂为我们安排好的客栈。使团仪仗虽然不变,但客栈毕竟不比官驿,大家要更有眼色些。"

众人连忙应"是"。

杜长史正跟杨盈坐在一处歇脚,远远听到宁远舟的话,有些担心,问道:"前边有什么变故?"

杨盈也不知道,却依旧信心满满:"管它什么变故,反正远舟哥哥和如意姐都能解决!"

杜长史一怔,见杨盈面色红润,充满干劲,便知任姑娘已为她解开心结。他又见使团护卫那边,丁辉正跟几个人嘀咕着什么,几人听他说完,都面露古怪。立刻便有人眼前一亮,争先恐后地凑到如意身边,围着她又是送水又是送果子。其余的护卫们察觉到这边动静,也纷纷开始交头接耳,继而恍然大悟,目光锃亮,争先恐后……

杜长史看得一头雾水,不禁喃喃感叹:"从什么时候起,任姑娘在使团里的位置,和宁堂主也差不多了?"

日暮时分，使团抵达了附近的小镇，却没有向附近的驿馆投宿，而是在镇上包了个客栈，落脚下来。

众人各自卸下行李，搬运安置好仪仗，便纷纷凑到屋檐下面，伸长脖子向如意和杨盈乘坐的马车望去。

这次是杨盈先打起车帘，从马车里走出来。她从容下车，已是一派清贵亲王气派。应对杜长史的相请、掌柜的请安，更是行云流水，不落痕迹。她回头看一眼身后的如意，见如意站在车上看着她，满意地颔首，不禁兴奋地笑了起来。

如意便也下车，和杨盈一道进屋去。然而她才下车，立刻就有使团的人争抢着前来扶她。如意不解，挥手避开，示意众人不必。

屋檐下那些没来得及抢上前的人，也眼睛发亮地盯着她，如同第一次见到如此一个乌发雪肤、明眸红唇的绝世美人一般。众人目光切切，就差开屏招展，引她垂青了。

而宁远舟此刻眉头轻皱，面前桌上舆图摊开着，正在等待更进一步的情报。

一时元禄匆匆进屋，送上密信："宿州分堂刚送来的。"

宁远舟接过来看了看，点头道："和下午从总堂飞鸽收到的消息一致。丹阳王亲信——游骑将军、平远军都统制周健，确已调派三千亲兵，准备对我们进行拦截。"

两边相互印证，当是确有其事了。众人都看向桌上地图。

元禄依旧有些难以置信："朝廷的使团，丹阳王就敢直接出兵截杀？"

宁远舟道："自然不会挑明了做，但装作热情接待或者护送的样子，随便在哪个山沟里动手，不留活口，最后栽到山匪流寇或是朱衣卫报复上面，就差不多了。"

元禄愕然。

宁远舟思索着，继续说道："按照畜生道之前探察的资料，周健是个好大喜功之人，十三，你去打探一下，最好现场确定他的兵力布置。"

于十三立刻起身："我这就去。"

然而当于十三拉开房门走进院子里去牵马时,忽觉有哪里不对,倒退回来再看——果然不对!

负责使团护卫的天道道众们,竟然赤裸着上身在刷马。

于十三不过愕然片刻,马上明白过来,含笑策马离去。

客栈房门再次打开,这次是如意和杨盈从屋里出来。

便听不知是谁一声轻咳,原本裸着上身心不在焉地刷着马的众人立刻警醒过来,纷纷开始卖力展现自己。身量高的刻意牵马从如意身前走过,线条好的舀了水假装不经意地泼在身上,手臂肌肉结实的开始卖力地搬运重物。夕阳古朴的辉光照在他们年轻健康的古铜色肌肉上,如意饶是见多识广,也不禁怔了一下。

杨盈毫无思想准备地走了出来,看到此情此景,更是直接"呀"地叫出声来,满脸通红地逃回房内砰地关上了门。

如意皱了皱眉,目光一扫,便转身走向自己的房间,身后追着一连串晶亮期待的眼神。

宁远舟一行人也随即推门出来。元禄一脸迷茫,不解他们是在干吗。宁远舟先是疑惑,随即便看到不远处如意回房的背影,和使团众人邀宠般盯着她的目光,瞬间便明白过来,脸色唰地沉了下去。

还未等他出声,钱昭就已经走上前去,冷冷地提醒:"都把衣服穿起来。"

丁辉讨好地商量:"钱头儿,别啊——"

可钱昭拿起马鞭就抽,使团众人这才仓皇逃跑,混乱地各自穿衣。边穿还边不甘心地抗议:"凭什么啊,我们又不是跟宁头儿抢!他不愿意,我们愿意啊!"忍不住捶了捶自己的胸膛,敲得胸肌梆梆作响,"能进六道堂的,个个身体都是最棒的。"

钱昭眼都不抬,一言堵死:"别想了,她瞧不上你们。"

使团众人不服气:"这可不好说。那谁知道呢!"

钱昭一拍丁辉,眼神打量着他的脖颈,提醒:"跟着赵季的娄青强还记得吧?他是怎么死的,好像还是你告诉我的。"

丁辉突然脸色一变,肩膀下意识地绷紧。使团众人疑惑地看着他。

第九章

钱昭一抬下巴,面无表情:"给他们也讲讲吧。"

丁辉吞了口唾沫,喉咙发紧道:"娄青强在如意姑娘手下只走了一招,就——"他咔地做了个抹脖子的手势,打了个寒战。

钱昭看向众人:"想在她面前出风头,可以掂量掂量自己的性命。"说着唇角便一扯,似是露出个幸灾乐祸的笑,然而随即便再度绷紧,恢复成死人脸。

这简直比听到娄青强被人一招秒杀还要恐怖,侍卫们纷纷惊惧、僵直。丁辉结结巴巴地指着他:"笑笑笑了……他居然笑了!"

钱昭走回宁远舟身边,一点头:"解决了。别生气,当兵三年,是个女人都赛貂蝉,何况你表妹还是个真貂蝉。"

宁远舟心中百般滋味难以言传,只道:"她不是我表妹。"

钱昭瞟他:"那你为什么不和她生孩子?"

宁远舟无语,只好转身离开。然而绕了一大圈,他到底还是来到如意门前,犹豫片刻,抬手敲了敲。

房门打开,如意的目光落在他的脸上,问道:"什么事?"

"外面那些侍卫……"宁远舟一时竟找不出合适的词来,卡了一卡,"有些不知分寸,你别放在心上。"

如意似有不解,目光无辜:"他们怎么不知分寸了?"

宁远舟莫非还能给她描述一下他们的居心?他一时间心情颇有些难以言喻,只道:"反正他们没恶意,只是想在你面前——"忽地察觉到如意唇角微勾,猛地意识到自己又被骗了,"你早看出来了?"

如意抿唇:"当然。白雀可以不会武功,但一定了解男人。公孔雀开屏这种事,我见得应该比你多一点——"她挑眉看向宁远舟,"怎么,怕我瞧上他们,转头不要你了?"

宁远舟也镇定下来,不肯输阵:"你想多了。我是怕他们惹恼了你,你又动了杀心。现如今,肯跟我去安国卖命的道众可没几个了。"

两人含笑对视,眼中暗流涌动。

却是如意先收了笑,问道:"还有其他事吗?"

宁远舟点头,道:"想麻烦你这几天和殿下住一个房间。"

如意立刻会意，问："有刺客？哪一边的？"

"丹阳王。"

如意道："我需要悬铃和金丝雀。"

"已经在准备了。"

"丹阳王知不知——"

宁远舟摇头："他不知道，我去安国营救的事，只有皇后和章崧知情。"

如意有些意外，打量了一下他，顿了顿，才道："和你说话倒是省事。"

宁远舟道："毕竟是同行。"

如意嗤笑："朱衣卫可没你们六道堂有钱，随随便便就能拿几千金出来买命。"

宁远舟一哂，有些尴尬地解释："是赵季贪得比较多而已。我们平时都是省着过日子，有时候连买马的钱都不够。上头的人，总是希望我们一边能飞天遁地，一边最好像神仙一样喝风饮露。"

如意有些意外："你们也这样？我在朱衣卫那会儿，向上头要笔恤赏钱，费的功夫也比刺杀还多。"

宁远舟心有戚戚地点头："可不是嘛！"

两人之间似乎突然就有了某种默契，一时间对视着。宁远舟竟有种错觉——犹如揽镜自照一般，在彼此面前，他们心中的谋算计划就仿佛摊开在眼前，一点即通。

宁远舟心念一动，忙道："等于十三探完消息回来，要不要一起来商议一下怎么对付丹阳王的手下？"

如意诧异地看向他："我？你们放心？"

宁远舟点头："当然。我早就说过，你是同伴。"停顿一下，又解释，"我不是为了攻心市恩，这次对方的人不少，大家只有齐心协力，才能……"

如意抿唇一笑："到时候叫我。"她关上了门。

宁远舟不料如意突然关门，险些被门拍到脸上。他无奈转身，却

第九章

见远处使团众人正装作没看见的样子，偷偷转过身去，肩膀抖个不停。

他直言："想笑就笑，别憋着。"

笑声噗地溢出，拍上院墙，转眼间满院子都是哈哈大笑声。

待笑声落下来，宁远舟才正色道："笑我可以，但是对任姑娘，不得有半点不敬。"

便有个护卫大着胆子问起来："宁头儿，丁辉说娄青强在任姑娘手下只走了一招……是真的吗？"

宁远舟点头："动起手来，我未必是她对手。"

使团众人面面相觑，纷纷收了笑，面色肃然地分头四散。

房间内，如意隔着窗子望见宁远舟和众侍卫对话，嘴角不觉勾起一抹若有若无的微笑。

转过身时，她无意间望见桌上铜镜中倒映着的自己的表情，疑惑地走上前去，端起镜子仔细打量镜中的自己。她顺着镜中表情，抬手摸了摸自己唇边的笑纹，随即便重新恢复了往昔的冷漠。

入夜后，于十三终于回到客栈。

如意便也如约来到宁远舟的房间，和宁远舟一行四人一道商议应对策略。

油灯明亮平稳地燃烧着，众人围坐在桌边，看着桌上舆图。

"我混进了周健的府衙，他正好在和幕僚商议这事，说这次务必不能让我们走出涂山关。"于十三说着便指了指舆图上的"涂山关"，道，"就是这儿，这是使团的必经之路。"

涂山东西横枕在北上徐州的路上，只中央一座隘口可穿行，便是涂山关。这是整条官道上最险峻狭隘之处。

元禄思索片刻，指了指一旁山脉："那我们不走官道，绕山上的小道走呢？"

宁远舟摇头："我们可以，但殿下的马车不行，而且我们还有十万两黄金的辎重，就算强行用小车推上去，动静不小，一样还是会被周健的人察觉。"

钱昭抬头问道："硬闯？"

于十三摇头："他单在涂山关就放了一千人，还有不少高手，直接硬闯，难。"

宁远舟看向一直沉默的如意，问道："你怎么看？"

如意薄唇轻启，简简单单吐出个"杀"字。

众人同时一凛，看向如意。

如意却没有开玩笑，解释着："擒贼先擒王，只要杀了周健，事起突然，他那守关的一千人就不足为惧。"

钱昭问出关键："怎么杀？"

如意一抬下巴，目光精悍，言简意赅："我去动手。你们要他几时死？"

于十三一脸迷醉地看向她，赞叹道："美人果然爽快。"

宁远舟却似有疑虑："你内力恢复了几成？"

"一半吧。"

宁远舟立刻摇头："不妥，周健是武探花出身，以你现在的功力去刺杀他，八成不能全身而退。"

如意却已是成竹在胸："他成名已久，我之前也看过他的卷宗。我算过，最多废掉一条手臂，肯定能取了他的性命。"

众人都不由得一怔，不知是吃惊她轻轻巧巧地视取一个武探花的性命如囊中取物，还是吃惊她轻轻巧巧就能说出"最多废掉一条手臂"。她不知疼的吗？

宁远舟却道："就算周健死了，他的手下只要堵住涂山关，我们还是得硬闯。"

如意还想再争："使团里的人功夫又不弱。"

宁远舟依旧不肯："我还是怕折损太多。"

如意烦了，不满道："你也太胆小了，做我们这一行的，赌上性命还不是每天都要做的事？"

"不是不可以赌，而是不能随意赌，我们必须把胜率算到最大。"宁远舟岔开话题，转而问道，"能说说你之前看过的周健卷宗吗？也

第九章

正好和我们六道堂的做个对比。"

如意这才撂开刺杀计划，道："只记得他四十余岁，性豪爽，好饮酒，平常从不独寝，不太通文墨，却很爱看话本故事，自称是前朝周都督的二十世孙。"

宁远舟目光一闪，转向于十三，问道："我需要再确定一次——周健确实不知道我们商队在护送公主？"

于十三点头："应该不知道。我们一到这里就控制了驿丞，周健以为使团还没进宿州呢。他的幕僚还说，使团的护卫不过二十，只要杀了我们，十万两黄金，一半献给丹阳王，一半正好充作他们的军饷。"

宁远舟道："我有个主意，咱们不如来个智取。"他取过纸笔，给众人讲解道，"现在我们在暗，周健在明——"

如意却站起身来，淡淡地道："你们自己慢慢商量吧，这会儿杨盈该睡了，我该过去了。"她开门自顾自地走了出去。

房门关上后，元禄有些忐忑，问道："如意姐生气了？"

宁远舟丝毫不以为意，替她解释道："她只是不习惯和这么多人一起商议，刺客多半都是独来独往的。"

钱昭瞟他："你很了解她。"

宁远舟假装没听懂，提醒众人："说正事吧。"

空气中颇有凉意。杨盈换上寝衣，这才兴冲冲地走到如意身边观摩。

如意正把一根吊着小铃铛的细绳挂在窗边，轻轻一拨，悬铃便叮当作响起来。确认无误后，她才从窗上下来。

杨盈逗弄着笼子里的金丝雀，扭头问她："悬铃吊在窗子上，有刺客碰到就会响，那金丝雀是做什么的？"

"金丝雀对毒烟比人更敏感，要是有人放毒，会叫起来。"

杨盈恍然，笑道："真有趣。"便又两眼晶亮地看着如意，"如意姐，你待会儿喜欢睡外面还是里面——"

如意一指榻上，道："我睡这里。"

杨盈失望，不满道："我还以为我们可以一起躺着聊天呢，那儿多硬啊。"

如意检查着房间各处布置，头都不抬："我在房梁上不吃不喝，待过四天。"

杨盈笑嘻嘻地看着她："挨饿还可以忍，可要是想上净房怎么办？真憋得住？"

如意瞟她一眼："有刺客来杀你，你居然还有心思说笑。"

杨盈信心满满："有远舟哥哥，还有你，我怕什么？"

如意审视地看着她："你是第二回说这种话了。你很奇怪，之前胆子那么小，现在胆子却很大。"

杨盈抬头，看向如意，道："远舟哥哥和你都把道理给我讲明白了，我要是再像以前那样，不就成了大伙儿的累赘吗？再说这些天，我每天都能见到一大堆以前完全不认识的东西，每天都在学，忙起来，好像就没那么怕了。"她语气诚恳地向如意致歉，"如意姐，对不起。前几天，我真是犯了糊涂，才下药害了你们。现在我想通了，我只有好好学，自己立起来，变成真正的礼王，才再也不会被别人利用……"

如意一哂，不以为然："你一个长在深宫的小公主，下的药能有多厉害？也就是宁远舟他们对你太放心，才中了招。"

杨盈玩兴突起，一板脸，呵斥道："大胆，孤不是公主，是礼王。"

如意不以为意，随口配合地向她请罪道："妾有误，殿下恕罪。"

杨盈开心地昂起头，命令："任女官，孤孤枕难眠，特令你入帷相伴。"

一听这话，如意眉毛一挑，索性上前指尖一勾杨盈的下巴，眸光含笑凝视着她，慢慢地俯身下去，声音媚惑至极："殿下要奴怎么相伴啊？"

杨盈脸上腾地红透，不自觉地向后仰去。如意继续进逼，杨盈紧张地向后退去，终于被如意一把抱起。

如意语声魅惑轻柔："对各国的使节，朱衣卫多半都会献上美女妖童试探察侦，你要是不想露馅，就得学会镇定应对。"

第九章

杨盈努力认真地仰头看向如意:"怎么个镇定法?"

如意将手放在杨盈的肩上,眼神身姿魅惑妖娆,言语却冰冷无波:"一、皱眉。二、身子不动。三、轻轻地说两个字——脏,滚。"

杨盈忙照样学,舌尖一弹:"脏,滚。"

如意后退一步,悲凄地坐倒在地,瞬间眼中便盈满泪水。她楚楚可怜地仰头望向杨盈,哀婉地乞求:"殿下恕罪!可奴真的是无处可去了,驿坊的上官令奴来服侍您,若是奴被赶出去,只怕就……"她眼中泪水滚落下来,牵住杨盈的衣袖,露出白皙脆弱的脖颈,"求殿下怜惜!"

杨盈不由自主被打动,但很快清醒过来,猛地抽出袖子:"无礼!来人啊,把这贱婢拉出去!"说完便忐忑地望向如意,"这样对吗?"

如意抿唇一笑,瞬间便恢复了常态,点头:"还行,有点悟性。"

杨盈兴奋得几乎跳起来:"真的?"却随即脸上一红,嚅嚅道,"可是、可是如意姐,你刚才真的好……"她不知该如何形容,顿了一下才勉强找到个词,"好漂亮啊,我的心怦怦的,都快跳出嗓子眼了。"

如意没答话,只起身走向外间,继续去把金丝雀笼挂到该挂的地方。

杨盈却又追出来缠着她:"如意姐,你就告诉我嘛,你怎么会那么多东西啊?我要是有你一半本事就好了……"

如意看向她,语气平静:"我也是学的。学不好,就会死。你学不好,也是一样。"

杨盈挑眉道:"我才不怕呢。这些天我也看出来了,你和远舟哥哥一样,嘴上说得厉害,其实就是想吓唬我……"

如意却忽地说道:"杨盈。"

杨盈一怔。

如意目光一如她的语调,平静又冰冷:"你记住,我、宁远舟、萧皇后、丹阳王,其实都是同一种人,真情实意这种东西,在我们身上,已经很早就死光了。或许宁远舟在宫里做天道侍卫的时候,对你还有几分香火情。可那天如果你没醒悟,他真的会杀了你。就像现在我可以一边和你说笑，一边杀了你一样。"

杨盈骇然低头，才发现不知何时，如意已经用匕首抵上了她的脖颈。

"别相信任何人，不管他对你有多好。"如意一字一句地告诉她，"永远不会背叛你的，只有你自己。这就是我教你的最重要的东西。记住了吗？"

杨盈如受雷击，怔怔点头。如意这才收了匕首，走到榻上和衣躺下，闭目入睡。

房中再度安静下来，就连金丝雀也立在笼中横杆上，闭目入睡了。杨盈独自坐在床上，盯着烛光和金丝雀，沉思了很久。

夜间杨盈睡得并不很沉，却也没有做什么噩梦。外间天色一亮，她眼皮依旧有些沉，却也不至于挣脱不开睡意，揉着眼睛走出房间，便听见元禄精神满满的嗓音："殿下早——"语调随即便转为关切，"咦，殿下没休息好吗？"

杨盈飞快地看一眼身边的如意，只道："嗯，昨天晚上有点择席。怎么大家还没收拾，什么时候出发？"

元禄道："今天暂时先不走了，宁头儿让我们原地待命。"

杨盈一怔。如意问道："他去哪儿了？"

"他和十三哥去劝周健放我们过关啦。"

杨盈奇道："周健不是丹阳王兄的人吗？他会听远舟哥——咳，宁东家的话？"

元禄挤挤眼，笑道："动之以情，晓之以理，不由得他不听。"

如意思索了片刻："他想劫持周健？这就是你们昨天商量出来的法子？"

元禄笑着，目光望向远方："比劫持更管用，如意姐，你就安心等着吧。"

宿州营，将军军衙。

丹阳王亲信游骑将军周健正在查看桌案上的地图。正如如意所说，他年纪四十出头，是个体貌强壮，虽不太通文墨，却以前朝儒将

第九章

179

周都督的二十世孙自居,以文武兼备、智勇双全为目标的中年将军。

自得到密令,要他中途截杀礼王车队,他便周密部署,始终关注着使团的行踪。按他的推算,使团昨夜便该到宿州驿了,然而时至此刻却依旧未得到驿馆消息。

他不由得疑惑道:"礼王的脚程怎么这么慢,他们什么时候才能进宿州?张参军——"他突觉不对,忙转过头来,却骇然发现宁远舟不知何时出现在他对面,正将被打晕的张参军放在地上。

周健下意识地去按腰侧之剑,却不料宁远舟对他一礼,自报家门:"六道堂前堂主宁远舟,奉丹阳王殿下之令,见过周将军。有些秘事,不适合入第三人之耳,只能请张参军先休息一下了。"

周健惊疑未定:"宁远舟?"

宁远舟点头:"两年之前,我与将军在沈国公府上有过一面之缘,不知将军可还记得?"

"记是记得,可你不是已经被——"

宁远舟一笑,遥遥向梧都方向礼敬道:"多亏殿下恩德,在下才能捡回一条性命。否则如今也不能与将军一样为殿下效力。"说着便送上一封书信,"此令可为佐证。"

周健将信将疑,打开书信,只见上面写着:"今遣宁远舟至汝处处置礼王事宜,此令。"书信后面盖着鲜红的丹阳王大印。

周健仍不放心,道:"稍等,我需要核对印鉴。"

他走到案前,找出一封书信,貌似在对比两封信上的印鉴,实际却是为了让书信接近烛火。书信受热,纸面上渐渐浮现出几行字来。

周健假装无意地同宁远舟闲聊:"殿下派你过来的时候,是哪一日?"

宁远舟道:"二十七。"

周健迅速扫过那几行字中横排的第二个字,见是"可"字。又扫向竖排第七个字,是个"信"字。周健轻舒一口气,显然已放下心来,笑道:"宁大人见谅,休怪本官多疑。"他不动声色地移开书信,那信上字迹便渐渐消失了,"只是前些日子才收到王府的飞鸽令本官拦阻礼王，怎么现在又突然——"

宁远舟傲然打断他："因为那会儿我还没有回到京城面见殿下。否则，怎么会容许那帮幕僚想出这么一个狗屁不通的主意？"

他走到地图前，貌似不经意地扫过图上部署，面带讥讽："直接动手？他们也不想想，礼王若是死在梧国，章崧和皇后怎么会善罢甘休？章崧现在已经掌握了六道堂，只消在你出兵时带走几个人证，殿下就难逃杀弟叛国的大罪，到时候，"他停顿片刻，眉眼一抬看向周健，"只怕周将军您，也少不了问个凌迟的罪。"

周健一惊，霎时间冷汗潸然。

宁远舟却又露出安抚之意，赞叹道："好在将军素有令祖周郎之风，胆略审慎兼具，只是准备在涂山关暗中伏击，这才没有铸成大错。"

这一句夸到了周健心坎儿里，他不由得就对宁远舟生出些好感："没错，我早就觉得哪里有点不对——不知宁大人有何妙计？"

宁远舟也不推辞："我向殿下献了一策——不知大人是否听过前朝张将军以稻草人假扮自己，引敌军入营的旧事？"

张巡草人借箭、智取叛军的故事历来都为瓦肆茶坊的说书人所津津乐道，坊间有诸多话本流传。周健自然听过，闻言眼前一亮，已起了兴致，点头道："当然知道。"

宁远舟微笑："我的法子，就叫作李代桃僵。毕竟礼王之前从来没有出过宫，安国人也不知道他是什么模样。所以，我就想组建一个假使团，只要让他们赶在真使团之前入安，再和安人闹出点纠纷，死在安国国内。这样一来，两国的和谈势必破裂，到时候兵荒马乱，谁还管真礼王在何处？圣上不得归国，大位自然就归咱们殿下所有了。"

周健眼前一亮，拍手赞叹："此计妙极！"却又担忧道，"只是使团规模不小，仓促之间，我只怕找不到这么多合适的人。"

宁远舟一摆手："不劳将军忧心，我已经安排好之前六道堂的旧部了，不敢说天衣无缝，至少也像个七八成。"

周健狐疑道："当真？"

宁远舟笑道："周将军若是不信，他们就在五十里外候命，待会

第九章

儿你再帮我掌掌眼。只是这件事情必须快，而且务必保密——我让人在真使团的马匹上做了手脚，拖慢了他们的行程，但最多也只能绊住他们一天。"

周健凝眉思索了片刻，点头道："好，我这就让涂山关的驻军把拦马石都撤走，你们随时可以过关。"脑中灵光一闪，又道，"啊，等你们走后，我再派人推下山石堵住道路，这样就能再多拖使团几天！"

宁远舟大喜道："周将军果然智计无双！"他打了响指，示意，"下来吧。"

蒙面的于十三便从梁上跃下。周健此前竟是毫无察觉，不由得大惊失色。但他立刻便强作镇定，打量着于十三，道："这是你的手下？身手还不赖嘛。"

宁远舟谦逊地一笑："就是个跑腿的。"便吩咐于十三，"你回去通知大队人马即刻出发。我还要留在这里，和周将军商量些其他的事。"

于十三领命走出军衙，却忽觉背上寒毛倒竖，他心知有哪里不对，若无其事地走出几步之后，霍然转身。

身后却是空无一人。

他拍了拍脑袋，暗自狐疑，正要离开，却忽有一只手自背后拍上了他的肩头。于十三大惊失色，立刻拔剑跃开，做好了迎敌准备，身后站着的却是如意。

于十三收起兵器。他自认论警惕敏锐，在六道堂中也是第一流的人物，却丝毫没有发现如意潜伏在侧，不免有些惊讶："美人儿！你什么时候来的？"

如意了不在意："听殿下说你们来这儿劝周健，我就赶过来了。刚才我也藏在房梁上，就在你背后。"见于十三一脸震惊，转而又是沮丧，忙打住，"别叹气，我埋伏隐身的功夫是一等一的，连你们宁狐狸都没察觉，你发现不了我，再正常不过了。"

于十三垂头丧气地应了声："哦。"

如意又道："可我也没弄明白，密令上的王印，你们怎么弄到的？

还有那些见热才现的密语。"

于十三这才又打起些精神，笑道："边走边说吧。"

他们各自翻身上马，向着营地奔驰而去。路上于十三便细细地说给如意听。

原来昨晚于十三又去周健那儿走了一遭，偷到了丹阳王之前寄给周健的那封文书。

军衙里巡逻防备严密，对他而言却如入无人之境。他一路避开巡卫，直奔周健的密室而去。先前打探消息时，他便已摸清了内中布局。这次更是手到擒来。

有了文书上的印章，仿个一模一样的王印，对元禄来说根本就是小菜一碟。毕竟这位墨家出身的饿鬼道第一机关天才，闭着眼都能做出可以自己动的机关，仿个王印，不值一提。

但丹阳王同亲信传递密信所用的核对手段，当然不会只有一道可轻易仿制的王印，内中必然还有更难破解的密语和关窍。

宁远舟仔细检查了密信，闻到信上有奶味，便猜到丹阳王多半是用蘸了奶的笔写的密语。此类手段，他也算见多识广，凑近烛火一烤，信上果然便显出了字迹。

至于如何解读密语，早在收到总堂那边飞鸽传书时，宁远舟便料定丹阳王那边的使者并未走远，当即便派出孙朗，前去拿人。有周边畜生道提供情报，昨日夜里，孙朗便捉了个之前送信的信使带回来。钱昭仔细盘问一番，之后对着密语琢磨了半个时辰，就解开了密语上的关窍。

如意见过钱昭把脉开药，也见过他的功夫，一直以为他是使团里的大夫，兼任宁远舟的副手，闻言不由得好奇："钱昭还会解密语？"

于十三一笑："嘿，他除了是张死人脸，看病开方、琴棋书画、坑蒙拐骗，什么都会一点！"

说话间，两人已奔到驿站院外，如意勒缰减速，扭头又问道："这个李代桃僵的主意，全是宁远舟想出来的？"

于十三扬扬得意："当然，真使团摇身一变成了假使团，姓周的还得恭恭敬敬送我们过关！怎么样，不赖吧？"

如意滚鞍下马。虽也觉着这计策巧妙，但步骤不免太多，随便哪个环节出了差错，就是白忙一场，远不如杀人来得干脆利落。

"不怎么样。明明杀了周健就能办到的事，你们偏要折腾出这么多麻烦事来。"

于十三追在她的身后，还想替宁远舟解释几句："可那天你走后，老宁就算过了。就算杀了周健再闯关，我们也一定会折损二十人以上的人手。就算周健事后回过神来，我们到了徐州也就安全了。那边的刺史是章相的人，周健不敢追过来。"

"可要是还没过徐州就被识破了呢？"

"老宁也算过了，可以改走天星峡的小路。那里他地势熟，不是山道，也不是周健的大本营，就算硬拼，大伙儿的死伤也会比硬闯涂山关小上不少。老宁是真把大伙儿当兄弟，我们中间任何一个人出事，他都不愿意，所以才宁肯智取，绝不硬来。"

他一口一个老宁，显然早已被宁远舟收得服服帖帖。如意淡淡一笑："把手下当兄弟？市恩而已吧。"

于十三这一次却没有插科打诨，他突然站定，正色看向如意："不是故意卖好，他是真把我们当兄弟。"

如意怔了一怔，不料有人，更不料于十三这样的浪子会认真相信，并且替……替一个心机深沉的间客头子做解释。她也是朱衣卫出身，她太清楚这一行究竟有多凶险诡谲。她不解，做他们这一行的，当真能对谁全心交付吗？

于十三却似是看出了她的心思，道："做咱们这一行的，谁都不是傻子，谁真的会和我们同生共死，大家心里都门清。老宁是武功好智计高，可单凭这两点，他也坐不上堂主的位置。当年饿鬼道的火药库炸了，是他冲进火场，断了四根肋骨，才把五岁的元禄和一堆熏晕了的机关师从灰堆里扒拉出来；先帝中了宿国献来的嫔妃的毒，天道老道主畏罪自杀，也是他临危请命，立了生死状，十天之内查出了真凶，这才保住了全道上下的性命。老宁能二十啷当就坐上堂主的高位,不单是宋老堂主的扶持,也是六个道的兄弟齐心协力,把他抬上去的。"

如意沉思了半晌,似是隐约明白了些什么:"所以你们几个肯跟他去安国救皇帝,也是因为这个?"

于十三点头:"自然。"却忽然又嬉皮笑脸起来,"不过,我们多半是捎带的,老宁其实是舍不得美人儿你受伤。那天你一说你要去刺杀周健,他一下子就紧张起来了……"

如意无语,不再理会他,转身大步走向院子里。

使团早已准备完毕,得到于十三的消息,立刻向着涂山关进发。

这一出李代桃僵之计着实巧妙,非宁远舟这般狡诈周密之人,决然想不出。但实际操作起来,却也有诸多困难。

马车上,如意仔细将宁远舟的计划说给杨盈听。杨盈听完便惊住,只觉得匪夷所思:"我明明是真的,还要扮成假的?"

"对。这样过关,损失最小,最安全。"

杨盈立时便紧张起来。虽说她本来就是个女扮男装的假皇子,此行的任务便包括骗过安国君臣,但……他们这不是还没到安国吗?她本还有时间仔细向如意学习,眼下却是要她以"真"乱"假",当面就对人行骗。想到这里,初出茅庐的礼王殿下舌头都开始打结:"可、可、可是……"

如意拍了拍她的手,淡定地安慰:"你不用害怕,你本来就是假扮的礼王,仓促之间有点破绽反而正常。到时候只要不说话,看宁远舟眼色行事就是。他特意留在军衙没回来,就是为了稳住周健。他得不断地跟周健说话,才能让他没工夫发现不对的地方。"

有宁远舟顶在前面,杨盈也只能强自镇定下来:"好。那杜大人呢?他是使团长史,万一他露馅了怎么办?"

杨盈心中暗想:比起"万一",似乎更该问——以杜长史之古板方正,究竟得怎样才能让他不露馅啊!

通往涂山关的树林边,这个以真作假的使团缓缓停靠下来,接受

第九章

游骑将军周健的验看。

周健在宁远舟的陪伴下边走边看,走到身形圆润富态、表情却方正古板的杜长史面前时,他停住脚步,扭头问宁远舟:"他就是使团长史?"

被如此轻佻对待,杜长史惊愕且不快,一眼瞪过去:"本官是四品尚书右丞,你不过是一游骑将军,竟敢在本官面前无礼!"

也算是,预料之中。

宁远舟早有准备,立刻上前对周健低声耳语道:"他是真的,原本致仕在家,我假传皇后旨意调他出来任长史,他还以为自己带的是真正的使团。"

周健恍然,悄悄向宁远舟比了个拇指,低声叹服:"半真半假,这样才能骗倒安人,高!"

他忙向杜长史行礼:"大人见谅,下官忙于军务,一时之间有失礼数。"

宁远舟也出言安抚:"杜大人,咱们行程紧急,您瞧在周将军忙着安排的分上,就宽宏一二吧。"便将周健从杜长史跟前引开,"将军这边请。"

杜长史只得不快让开。

周健看着仪仗整备、人员齐全的使团队伍,点头赞叹道:"不愧是宁大人,不愧是六道堂,这么快就能整治出这么像模像样的一个假使团,连我都差点被骗倒。"

宁远舟谦逊地笑着:"仓促之间找来的人,还是不够好。侍卫瘦的瘦,瘸的瘸,老的老,小的小。"他引着周健依次从高高瘦瘦的于十三、故意站不直的孙朗、粘了半白胡子的钱昭和多少有些乳臭未干的元禄面前走过,最后来到杨盈的面前,"还有这个礼王,也不太像样。"

如意悄悄向杨盈使了个眼色,杨盈忙紧张地对周健笑了笑。

周健打量杨盈,点头道:"是还差了点。只能辛苦宁大人路上再好好调教了。"

宁远舟看了看天色,笑问道:"时辰不早,得出发了。关口那边,周将军安排得怎么样？"

周将军拍拍胸口，豪迈道："放心，我亲自送你们过关，保证除了我，谁也见不着你们的真面目！"

他亲自护送着使团一行人来到涂山关前，抬手示意，立刻便有人指挥着数十名守关士兵迎着两侧青山斜排成列，同时背对着道路。果然无一人能看到底下通关的使团成员。

士兵们长长的影子落在涂山关门前的道路上。仰头只见两侧青山相对，松萝倒挂。天空逼仄，地上雄关踞断山谷，却是堂皇巍峨。使团众人纷纷凝神戒备，安静迅速地通过了关卡。

待所有人马都过关之后，宁远舟便也催动马匹，向周健抱拳道谢："周将军果然考虑周全，多谢。"

周健笑道："大人过奖。"

宁远舟又道："我刚才收到飞鸽，真使团现在三里驿附近，拦阻他们的事情就拜托将军了。别忘了殿下的深意：拖慢行程即可，千万别出人命。"说着便又附耳过去，低声道，"真使团为防盗匪，带的黄金有真有假，马腿上烙了万字印的那几辆是真的。将军可自便。"

周健一怔，意识到宁远舟这是在为他开方便之门，不由得笑道："宁大人真是个妙人！"

通关之后，宁远舟自马上回身，向关墙上的周健拱手行礼，远远可望见周健笑容满面地向他挥手道别。

宁远舟回过身来，脸上表情立刻便严肃起来。他一抽坐骑，飞驰到队伍前面，下令道："全速前进！尽快在他们反应过来之前离开宿州！"

众人道一声："是！"便立刻催动马匹。

一时间马蹄纷飞，车轮辚辚，使团身后很快便腾起滚滚烟尘。

马车上，杨盈探出身来，也回望着关墙之上的周健，犹然不敢置信："我们就这样过关了？别说刺客了，连盘问的人都没有！"

元禄策马奔腾在侧，笑嘻嘻地问道："好玩吧？这就是为什么大伙儿都喜欢跟着宁头儿干活！"

杨盈激动不已，拼命点头。

第九章

187

如意也掀起车厢另一侧的窗帘，看向队伍前方正纵马策骑的宁远舟，脑海中不由自主便又响起了于十三的话。她一时陷入沉思。

身后巍峨的涂山关渐渐远去，不多时道路一转，便已消失在连绵青山之间。

日落时分，红霞漫天，暮鼓低缓悠长地回荡在矮阔楚天、重重宫阙之间。

宫城之中，丹阳王正往大殿走去，身后有侍从匆匆奔来，向他送上一封密信。丹阳王拆开看后大怒："荒唐！"

他徘徊几步，便下定决心，吩咐侍从："孤得马上出宫处理，朝会孤就不去了，你去传话，就说孤突发急病。"

他快步行走在两侧高墙耸立的宫道之上，向着宫门外而去。半途忽见裴女官迎面走来，他意图避让。裴女官却停步在他身前福身一礼，低声告知："皇后娘娘有请。"

丹阳王怔了一怔，却也很快明白所为何事——萧妍一向聪颖干练，他这边既已得到消息，萧妍那边怕也听说原委了。只是这一次，他当真能解释得清吗？

果然，他一踏入皇后宫中，萧妍便霍然转过身来，眼含怒意："是你下令让周健截杀使团的？"

丹阳王叹了口气："如果我说我没有，你信吗？"

萧妍冷笑："周健是你表兄的连襟，不是你还能是谁？！"

丹阳王沉默了片刻，再次抬头看向萧妍。他说话一向温润恳切，纵使此刻受了冤枉，语气也并不激烈。他只反问："我们一起在御书房念了六年的书，我是什么性子，你应该很清楚。阿盈是我的亲妹子，我怎么可能是那种谋害血亲的人！"

萧妍却是毫不动容："以前的你是不会，可现在为了那把龙椅，你只怕恨不得让你亲大哥现在就死在安国，阿盈一个小丫头，又算得了什么？别绕圈子，回答我，是不是你下的令？"

丹阳王便直视着她，回答："不是我。"一顿，又道，"是我舅舅永平侯那边背着我干的。我就算要动手,也不会选在使团离开国境之前。"

萧妍原本还有所期许,听他后半段话,不由得失望至极。她闭目压抑心中情绪,只恨他绝情:"说到底,你还是想让阿盈死,还是想让圣上回不了国!"摒去一切不必多言的私心,她再度睁眼看向丹阳王,厉声道,"你跟我怎么斗都没关系,但是我不许你对阿盈下手,她只是个什么都不懂的小姑娘!"

丹阳王点头:"我刚才本来就是要去永平侯府,让我舅舅马上停手。"

萧妍便让开道路,放他离去:"你最好别骗我。否则——"

丹阳王走了两步,却突然停住脚步,再次看向萧妍。温润的黑眸子里,一如既往并无什么激切的情绪。

"我一直想问你一个问题。记得当初父皇给你和他赐婚的时候,你并不情愿,甚至还试图逃婚。入宫之后,你也一直对他不假辞色,两人相敬如宾。可现在,你为什么处处做出一副深情贤后的样子,难道突然之间,你就喜欢上他了?"

萧妍目光冷漠:"身在皇家,从来就没有'情爱'两字。我喜不喜欢圣上并不重要,但只有他,才能让我成为大梧最尊贵的女人。"

丹阳王静默片刻,回身面向她,道:"如果你我联手,你可以继续做皇后。"

萧妍一怔。

丹阳王上前一步,握住了她的手:"阿妍,你聪慧如斯,我不相信当年你看不出我对你的……"对上萧妍怔怔看着他的眼睛,他顿了一顿,眸光柔缓,低语道,"你知道,我一直都没有娶正妃。"

少年时同窗就读,青梅竹马、两小无猜的记忆忽就被唤醒过来。那么遥远,却又仿佛就在昨日。

两人对视着,一时间都说不出话来。气氛渐渐胶旋。

可突然间,萧妍抽出了手,眼中柔软似是被什么东西扑灭,她平静道:"可是,我更想做太后。"她轻抚着自己的肚子,"做皇后,我的尊荣只能来自你的宠爱;而太后的权力,在他十八岁之前,一直都

第九章

只会在我自己手里。"

丹阳王凝视了她很久，坦言道："我只是不想他回来，但并不想和你为敌，更不想他死。所以我就算知道你和章崧联手，找了宁远舟去救他，也没有阻止。"

萧妍点头："我也是。否则，我刚才就应该拿着宁远舟的密报闹到朝会上去，而不是先来问你。"

听着像是示好的话，可在彼此耳中，却都是赤裸裸的威胁。

两人对峙着，互不相让，空气中若有火花迸溅。

良久，丹阳王突然一笑："很好。"终于转身，大步离去。

入夜之后，使团车队点起火把继续赶路。

一路多山，车轮滚在满是碎石的路面上辘辘有声，不时便一个颠簸。马蹄声嗒嗒追随在侧，马车时停时走。已有人翻身下马，小心地牵马前行——傍晚时尚稀薄的雾气渐渐浓厚起来，已有些看不清前路，不知前方漆黑之处，是否藏着悬崖。

车队越前行便越艰难缓慢。孙朗从前方探路回来，驱马上前，向宁远舟禀报："前面是个谷地，雾重路滑，再继续走的话，马可能会失足。"

宁远舟点头，抬眼看向前方。这一路上虽无人抱怨，但走到此刻，也已然人疲马乏了。

"看来今晚无论如何赶不到天星峡了，"他抬手一指远方黢黑树林，道，"选个高一点的地方，就地扎营吧！"

不多时众人便在树林边的高地上扎好了营帐，胡乱用了些饮食，便横七竖八躺了一地。

如意看了一眼在帐中熟睡的杨盈，悄悄打起帘子走了出去。

营地不远处一块裸露的巨石上，宁远舟抬手放飞了一只信鸽。他正要回营，转头便见如意走了过来。

他有些疑惑："找我有事？"

"今天是第十天了。"

宁远舟一怔，才想起如意说的是他身上的一句牵机，便道："毒性还没有发作，只要明天能过了天星峡，到了徐州，我就能拿到解药。"

如意盯着他，半晌方道："你最好别骗我。"

意识到她竟然还想着借他生孩子的事，宁远舟有些无奈："你最好彻底放弃那个念头。就算不涉情爱，六道堂也有条铁律，执行同一个任务的同伴之间，不可以有任何暧昧。我身为堂主，不可能坏了规矩。"

"我是朱衣卫，不用守六道堂的规矩。"

宁远舟笑看着她："可你现在也是我的同伴。"

如意沉默片刻，忽就仰起头来，问他："我真就那么差，差到一点都不能打动你吗？"

四面漆黑寂静，只远方不时传来兽鸣声。朦胧月色之下，天地间仿佛就只有他们两个人。如意仰头望着他，肌肤如雪，眸光似水。她没有再做妖娆之色诱惑他，然而就这么平静——或许隐约还带些不甘地望着他，容色便足以拨动人心了。她本来的模样，也确实是最动人的。

宁远舟看着她，突然鬼使神差般道："不，你很美。甚至可以说是我平生遇到过的最大的诱惑之一，我要花费很大的力气，才能拒绝这种诱惑。"

"那你为什么要拒绝？我又不会害你。"

"别人不明白，可你应该明白的，任尊上。"宁远舟道，"在我们这种人的生命里，每一份突如其来的幸运都意味着危险。你看中了我这副皮囊，我脸上很是有光。可天底下，有的是比我条件更好的男人。你我之间最安全的相处方法，就是完成各自的承诺，然后各自安好。"

"你最好信守承诺，要不然我——"

"要不然你就会杀了我。"宁远舟截过话来，"换个说法好吗？耳朵都快起茧子了。"

"谁让你在孩子的事情上就骗了我。"

"那不一样，那次我可没有起誓。"宁远舟说着便挑眉一笑，"而且，我也没想到你会那么好骗。"

如意本欲生气，但一看到宁远舟的笑容，不知为何也笑起来——

第九章

这男人笑起来，眼睛里映着星光，俏皮又温暖。

气氛便也为之一松。

笑完之后，宁远舟跳下大石，道："我该去换孙朗的班了。"

如意忙也跟上："我和你一起去。"

孙朗和宁远舟换过班，便也打着哈欠回到营地里。

他和衣躺下，旁边丁辉听到动静，半睁开眼睛。见不远处宁远舟和如意一道举着火把巡查，便歪着头看了一会儿。

丁辉忍不住捅捅孙朗："哎，你说，宁头儿不许我们在任姑娘面前招摇，是不是因为他自己心里，其实已经有点后悔了？"

孙朗闭着眼："闭嘴。"

"大家伙儿可都在下注呢，赌宁头儿最后会不会从了任姑娘。"

"我叫你闭嘴。"

丁辉只得不甘愿地合了眼。

突然，左边有人塞过来一块碎银子："我赌不从，之前跟宁头儿好的那个裴女官我见过，温温柔柔的，宁头儿喜欢那样式的。"

丁辉还没回答，孙朗就闭着眼丢过来一颗金豆子："我赌两贯——从了。"

丁辉胡乱接下金豆子，惊喜地扭头问他："为啥？"

四面也霎时间冒出一大片脑袋，众人纷纷挺着脖子好奇地等孙朗开口。

便听孙朗淡定道："六道堂历来都不许猫狗出入。可那天我在驿站喂猫的时候，如意姐也过来摸了两把。她说她之前也养过猫，有一只还是简州的名种。宁头儿要是跟她好了，没准以后我就能在六道堂摸到猫了，那皮毛，那手感……"他说着便陶醉起来，熊一般健壮的汉子抬起手，虚空摸了两把，美滋滋地一翻身，仿佛将脸贴在了猫背上。

众人忍不住一个恶寒，纷纷打了个哆嗦，赶紧躺了回去。

宁远舟和如意一前一后走在林子里。巡查的这一路上，如意始终心事重重，却一直沉默着。

宁远舟举着火把走在侧前方，目光向后瞟了一眼，道："有什么想问的，就直说吧，都跟着我走了那么久了。你不累，我都觉得累。"

如意犹豫了一下才开口："我想问，你是怎么能和于十三他们处得那么好的？我知道你救过他们，可光是同生共死过，他们就那么相信你吗？"

宁远舟脚步顿了顿："为什么突然想问这个？"

如意目光中竟有一丝迷茫："娘娘以前总说我上辈子是一把剑，所以天生不会和别人相处。所以她才一直护着我，提拔我，不让我早死在朱衣卫的内斗里。她死之前，要我学着改，可我还是不会。无论是跟我义母，还是跟玲珑，明明很努力了，但还是觉得跟她们之间隔着一层纱。"

她把手放在自己的小腹上："可我以后是要当娘的，我不希望我跟孩子也是这样冷冰冰的。"她仰头看向宁远舟，面带期待，"所以，你能不能教教我？"

在一些事上，精准娴熟至极；可在某些情感上，却又生涩至极——早在相识之初，宁远舟便已隐隐察觉到如意身上的这种不协调。相处日久，了解也渐渐增多，许多猜测已得到验证。

此刻他看着一脸求知的如意，一阵浓浓的怜惜之情突然涌上心头。他轻声问道："你想过昭节皇后为什么要你生孩子吗？"

如意一怔："没有。"

"为什么不想？"

如意理所当然道："娘娘要我做什么，肯定是为着我好，我想那么多做什么？"

宁远舟顿了顿，转而又问："那你喜欢孩子吗？"

"自然是喜欢的。"

"说真心话。"

如意想了想，只好承认："好吧，其实没那么喜欢。我最讨厌孩子哭。娘娘只生了二皇子一个，我本来该喜欢他的，可每回陪他玩的

第九章

时候，我烦都烦死了。大一点的少年，倒是还能忍。"

宁远舟道："你说昭节皇后很了解你，可你认真想想，她为什么会勉强你去做一件并不喜欢的事？"

"我也会勉强杨盈做她不喜欢的事啊。这就跟练武一样，一开始谁都不喜欢，后面就习惯啦。反正，娘娘吩咐的事，我绝对会做到。"

宁远舟哑口无言，只得道："我在安都潜伏的时候就发现，你们朱衣卫在听令行事这上面，真是出色，对上司的吩咐，简直是绝对服从，一字不改。"

如意反倒觉着他很奇怪："当然了，所有人进朱衣卫的第一天就要背诵'不从上令者，死'，难道你们六道堂不这样？"

宁远舟笑着摇头："你觉得十三、元禄他们，谁把我的话当回事了？"

如意一笑："还真是。你就是管不好手下，所以当初才被赵季给骗了，落到下狱充军的下场。"

宁远舟做出受伤的表情。

两人不由得同时失笑，一边说着，一边渐渐走远。

说着笑着，如意忽地感叹道："其实我以前的朱衣卫下属虽然听话，但真正追随我的并没有几个……"

直到一轮巡查结束，有人上前来换值，两人才道别。

宁远舟看了一眼如意的背影，转身走到树林一角，在元禄身边和衣睡下。

元禄原本闭着眼在睡，此时突然睁眼："宁头儿，你不对劲。"

宁远舟一怔。

元禄笑道："你刚才看如意姐的眼神，和以前不一样了。你还故意扮鬼脸，逗她笑……嘿嘿。"

宁远舟揉了一把他的头："小孩子别胡思乱想。"

夜色下，元禄那双猫似的黑眼睛晶晶亮："你要是不告诉我实话，我就会一直胡思乱想。"

宁远舟沉默不语。

元禄便道："好，你说不出来，那我来问。老实招来吧，你现在对如意姐,是不是有一点那个了?"他举起两只手,"是,你就看左手;不是,你就看右手。"

宁远舟的眼睛立刻便转向了他的右手。

元禄气馁,不解道:"为什么啊?如意姐那么厉害,你干吗不喜欢她?"

宁远舟闭上眼睛睡觉:"不为什么,你十三哥、钱大哥也厉害,我也没喜欢上他们啊。"

"这就不是一回事!你说说,凭什么,你凭什么不喜欢她?"

宁远舟无奈,只得说道:"因为她的身边注定不会宁静。"

元禄一愣——这算什么理由?

宁远舟却又睁开了眼睛。护卫们没扎营帐,这一日他们都是幕天席地而睡。不知何时雾气散去了,睁眼便能看见漫天繁星。宁远舟有些陷入沉思:"她是我知道的最完美的刺客,冷静、狠辣、聪慧、敏捷,几乎没有缺点。我还记得当年在卷宗里看到她资料的时候,那种惊艳的感觉,一月三杀节度使,七日令褚披国孝。那时候,我就很想会一会那位任左使,看看我和他之间到底谁更厉害。可我没想到,任辛居然是个女子。她就像一头生来就是为了猎杀的豹子,"不知不觉便说得眼睛发亮,意识到自己的心情激荡起来,他不着痕迹地顿了顿,控制自己归于平静,"这样的人,身边注定是腥风血雨。我呢,干完这一票,就要辞官归隐了,自然是离得越远越好。"

元禄不解道:"可是,大伙儿都觉得你们之间的眼神不对啊。"

"遇到漂亮的姑娘,谁都会多看两眼。"

元禄打了一个哈欠:"才不是呢,你待她那么好,有时候比待殿下还好。"

宁远舟沉默片刻:"我那是可怜她。"

元禄又打了一个哈欠,已有些睡眼蒙眬:"啊?可怜?"

宁远舟叹了一口气:"她以前是白雀,精通怎么诱惑男人,要说我一点也没动过心,那是假的。可是,我更觉得她很像你做的机关木偶人,只知道执行命令完成任务,可自己为什么跳、为什么跑,却从

第九章

来没想过。她一定是在朱衣卫受过很多的苦，才会变成现在这个样子，所以，我虽然一点也不喜欢她，但也想照顾她。我想让她知道正常人的生活是什么样子，知道除了杀人和生孩子，这个世上其实还有很多有意思的东——"

话还没说完，他却停住，原来元禄不知何时早已睡着。

宁远舟失笑，给他盖好披风，却又不经意间再次看见手背上如意留下的咬痕。他凝视了好一会儿，才又笑了笑，重新入睡。

旭日初起，透过林中薄雾浓荫，落下一道道晨光。

使团在晨光和鸟鸣声中醒来，打着哈欠收拾好行李，简单地晨炊过后，准备动身。

忽有一只飞鸽落在宁远舟身边。看到鸽腿上血红色的脚环，宁远舟心中不由得一紧。他迅速接下密信，匆匆扫视过后，脸色一变——周健前一夜已发现中计，勃然大怒之下，已经带着上千大军追赶过来。

大军浩浩荡荡地奔驰在山谷间曲折狭长的官道上。游骑将军周健一身盔甲，策马奔跑在大军最前方，脸色铁青，不停地挥动马鞭。

他身后，留着小胡子的参军催动马匹紧赶慢赶地追上他，提醒道："将军慢些，后面的军士跟不上了！"

周健豹眼圆睁，满脸怒气，喝道："就算跑死，也得给老子跟上！老子英明一世，竟然被宁远舟这个混账玩了招瞒天过海……驾！"他说着便再度加鞭，蹿了出去。

大军只能狂奔着跟上他的速度，队伍在官道上越拉越长。末尾步兵阵中有不少人力竭摔倒，被同伴扶起来，又跌跌撞撞追赶上去。

树林间的小道上，使团车队也在急速奔驰。

消息传来之后，宁远舟立刻下令出发。所有人都知道事态紧急，相互帮助配合着，抓紧赶路。

所有马匹都是两人共骑，马匹不够的便坐马车。不断有人收拾好东西把行李扔上车，自己也奔跑着攀爬上去。车上之人援手相助，很快所有人便全数跟了上去。

宁远舟跟在队伍最末指挥着："能上马上马，能上车上车！谁也不许步行！就算跑死了马也不许停，务必以最快的速度进入徐州地界！"见身后再无人了，他才快步追赶上去。

钱昭驾车控着车速，跑在队伍最后，见宁远舟也钻进车厢里去了，这才催马加鞭。马车绝尘而去，很快便追上大队。钱昭便将马鞭递给身旁侍卫，自己也跟着钻了进去。

颠簸的车厢内已经铺开了地图，使团四人和如意齐聚在一起，商议着对策。

元禄点起一个火折子，拿出窗外，观察火折子上烟气在风中消散的速度，很快便算出了车速："马车一炷香能跑三十里上下。我们现在离徐州一百八十里，至少还得两个时辰。"

于十三接口道："飞鸽出发时周健已经过了十八里铺，也就是说，他现在跟我们只差一个时辰的脚程。"

钱昭依旧面无表情，转头看向宁远舟："我们一定会被追上。这一场硬仗躲不掉。"

宁远舟点头："那就按备用计划，放弃大道，改走天星峡去徐州！"

一直靠在窗边观察周边地形的如意突然伸手探向元禄的腰囊："借你两颗雷火弹。"不等元禄回答，她便已掏了两颗雷火弹，飞身跃出车厢。

众人都是一怔，纷纷抢到窗边看她到底想做什么。唯有宁远舟动也没动，继续观察着地图，皱眉思索。

如意如蜻蜓点水般，踏着路上马车和两侧山石，轻巧地跳跃到山道狭窄处一棵两三人粗的大树边。

她飞速观察了一下大树的生长方向，便挥剑在树根处砍出一个缺口，放入一颗雷火弹，而后飞身远离，自空中向着缺口处掷出另一颗雷火弹。两弹相撞，轰地炸起一声惊雷。

大树应声而倒，刚好在使团队伍最后一匹马通过后，砸在了山道上，截断了来路。

如意飞身几个起跃，重新回到马车里，看向众人："现在又多了半个时辰。"

钱昭立刻回神，探出车窗高声提醒："孙朗，前面看到合适的地方，照做！"

如意坐稳后，便又抬头看向宁远舟："说清楚，你们想在天星峡怎么打？"

宁远舟看向面前地图。

马车正奔跑在从宿州通往徐州的官道之上。官道后方通过涂山关和宿州相连，向南过淮河，通往江北。这是一条孤道。但向北去不远，通往徐州的官道旁，却有一条穿过峡谷、同样通往徐州的小道。

这条峡谷两侧青山绵延，当中最狭窄的一段山谷，便是天星峡。

"他们有一千人，而我们除掉公主、杜长史和不会武的，能动手的只有五十人。"宁远舟指了指地图上的岔路口，道，"如果我们在这里分成两路，他们也会分兵，这样就只有五百追兵能进入天星峡。十年前我来过这儿。天星峡长三百丈，但最窄处不过三丈，仅能容四匹马并肩通过。"他又指了指天星峡沿途险峻之处，道，"若是我们在这里、这里和这里设计埋伏，就可以截断周健的长蛇队伍，前后呼应，就能以少胜多。"

如意点头，又问："你预计这一仗会折损多少人？"

宁远舟原本是为避免折损，才拒绝了如意的刺杀闯关提议，但现下看来，死伤已是无可避免。

虽说当日做下计划时，已做好了"万一"的准备，但想到之后的苦战，宁远舟也沉默了片刻，才看向如意："不好说，但肯定比硬闯涂山关少。对于实在无法避免的死伤，我只能尽全力让它变得更有价值，这就是我身为堂主的职责。而且，只有赢下这一仗，才能让丹阳王短时间之内再无余力给使团添绊。"

如意却没有再同先前那般与他针锋相对起来。她想了想，又道："过关的时候我也观察过。周健手下有三成士兵皮肤都很白皙，应该是刚从南方调过来的新兵。想来他的老部下在天门关一役中也损失不少。新兵多半缺少训练，这样一来，他那边的战力也会大打折扣。"

钱昭深深点头，于十三竖起了大拇指。

于十三抢先道："那我找个矮个子假扮殿下，从大路尽量引开一些周健手下。"

元禄也道："我行李里带了些机关，可以在峡口安排布置。"

钱昭道："我护卫殿下和杜长史先去徐州安全的地方。"

如意问道："需要我做什么？"

众人都看向她。

于十三道："美人儿，你毕竟是褚国人，帮着防防刺客没问题。可这是我们梧国的内斗，待会儿又是一场大战，万一刀剑不走眼……"

如意抬眼看向宁远舟，道："你说过，我们是同伴。"

宁远舟愣了一愣，如意的目光那么坚定纯粹，他便加之以相同的信任："好，你来负责刺杀。第一目标，周健。第二目标，他手下的军官。"

如意抿唇，轻轻点了点头。

天星峡外，使团车队已在峡谷入口前停靠下来。

任务分派下去，众人各自忙碌准备起来。宁远舟安排孙朗带人去各处设置埋伏和机关。

剩下的护卫和士兵留在入口处准备陷阱。一些人忙着在路上挖坑，一些人从道旁树木上砍取枝条削成尖利的树桩。丁辉则带着几个人，从商队马车上搬下来一只硕大的牛皮口袋，商量着："装一半水够吗？"

元禄指点完众人挖陷阱，便坐在路旁大石上挨个调试连弩。五十人对五百人，可想而知是一场苦战，短兵相接前，能用机关和陷阱杀伤的敌人越多越好。

元禄调试完连弩，想了想，便又摸出腰间袋子掂了掂，估算了一下雷火弹的存量。

如意一个人坐在溪水旁边，在山石上仔细地打磨着三把剑。

不远处的使团马车前，钱昭也在向杨盈和杜长史解释眼前的状况

第九章

和他们准备好的对策。

周健此行有两个目标——杀死礼王和夺取黄金。诱使周健分兵的关键，自然也是这两样。

于十三已带着他准备好的假礼王，乘上杨盈的马车，分一路兵马去官道上诱敌了。而钱昭的任务便是保护杨盈和杜长史，轻装简从，不被察觉地尽快赶到徐州。

局面凶险，危机已迫在眉睫。尽管早已预料到此行必不太平，事到临头，杜长史还是面现惊惶。他已做好一去不回的准备，却不料自己竟还有可能未走出国境便被乱臣贼子所害。他死不要紧，可万一连礼王殿下也遇害……杜长史不由得看向杨盈。

而杨盈看着雪亮的剑刃，脸色也变得惨白，却突然一闭眼，强令自己镇定下来，大声道："不，我不走！"

杜长史一惊，规劝道："殿下！"

杨盈却一径奔到宁远舟面前，仰头道："远——宁大人，孤不想和杜长史、钱都尉先走，孤要留下来，和大家一起同生共死！"

宁远舟晓之以理："听话。我们的职责，就是护卫你和杜长史带着黄金安全到达安国。"

"可我是使团的首领，我要是离开你们自己逃命，那像什么话？如果你们有什么万一，单凭钱都尉一个人，难道就能保证我和杜长史在安国平安无事吗？可我们要是留下来，你们多一个钱都尉，就多一分胜算！"

宁远舟愣了愣，面露迟疑。

杨盈道："远舟哥哥，你一直叫我要勇敢、敢承担，这回我好不容易不怕死了，你就让我跟大伙儿在一起吧！"

"她说得对。"如意的声音也随之传来。她已调整好兵器和状态，正要来寻她的小徒弟，恰听到杨盈和宁远舟的对话，便看向宁远舟，道："你有你的职责，她也有她身为皇族必须肩负起来的责任。现在让她见见大场面，到安国后就会更镇定。"

宁远舟目光一闪，终于不再坚持，重新分派任务："钱昭，你来负责中队。"又对丁辉道,"待会儿你带礼王殿下跟杜大人到山谷后面安全的地方。"然后转身继续忙眼前的事。

杨盈舒了口气。刚才一腔孤勇冲上来,已耗去她不少勇气。以她的聪慧,足以判断出自己必须留下,而后冲破胆怯果决地要求留下。但以她的阅历,却不足以想出留下之后,她能做些什么,一时竟有些茫然。

如意扔给杨盈一把匕首,道:"有箭射过来的时候,缩成一团,最不容易受伤。有人要伤你,向他这里下手。"她指了指自己的脖子。

杨盈忙像拿烫手山药一样拿好匕首。

杜长史看到匕首锋刃上反射出的寒光,吓得倒退了两步。他双手合十,低声念道:"我佛慈悲!我佛慈悲!"

远方一支鸣镝突然蹿上半空。

宁远舟闻声回头,确认了一下方位,微微皱了皱眉:"于十三怎么才到位?"扭头看了一眼旁边燃着的线香,"比预定的时间晚了半刻钟。"

钱昭面无表情:"我刚才临时配了些寒凉的药,让他下在岔路口边的水塘里。"

四面之人纷纷转头看来——大军连夜长途奔袭百里,必定疲惫不堪。到了岔路口,周健得确认使团往哪边去,必令士卒等待。到时士卒们看到水源,一定会迫不及待地盛水饮用。

钱昭一抬下巴,冷酷又可靠:"都是梧人,我不下毒,但至少可以让他们的战力削弱三成。"

钱昭所料不错。

周健大军等在岔路口前,张参军正忙着比对两条路上的车辙印,判断使团的去向。此时,士兵们终于能瘫倒在地缓一口气。看到旁边水塘,除了那些忙着大喘气、实在动弹不了的人,已狂奔了一日一夜的战马和士兵们纷纷贪婪地挤上前去饮水解渴。

周健依旧全副武装坐在马上,原地徘徊着,紧皱眉头。回头望见士卒们拥挤饮水,他立刻喝止:"不许喝野水!只能喝自己带的,这水里可能有毒!"

士兵们这才无可奈何地离开水塘。跟在队尾的士兵倒了倒自己空空的水袋,低声向同伴抱怨:"走得太急,没装水。"

便有人悄声提醒:"反正将军在前面也看不见,你悄悄地去装一点就是。我刚才用银子试过了,没毒。"

士兵恍然,忙潜身溜过去,不一会儿便带了好几袋子水回来。周健号令传得太急,如他这般没带够水的不在少数。见有人带头,立刻便有其他人偷偷效仿,装了水传递分享。

不多时探子奔来急报,道是前方有农户说,半个时辰之前看到几十个人,护着一辆四驾马车从左边官道上走了。

周健却没有尽信,又亲自跃下马来,像只蛤蟆一样伏地,认真地查看车辙。观察了一阵之后,他拍去手上尘土,道:"礼王的马车是四驾的,可往天星峡这条路的车辙印明显更深,他们应该是兵分两路,一路带着礼王,一路带着金子,等出了天星峡,再在徐州会合。"

张参军忙问:"那将军,我们该追哪一边?"

周健思考了一阵,终是舍不下那么大一笔黄金:"他们只有不到百人,我们瓮中捉鳖不成问题。礼王不管是死是活,都能跟殿下交代,可金子只有落到咱们手里,才是咱们的。你带三百人去追礼王,我带七百人去天星峡!"

主意打定,他立刻翻身上马,下令道:"出发!"

正喝水休息的士兵们只得慌忙起身跟上。

通往徐州的官道上,于十三带着一行人马埋伏已久。望见远方烟尘滚滚,他立刻从高处跃下,吩咐众人:"干活!"

张参军带着骑兵追赶过来,远远看到一行人马正在路边休息。那一行人马察觉到他们追赶过来,慌忙护送着一个亲王服饰的人登上马车奔逃。

张参军精神大振,挥鞭一指:"就在那儿,追!"

他手下人马立刻蜂拥而上，可刚奔到半途，就被隐藏的绊马索绊倒，一时间人仰马翻。随即高处箭矢如飞蝗般袭来，张参军一行人不及从地上爬起来，便已死伤惨重。侥幸存活的人连忙躲在马肚子后面，一边躲着飞矢，一边催促后方步兵援助。

然而先前佯装逃跑的那队人马，却也杀了回来。

于十三身先士卒，在高处箭阵的掩护下，拔剑三下五除二便杀出一条血路，直冲张参军而去，不过几招交锋，就已将人擒下。

张参军脖子上比着剑锋，心惊胆战地举起双手，高喊："住手！放下武器！我们投降！"

他手下人的士气瞬间瓦解，纷纷束手就擒。

天星峡内，周健带着数百人马逶迤行进。

峡谷路窄，行军速度越来越慢，周健正不耐烦地要催促前方骑兵加快速度时，身后忽有士卒捂住肚子冲到路边大树下，扶着树干哇地呕吐起来。随即前方也传来一阵骚乱——有好几匹马相继口吐白沫，软倒在地，堵住了去路。

周健正狐疑间，忽听不知何处传来一声尖叫："我中毒了！刚才的水里有毒！"

闻声，先前饮用过池塘里的水的士兵们立刻人人自危。原本就有些闹肚子却还能忍住的人，立刻便觉腹痛如绞，哀号起来。有人慌乱叫嚷着求助："我快死了！有药吗？！"有人挤到路边抠嗓子呕吐。

队伍霎时混乱起来，道路原本就已十分狭窄，人马互相推挤，踩踏者甚众。

埋伏在山石后面的孙朗见状，功成身退，悄然溜走——原来那第一声呼喊，便是他趁乱发出的。

周健也被挤得东躲西避，他奋力控制住自己的坐骑，高喊："安静！不要慌！继续前进！违令者斩！"

花费许多的力气，他才终于震慑住局面，重新聚集人马，整顿好队伍。士卒却已是伤的伤，瘸的瘸。

第九章

把伤病员安排在队尾，大军继续前行。周围却变得异常安静，周健也不由得谨慎起来，放缓了马蹄。

峡谷中段终于变得开阔了些，但前面的路面似有些异样。周健凝神看去，一眼便发现不对，忙抬手叫停人马："等等，地上的土好像是新的，可能会有陷阱！"他指了两名士兵，道，"你们去探探！"

两名士兵心惊胆战地走上前，踏着泥土走过去，心都提到了嗓子眼，却什么都没发生。他们平安走到对面，开心地冲着大军挥手。

周健见他们无事，精神也一振，一挥手，抢先策马，道："冲！"他身后骑兵也放下心来，跟在他身后策马奔腾起来。

然而那正是先前丁辉他们挖坑设陷阱之处。

之所以那两名士兵没有触发陷阱，是因为陷阱下方并非中空，而是压着一个硕大的牛皮水袋。水袋之下有机关控制着一条绳，绳的另一端通向远方。

地上大队人马行进着，踏在陷阱之上的人马越来越多，牛皮水袋也越绷越紧。

又一只人脚踏上去，牛皮水袋终于承受不住重量，突然爆裂。

机关牵引着绳子瞬间绷紧，陷阱塌陷。地上人马纷纷落进陷阱中，跌落在铁蒺藜、尖桩上，非死即伤。还没踏上陷阱的人马急着躲避，却哪里来得及？或是刹不住马匹和脚步，直接掉下去；或是勉强刹住了，但因身后人没来得及停步而被推挤下去。一时之间众人下饺子似的落入陷阱，痛呼哀号之声连绵不绝。

周健走在前面，已经通过了陷阱，并未被卷入其中。听见后方惨叫，他也被惊得面色惨白。但他强自保持镇定，号令众人："稳住！继续向前！提防上面！"

然而那陷阱却是个连环机关，至此还没有结束。

陷阱下通向远方的绳子被掉落进去的人群压紧，此刻已经扯动了如蛛网一般蔓延向峡谷各处的机关线，而每一条线都连着一架连弩。

布置在峡谷各处的机弩被击发了！

只见箭矢从四面八方铺天盖地地射过来，已通过了陷阱的人马，瞬间被笼罩其中，损失惨重。

藏在岩石后的元禄兴奋地一挥手。

宁远舟见时机成熟，剑锋一转，反射光线，向如意发出信号。

几乎就在同时，如意自高处岩石上跃下，落地便踏着山石急冲而出，挥剑将离她最近的一名军官击杀。

一击之后，她便继续前冲，瞄准下一个有盔甲的军官而去，如鬼魅般穿行在千军万马之中，十步杀一人。鲜血渐渐染红了她身上白衣。

不断有军官中剑倒下，众人惊呼着："有刺客，保护将军！"

周健面色惨白地牵缰后退，身旁亲兵们已举着盾牌围上来，将他团团护住。

如意又斩杀了一名军官，鲜血溅上她白玉般的脸庞。她抬手抹了一把，漆黑的眼瞳转动，扫向被盾牌护住的周健，眼中杀气四溢。

高处元禄有些忍不住了，回头看宁远舟："宁头儿，要不要——"

宁远舟示意他稍等，一挥身边的小红巾。埋伏在远处的钱昭看到，立刻擂响了亲王卤簿的杖鼓，更有人敲起了金钹。宁远舟传信号示意埋伏在山谷各处的人手一起呼喊跺脚。回声交叠，如雷滚动，响彻云霄。一时间，山谷中似有千军万马在冲杀。

周健被盾牌团团护住，根本看不清前路，胯下马匹渐渐乱了方向。他还想再整顿队列，高呼着："不要慌乱！聚齐队伍，编成一线，齐心合力冲出埋伏才有生机！"

然而再而衰，三而竭。接二连三的死伤变故之后，士兵们早已人心散乱，各自忙于逃命。队伍已被陷阱截成两段，首尾不能相顾。有的往峡谷外跑，有的往前路奔，乱成一团。

宁远舟长身而起，下令："动手！"说完自己先提剑杀了上去。

使团众人也各自从埋伏的地方冲出来，分段截杀乱成一团的周健人马。

元禄身形灵巧，拿着机弩在乱军中飞蹿射击，还不时从腰间摸出雷火弹投掷。他口中还念着自编的童谣："你拍一，我拍一，射只小鸟当烧鸡！"雷火弹触地爆炸，周围一圈士兵应声被炸飞出去。

第九章

宁远舟一边砍杀着,一边将从山石上顺来的一柄剑扔给如意:"接着!"

如意扔掉手中已经砍杀得卷了刃的剑,飞身接过,行云流水般杀向下一名军官。一击得手之后,她便向着周健的方向杀去。

钱昭右手抡剑,击退两名迎面而来的士兵,左手抄起手边一柄不知是谁遗弃在地的长枪,旋身一把掷出。那长枪贯空而去,将自他背后杀来的三个士兵扎成了糖葫芦。他看也不看,便再度抡剑旋身,将身前再次攻上来的两名士兵砍倒在地。

杨盈和杜长史躲在岩石后,看着眼前一幕幕血腥的场景,胆寒至极。杨盈捂住了眼睛,却又忍不住从指缝中向外看去。

不远处,两个明显不会武功的使团成员被周健军围攻,他们正是杨盈的内侍,正慌乱地挥舞着手中的木棍,喊着:"救命!"

杨盈急了,对身边保护自己的丁辉说:"快去救他们!不用管我!"

丁辉一咬牙,道:"殿下保重!"转身持剑冲出。

杜长史眼看着杀戮发生在面前,却无计可施。他瑟瑟发抖地躲在岩石后,双手合十,不断念诵:"我佛慈悲!我佛慈悲!"

附近有士兵察觉到同伴正和丁辉缠斗,也赶来增援。两个内侍都已经受伤,丁辉以一敌五,狼狈至极,拼力砍倒了几个人,却到底寡不敌众,被剩下的两个人按在了地上。丁辉奋力挣扎抵抗着,三个人肉搏在一起。

眼见丁辉命悬一线,杨盈再也看不下去。一阵血勇冲上心头,她哆哆嗦嗦地摸出如意给她的匕首,奔了过去,闭着眼睛,冲着骑在丁辉身上的士兵脖上便是一阵乱刺。

可她人小力弱,又全无章法,根本没刺中要害。那人受伤之后立刻反击,一把将她按倒在地,掐住了她的脖子。杨盈憋得满脸通红,拼命挣扎,却挣脱不开。

丁辉还在跟另一人缠斗,脱不开身,一时间竟是束手无策。

眼见杨盈命悬一线,忽然之间破空飞来一箭,压在杨盈身上的人应声中箭倒下。

杨盈咳呛着爬起来，却见远处杜长史不知何时也爬到了他原本藏身的岩石上，正挪着不甚灵活的身体，一手执弓，一手去捡掉落在地的箭。

他发着抖双手合十，然后搭箭弯弓射出，一箭正中正与丁辉缠斗的周健手下："我佛慈悲！"

丁辉和杨盈都看傻了。杨盈脱口问道："杜大人，您怎么还会这个？"

杜长史恐惧、悲伤且愤慨："君子六艺里面也有射礼，我年轻时研习过一阵。"他说着便老泪纵横，"丹阳王殿下怎能如此骨肉相残，逼得老夫这种手无缚鸡之力的文官也……人心不古啊！"眼见地上又有人爬起来，自背后杀向丁辉，杜长史忙哆哆嗦嗦地再射出一箭。

再次命中。他也再次念道："我佛慈悲！"

峡谷中，商队诸人仍在拼杀。

宁远舟臂上已经挂了彩。

他身后不远处，如意正奋力挥剑砍杀着向周健靠近，却有一名军官迎面冲来。那军官人高马大，双手挥舞着流星锤，一锤锤断了如意手中之剑，另一锤正击中如意后背。如意当即吐出一口血来。

那人攻势不减，如意被逼到角落，避无可避。元禄眼尖，远远看到，不假思索地狂奔靠近，把手中仅剩的一把机弩扔了过来，高喊："如意姐！"

如意一个铁板桥，向后仰去，险险躲过砸来的流星锤。她接住机弩后，一串连发，将那军官钉死在地，随即从身旁拔了把剑出来，继续向远处的周健攻去。

冲出几步后，忽见有敌军正要自背后偷袭宁远舟，她立刻身形一转，奔过去相助。她一剑砍倒偷袭之人后，两人背靠着背厮杀。

如意道："周健的防护太周密，我没法靠近，他们至少还有三百人能动！"

宁远舟看向远处没了机弩、只能拔剑和敌军缠斗在一起的元禄，难掩担心。但眼下局势却不容他去救援。

"擒贼必须先擒王，"他说，"我掩护你过去。"

两人挥剑，一齐向着周健的方向杀过去。

敌军仿佛杀不尽一般，不断攻上来。

元禄忙碌半日，已耗损了不少心力，此刻与人短兵相接，越发吃力，不住地喘气。

钱昭正以一敌五，他天生神力，抓住两个士兵，按住脑袋一撞，一次解决一双。见元禄那边吃紧，他忙转身奔去相助："还撑得住？"

元禄脸色发白，摸出颗常吃的糖丸塞进嘴里，强撑道："没问题。"

钱昭侧身一闪。杀过来的敌军扑了个空，一个踉跄。钱昭抡圆了胳膊一掌扇过去，将人拍翻在地，面无表情地念了句："你拍三。"——他在念元禄自编的童谣。

元禄笑了，举起一块石头拍在另一个士兵头上："我拍三，拍烂这些大混蛋！"

孙朗已全身挂彩，仍在奋力血战。但他上臂受伤，已举不起佩剑。眼见敌军砍来，他避无可避，只能闭目受死。

突然间于十三从天而降，一剑砍断对方的兵刃，落地先潇洒地摆了个造型，一甩额前碎发："对不起，最英俊的人，总是习惯来得晚一些。"

孙朗大喜，上去捶了他一拳："你总算回来了！"

此时，宁远舟和如意已经联手杀到离周健只有不到十丈的距离，两人都是血重霜衣，气喘吁吁。

而周健身前防御却是固若金汤。此刻依旧遵从命令护卫在他身前的士兵，都是训练有素、悍不畏死的精锐亲兵，纵使周遭局面混乱至此，他们的阵法也依旧丝毫不乱。分作两排，配合严密。或站或蹲，齐齐搭箭，瞄准宁远舟和如意。一声令下，箭如暴雨般飞来。

宁远舟和如意躲在岩石后，挥剑挡掉雨点般落下的飞箭。竟是丝毫寻不到动手的空隙。

周健见他们浑身浴血，藏在岩石之后龟缩不出，便抬手一指杨盈和杜长史的方向,高声吩咐:"分十个人过去捉礼王!"

宁远舟一惊,然而使团所有人手都在和人缠斗,无人可以前去支援,一时间焦心不已。

如意观察着旁边的情况,提醒宁远舟:"必须马上拿下周健,不然大家都得死!"她抬手一指远处的高岩,"我要从那里借力,你来当垫脚的,用力把我扔出去!"

宁远舟一口否决:"不行!你人在半空,根本躲不了飞箭!"

"难道换你来?你比我重那么多,根本跃不过去!"

宁远舟挡去又一阵飞箭,仍是拒绝:"那也不行,这是梧国的事,我不能让你白送性命!"

如意急道:"这是最有效的办法!"

"未必是最好的办法。你答应过,必须听我的命令行事!"

时近晌午,烈日高悬。热气自地面蒸起,血腥味弥漫开来。空气中甚至隐隐可见红色的雾气。鲜血与残肢乱飞,到处都是砍杀和哀号之声,不断有人倒下。战斗迁延至今,局面已逐渐开始扭转,越拖只会越凶险。

如意挥剑砍倒一人,忽地回头看向宁远舟。玉面染血,乌发扬起,黑瞳子里映着水一样的光。时间仿佛有一瞬间静止。她说:"宁远舟!如果你让我过去,我就不要你和我生孩子了!"

宁远舟大愕,就在这电光石火之间,如意已经跃向他,高呼:"帮我!"

宁远舟下意识地做出反应,在如意足尖点至时,用尽全身力气将如意扔向远处的高岩。如意身在半空,足尖在高岩上借力一点,改变了方向,居高临下地扑向头顶并无防护的周健。

周健身边有几个亲卫反应过来,忙弯弓向如意射击,如意挥剑挡开。与此同时,宁远舟也从岩石后冲出来,向着周健的方向猛攻过去。如意便在他的掩护之下,如鹰隼一般落下,一剑斩伤周健的肩膀,错身将他制住,横剑在他的脖颈上。

宁远舟此时也已经攻至近前,见如意得手,立刻高喊:"礼王殿下奉皇命出使，周健犯上谋逆，现已就擒！马上放下武器，可赦尔等之罪！"

他的啸声穿过了整条喧哗的峡谷，纷扰的人群一下子安静下来。

只听铛的一声，周健手下有一人丢下了武器。接着仿佛呼应一般，上百人纷纷丢下了武器，不再抵抗。

使团众人浑身浴血，劫后余生，欢喜至极，振臂高呼。

杨盈一身狼狈，兴奋至极地尖叫："赢了，我们赢了！"

杜长史老泪纵横，双手合十，念道："我佛慈悲！"

于十三和孙朗互相搂着对方的肩，开心地笑着。

如意和宁远舟对视，第一次同时露出了灿烂的笑容。

在这一片欢腾之中，元禄也兴奋地挥舞着手中的机弩跳着。可突然之间，他脸色一变，晕倒过去。

钱昭及时扶住了他，一时竟也流露出惊慌神色，唤道："元禄！"

入夜后，使团终于平安抵达了徐州，暂时安顿下来

大战过后人疲马乏，所有人都透支了体力，但这一夜却注定无人安眠。

客栈房间里，元禄脸色惨白地躺在榻上，还在昏迷中。钱昭面色专注凝重，在给他扎着金针。

客栈院子里，受伤的使团成员正各自包扎清理着伤口。所有人都沉默寡言，避免提及昨日还一道说笑，今日便已生死两隔的同伴。

而于十三正在替死去的使团成员擦洗。那双宣称要为天下美人增色的手，今日却只能为死去的同伴净身。

只杨盈一直被众人保护着，此刻尚未意识到胜利背后有些什么。安顿下来之后，她兴冲冲地端着水盆想到水井旁打水，却忽然看到了于十三和他身后整齐排列的尸首。那死白的皮肤和狰狞的伤口，让杨盈手中的铜盆骤然落地。

子夜时分，众人依旧在客栈厢房内议事。

如意隔窗看着钱昭在内室给元禄诊治——元禄依旧没有醒来。

丁辉端着一碗参汤匆匆跑进来:"参汤来了!"

外间孙朗正在向宁远舟汇报:"这里的县令已经亲自赶去向徐州刺史禀报了,预计两个时辰内必会来人。"——显然是来处置周健袭击使团一事的后续。

解除了袭击暗杀的威胁,宁远舟也略松了口气,点头道:"好。这边暂时安全,夜哨可以减掉一半。"

如意提醒:"朱衣卫这边的分堂规模不小。"

宁远舟会意,又对孙朗道:"马上把使团的人挪到西院去,商队除我们几个以外,都挪到旁边的另一家客栈去。"

孙朗领命离开后,如意才又看向宁远舟,问道:"元禄是怎么回事?"

宁远舟揉了揉额头,身心俱疲,明显也在为此事烦忧:"他自小心脉不全,不能太激动或是太劳累,平日里他总吃的糖丸其实是药。大伙儿也就是因为这个,才都照顾着他。"

如意问道:"不能请个好大夫,彻底治好吗?"

宁远舟摇头:"御医说等他过十八再谈。"

如意听出了他的言外之意,不由得一顿:"也就是说……他未必能活过十八?"

宁远舟没有说话。

烛芯发出轻微的噼啪声,火苗随之一跳,很快又恢复平稳。如意看向窗外正专心擦拭着兵器上血迹的于十三。

于十三面无表情,仿佛无事发生一般。

如意有些疑惑:"他怎么一点也不关心?"

宁远舟看了一眼于十三,道:"他一向都这样,不是不关心,而是太担心,所以根本不敢问、不敢看,只能装作什么事都没有的样子,希望一转头,元禄又能像上一次那样挺过来。"

"你倒真了解他们。"

"可我还不够了解你。"宁远舟看向如意,问道,"刚才,你为什么要那么拼命?"

第九章

如意一如既往地淡漠:"我的剑很久没有沾过那么多血了,难得过个瘾。"顿了顿,才又道,"另外,我也想试试你昨晚告诉我的那种感觉,感受一下,身后有个可以全心全意托付的同伴,是什么滋味。"

"滋味如何?"

如意想了想:"有点麻烦,但杀起人来,确实比一个人动手更爽快。"

"可你又违抗了我的命令,私自行动。"

如意并不正面接招:"峡谷里太吵,伤口又痛,听不清。"

宁远舟却一怔,不觉已流露出关切来,忙问道:"伤到哪里了?"

如意咳了两声,稀松平常地说:"被流星锤砸到后背,可能断了一根肋骨,"目光瞟向他肩头,"你的左肩不也伤了吗?"

宁远舟还欲说什么,抬眼却看到杜长史从房中走出,忙对如意说:"赶紧去找钱昭拿药,待会儿我再跟你细说。"

他快步追上杜长史,道:"杜大人,等一下徐州刺史到了,需要你代殿下出面……"

杜长史会意,忙点头应下。两人便凑到一起商议起之后的说辞。

如意回到窗边,看榻上元禄仍然昏迷不醒,又到杨盈房中,帮杨盈给手臂上的伤口上药。

杨盈却也心事重重:"远舟哥哥让我称病,不许徐州刺史进来拜见,是不是怕我露出破绽?"

如意道:"你第一次见这么多死伤,他怕你情绪不稳。"

杨盈咬住了唇——她这一日确实情绪不稳。一闭上眼睛,便满脑子都是白日厮杀的场景和死去之人的惨状。懊恼、自责、茫然、担心……百般滋味混杂在一起,挥不去,解不开。

"我真没用……"她勉强驱开因此而起的沮丧,又仰头焦急地问道,"那,元禄挺得过来吗?"

如意手上一顿:"看老天开不开眼了。"

杨盈颤抖起来,咬紧了唇,泪水盈眶:"钱都尉身边的老六,还有齐大哥,他们都是为了我,才死的。"

如意轻声安慰她:"五十人对一千人,你们这边一共才死三个人,这已经算大获全胜了。"

泪水滚落下来，杨盈哭着说道："再大的胜利，也换不了他们活过来啊。"

"那就记住这种滋味。"如意道，"你自己选择的这条路，就必须承受这样的痛苦。往后每一步，你都要更小心。否则，就还会有更多人为你而死。"

杨盈一抹眼泪，深吸一口气。她终于下定了决心，抬头看向如意："如意姐，你教我怎么杀人好吗？刚才我想救他们，可拿着匕首，却怎么也扎不进去。"

如意意外地看了她一眼，拿起桌上的匕首，在桌上划了一个圈，然后狠狠扎下去："连扎三百次，不许出这个圈子。扎完了，你就会了。"

她将匕首递给杨盈。杨盈接过来后，立刻便开始扎起来。她臂上有伤，不过几次便痛苦不堪，但她仍咬牙坚持着。只听匕首捅在木桌上，发出一声又一声的"铿""铿"……

突然间，外面传来一阵喧嚷。如意转身推门出去。

院中群情激动，一群人围着钱昭。

孙朗浑身绷带，站都站不直，却急道："我去！"

丁辉扶住他，争抢道："我伤势轻，我去！"

如意不明原委，便问："怎么回事？"

孙朗焦急道："元禄的伤势突然加重了，高烧不止，老钱说，得马上找银环蛇胆当药引才行！"

如意心中一沉，忙道："徐州刺史不就在西院跟宁远舟他们谈事吗？让他马上下令去药铺里找。"

钱昭摇头："不行，得鲜蛇胆。"

孙朗忙问道："要几副蛇胆？只能用银环蛇吗？"

丁辉按下他："你站都站不稳了，问又有什么用？还是我去！"

如意见他们已失方寸，当即皱眉喝道："都闭嘴！"宛然便是当年那个统率数千朱衣卫的左使尊上。

她声音中如有杀气，众人当即安静下来。

第九章

如意道："附近哪里有蛇都不知道，光吵有什么用？赶紧找几个驿馆的人过来问。"

于十三突然牵着马出现："问过了，离这儿往西十里，有座清静山，还有往北的沙河沟，都有人见过蛇。"

如意仿佛想到了什么："徐州，清静山？"她目光向四周一扫，立刻奔向马厩，解下其中一匹马，翻身骑上，"我去清静山。"说完牵缰策马便走。

于十三连忙驱马追上去："我跟你一起去！"

两人转眼便消失在夜色中。众人这才反应过来，孙朗立刻招呼丁辉一道，也奔向了马厩："我们去沙河沟！"


徐州，清静山。

空中月明，照在草木道路上，如撒了一层银霜，清晰可辨。远远传来嗒嗒的马蹄声，不多时如意和于十三便策马飞奔而来。不知听到了什么，如意忽然勒马停住，片刻后确认正是潺湲流水声，便直接翻身下马，在地上开始寻找。

于十三不解地指向前方，提醒道："那边才是上山的路！"

如意边找边解释："清静山山谷里靠近溪水的地方有蛇，有人跟我说过。"

于十三一愣："当真？"便也连忙翻身下马，和如意一起寻找起来。


徐州驿馆西院。

杜长史和徐州刺史交谈着从屋里走出来，身后跟着侍从打扮的宁远舟。

虽先前交谈时已控诉过周健的罪行，但杜长史依旧按不下心中愤慨，边走边不忘再次叮咛："总之，周健丧心病狂、犯上作乱，这样的罪行，必须公诸朝野，有个交代才行。否则后方不稳，礼王殿下如何能安心出使？"

徐州刺史连连应声："杜大人放心。本官这就派遣亲信押解周健入京，有老师章相坐镇，绝不会让丹阳王再有可乘之机。明日，本官会再派两百兵士过来护卫殿下。"

杜长史用余光看了宁远舟一眼，见宁远舟微微点头，方道："既然如此，就有劳大人了。"将刺史送出门去，相互拜别。

回到庭院中，杜长史松了一口气，感叹道："后面还要再过几州才能到安国，希望不要再出今天这样的事了。"

宁远舟却皱了皱眉："不好说，圣上滞留他国，自然就会有人向丹阳王这边下注。今天我在天星峡不计死伤也要重挫周健，就是为了杀鸡儆猴，让那些有二心的人动手之前，先掂量一下自己的脑袋。"

杜长史叹息道："原以为到了安国才是刀山火海，没想到还在大梧境内，就已经是腥风血雨……"说着忽地脸色一变，指向宁远舟的肩头，"呀，宁大人，血！"

宁远舟这才发现自己的左肩有血渗了出来，便道："不妨事，重新包扎一下就行。"忽地想起些什么，脸色一变，"坏了，元禄！"立刻快步奔向元禄的房间。

屋内灯火摇曳，元禄面色苍白地躺在床上，正在昏睡。

宁远舟轻轻探试他的额头。

钱昭还在一旁守着元禄，勉力维持着自己一贯以来的表情，眉宇间却也不觉露出些忧色，道："用了羚羊角，压下了一点热，但要是找不到银环蛇胆，还是过不了今晚。"

宁远舟问道："没有让人去找吗？"

"能出去的都出去了。"

宁远舟又问："任姑娘的伤势如何？"

钱昭顿了一下："她受伤了？"

宁远舟顿觉不对，忙问："她也出去了？"

钱昭直言："她和十三一起去了清静山。"

宁远舟犹豫了一下，没动，只是替元禄擦掉额间的汗水。

钱昭面无表情道："这里有我就够了。"

宁远舟还是没动。

第九章

钱昭无语地看他,提醒:"在我面前,你不用装。"

宁远舟一怔,立刻起身疾奔出房间,去马厩牵了匹马,便策马直奔清静山而去。

越靠近溪流,草木便越是茂盛。头顶树荫遮住了月光,到处都黑漆漆一片。于十三和如意听声辨别着方位,在黑暗中摸索寻找着。

于十三没如意那么好的耳力,摸索得很是艰难,不解地问道:"为什么不能点火把?不是听说蛇看到光就会过来的吗?"

如意道:"蛇喜阴寒——"说着便忽然噤声,出手如电,向草丛中抓去,"有了!"

她抓起一条蛇,就着月光一看,却面露失望,道:"只是条五步蛇。"

于十三大喜,接过来放进袋中,道:"五步蛇也是剧毒,蛇胆说不定也有用。而且找得到五步蛇,就说明这里确实有毒蛇。"

如意摇头:"五十丈之内,只可能有一条毒蛇。去水边再看看。"

他们换到水边搜寻,半响之后却依旧一无所获。

于十三看一眼天色,见天际已微微有些泛白,不免焦急起来:"糟糕,天马上就要亮了。白天蛇不会出窝,万一元禄那边来不及……"

如意略一思索,提议:"不如抓几只老鼠过来割伤,但别弄死,蛇闻到血腥味,或许会过来。"

于十三忙点头。两人捉了几只老鼠,用竹签钉在水滨阴寒之处,藏到远处,伏低等候。果然,片刻之后,一条蛇游了出来,身上银环闪动。

于十三兴奋起来。只见那蛇突然暴起,向一只老鼠咬去。于十三再也忍耐不住,飞身上前捕捉。如意来不及阻止,蛇已受惊游走,惊惶之中咬向拴在旁边的马匹。

那马吃痛,嘶鸣着挣扎不休。拴在一起的另一匹马受了惊吓,也奋力挣脱缰绳,发狂般撒蹄狂奔而去,已是追赶不及。

眼见坐骑发狂般撒蹄乱奔,于十三和如意只能一边躲避,一边试图捉住马身上的银环蛇。

于十三跳上马背,却被马甩飞。如意后退之时,不提防被身后的树干撞到腰伤处,脸现痛苦,摔在一边。

突然,那马一声痛嘶,终于毒发,向着一旁摔倒下来。地上的如意动弹不得,眼看要被七八百斤的马压在身下!

电光石火之间,宁远舟忽然飞身而至,赶在最后一刻拉走了如意。

马重重摔倒同时,如意和宁远舟也狼狈落地。

两人下意识同时出声:"你没事吧?"

两人都未及答话,身后便传来于十三的声音:"我没事。"

他一瘸一拐地走了过来,飞快地从马身上取下了蛇,欢喜地举起来给他们看:"蛇也没事,还是活的!"

如意摇了摇头,示意宁远舟自己没事。

宁远舟忙松开她。正想去帮于十三的忙,肩上却忽地一痛,他这才察觉到,由于刚才用力过猛,此刻他的左肩已经完全使不上力了。

如意察觉到他面色有异,立刻上前替他检查。片刻后,她眉心一皱,轻轻道:"伤口裂了,又脱臼了。"

于十三一看两人相处的情形,眼珠一转,笑眯眯地一把将蛇塞进袋中,道:"我和美人儿的马都没了,送药要紧,老宁,我骑你的马走。你们慢慢接骨,慢慢回来!"然后一溜烟地骑马跑了。

如意没有理会于十三,只握住宁远舟的肩膀,提醒他:"忍一下。"

她手上一推,替宁远舟把肩膀复位,宁远舟闷哼一声,关节已接好了。

如意抬头问道:"可以动了吗?"

宁远舟点头。

如意便背过身去,道:"那你帮我看看我后背的伤。"

宁远舟还来不及反应,如意已经扯松了衣襟,露出了肩头和后背。月光下,她肌肤如雪,莹润光洁。宁远舟一时反应不及,愣然呆立在当场。

如意不解地回头,催促道:"快帮我看啊。"

宁远舟忙回神定心,上前查看,果见她后背上有一块乌青,便又

第九章

伸手帮她触摸检查。

所幸刚才那一摔并没有伤到其他地方，依旧是天星峡上伤到的那根肋骨的旧伤，只不知伤势是否加剧了。

宁远舟将状况告知如意，便收回了手，提醒她："赶紧穿好衣裳吧，回去一定得包扎一下。"见如意又要当着他的面穿衣服，忙转身回避。

如意自若地穿好衣服，还在咕哝："只是一根肋骨断了，不用包扎，要不然反而不方便。"忽地就瞧见宁远舟神色不对，便凑头过去问道，"你怎么了？"见他耳尖泛红，目光躲闪，立刻便已明白过来，挑眉轻笑，"呵，你不好意思了？"

她绕着宁远舟，笑道："早知道你吃这一套，我就应该学那些侍卫，在你面前洗澡才对。"

宁远舟无奈道："以后别在别人面前这样，你毕竟是个女子。"

如意浑不在意，只道："刺客不分男女，只分死人和活人。走吧，天都快亮了。"

她自顾自地转身就走，宁远舟只好追上去。

天际已有些泛白，地上却仍是沉黑。四面山影寂静，不远处传来潺潺水流声。

两个人并肩走在清静山下幽静的小路上，边走边聊。

宁远舟问道："你怎么知道清静山这边一定有蛇？"

如意道："娘娘以前教我念书，有本古人写的《清静山记》，说这里常有毒蛇出没。只是一开头，我没想到书上说的徐州就是这里。"

宁远舟心中感慨，道："不到一百年前，徐州、天星峡、梧国、安国，还有褚国、宿国，都是一个国家啊。"

如意点头："是呀，娘娘是沙东部的王女，母妃姓崔，她常说自己是清河崔氏之后。而我是沛郡任氏之后，两族在旧朝就是通家之好，所以，她一见我就觉得有缘。其实她不知道，我根本就不姓任。"

宁远舟笑道："昭节皇后对你很好。"

一说到昭节皇后，如意的眼睛便水洗一般明亮："那是当然，她不单教我认字，还给我置办过一座小宅子，说就算我经常不在安都，可只要是女儿家，就得有一座闺房……"她说着便面露神往之色，"我现在还记得她教我背的《清静山记》：时季春，鸟初鸣，碧草如茵，中有金盏，如锦绣十里……"

正背诵着，便察觉身旁宁远舟身形晃了一下，如意连忙扶住他，问道："你怎么了？"

宁远舟面露痛苦之色，额头上虚汗如豆。他强忍着疼痛，道："一旬牵机，毒发了。"

如意忙找了块石头，扶着宁远舟坐下来，皱眉问道："你还没拿到解药？"

宁远舟点头，趺坐运功，向如意解释着："第一次发作，还能挺得住。我暂时用内力压下去……"又一阵痛苦袭来，他忙闭上嘴，专心运功。

如意见状，也盘坐在他身后，抵掌向他后心运力。

宁远舟强忍着疼痛，道："不必了，你的内力才恢复五成……"

如意只道："闭嘴。"

两人屏息用力，不一会儿便大汗淋漓。终于，宁远舟脸上痛苦的表情渐渐散去。

见宁远舟缓了过来，如意也收掌收功。正准备起身时，她忽觉身上脱力，身形不由得晃了一晃。

宁远舟忙去扶她，却也虚弱无力，和她一道瘫倒在大石上。

片刻静默后，如意无奈道："先躺一阵吧。"

宁远舟也只得点头："好。"

两人并肩闭目躺着，一时间，耳边只有鸟鸣之声。随即一抹阳光照亮了他们的脸庞。

宁远舟道："天亮了。"

如意点头："嗯。"

她侧着脸，睁开了眼睛，一瞬间几乎不敢相信眼前所见——朝阳正照耀着整个谷地，原本在深夜中漆黑一片、毒蛇出没的地方，现在赫然变成了一片碧绿的山坡，上面星星点点开满了金黄的小花，衬着远处的青山碧水，竟如同一幅绝美的画卷一般。

一股力量霎时充满了如意的全身，她一跃而起，惊喜地冲向草地，摘下一朵金色的小花："碧草如茵，中有金盏，如锦绣十里……宁狐狸，你看见了没有，娘娘说的是真的！是真的！"

她如一头小鹿般欢快地在草地上奔跑着，从来未见的笑容洋溢在她的脸上。

宁远舟情不自禁地支起了身体，目光追随着她欢快奔跑的身形，应道："看见了。"

如意笑着，将摘下的一捧小黄花撒在了宁远舟的头上。

宁远舟也不由得被她感染，和她一起笑了起来。

天色大亮。

如意和宁远舟并肩走在路上，驿馆已经遥遥在望。

如意心情显然很好，把玩着手中的小黄花，扭头问道："你的毒真的不要紧？"

宁远舟笑看着她："已经压下去了，分堂里章崧的人知道我到了这里，解药最迟今天就会送到。"

如意放心了，点了点头："那就好。呀。"却忽地又发现了什么，踮起脚来，伸手从宁远舟发间摘下一朵小黄花，丢给他，"你头上有这个。"

宁远舟只觉她的呼吸从自己耳边擦过，忙退后一步。

如意不满地瞅着他："别那么警惕，我只是在关心你，没别的意思。何况，昨天在天星峡，我不是答应过你嘛，只要你送我去杀周健，我就不逼你和我生孩子了，我说话算话。"

宁远舟一怔："你怎么——"

如意道："强扭的瓜不甜，你说得对，天下好男人多的是，不止你一个。"

宁远舟还没回答，身后便传来一声咳嗽。

两人同时回过头去，便见钱昭站在院门口。

宁远舟忙问："元禄怎么样了？"

钱昭面无表情："醒了，又捡回一条命。"

如意道："我去看他。"话音未落，人已奔进客栈里，只留钱昭和宁远舟两人在原地。

钱昭盯着宁远舟，宁远舟莫名有些脸热，问得便不是那么理直气壮："干吗？"

钱昭递来一枚丹药，道："章崧把解药送来了，我听到你的声音，着急出来，结果除了于十三讲的，"他抬手一指宁远舟的头发，"又看了一出好戏。"

宁远舟不理他，只接过解药服下。

钱昭盯着他，一本正经地追问道："以前表妹总缠着你，现在突然不要你了，心里是不是很不是滋味？"

宁远舟被这话呛得咳嗽起来。钱昭面无表情，用力捶着宁远舟的背。宁远舟越咳越厉害，只好赶紧躲开他，狼狈而逃。

客栈房间里，元禄果然已经苏醒过来，只是依旧面色苍白，气息虚弱。

如意伏在他的床前，抬手轻轻抚摸着他的头发。

元禄暖暖地看着她，声音虚弱，却还是说道："谢谢你和十三哥帮我找药……"

如意轻轻打断他："嘘。好好歇着，我只是还你借我机弩的人情。"她把一束黄花放在元禄的枕边，元禄笑了，合上眼继续睡去。

而她却没有离开，轻轻抚摸着元禄的头发，直到他鼻息渐渐平稳，沉沉入睡，才收回手。

屋外，宁远舟隔着窗子，看着房内的元禄和如意，表情晦涩不明，手指却不自觉地拨弄着如意扔给他的小黄花。

屋内，如意坐在元禄身边，擦拭着元禄枕边的匕首。匕首雪刃上映出窗外宁远舟的身影，如意看着他的面容，唇边勾起了一抹似笑非

第九章

笑的纹路。

安国龙尾原上。

总是一脸笑容的朱衣卫指挥使邓恢正一面擦拭着自己的佩剑，一面听着亲信孔阳的汇报。

"圣上口谕，三日后从归德城起驾，要在六月前赶回都城。"

邓恢点头，转而问道："长庆侯那边呢？"

孔阳道："自从那日纳了侍女琉璃后，长庆侯便一直闭居不出，终日饮酒作乐，连圣上让他掌管的羽林卫，也只去巡视过一回。"

邓恢笑意温和如初，看不出是讽刺还是赞赏："他倒知趣。下去吧。"

孔阳正要退下，犹豫了一下，还是说道："迦陵右使在外候见，已经等了快半个时辰。"

邓恢头也不抬，道："传。"

片刻后，一女子垂着头趋步入内，那女子长相中八分娇媚，一分英气，还有一分是邪意。她向邓恢恭敬行礼："参见尊上。"

邓恢仍是温和地笑着："梧国使团的情况，查得怎么样？礼王性情如何，有哪些人跟着他？"

迦陵小心回禀道："现在只查到使团长史是尚书右丞杜铭，是梧帝的亲信，使团不足百人。礼王生性怯懦，出京时曾被飞石惊得当众失态。其余的，因为使团尚未入安，尚不能一一查清。"

邓恢擦拭着手中宝剑，头也不抬："尚未入安，就查不到了？梧国分卫不是有几百号人吗？"

迦陵屏息："尊上容禀，自梧帝被擒后，梧国封关锁城，回传消息就一直不太顺畅。属下已经多次飞鸽催促梧国分卫紫衣使越三娘，但至今尚无回音……"

邓恢手上动作一顿，抬眼看向她，脸上笑容犹在，却已冷下来："既然尚无回音，你今天来见我，又是为何？"

迦陵小心地试探："属下听闻尊上喜好龙泉剑，昨日刚得了一把……"

正说着，邓恢那仿佛长在脸上的笑容突然消失。他取过案边的茶盏，轻轻一抛，那茶盏便在迦陵面前碎成了几片。

邓恢不发一言，迦陵却心头一寒，立刻咚的一声跪下，膝头硌在了碎瓷上。

邓恢淡淡地看着她："办不成差事，就想谄媚上官？姜指挥使倒是吃这一套，可惜他已经死了。"

迦陵重重磕头，额头见血："尊上恕罪。"

邓恢语气还是淡淡的，道："七日之内，要是还查不清使团的底细，你这个朱衣卫右使，也就不必做了。"

迦陵脸色霎时一白，但也只能道："属下遵命！"

迦陵走出大军营地，一直等在门外的亲信珠玑忙迎上前来，看到迦陵额上的伤，大惊失色。迦陵面色阴郁地走到水边，就着水中倒影查看自己头上伤痕。

珠玑忙掏出绢子，上前服侍她净面、抹药。珠玑压低声音，小心地问道："邓指挥使做的？"见迦陵点头，不由得心寒，"他怎么能下这么狠的手，您可是右使之尊啊！"

迦陵冷笑道："右使又算得了什么。在邓恢眼里，只怕所有的女朱衣卫都罪该万死。"

珠玑骇然，忙问："为什么？"

迦陵道："他爹在先帝那会儿因为私造军械犯了事，在朱衣卫狱里生生熬刑熬死了。当年告发这事的是他爹的一个宠妾，其实是我们的白雀。"

珠玑恍然，忙又问："这事圣上知道吗？朱衣卫的指挥使向来是在卫众中提拔的，圣上他怎么就派这么一个恨毒了咱们的外人来管？"

迦陵叹了口气，道："圣上鹰视狼顾、虎态狐疑，对臣下向来都是用而不信，对朱衣卫就更是从来没当正经卫司看过，偏偏这些年我们又总是触他的霉头……前几年，"她本来要说"任"，张了张嘴，却

第九章

又把那个名字吞了回去,"卷进先皇后案,去年姜指挥使又被查出十几年前曾和戾太子联过手……"她愤然把绢子扔在水里,"圣上正是因为不信朱衣卫,才从飞骑营调了邓恢过来。他是把私怨的火夹在公事里一起发了。陈左使是个男的,又是他从丹衣使上提拔起来的,所以吃的挂落明显比我少得多。"

珠玑也愤愤不平道:"难怪大人一直都尽心办差,但功劳全被陈左使抢走。指挥使也太偏心了!"

迦陵叹了口气,起身离开水边,边走边又问起来:"不说这些了,越三娘怎么还没消息?"

珠玑快步跟在她身后,听她问起越三娘,有些犹豫,道:"属下也担心她是不是出事了。"

正说话间,两人便已回到朱衣卫的驻处,还未进屋,便见门外有个女朱衣众正焦急地徘徊着。

珠玑还未开口问话,那人已看见她们,便迎上前来行礼,低声说了几句。两人脸色顿时为之一变,忙快步走进屋里去。

屋内地上摆放着尸骨残骸和各色遗物。迦陵蹲在地上仔细地查看着,女朱衣众跟在一旁,向她禀报原委:"越三娘的尸身还没有找到,但河滩上还找到了两个没被炸死的朱衣众,他们都指认,动手的就是如意。玉郎的尸首倒是找到了,但是被鱼全啃干净了,看不出哪儿受的伤。"

迦陵咬着牙,恨道:"下手这么干净,是个行家。"

珠玑忽地看到旁边口供上有个熟悉的名字,忙拿起来仔细翻阅。确认过内容之后,她不由得一惊,立刻将口供呈给迦陵:"大人你看,那两个朱衣众交代,说越三娘之前曾说过如意就是任辛任左使……"

迦陵喝道:"闭嘴!圣上不许提这个名字,你忘了?!"

珠玑忙掩口。迦陵接过口供匆匆看完,便放在烛火上烧掉,喃喃说着:"不可能是她,当年天牢大火,她有亲信借机挖走了她的尸骨,但还留了一小截胫骨下来。我亲自查验过,骨头上有钉痕,和她当年在褚国失陷时受的钉刑一模一样。"迦陵快速思索着,分析道,"不像是六道堂，梧国刚刚大败，这会儿赵季只怕自己都忙不过来，而且这么用火药，也不是他的手法。"

珠玑忙道："宿国人擅用火药，会不会是宿国的武德司干的？"

迦陵点了点头，若有所思："看起来最有可能的，往往不是凶手；置身事外的，多半才是真凶。咱们跟梧国这场大战死了何止上千人，为何相邻的褚国不良人一点动静都没有？"

她眼中寒光一闪，从怀中摸出一瓶药水，倒在证物中一件带血的衣物上，血迹慢慢变成了绿色。

珠玑失声喊道："不良人的七步醉！"

迦陵微微眯起了眼睛，道："果不其然，他们看着朱衣卫和六道堂鹬蚌相争，就想浑水摸鱼。"

珠玑忙道："还好大人慧眼如炽！"她沉吟着，"所以那个如意是褚国人假扮的，知道越三娘随身带着大批金子便见财起意，然后借了那位的名字吓唬朱衣众。啊，玉郎没准也是他们埋在越三娘身边的钉子，如意和他里应外合，所以才会轻易得手，只是后来玉郎也被如意灭口了！"

两人分析着，只觉真相步步揭开。

迦陵立刻吩咐珠玑："马上传令要玉衡分堂全数出动，去查不良人和越三娘；另外再调巨门、廉贞两堂，查清梧国使团的底细。你拿着我的朱衣令赶去梧国，亲自督办后一件事，"她目光如炬，缓缓道，"这个，才关系到我们的身家性命！"

## 第十章

## 笑语舞胡旋，剖心行长街

归德城外，大军已休整完毕，等待开拔回京之日。各处营帐都相安无事，李同光也难得几日安稳。安帝要打压他，他便也如其所愿地"郁郁不得志"起来，处处都令他那日新得的"美人儿"琉璃随侍在侧。

这一日晨起后，他便在校场上闲散地练武，手中一柄银枪舞得虎虎生风。那银枪映着日头，游龙一般，舞到精彩处，脱手一掷，矫健地飞出，正中前方大石，枪头入石数寸。

手上招式未老，琉璃已又扔了把剑过去。李同光顺势抄剑在手，舞了几个剑花。琉璃便持剑攻上前，同他对起招来。

数招之后，李同光点头道："恢复得不错。"

琉璃收起剑来，向他行礼道谢道："多谢主上请来名医为奴婢接好琵琶骨。"

正说着，声音便被一阵急促的马蹄声打断。校场一侧，几个朱衣卫纵马飞奔而去。琉璃不由得循声望去，看清最前那匹马背上行色匆匆的朱衣卫的面容，有片刻愣怔。

李同光察觉到她神色变化，收起剑来，问道："你认得她？"

琉璃点头，道："绯衣使珠玑，之前挑断我琵琶骨的就是她，右使迦陵的亲信。"

李同光望着一行人远去的方向，若有所思："圣驾三天后才会回京，她现在去的这个方向——"片刻后便已了然，"是梧国。是了，梧国使团出发也好些天了。"

琉璃眼睛忽地一亮，忙道："您不是和梧国皇帝很能说得上话吗？要不这两天您多去见他几回？等使团过来，您说不定就能重新被圣上派差事了，就算只是协办接待，也胜过现在这样一直赋闲啊。"

李同光一哂，道："我名义上还掌着羽林卫呢，哪里是没差事？"口中自嘲着，目光却幽深如潭，"圣上现在希望我闲着，我就只能闲着。一直到他觉得我足够安分、可以一用的那一天，才是我的机会。"

琉璃凝视着他，见他并未消沉，便也放下心来，道："出手之前，要比所有人都能忍；出手之时，也要比所有人都狠。这是以前尊上常说的话，原来您一直都记得。"

提到师父，李同光再次面露怅然。

"是啊。我一直都记得。"他说着，便猛地一挥长剑，再度舞起剑来。剑刃携风而去，浏漓顿挫，如雷滚江上，清光缭乱，狠厉之中似是掺杂一股癫狂。他说："就和我每天都一定要练她教我的剑法一样，从来没有忘记过。"

校场外马车驶过，初贵妃打起车上窗帘向校场上望去。她望见李同光舞剑时的英姿，不由得有些失神，却忽又瞧见琉璃上前为李同光擦汗，嫉妒之情随之涌上来，却是什么都不能做。她烦闷地摔下了窗帘。

不远处，河东王望见初贵妃车驾，正要上前见礼，便见她面带嫉恨地摔了帘子。他有些疑惑地向初贵妃所看之处望去，见是李同光和琉璃，不禁一怔。

脑中电光石火般闪过一串碎片：李同光面色焦急地在一群洗衣女中寻找着；李同光宣布琉璃做他的近身侍女时，初贵妃那不可置信的表情。

河东王忽地意识到了什么，招手唤来亲随，吩咐道："马上去找她，孤要知道长庆侯离京之前多久进一次宫，每次进宫都要去哪里、停留多长时间。"

未言明找谁，亲随却立刻领会，当即便领命而去。

入夜时，河东王便拿到了李同光出入宫城的记录簿册。

簿册记得简单又整齐，因为李同光入宫之后，每次去的都是同一个地方——集仙殿。除此之外，再无他处。"

河东王皱眉思索着，有些想不通："隔三岔五就要去一次集仙殿，为什么？"

亲随却知晓些前情，解释道："集仙殿是先长公主的宫室，如今改作宫中藏书之所，长庆侯常去追思。"

先长公主是李同光的母亲，他去殿中追思，似乎并无什么可疑之处。河东王却并不认可，摇头道："不会那么简单。"

他来回踱步思索着，总也想不通，便拿茶碗做替代，在桌上摆出集仙殿的方位。"这是仪凤门，这是集仙殿，这是丽景台，这是登春阁……"说着，他忽然眼前一亮，指了指最后一个茶碗，"登春阁和集仙殿只隔着一堵矮墙，和同明殿共用一个园子，而同明殿就是贵妃的寝宫！"

亲随也随即明白过来，不由得大惊："殿下该不会是觉得贵妃和长庆侯……"忙问道，"是否需要禀报圣上？"

大皇子瞪了他一眼："没凭没据的，报上去只会挨父皇骂！"却按捺不住兴奋，脑中飞快运转着，喃喃自语着，"他们未必真干了什么，毕竟宫里那么多人盯着呢。但是，这两人肯定有暧昧。难怪贵妃总是时不时地替李同光说好话，难怪刚才她会那么看着他！呵呵！"

他越说便越是笃信，亲随忙问："那殿下现在意欲如何？"

大皇子阴冷地一笑，道："老二不是左边靠着他的沙东部外公，右边靠着他的沙西部贵妃姨母吗？呵呵……孤得好好琢琢磨磨，"他说着便一推酒杯，恶狠狠道，"怎么才能让他、贵妃还有李同光三个，都有苦说不出来。"

徐州。

夜幕降临，客栈院中却是热闹至极。

丁辉带着一群护卫在庭院中央堆起火堆，忙碌奔跑着添柴搭架，满脸喜色。钱昭安坐在人来人往的火堆旁，专心地往羊身上涂抹作料。

杜长史也难得松懈，开心地帮着众人抱柴，乐呵呵地说道："昨儿在天星峡，大家都辛苦了，今天大伙儿放开吃，放开喝，养好伤，明儿再上路！"

庭中一群人有缠着绷带的，有挂着胳膊的，伤痕累累，却也兴致高昂，闻言齐声点头称是。

宁远舟和如意取回了蛇胆后，元禄转危为安，病情已平稳下来。众人心中悬着的大石头终于稳稳地落下，昨日苦战得胜的喜悦也随之翻涌上来，这一日说什么都要畅快地庆贺一番。

杨盈站在屋檐下，望着庭中火光，同样难掩兴奋，却又怕有失仪之处，目光询问地看向如意。

如意摇了摇头，示意她不要着急，低声教导道："上位者要与民同乐，但也不能时时与民同乐。等羊烤好了，你可以玩一会儿。"便又示意她附耳过来，低声嘱咐了几句。

杨盈立刻会意，点了点头，便高声吩咐内侍："去拿我的体己，再买二十坛好酒来犒劳大家！"

听闻有酒，众人轰然叫好，欢呼道："多谢殿下！殿下千岁！"

杨盈也受感染般，笑了起来。跳跃的火光映着她的眼睛，明亮而昂扬。她站在庭中，坦然领受众人的欢呼。任是谁见到眼前情形，怕也都不会再怀疑她能否扮演好一个皇子。

欢呼声中，宁远舟低声对如意道："谢谢。"

如意挑眉看着他。

宁远舟解释道："你把她教得很好。原来我只期望你能尽可能多地教她一些安国政局上的事情，没想到，你还在指点她怎么做一个合格的王者。"

如意一笑，道："娘娘以前也教过我啊。"她弯弯的眉眼里盈着波光，纤白的手指在宁远舟胸膛上一点，道，"既然领了我的情，以后我的事，你就多上点心。"说罢不等宁远舟回答，便已走向火堆。

夜幕低垂，繁星满天。

庭中篝火越烧越旺，火苗跳跃起舞着，木柴不时发出噼啪的爆鸣声。使团众人围着篝火坐成一圈，内侍早已沽来美酒，众人说说笑笑着开怀畅饮。

于十三拎着酒坛子在给身旁兄弟倒酒，如意走上前，道："给我也来一碗。"

于十三忙给她倒了一碗酒。如意仰头一口喝干，引来一片叫好。

不知是谁趁着酒兴跑到圈子中央玩起了杂技，周遭一群人欢呼鼓掌。孙朗起哄道："老于，来一个！"

于十三便也乘兴而起，扔下酒坛子，抽了柄剑旋身到庭中，仗剑起舞。他带着玩闹之心，剑姿优美，表情一时如美女勾魂，一时如少女扑蝶，引得众人嬉笑连连。

如意眼角望见宁远舟在人群中坐了下来，便把碗一扔，也跃进了圈中加入了于十三。

于十三扮少女，她便做出男子模样，与于十三对舞。于十三娇羞连连，如意却英姿勃发，错位的舞蹈竟也别有意趣。众人看得兴致勃勃，笑闹着拍手为他们打着节拍助兴。两人踏着节拍你来我往，一曲尾声，如意忽地用手一带，于十三站立不稳，旋转着倒入如意怀中，宛若被英雄所救的美女一般。

众人再也忍不住，纷纷大笑着尖叫起哄起来。宁远舟却笑不出，只是轻轻拍了拍手掌。

如意笑着回到原位坐下，于十三却尴尬地挤到宁远舟身旁坐下，心虚地辩解着："刚刚你看到没有？可不是我主动的啊！早上我特地把马骑走，留你们两个单独相处，结果怎么这样了？"

宁远舟无语，随手拿起个果子堵住了于十三的嘴。

元禄笑得咳嗽不止，一旁丁辉瞧见，连忙给他找了件披风盖上，又抢走了他手里的酒，唠叨着："你病还没好，不许喝这个。"

元禄只得苦笑一下。服过药后，又休息了一整日，他已大致恢复过来，只身体略有些虚弱罢了。夜间他便也出来凑热闹，谁知连酒都没的喝——却也知道这是为了他好，没法说什么。

丁辉见他乖巧地拢着披风笑，这才满意地离开。

元禄眼巴巴地盯着众人手里的酒碗，正嘴馋抿唇，便觉有什么东西触了触他的手指，一低头，却是个酒葫芦。

如意若无其事地在他身旁坐下，手腕压低，将酒葫芦挡在暗影里，悄悄说道："喝吧，我替你挡着。"

元禄一怔："你为什么——"

"最早教我武功的，是一个断了一臂的丹衣使。那时我还是只白雀，被临时指派去伺候受了重伤、只能活三个月的她。我瞧出她最不喜欢别人的可怜、同情和照顾，便一直不拿当她病人看，只是把她当作和我们一样的普通人。她心里高兴，就给了我一本武功秘籍。"如意说着，便看向元禄，道，"我想你也是这样。"顿了一顿，又补充道，"后来她多活了大半年，而且一直很快活。"

元禄怔怔地盯着如意许久，双眼渐渐泛起雾气，半响他才低头道："没错！我打小是这么想的。每一天，只要能醒过来，该吃吃，该喝喝，只要还能喘气，每多活一天都是赚来的！"说完便接过酒葫芦，痛饮几口。

如意淡淡地看着他笑："小小年纪，别这副腔调。论经历生死，我比你喝水的次数还多。"

元禄喝过酒后，目光便又湿润明亮起来，重新变回了那个不藏心事的跳脱少年，得意道："可论对宁头儿的了解，我比你们谁都强。"他悄悄凑近如意，低声问道，"如意姐，你刚才那样，是不是想让宁头儿吃醋啊？之前你来硬的直的，他怎么都不从，所以你就换了个法子，嘴上说着不勉强他了，其实还想引他吃醋，对不对？"

如意不料这么快便被人看破，微微有些吃惊，忙请教道："那你觉得这法子胜算大吗？"

元禄猛摇头："这一招宁头儿见过太多次啦，以前好多女的都这么干过。你得听我的，他这个人嘴硬心软，其实最怕水滴石穿。以前他也不喜欢我缠着他，可我就是抱着他的大腿不放，现在他还不是认啦。"他抱着酒葫芦，仔仔细细一样样说给如意听，将他家宁头儿卖了个底儿掉，"还有，他最受不了别人默默地对他好，所以你得摸着他的弦，慢慢地跟他相处。比如他最喜欢吃甜的，但从来不承认；比如他私下里喜欢雕东西，你要是问他要，他嘴上拒绝，可心里肯定特别开心……"

如意认真地听着，心中暗自筹划，如同昔日筹划每一次暗杀一般。

远处宁远舟兀自喝着酒，目光不由得飘向如意，却不知她在和元禄说些什么趣事，竟如此投入。

不一会儿，丁辉打起鼓，孙朗吹起了笛子。乐曲声混着说笑声回响在星空下，更多的人下场跳起了踏歌舞，庭院里越发欢腾热闹起来。

如意和元禄说完了话，便起身去拉了杨盈，又对宁远舟伸出了手。宁远舟迟疑了一下，还是握住了她的手，站起身来。

三人一道加入了群舞的行列，随着节奏时而牵手，时而展袖。

杨盈初时生涩，但渐渐适应起来，开心地跟着人群手舞足蹈，笑容不绝。

如意单足点地，不停地旋转着。她身姿婆娑窈窕，衣裙如狂风回雪、骤雨打萍，飞旋不止，令人眼花缭乱。笛声不知何时已停下来，只余如意旋转时的踏足声和着鼓声，带起奔腾欢快的节拍。四面都是叫好声和击节声。

宁远舟也站在一旁为她打着节拍，望着她轻盈快乐的身影，不觉流露出笑意。

不多时，浓郁的烤肉香弥漫开来，勾得所有人都循着香味望过去——却是钱昭带着几个人，抬着烤好的羊走过来。没跳舞的人纷纷抄起盘子和刀一拥而上去抢食。

孙朗收了笛子，慢腾腾地去分肉，眼睛却犹然追着跳舞的人群，笑着说道："难得看到宁头儿这样，"随手拐了拐身旁一个跟他一样忙着看舞的人，问，"如意姑娘这是转了几十圈了？"

那人看得入迷，摆手表示不知，又道："这是胡旋舞吧？"

一旁钱昭闻言一愣，也抬头看过去。望见如意飞旋的舞姿，他原本死木一般的脸上闪过了一丝狐疑。

热腾腾的香气很快飘满了整个庭院，鼓声和节拍声很快散了。如意和杨盈也停了舞蹈，跑来吃肉。

杨盈身上兴奋还未散去，举着手挤上前去："给我也来一块。"从钱昭手里接过肉来，便大大咬了一口，满嘴都是油，美滋滋地鼓着腮帮子赞美道，"真好吃！"

　　孙朗笑道："那当然，钱大哥做菜的手艺那是一绝！殿下你不知道吧，王御厨还曾经动过心思，把钱大哥拉到他那儿去当副手来着。"

　　杨盈眼睛立刻就亮了，满眼都是赞叹："真的？钱大哥，你又会把脉，又会开方，还会雕印章、做菜，那全天下还有你不会的吗？"

　　孙朗道："有。"

　　杨盈忙问："什么？"

　　孙朗一笑："生孩子。"

　　众人爆笑起来，如意也忍俊不禁。

　　在这笑声中，钱昭递了一块肉给如意，如意信手接过来。

　　钱昭貌似不经意地问道："这块里面加了茱萸，能吃吗？"

　　如意下意识地摇了摇头，把肉递回去："给我换一块吧。"

　　钱昭回身给她换羊肉，眼中却泛起了冷光。

　　临近子夜时，欢聚的人群才渐渐散去。

　　丁辉带着人收拾好尚未烧尽的篝火，不多时庭院里便寂静下来。风里已沁了些凉意，角落里虫鸣声声，偶尔从房中传来醉酒之人发出的含糊不清的梦呓。星辉铺满了庭院。

　　宁远舟在驿馆外巡视着，听到脚步声，知是丁辉他们收拾好残局来上值夜巡了，便提醒道："徐州离边境很近，晚上巡逻，还是不能掉以轻心。"

　　一行人抱拳领命，前去巡视。

　　宁远舟自己也绕着客栈继续检视，路过花格漏窗时，忽听一声："喂。"却是如意笑盈盈地站在窗子那一面。

　　蔷薇花影婆娑摇曳，她立在花影之下，皎洁清丽，如月下美人悄然绽放。宁远舟不由得怔了一怔。

　　如意笑道："分你个好东西，接着。"便从花窗那侧抛来一物。

第十章

宁远舟接到手里，疑惑地打开，混着芝麻味的新麦香气便扑面而来。却是一张用荷叶包着的胡饼，那饼子显然是新烤好的，犹然焦酥滚烫。

宁远舟看向如意，如意隔窗对他莞尔一笑，道："上次的豆沙包是在巷口买的，可这回的胡饼是我借了老钱的余火自个儿烤的，里头蜂蜜很烫，小心点。"说完便转身离去。

她消失在窗子那侧，宁远舟拿着胡饼咬了一口。焦酥的饼皮破开，里面满满都是透亮的蜂蜜，热腾腾地冒着甜香。他情不自禁地微笑了一下，却也不免头痛，不知如意到底想干什么。

"她在对你好啊，还能干什么？"听到他的疑问，于十三反问道，不懂为何此人能不解风情到这个地步。

第二日天一亮使团再度出发，此刻正行进在前往边境的路上。于十三骑着马，和宁远舟并肩而行，兴致勃勃地替他分析着："我昨天是被她那一出给吓坏了，现在你这么一讲，我就全明白了。人家美人儿是给你面子，怕再跟你直接来硬的吓着你，所以先跟我们这些不相干的打打迷魂阵，然后再对你好，这叫迂回前进，徐徐图之。"

宁远舟静默了片刻，道："你多帮我盯着她一点。"

于十三谈兴正浓，随口应下："没问题——啊？"忽地意识到宁远舟说的是什么，难以置信地追问，"她对你好，你还要我盯着她？你不吃醋啊？"

宁远舟语气平静，提醒他道："我们这回的任务，不是风流韵事，而是安全护送殿下入安，把圣上带回来，给天道的兄弟们洗冤。"

于十三立刻回过味来，也端正了神色，道："是。主要是天星峡那一场仗，大伙儿和她一起杀得太舒坦了，她又对元禄那么好，我就……"

宁远舟沉默了片刻，道："她毕竟不是梧国人。"

于十三也一怔，道："我都忘了这事了。也对，褚国不良人跟我们六道堂结过的梁子也不少，你要和她好了，以后她的身份一旦掩不住，道里的兄弟多半会闹起来。唉，难怪这种天上掉馅饼的好事，你一直不肯点头。我现在才算明白了。"抬手拍了拍宁远舟的肩膀，叹息道，"唉，你真够难做的。"

宁远舟提醒道："别让她知道。"

于十三瞟他一眼："你怕她知道你其实还在提防她，会难过啊？唉，换我我也难过。老宁啊，以后对你喜欢的小娘子可不能这样。小娘子的心，多伤几次，就千疮百孔，补不起来了。"

宁远舟板着脸，反诘道："谁说我喜欢她了？"望见前方马车上如意打起窗帘探头出来找人，忙挥鞭策马飞奔向前。

于十三对着他的背影摇摇头，笑道："可我说的是'以后对你喜欢的小娘子'，根本没说是她呀。"

宁远舟纵马到车边，勒马并行在一侧，向如意询问道："什么事？"

如意侧身一让，露出身后的杨盈，道："她想学骑马了。"

车队便在路旁暂做停留。听说宁堂主和任女官要教礼王殿下骑马，一行人聚集在树下，边饮食休整，边兴致勃勃地围观捧场。

这是杨盈第一次骑马。平日里不觉得，此刻站在马下她才意识到马有多高，只马背便几乎与她的胸口齐平。但如意和宁远舟一左一右站在马匹两侧，前头还有于十三牵着马，却也没什么可畏缩的。

她轻呼一口气，踏着上马石小心翼翼地翻身上马。胯下马匹因这力道而踏了几步，她忙紧张地去拉缰绳。

身旁如意已提醒道："不要拽缰绳，手放松，胳膊随着马头动。"

宁远舟也指点道："腰要挺直，轻轻地摸一下马头，让它知道你很喜欢它。"

杨盈战战兢兢照做，马果然温顺下来。她轻轻拉着缰绳，在马背上坐稳了身体。如意和宁远舟便退远了些，让于十三牵着马，带着她慢慢地走了起来。杨盈全神贯注地坐在马背上，默念着如意和宁远舟教她的诀窍，不知自己是否做对了。

忽听树下众人鼓掌欢呼："骑得真好！殿下这姿势，漂亮！"

杨盈忙惊喜地问道："真的？"

第十章

便见远处于十三招着手向她保证："当然是真的！"

杨盈情不自禁地笑了起来，可刚笑了一半，却忽地想起了什么："你不是在帮我牵马吗？"低头一看，才发现早就是自己独自在骑马了，霎时间惊慌失措，"啊！"

她牵着马缰团团乱转，慌作一团。不料如意又上前一拍马屁股，那马立刻小跑了起来。

杨盈猛地向后一仰，吓得尖叫连连。早忘了如意和宁远舟的叮嘱，下意识地夹住马肚，拉紧了缰绳。她越如此，马便跑得越快。一时间在马背上前仰后合，险象环生。

宁远舟忙要上前救护，却被如意抬手拦住："这样她才学得快。有我看着，不会出事。"说完她翻身上了另一匹马，追上杨盈。

杨盈扭头见如意跟来，惊慌的心本能地一稳，不再那么恐惧了。如意又沉声指点了几个要点，教她如何处置眼下状况。杨盈克制住畏惧，依言而行，慢慢和马协调了起来。

一旦平稳下来，便觉云高天远，道路平阔。远方青山绵延起伏，两侧绿树农田飞驰而去。耳中风声猎猎，怀中、袖中鼓满了清风，轻快得仿佛再催一鞭，便能飞起来。

杨盈尽情地纵马奔跑着，脸上神采飞扬。她喜爱这种感觉。

被强拉回马车上后，她还在抱怨争取着："为什么不让我再骑一会儿？我一点都不累！"

如意一指她的腿。杨盈低头看去，才见自己的双腿竟不自觉地颤抖着，明明都已经坐下了，也还是止不住。

她这才察觉到腿上微微有些发软，惊讶道："呀！怎么会这样？"

如意抿唇笑道："骑马最考验腰力和腿力，你刚学，切忌贪多。真要想骑上几个时辰的马不累，那就自己每晚在房里站一个时辰的马步。"

杨盈立刻点头道："好，今晚我就练。"

她额上还沁着汗珠，面颊红润健康，眼睛漆黑有光，神采奕奕，和初见时那个苍白虚弱的小姑娘，早已判若两人。

如意笑看着她："什么都想学，上回要你练的匕首，你练了吗？"

杨盈忙道："练了啊，瞧！"便拔出匕首，目光略一搜寻，便落在车厢壁的雕花上。手中匕首干净利落地刺下去，连扎几刀，每一刀都擦着雕花落下，均匀地环着雕花扎了一圈。

如意一挑眉，微笑道："你的天分比我之前以为的强不少。"

杨盈得意地昂起头，笑道："那当然，我父皇当年也是有名的武将呢。不过我之前在宫里连蜻蜓都不敢碰，要是青云知道我现在的样子，肯定会大吃一惊——"她说着声音便忽地一顿，不知想起了什么，一时竟怔住了。

如意疑惑道："怎么了？"

杨盈的情绪一下子低落起来，肩膀都矮了几分。她耷拉着眼皮，低声道："我突然发现，我已经好久没有想起过青云了。"说着便牵住如意的衣袖，苦恼地仰头询问，"我为什么会这样啊？如意姐，这是不是就是话本子里说的薄情啊？我明明是为了他才去安国的……"

如意却似是早料到会有这么一天，直言道："因为你之前的眼界太小了。虽然是个公主，但没见过山川风月、人间百态。话本故事里，多的是听了书生的几句俏皮话，就被迷得神魂颠倒的大家闺秀。"

杨盈下意识地反驳道："青云不是那种人，他不是只会说俏皮话，他是真心对我好！"

如意却凝视着她的眼睛，平静地问道："你说过你是为了做有实权的公主，为了婚姻自主才女扮男装自请为使。那你好好想想，你去安国，到底是为了郑青云，还是为了自己呢？"

杨盈猛地一怔，竟没能立刻说出那个她一直以来都坚信如此的答案。

归德城外草场上，初贵妃正和安帝一道纵马奔驰在草场上。两人瞄准前方草地上的红缨，在飞驰而过的瞬间，同时矫捷地俯身展臂一捞。却是安帝抢到了这枚红缨，缓缓勒住了胯下骏马。

初贵妃也笑着在不远处勒马停住，随着安帝一道翻身下马。一直等在草场边上的大皇子和二皇子，立刻起身迎上前来。

第十章

大皇子奉上水袋，二皇子则忙前忙后地帮安帝摘去身上的草屑，又训斥一旁侍女："还不侍候贵妃姨母？"侍女忙上前帮初贵妃摘草屑。

初贵妃笑了笑："二殿下就是孝顺。"她身上汗湿衣衫，也懒得看这兄弟二人钩心斗角、争讨君父的欢心，便对安帝笑道，"哎呀，臣妾好热，想先下去梳洗一下。"行礼道，"臣妾告退。"

安帝点头道："去吧。"便又转向两个儿子，"明日启程回京，东西都打点好没有？"

两人忙回道："都已安排妥当，请父皇放心。"

安帝这才入座，继续观看草场上的比赛。

不远处两个女子也在赛马捡红缨，北疆女子矫健，骑术不亚于男子。她们纵马飞驰的身影烈火一般，掠过的瞬间自马上俯身一捞，便已有一人将红缨抢在手中，高高地举了起来。

安帝含笑点头赞赏，二皇子见状，也忙高声叫好起来。

大皇子目光一转，察觉到有机可乘，立刻道："二弟，注意点。"

二皇子不解地看着他。

大皇子抿唇一笑，促狭地打量着他："窈窕淑女，君子好逑，本是佳话。但你这样子，要是被金明郡主知道了，只怕不太好吧？"

二皇子茫然不解："金明郡主？初月？她关我什么事？"

大皇子故意提高了嗓音，故作惊讶："啊？难道二弟不是早就和她两情相悦了吗？"

二皇子嗤之以鼻："和她？别逗了，那个男人婆。"

安帝听到争论声，目光也从草场上移开，看向两人，问道："你们在说什么？"

大皇子抢先回禀："禀父皇，儿臣和二弟正在谈他的婚事呢。最近好多人都说，二弟瞧上金明郡主了。郡主是贵妃娘娘唯一的侄女，沙西王的掌上明珠。二弟的外祖又是沙东王。这桩婚事要是成了，二弟就坐拥了两族之势，岂不美哉？"

二皇子还没说话，安帝却先皱起了眉头："朕怎么不知道这事？"他看向二皇子，缓缓问道，"这事，你是和沙西王谈过，还是和贵妃谈过？"

二皇子蓦然心惊，忙辩解道："没有，没有的事！父皇，儿臣年纪还小，根本无心婚姻。沙西王又是父皇您最信任的重臣，他独女的婚事，自有父皇做主，哪由得儿臣胡乱猜测？"

大皇子仿佛没察觉到安帝言辞中的机锋，笑着拐了二皇子一下，道："二弟你就别害羞了，正因为金明郡主出身高贵，堪配她的也就只有我们皇家了。哥哥我早就成亲了，咱们又没别的堂兄堂弟……"

安帝目光一深，微微眯起了眼。

二皇子深恨大皇子煽风点火，却也百口莫辩，只能心焦不已地解释着："父皇你千万别误会！我从来只把初月当妹子，不，当弟弟，别的心思一分一毫都没有！"

大皇子故作疑惑道："可你不娶她，谁还能娶她？初家可是世代和我们皇族联姻的。"

二皇子心念一动，忙道："表弟！同光他是姑姑的儿子，又被父皇赐以国姓，可不就是皇族了嘛！这不，同光刚立了战功，初月也最喜欢舞刀弄枪的，他们俩正是天造地设的一对！"

却不知这提议正中大皇子心怀。听到李同光的名字，大皇子目光一闪，笑道："倒也有理。"便不再作声。

安帝不动声色地敲打着椅子扶手，问道："初月今年几岁了？"

初贵妃扶着侍女的手含笑走进安帝帐中。她已重新梳洗装扮过，面容娇艳动人，进帐便娇声抱怨道："圣上什么事那么着急？害得臣妾胭脂都没涂好，就匆匆赶过来了。"

安帝却并不怜惜美人，直入正题道："朕有事想问你，你大哥的女儿还没定亲吧？"

初贵妃愣了愣："阿月？没有，这丫头心大得很，成天和她哥哥初旭较着劲，想……"

安帝打断她，点头道："没定亲就好。朕给她安排一桩婚事。"

初贵妃一愕，随即掩唇轻笑起来："那臣妾先替初月谢恩啦。不

第十章

过,不知道是哪家的少年这么勇气可嘉？初月那性子,可不是个轻省的呀,一般的儿郎,只怕降伏不了她。"

"放心,别的人不行,同光一定可以。"

初贵妃的笑容一僵,嗓音已不觉透出惊慌:"同、同光？"

安帝一抬眼:"怎么,你不愿意？"

初贵妃反应过来,忙道:"不,不,臣妾只是、只是一时没有反应过来。毕竟初月性子太过执拗,只怕她容不下未来夫婿另有内宠,上次那个叫琉璃的侍女……"

安帝不以为意,淡漠道:"一个侍女而已,大不了朕下旨,让同光不许纳妾就完了。"

"可是……"

安帝淡淡地看了她一眼:"怎么,朕的外甥还配不上你的侄女？你之前不是常跟朕说,同光是朕妹妹的儿子,也就和朕的儿子一样吗？"

初贵妃忙道:"圣上想哪儿去了。臣妾心里欢喜还来不及呢。"

安帝点了点头,道:"那便好。你今晚就写封信给你大哥,要他带着初月在裕州行宫候驾。朕巡视沙西部,顺便也能让他们小儿女先见上一面。这事,再怎么,也得先过问你大哥一声的。"

初贵妃强笑着屈膝行礼:"遵旨。"

然而回到自己房中,她便再也忍不住,泪水珠串般滚落下来。一直跟随在她身后的侍女上前想要说些什么,她默不作声地挥手挡开,只令人为她研墨备笔,快步走向桌案。

提起笔来,手上书写着,眼中泪水却一滴滴地坠在纸上,打湿字迹。她终还是按捺不下心中不甘,愤怒地扫翻了桌上笔墨,抓起信纸奋力撕作碎片丢入火盆中。火苗舔上纸张,一时烧不透,她又发疯般踢打着火盆。

侍女忙上前拦住她:"娘娘！"

初贵妃抓住侍女的衣襟,满面泪水,状若疯狂:"为什么,为什么偏偏是阿月？我不甘心！"

侍女安慰道:"圣上只不过随口一提,或许过上几天就忘了呢？"

初贵妃泄去力气，委顿在地，泪水不停地滚落下来。不知过了多久，她才终于平复了气息，怔怔地摇头道："圣上一定会赐婚的。他怕阿月嫁给洛西王，就会联合沙西和沙东两部的势力，威胁他的帝位，更怕同光不受他的控制。现在让同光娶阿月，明面上是加恩，为他找了一个有力的妻族；可私底下，谁不知道同光父族卑微？我大哥和初月都那么骄傲，怎么会愿意有这样一个女婿？只要夫妻不和，沙西部就永远不会站到同光身后，同光就只会一辈子做他的纯臣……"

侍女不料这中间还有这么多关窍，一时听得呆了。

初贵妃失魂落魄地站起身，重新走向桌案，泪水却再度涌上来："其实就算不是阿月，他也会娶别的女人，毕竟他生得那么好，又那么能干。我早就知道会有这么一天，可没想到，这一天会来得这么快。"

侍女忙道："奴婢这就去找小侯爷，让他知道您有多难过。小侯爷重情重义，再怎么也会拖上几年的。"

初贵妃却伸手拉住了她，惨笑着摇头道："他也不会的，他心里满是权势，这桩婚事上可以讨圣上欢心，下能够冲淡他的卑贱血脉，他只怕欢喜还来不及……"她眼中泪水簌簌地滴落下来，"其实他根本没有像我喜欢他那样喜欢我，我一直都知道。明明他只是虚与委蛇，可我还是飞蛾扑火一样陷进去了。"

她捂住脸，克制不住地呜咽起来，泪水顺着指缝一滴滴地滚落。

与此同时，大皇子志得意满，大步流星地回到自己房中。

进屋闭门后，随从立刻上前道贺："殿下好计策！"

大皇子解去披风，随手丢给侍从。将手中把玩着的核桃随手抛到桌上，得意道："二桃杀三士。这一下，老二在宫里最大的助力就没啦！"

那核桃撞到桌上茶杯，咚的一声响。茶杯晃了几晃翻倒在桌上，滚了几圈，砰然落地。

杨盈的车驾，此时正路经一座小镇。镇上萧条荒凉，不见多少行人，到处都是废墟，城墙边还有小孩子在讨饭。

杨盈骑着马走在路上，望见四面景象，难掩震惊悲悯之情。

进入小镇前，宁远舟便已察觉此处荒凉萧条，已派出于十三前去打探消息。

此刻于十三打探回来，拨马追上宁远舟，向他回禀道："打听过了，这边离天门关不远，上个月安国的一支游骑到了这里，放火劫杀。"

宁远舟依旧是一身客商打扮，闻言压了压头上笠帽，遮去目光，平静地吩咐道："不要停，继续走，我们的客栈在后面的江城。"

杨盈难过地看着城墙边乞讨的儿童，询问道："那些孩子好可怜，我们可不可以——"

宁远舟打断她，道："两百里外就是安军现在占领的地界了，我们一路上还要经过无数个这样的市镇，救不过来的。"

杨盈怔了一怔，喃喃道："那我们就不能做些什么吗？"

宁远舟道："好好地跟着你如意姐学，顺利救回你皇兄，这就是你唯一能做的事。"

杨盈点头，目光却依旧无法从四面凄凉的景象上移开。

如意驱马跟在队伍中，路过一处破败的院墙，忽地察觉到墙根上画着只朱红色的鸟形，目光不由得一闪。

午后，车队终于抵达江城。

江城却和先前小镇的景象截然不同，城墙高大坚固，城门内外商贾往来如常。路上行人纵使不说个个遍身罗绮，却也一目了然地安定富庶。甚至有仕女书生相携出游，嬉笑玩闹。

入城之后只见街市繁华，行人如织，沿街两侧酒旗招展，不时传来歌舞之声，仿佛战火从未波及此地。

两相对比，杨盈有些接受不了，喃喃道："刚才那镇子，明明和这里相隔才二十多里，怎么会差别这么大？"

杜长史一路走来，心中也颇多感慨，叹息道："因为江城的城墙既高且牢，才能护住这些百姓。兵书里常说，有坚城，方立不败之地。圣上他——"他察觉到失言，没再说下去。

杨盈便又看向钱昭。

钱昭面色冷淡，直言道："圣上太重颜面，之前虽然略输一筹了，但只要据守颍城便可以挽回劣势,但他偏要在天门关附近的平原和安军开战,这样一来,便是舍长取短。"

杨盈难堪地低下了头。

宁远舟看了她一眼,提醒道:"别想那么多。再过两天,你就要见到安国的官员了,待会儿到了客栈,再跟你如意姐练习几回礼仪。"

杨盈心情低落地点头应下。

如意目光扫过沿街建筑,再一次在一处墙根上看到了朱红色的鸟形记号。

在驿馆里安顿下来之后,杨盈便和如意一道练习接见安国使臣的礼仪。

照旧由如意扮演前来接引他们的安国将领。只见如意面带不屑,敷衍地草草一礼,直盯着杨盈问道:"你就是梧国礼王?"

杨盈一笑,道一声"平身",便自顾自地一展披风,上前坐上了主位。

意思是领会到了,细节上却还透着些生涩。如意便提点道:"平身两个字都不必说,抬抬手就可以。对方无礼,你又无力回击之时,最好的法子就是不要说话,对方一拳打到棉花上,又不敢冷场。他只要再开口,气势就弱了。"

杨盈恍然大悟,忙点了点头。

如意又道:"你继续练,再往西边走,天气就越来越凉了,我去买件厚点的衣裳。"

从成衣铺子里走出来时,已是夕阳西下时分。

如意却没有立刻返回驿馆。她貌似不经意地望向四方,见无人注意,便走到墙根处,飞快地在红色小雀后画了三个小石块。而后便走进下一家铺子,一边挑选着,一边观察附近是否有人跟踪。

她一路闲逛,还在路边摊位上买了些东西,直逛到暮色四合、弦月初起时分,才收好东西往驿站的方向去。

她看似毫无警觉,然而走了几步,便霍地回身,手中雪刃已经划向跟踪者的脖子。交手几回合后,她才借着月色,看清对面是宁远舟。

"是你?"

宁远舟收起招式,笑道:"老钱让我给元禄抓药,刚出药铺就看到了你,本来只是想试试你的内力恢复了几成,谁想你一上来就下杀招。"

如意也收起刀来,道:"才七成,少阳经有几处关穴受伤久了,怎么也冲不开。不过,就算我全恢复了,也未必是你对手。"

宁远舟情知这是她的客气之语——毕竟当初,他也在众人面前承认过自己技不如她,便挑眉道:"还没比过就认输,这不像你啊。"

如意一哂:"一个刺客要想活得长,就得懂得怎么避开比自己厉害的人。"

天已经完全黑下来,倦鸟归巢,星河横空。路边摊铺收了旗幡准备打烊,瓦子酒肆却渐渐热闹起来。高阁上点起了灯,歌女慵懒的身影映在雕窗上。不多时阁楼窗子推开,有人探出身来向灯杠上悬挂彩灯。

宁远舟和如意漫步在街市上,边走边聊。

宁远舟问道:"你逛了这一路,都买了些什么?"

如意举起手中的雪刃,笑道:"这个就是送给你的。"

宁远舟一怔。只见月色下那刀刃闪着寒光,雪白的刀身上隐约可见流云似的黑色纹路,古朴又精致。他一见便有些移不开目光。

如意把刀递给他,道:"我看你无名指关节上有茧子,就猜你多半喜欢雕东西,正好我身边有娘娘送我的一小块陨铁,顺手就磨了这个,刚才逛了一圈,配好了牛角柄,这样你也能用得顺手些。"

宁远舟接在手里把玩着,目光晶亮,爱不释手:"不愧是陨铁,吹发立断啊。"又有些迟疑,"无功不受禄,这么重的礼物,我可受不起。"

"你就拿着吧,我送礼,本来就是想讨好你啊。"

宁远舟又一愣:"为什么?"

如意头一歪,笑盈盈地反问道:"一个女人想讨好一个男人,你觉得是为什么?"

正说着,身后的阁子上就传来一声女人的轻叫——有人失手掉落了一盏灯笼。那灯笼自高处坠下，映得如意的面容流光溢彩，眸子里更仿佛有星光闪动。

宁远舟轻轻伸手，接住了坠落的灯笼，随手交给身后赶来的阁子仆从。

远方传来袅袅丝竹声。不过一个晃神，远远近近的灯笼都被点亮了。灯影落在长街上，斑驳迷离。不知何时，路上行人也再次多了起来，熙熙攘攘，川流如织。

宁远舟看着如意，声音莫名有些发紧："我不知道。"

如意笑道："当然是为了求你办事啊。眼看着还有不到十日路程就要进安国了，你准备怎么帮我查到害死娘娘的真凶？别光说那些虚的，我要详详细细地知道，你到底会怎么做？"

宁远舟瞬间冷静下来，面容再度恢复平和，道："虽说六道堂总部的森罗殿会析解各种密报，但最原始的案卷，还留在各国分堂的密档库。只是赵季上任后四处裁撤人手，安都分堂的密档库一年多之前就封存了。"他见如意皱起了眉头，语调便一转，"不过，昭节皇后既然是五年前去世的，库里应该还存有当时我们收集的各种密档……"

他们边走边说。路过一间茶摊，如意瞥见旗杆上挑着"半遮面"的小幡旗，便打断他，笑道："有点饿了，坐下慢慢说如何？听说江城的擂茶里加了胡麻和蜜饯，最是香甜。"

他们便在茶摊上坐下。宁远舟接着说道："密档其实就是各种文书，比如朝中重臣的书信往来，史官起居注草稿之类……"

这时又有别的客人入座，如意做了个小声的手势，移到宁远舟身边来。

她坐得近，若即若离，气息几乎都要吹到宁远舟的脸上。宁远舟动作不由得一顿。

如意笑着提醒："继续啊。"

宁远舟没有动，轻声道："只要是朝堂大事，必然会留下痕迹，等到了安都，找到封存的库房，把这些密档调出来，往复对比，多半就能发现从昭节皇后之死得益的关键人物，再从他们处下手……"

正说着，茶已送了上来。如意取过小匙替宁远舟调好，笑盈盈地推到了他的面前。

茶香混着胡麻蜜饯的香甜蒸腾起。身后街市上行人往来，光影流转，远远传来说笑声、叫卖声、丝竹声……烟火红尘，繁华熨帖。而如意靠在一侧，仰头笑看着他，眼眸里映着暖暖的光。

宁远舟不敢再看，忙端起茶水，低头品尝起来。

回驿馆的脚步，却不由自主地慢了下来。他们行走在河边街道上。岸上繁花照水，杨柳依依；河中灯影流彩，桨声摇摇。不知何时便说起了过往。

如意问道："你好像说过你之前去过安都？"

"六年前的晚春，待过半年。"

如意笑看着他："啊，六年前的晚春……那时候我应该去了宿国，正好不在，要不然就该让手下把你抓起来，狠狠折磨。"

"别做梦了，我腿长，跑得快。"

两人对视一眼，眼中都带着笑意。

笑了一阵后，如意感慨道："真奇怪，我们两个，当初在六道堂和朱衣卫都位高权重，居然从来没见过面。"她看向河中交错而过的小船，道，"也许见过也不知道，就像这样，不知不觉就擦肩而过了。"

一阵晚风吹来，河边花树摇曳有声，落英缤纷如雪。两人并肩走在花雪之中，良久没有说话。

宁远舟伸出手去，接住一朵翩跹飘落的花儿，递给如意："回礼。"在徐州时，如意也曾从他发间摘下一朵金盏花，送给他。

如意不由得露出笑容。身后忽有惊马狂奔而过，如意立刻揽住宁远舟的背，轻轻将他往路边一带。

她松开手后，宁远舟就有些哭笑不得："我躲得开。"

如意道："我知道，可是，就算你一直很能干，偶尔也是需要别人保护的啊。"

宁远舟猝不及防被这句话击中，不由得停下脚步，看向如意。

如意诧异地抬起头："怎么不走了？啊，那句话是娘娘以前对我说的，我就有样学样搬来了。"

宁远舟又是一顿，不知为何悄悄叹了口气。

他们继续往驿馆的方向去。宁远舟问道："昭节皇后经常保护你，所以，你一直念着她的好？"

如意点头，提到昭节皇后，她便愿意多说上两句："朱衣卫的日子不好过，我从白雀一步步升上来，儿时的同伴十之八九都已经死了。就算后来升到了紫衣使，只要任务失败，一样会被罚去冰泉里受刑。每回这样子的时候，娘娘就会找个借口发火，把我传到她的青镜殿去罚跪，实则把院门一关，拉我一起喝酒，逗她生的二皇子玩。我还记得她教二皇子背古诗：少小离家老大回，安能辨我是雄雌……"

宁远舟忍俊不禁。

如意又流露出怀念的神色，笑道："真的。娘娘还不许我笑，二皇子那会儿还小，以为原诗真的就是这么写的，结果有一回在太傅面前背出来露了馅，怕挨手板，躲到了树上去，最后是圣上亲自爬上去，才把他抱下来。"

她提到安帝，宁远舟欲言又止，到底还是换了一个话题，道："其实六道堂之前也和朱衣卫一样，都有很严苛的淘汰制度，可我一直觉得，一个好的间客组织不应该全是残酷挑选出来的精英，普通人只要齐心通力合作，一样也能出奇制胜。"

如意似有所悟，问道："元禄他们，就是这样来你身边的？"

宁远舟点头："十三的娘据说原来是前朝的县主，他自小也是锦绣堆里长大的，所以才养成了那么一副风流纨绔的脾气。刚进阿修罗道的时候，他招惹了所有能招惹的女缇骑，害得我这个副尉一起跟他挨道主的鞭子，他这才慢慢服了我。"

如意感慨道："能遇到你这样的上司，真好。我的运气就不如他。"她看向路边的糖人摊，道，"到现在，我还记得我五岁时，把我弄去做白雀的那个朱衣众长什么样。那会儿我刚买了一支小糖人，她就让人把我拎走了。我哭着要糖人，可她当着我的面，一脚把糖人踩碎了，然后打了我六十一记杀威棒。六十一记,那会儿我就在心里暗暗发誓,总有一日,我会削掉她六十一片肉,一刀不少。"

她语声平静轻快,最后还笑了一下。但宁远舟却被深深触动,眼中流露出一丝怜惜,问道:"后来你发达了,有没有狠狠地报复她?"

如意摇头道:"她早早地就在一次去宿国的行动里死了,朱衣卫的女子一大半活不过三十岁。"她说着便一顿,又道,"我也快了。"

宁远舟不知该说什么,便道:"你现在不是已经离开朱衣卫了吗?起风了,我们回去吧。"

回到驿馆时,夜色已深。院子里静悄悄的,各房里都熄了灯,只角落里传来虫鸣声。显然大伙儿都已经睡下了。

宁远舟还要在附近巡视一圈,两人便在驿馆门前道别。

如意要进门时,宁远舟又叫住她:"明天把你关穴阻塞的地方画出来,我和老钱商议一下,最好早一点把你的旧伤都治好了。"

如意道谢进门,宁远舟看着她的背影,突然心念一动。他顺手从一旁的柴火堆上拿了块小木头,唤道:"等等。"

如意回身,疑惑地看着他。

宁远舟便问:"那个打你的朱衣众长什么样子?"他抛了抛手中的木头,笑看着如意,"正好试试你送我的雕刀。"

如意眼睛一亮,道:"身材不高,长脸,下巴长得有点像元禄。"

宁远舟沉腕运刀,剔落边角,木块在他手里渐渐显露雏形。

如意比画着:"眼睛有点像杨盈,圆的,眉毛往上挑,总喜欢抬着头。对了,"她一指右脸,"这里还有一条刀疤。"

宁远舟运刀如飞,手中木花纷落,边刻边问:"没有了?"

如意摇头。

宁远舟吹去木屑,收刀一笑:"大功告成。"他举起手中雕像,问道,"像不像?"

看清雕像面貌,如意不由得错愕至极——宁远舟下刀那么果决利落,一派大师风范,谁知雕出的木像根本不成人形,歪七扭八,分明就是只拙劣又滑稽的人偶。

宁远舟笑看着她:"元禄有没有告诉过你,我的雕工其实一直很差?我刚才不敢收你的刀,其实是因为心虚。"他晃了晃手中雕像,那小雕像眼歪口斜,滑稽又无辜。

如意噗地笑了出来,笑得眼泪都快出来了。和今晚所有的笑都不同,这一刻她是真的开心极了。

宁远舟陪她笑了一会儿,看她渐渐平复下来,才道:"不过,我数得很清楚,我削了六十一刀,一刀都不少。"他将雕像递过去,目光温柔地看着如意,"送给你。"

如意身子一震,接过雕像:"谢谢。"说完便仿佛逃避一般,飞快地转身进屋,扣上了房门。

她背靠着房门,不由自主抬起手来,看向那只滑稽的人偶,又想笑,又想哭,只觉心潮起伏。

不知道过了多久,屋外突然远远地传来了打更声:"子时——"

如意一凛,忙收拾心情。将雕像收好,疾步走到西窗边推开窗子向空中望去,只见远处缓缓升起了一只绘着朱雀的孔明灯。

她又奔回到门边,透过门缝,看到宁远舟的房间里也熄了灯,便开始行动。

从窗子里翻身跃下时,她已是一身夜行装束,落地后随手一抹,脸上便换了副人皮面具。她悄然潜入了漆黑夜色之中,向着孔明灯的方向疾行而去。

翻进一处院落,院中已有人候立,身旁一根细绳牵着空中的孔明灯。

如意开口时便已换了声线,道:"花开花落不长久。"

那人接道:"落红满地归寂中。"

如意忙俯身行礼:"天玑分堂朱衣众琥珀,参见大人!"而后便上前一步,急切道,"自越大人惨死,各处分堂都四处流散了,属下受了伤,只能一路混进梧国使团,好不容易到了这里,才终于看到玉衡分堂的记号……"说着便哽咽起来。

那人立刻起了兴致,问道:"你混进了梧国使团?快详细说说。"

如意一顿："大人您是——"

"本座巨门分堂堂主江绣。"

如意露出恍然大悟的神色："啊！奴婢前年陪刘堂主去淮南的时候，还远远地见过您一面，大人容禀。"

飘浮的孔明灯被侍从扯着细绳降下。它飘过院边的大树，光影浮动中照出了潜伏在浓荫中的钱昭肃杀的脸。钱昭紧紧地抓住树干，手指几乎陷入了树皮中。

驿馆卧房里，宁远舟正在把玩着如意送他的那把雕刀。自知心动，自知无果，他无声地叹了口气，却听一声："唉——"

宁远舟立刻警觉地回过头去，却见于十三正坐在窗上看着他。

"这么久才发现，真不像你。"于十三恨铁不成钢地翻身下来，咄咄逼上前，"你怎么回事啊？前头刚叫我帮你盯人，后头就跟人家花前月下把臂同游。到底是想故意戳我的眼，还是真没发现我跟在后面？"

宁远舟一时无语，心虚地移开了目光。

孔明灯下的院子里，如意还在和朱衣卫巨门分堂的堂主江绣交谈着，却不知钱昭正躲在暗处偷听着。

她一脸恳切地看着江绣，声音哽咽："越大人于属下有救命之恩，却不幸死在恶贼手中。不知总堂查出那个白雀的下落没有？属下不才，愿请命前去，为越大人报仇！"

江绣道："不必。你继续留在使团里打探就是。现在总堂最重视的，就是使团之事，过些天还会有绯衣使大人亲自前来。你务必查到更多有用的消息，到时候才好有所交代。"

如意领命道"是"，却又不甘地追问道："可越大人难道就这样白死了吗？她当初立下过那么多汗马功劳……"

江绣似是有些不满她的纠缠，皱眉道："已经查清楚了，那个如意是混进梧都分堂的褚国不良人，总卫已经调了玉衡分堂去处置，你不必插手此事。"

如意不由得一怔："如意，是褚国的不良人？！"她心中狐疑不已，却也不能再继续追问下去，只能领命暂回驿馆中。

但这疑问萦绕心头，回到驿馆后，也依旧思索不出答案。她便索性跌坐在床榻上，仔细冥想。

她喃喃自语着："冷静，一条一条慢慢想。总卫为什么会认为我是褚国的不良人？这明明是宁远舟替我编造的身份。可总卫现在唯一关于使团的消息源就是我假扮的琥珀，难道是巧合？"

她突然一凛："天下没有那么多巧合，除非有人刻意制造。让总堂以为我是不良人，谁的得益最多？"

她的面前晃过无数的人影，最终定格在宁远舟身上。

"宁狐狸！对，是他，不会有错！"

她暗暗思忖道："我刻意在越三娘和玉郎的尸身上留下线索，以此诱使梧都分堂灭门案的背后主使来追查我，如此一来，我便可以背靠使团守株待兔。但宁远舟多半已经发现了，他把使团的安危放在首位，自然不会坐视我把朱衣卫引到杨盈身边……所以，他把我之前留下的线索都抹掉了！"难怪今夜，宁远舟会这么巧地与她"偶遇"。只怕他一直都跟在她的身后。

她不由得又想起她和宁远舟漫步在长街上的情形，想起宁远舟雕刻人偶送给她，想起宁远舟眼瞳里柔暖流淌着的光。

一时间心神大乱。她猛地睁开眼睛，看向梳妆台上的铜镜，对着镜中的自己，喃喃道："任辛，你太轻敌了，你是朱衣卫，他是六道堂，他怎么可能真正相信你！你以为自己引着他一步步上了钩，结果，你被人家一直玩弄于掌心，还不自知！"

她恨恨地跃出窗外。

卧房里，被遛了一圈，还被花前月下秀了一脸恩爱的于十三，还在逼问着罪魁祸首："说呀，怎么哑巴了？你到底怎么想的？上回还一口咬定一点都不喜欢她，干吗要说一套做一套？"

宁远舟也不解为什么会发展到这一步。明明想断，却总是断不清楚。明明说着拒绝，却不知不觉越陷越深。哪里还不知心动是真？做

第十章

他们这一行的，心动与否反而是最无关紧要的事。可纵使知晓，又岂是这么容易便能按下的？只好烦闷地扭头避开："我说不出来。"

于十三无语扶额："你都三十了，又不是十三，还玩什么欲言又止？"忽觉得哪里不对，"哦对，我才是十三。"又正色看向宁远舟，"她是褚国的不良人又怎么了？只要她手上没怎么沾过兄弟们的血，大伙儿最多别扭一阵，也就过了。毕竟她不是朱衣卫，那才是我们的生死仇家……"

宁远舟叹了口气："你不用说了，我心里有数。"

于十三恨铁不成钢道："你心里有数才怪！"便一屁股在他身边坐下，开始啰啰唆唆地替如意鸣起不平来。

屋顶上，如意借着更锣敲响的时机，轻轻拨开了瓦片，正好看到了房中交谈的两人，也听到了于十三的话。

"美人儿是个好姑娘，外冷内热，为人爽快，除了出手有点狠……总之，你这样一边利用她替你办事，又一边钓着她，忒不仁义了！"

如意一凛。

于十三又道："我这人平生最舍不得小娘子受委屈，所以你今晚上必须跟我说清楚，你对美人儿到底是个什么想法！要不然以后，我都不知道怎么跟她相处了！"

如意屏息听着。

宁远舟闭了闭眼，终于说道："我这三十年来，见过的女子如恒河沙数，妃嫔、公主、女官，还有各路名门闺秀……"

于十三一挥手："这一段可以跳过，直接说'但是'。"

宁远舟顿了顿，道："但是，如意和她们都不同。她像一头豹子，不懂得害羞，也不屑于掩饰，想要什么，就直接去拿。而且也只有她，才可以和我并肩作战。一直以来，我已经习惯了去保护别人，可只有在她那里，我才尝到了被别人保护的滋味。天星峡那一战，她从枪林箭雨中破阵而来，替我挡住了身后所有的攻击。我还记得那会儿她的血浸透了我衣裳的感觉。"

背靠着背战斗时，透过她的脊背传递过来的力量和感受仿佛再次清晰起来。他轻轻闭上眼睛："又热又黏，却让我觉得格外安心。在那一瞬间，我突然明白，原来我也是可以犯错，可以失误，可以放下一切后顾之忧，像我们少年时那样单纯肆意拼杀的。"

于十三表情变得郑重了起来，半晌才不甘道："过分了吧？难道我，难道老钱没跟你并肩对敌过？难道我们就不值得你信任了？"

宁远舟无语地扭头瞅他："难道你们想跟我同床共枕？"

于十三忙不迭地摆手："我们继续说——总之，你说了这一大通，就是终于不死鸭子嘴硬了呗？"

宁远舟沉默了很久，终于点了点头。

于十三一拍他的肩膀："那不就结了，就按我刚才说的……"

宁远舟却摇了摇头，道："但人这一辈子会动很多回心，也并不是每一次心动都需要有行动。即便抛开她别国间客的身份不谈，她也太危险、太陌生、太不可捉摸了。现在，我的肩上担负着整个使团，送公主安全入安、为天道牺牲的兄弟正名，才是我心中的头等大事。而她，只是仓促之间被我拉进使团的过客。一旦到了安国，我和她的交易完成，各自都会面临数不清的血战，说不定彼此还会刀剑相向。"他叹了口气，望向窗外。

空中月如银钩，千里与共，却相望不相闻。他叹道："既然如此，又何必开始？"

于十三不觉怅然，却仍是说道："那你还给她雕什么东西啊。"

"我只是想让她开心点。"宁远舟道，"你看见她那些拙劣的手段了吧？她想让我慢慢接受她，所以就送我花，送我雕刀，请我吃夜宵，还故意谈起她之前的悲伤往事，引起我的同情……"他说着目光便不由得柔软起来，笑着摇了摇头，叹道，"这些，分明都是男人讨小娘子欢心的把戏，可她却那么努力、认真地做着，我就……"他顿了顿，道，"我套过她的话，原来她只看过一个男人这么对她一个做白雀的姐妹做过，而那个姐妹很是喜欢。她便以为只要照做，就能向男子展现她的真心。"

于十三震惊道："不会吧，她张口就要和你……敢情她根本就不懂男女之间怎么相处啊？"

宁远舟叹道："对，她甚至根本就不喜欢孩子。"

"哈？"

宁远舟露出无奈的神色，道："她有一位恩人，待她极好，恩人临终之时，不愿她一辈子只做杀人工具，就吩咐她务必生个孩子。而她向来对那个恩人言听计从……"

于十三立刻领会，冲口而出："孩子就意味着正常人的生活，意味着有牵挂、有忌惮！老天爷，这就是我砍头都不愿意娶媳妇的原因！一想到我每天起床要对着同一个小娘子……"他不由得打了个寒战，赶紧摇头抛开这可怕的念头，却又道，"不过，这位恩人挺为美人儿着想啊。"

宁远舟叹道："是挺为她着想。要她一定生个孩子，却不许她爱上任何男人。你说，她为什么要如意这么做？"

于十三眼睛一亮："还能为什么？多半受过男人的伤，没齿难忘呗！哎，这位恩人跟我是一个路数的，气味相投，可惜死了，不然我一定跟她好好喝一顿酒！"

宁远舟无语，缓缓道："总之，如意就是为了完成她的遗愿，才一心想要有个孩子。至于我，不过是碰巧入了她的眼而已。"

于十三却毫不犹豫地否定："不是的。她肯定也喜欢上你了，只是她自己还不知道。要不然，我样样都比你强，她怎么就瞧不上我？"说着便又潇洒地一甩额发。

宁远舟沉默了片刻，却是认可了他的理由："我也是这么觉得的，所以在那一瞬间，我才软弱了。"却又道，"但我保证，我没有利用她。无论监视也好，提防也好，都只是为了保证使团的安全。除此之外，我是真心想让她再开心一点，因为之前，她过得太苦了。除了杀人和复仇，她的世界里，别的什么都没有。"

于十三终于正经起来，他没有说话，而是径直去倒了两杯酒，递了一杯给宁远舟，道："对女人我最有经验，所以你得听我的。以后，你不能再像今晚这样了，否则真的会陷进去出不来的。离她远一点，我们会帮你对她好。是哥们儿那种好，不是别的。"

宁远舟接过酒杯，轻轻吐出一口气："好。"

两人正欲碰杯，于十三突然想起来："糟糕，我忘了你有旧伤，不能喝酒。"

宁远舟伸手跟他一碰杯，苦笑道："管不了那么多了，今晚我只想一醉，不然，我的房里为什么会有酒？"说罢仰头一饮而尽。

如意转身离开，身似鬼魅般悄然从屋顶上离开。

月光照亮了她的脸，她脸上带着笑容，却早已泪流满面。

回房之后，她瞧见人偶孤零零地躺在桌边，还是被她摔出去的模样，便走上前将人偶捡起来，握在手里怔怔地发了会儿呆，才对着人偶说道："你说，这一次，我再相信他一回，可不可以？"

空中云雾飘来，遮住了月光，地上晦暗不明。人偶的脸也随之阴暗下来。

日升月落，信鸽破空飞过。

清晨时大军已从归德城外拔营起寨，向安都进发。此刻已越过草原，来到戈壁附近的小镇上。镇上百姓簇拥在道路两侧等着瞻仰天颜，望见骏马上安帝意气风发的身影，纷纷欢呼叩拜："恭贺圣上得胜回朝，圣上万岁！"

安帝和紧随在他身后的两位皇子向百姓们挥手示意。

不远处，初贵妃也掀开车帘，望向前方英姿勃发的李同光。想到他的婚事，她目光中不由得流露出苦涩。

大军在裕州暂驻，城中早已修整好行宫迎安帝入住。朱衣卫指挥使邓恢陪着安帝走入行宫后，守在行宫外的右使迦陵，也终于拿到了信鸽从江城带来的密信。

匆匆阅览过后，迦陵长松了口气。

在行宫走廊里等候了许久，待邓恢出来后，迦陵忙恭敬地迎上前去汇报："尊上，属下幸不辱命，已探得梧国使团详细情况……"

邓恢凝神听着，听了几句后，便如笑面虎一般冷冷地反问："知道使团的人数和礼王的性情，就敢自称详细？"

他语声轻柔，迦陵却心中一寒。

邓恢已招手叫了一个内监上来，道："我还有正事要做，听说内监里就数你骂人最毒，她办事不力，你替我教训几声吧。"说罢径直离开了。

内监恭敬地拱手送他离去，便迤迤然走到迦陵面前，趾高气扬地看向迦陵。迦陵只得俯身听训。

内监破口大骂，直骂得口沫横飞。迦陵灰头土脸，却也只能佯作恭敬，悉数领下。

堂堂朱衣卫右使在大庭广众之下被一个内监辱骂的笑话，很快便传遍了行营内外。朱衣卫做的不是什么上得台面的明事，私底下不知被多少人忌惮厌恨，自是人人都乐见他们倒霉。

迦陵带着几个朱衣众沿着宫墙巡视时，正与另一支正在巡视的羽林卫擦肩而过，便听见身后传来一阵讥讽嘲笑。

"哟，朱衣卫也被发配过来巡街啦？"

"不单巡街，刚才还被一个内监训斥呢。"

"不会吧？堂堂右使，混得比内监还不如？"

"她哪敢得罪，那可是圣上亲信太监的干儿子！"

朱衣众闻言都面带不忿，迦陵再也忍不下心头屈辱委屈，回头骂道："那也轮不到你们这帮蠢货议论！"

羽林卫们哪里肯受她的骂，立刻回头推搡起来，两边人马很快便争执成一团。

街头马蹄声响，恰有个鲜衣怒马的男装少女带着从人自拐角处经过。扭头看到羽林卫头领反扭住一个朱衣卫女子的手，她当即便眉头一皱，缰绳一牵，拨过马头，便策马飞奔而去。

身后侍女焦急地追赶着："郡主，王爷还在行宫里等着您一起面圣呢！"

正是沙西王独女，金明郡主初月。

初月纵马赶到，一勒马缰，那马人立而起，高声嘶鸣。

朱衣卫和羽林卫都惊了一下，停下争吵，同时望向马上之人。只见那女子一身利落男装，生得飒爽挺拔，眉眼漆黑明亮，顾盼神飞。

她看向羽林卫头领，道："王九。"

头领看清她的模样，忙和众手下一起行礼："少主人安好。"

初月来得急，此刻却没有发怒，反而翻身下马，一把搂住王九的脖子，将他压在自己肋下，状似亲热地笑嘻嘻道："你还记得你是沙西部的小崽子，记得我是你家少主人？"

王九躬着肩膀赔笑："记得，记得。"

"那你为什么还要在行宫重地，随意殴打女子？"

王九理所当然地辩解道："禀少主人，她们不是普通女人，她们是朱衣卫。"

初月重重地一拍他脑门，反问："我也不是普通的女人，那你也敢打我喽？"

王九一寒，忙道："小的不敢。"

初月这才放开了他，道："沙西部乃是大母神所创，族训里面要你们待姐妹一如兄弟，都忘到狗肚子里去啦？！"说着便一踢王九的屁股，似笑似骂，"去，给她们赔礼！"

头领只得不甘心地冲一众朱衣卫抱拳致意："对不住了。"

迦陵没理睬他，心里却已领下初月的好意，连忙带着手下向她行礼道："多谢郡主！"

初月也不应答，只含笑看着王九："这么敷衍了事，还委屈上了？"

王九心里不服，不肯说话。

初月便正色道："羽林卫向只从沙西、沙东和沙中三部里选人，你们的一举一动，其他两部都看着呢！还记得去年太阳节赛马的时候我们输给沙中部，有多丢脸吗？今天我教训你们，不是为了你们，而是为了整个沙西部的颜面！"

王九闻言一凛，忙道："小的错了！"他带着众手下向迦陵等人深深一礼，道："对不起！"

初月笑道："这还差不多。"便抬手拍了拍王九的肩，吩咐道，"巡完了这一圈，去墙根下罚半个小时的站，明儿我再请你们喝酒！"

这才翻身上马，一掣缰绳拨转马头，给迦陵丢下一句："女子为官，本来就比男人不容易，这些小事，就别太放在心上。"便一夹马背，纵马奔向行宫。

来到门前，她不待通禀，便纵马直入。

身后侍女小星急急地追了进去："郡主不可！"

羽林卫恭送她之后，对一众朱衣卫抱拳致意，便转身离去。

有朱衣卫感叹道："早就听说金明郡主喜欢穿男装，没想到却是这么个性子。"却又不解道，"她怎么会突然替我们出头？"

迦陵望着初月的背影，道："她母亲安阳郡主之前掌过兵，嫁给沙西王后却不得不退居后院；她自己现在也管着沙西部三成的骑奴。所以，她知道这一身官服，对于我们有多重要。"

朱衣卫中一众女子，都陷入了沉默。

初月走进行宫，安帝和沙西王都已等在房内。

她才不过十八九岁年纪，面见天子却是丝毫都不畏惧。她如一团烈火般快步进屋，见到安帝，利索地一抱拳，脆生生地行礼道："臣女初月参见圣上！"

安帝打量着她，笑道："平身。朕快有四五年没见过你了吧？女大十八变，真不一样了。"

初月一笑，起身道："谢圣上夸奖。不过圣上的意思其实是，小时候明明还是个丫头，现在怎么成了个小子啦？"

沙西王初远立刻呵斥道："放肆！"

他满面胡须，身量高大稳重。五十许的年纪，并不比安帝年长几岁，却早已无安帝那般的雄心壮志，看上去便老迈许多，很有些平和慈祥的意味。他平日里很是娇纵宠爱女儿，在安帝面前却谨慎端正，不容初月失礼。

安帝却并不在意初月言辞率直，只愕然一笑："你这性子，果然像安阳堂妹。朕记得她年轻的时候，也喜欢穿男装。不过，以后你可得改改，毕竟是要嫁人的大姑娘啦，总是一身骑服，也不像回事。"

初月一怔，问道："圣上是要给臣女赐婚吗？"

安帝笑道："聪明。"

初月也不多问，干脆利落地跪谢道："谢陛下，圣上万岁万万岁。"

安帝略有些惊讶，笑看着她："这就谢恩了？也不问问朕给你安排了哪一位好郎君？"

初月满不在乎道："难道圣上还会随意安排一个人给臣女做夫婿不成？"

安帝哈哈大笑起来："这性子爽快，先去见你姑姑吧，晚一点，朕就让你和你未来郎君见一面。"

初月却不肯走，不满道："圣上太小气了吧，光赐婚就完了？难道不给臣女一点贺礼？"

安帝也不以为忤，笑道："你倒是一点也不客气，好，说来听听，你要什么？"

初月道："父亲只让我管部中三成的骑奴。臣女想请圣上下旨，让阿爹把部中的骑奴分一半给我，我和大哥一人一半，这才叫公平。"

安帝奇道："你要骑奴做什么？"

初月反问道："当年臣母带兵助圣上征战之时，圣上可曾问过她为什么吗？"

安帝一怔，指着她说不出话来。

沙西王忙又呵斥初月："不得放肆！"

安帝笑道："好啦好啦，谁不知道你是个女儿奴，在朕面前也只敢翻来覆去地说几声'放肆'，不曾真的管教。"

沙西王汗颜，为难地向安帝解释："陛下，初月有我们沙西女儿上古遗风，自小就喜欢弓马，比起她大哥还略胜一筹，可族中的骑奴按例只能属于下一任族长……"

安帝恍然，体谅地点了点头："朕懂了，你也有为难之处。"略一思量，道，"这样吧，朕把自己的三百骑奴送给初月。"

初月眼睛一亮，忙又道："还想请圣上下旨，令我成婚以后，也可以自己管理名下的骑奴，不用交与夫君。"说完，不待安帝表示，便利落地谢恩，"多谢陛下，圣上万岁万岁万万岁。"

安帝失笑："先斩后奏啊？好，朕准了。"

初月便也笑起来："臣女告退。"她行了个礼，风一般轻快地离开了。

待初月身形消失在门外，沙西王才头痛地跟安帝说起来："陛下，臣这女儿的性子，若是成了王妃，只怕会闯祸不断啊。"

安帝点头，淡淡地说道："所以，朕才想把她指给长庆侯。"

沙西王闻言大惊，他原本以为安帝要把初月配给洛西王，初月想必也是如此以为，才会答应得如此爽快。谁知安帝竟是这个打算。

他又惊诧又疑惑，忙道："圣上，初月是臣的独女，长庆侯虽是长公主之子，但其父不详……"

安帝眼中精光一闪，抬眼看向他，缓缓道："那你想选河东王还是洛西王？又想帮哪个女婿来抢朕的帝位？"

沙西王霎时惊了满头汗，忙跪地道："臣绝不会有此大逆不道之心！"

安帝抬手示意他平身，道："陪朕走走吧。"

沙西王跟在安帝身后，陪他一道在行宫花园里散着步。

安帝依旧如老友般平常待他，边走边说，言辞间很是坦诚："朕知道，把初月许给长庆侯，是委屈了些。可这次出征梧国，朕没立监国，老大老二的争斗就没停过。老大勾连母族想掌握军需。老二就硬要护送你妹妹来探望朕，无非是以为朕大胜之下便会立后，你妹妹做了皇后，自然就会全力保他做太子。"说着便冷笑起来，"可朕还没老呢，这两个小畜生的心思，也太活了些！"

沙西王不敢作答。

安帝便又道："我安国有三大部。初家虽和皇族世代联姻，可初月不管嫁给老大还是老二，你们沙西部都必然会被卷入夺嫡的旋涡之中。朕不让你女儿做王妃，是为了保全你，明白吗？"

沙西王忙道："圣上爱护之心，臣感激涕零！"

安帝推心置腹道："你是朕最信得过的人，朕不妨跟你交底。二十年之内，朕不会立嫡。只要朕还能动，安国所有的权力，就必须掌握在朕的手上。"

沙西王很是感动，忙抱拳道："臣愿一世为圣上奔走。"

安帝这才满意了，又道："长庆侯的身份是差了些，但朕已经赐他国姓，视同宗室了。"说着便叹了口气，"唉，但凡老二、老大能干些，朕又何必倚仗一个外甥？这小子在朝政和军务上都很有些章法，这回又生擒了梧帝。他虽然性子有些桀骜，但绝对不会和老大、老二混在一起，被朕敲打之后也很知道进退，朕已经准备把他当未来的重臣来培养了。"便依旧如老友般笑看着沙西王，问道，"这样的女婿，你还不满意？"

沙西王行礼道："谢主隆恩！"也坦然看向安帝，笑道，"这一回，是真心的。"

君臣两个对视一眼，各自发出了大笑。但笑过之后，沙西王眼中仍有浓浓隐忧。

从安帝殿中出来，初月便直奔初贵妃房中，去拜见自己的姑姑。

她们姑侄感情一向亲近，然而这一日初贵妃看着向自己行礼的侄女，脸上带着笑，眼中却难掩悲凉嫉妒。

"快起来，咱们好久没见过了。"她伸手搀起初月。

初月敏锐地察觉出初贵妃今日情绪有异，直言道："姑姑，你的眼神不对——出什么事了？"

初贵妃垂下眼眸，掩饰道："哪有什么事，姑姑只是一路旅途劳累，昨晚上没睡好。对了，圣上要给你赐婚了，你知道吗？"

一提赐婚，她表情又不对了。初月立刻意识到了什么："难道您不高兴，就是因为我的婚事？"便做出了不在意的模样，安慰她，"这有什么好担心的啊？洛西王他脑子虽然不怎么灵光，但也不算太差……"

第十章

初贵妃忍着酸楚，纠正她："不是皇子，是长庆侯。"

初月错愕地抬起头来："什么?!"提到长庆侯，所有人最先想到的便是他的出身，初月也不例外，立刻皱眉道，"圣上这是什么意思？我贵为郡主，为什么我要嫁给一个卑贱的梧人面首之子？不行，我得去找圣上再问个清楚。"

她转身就走，初贵妃阻拦未果，急忙喝住她："你不许去！"

初月一怔，回过头去。看到初贵妃泫然欲泣，她瞬间明白过来，问道："难道此事已经无可更改了吗？"

初贵妃点了点头，拉起初月的手，强忍酸楚，向她解释道："这是圣上为了平衡各方势力而做的决定。等他五十大寿之日，就会正式下旨了。其实皇子们虽然尊贵，但完全不能和长庆侯相比。"她越说心里便越是难受，却还是告诉初月，"长庆侯长相俊俏，文武兼修，年纪轻轻就立下大功，执掌圣上的亲卫，语言风趣，待人也温柔体贴……"

初月语带嘲讽："他文武兼修？"

初贵妃却没听出她话外之音，仍道："成亲之后，圣上还会赐你三百户的实封为新婚贺礼。这么个百里挑一的郎君，是多少小娘子的梦中情郎，你还有什么不满意的呢？"她说着，眼中的泪水渐渐聚集起来。

初月替她抹掉眼泪，安慰道："好了姑姑，你不用替我难过了，我奉旨就是。早在你当初哭着入宫的那一天起，阿爹就跟我讲过，初家的女儿，婚姻是不可能自主的。"

初贵妃难过地抱住她："阿月！"

初月面色平静，目光清明。她轻轻拍了拍初贵妃的背，道："我真的不难过，至少我还是用这桩婚事向圣上换来了不少有用的东西，挺划算的……"

但从初贵妃房里出来，她面色霎时便冷下来，直接大步离开了行宫。

侍女小星亦步亦趋地追着她，提醒道："郡主您这就出宫吗？可圣上说还会安排你跟长庆侯见一面的呀。"

初月冷哼一声，道："我才不想见那个混账呢。刚才跟姑姑敷衍，只是不想她太难过而已。你找个内监禀报圣上，就说我突然不舒服，要回去歇着。"

小星不解道："啊？贵妃不是说长庆侯文武双全吗？"

初月冷笑着，目光里带着鄙薄之色："岩堂哥也在这次出征大军里，我见过他的家书，信里头说长庆侯的本事其实稀松平常，抢了部下的功，这才混了个生擒梧帝的英雄名号。"她一扬下巴，傲然道，"圣旨难违，嫁就嫁吧，反正他也不敢得罪我。但是我称病，至少能让圣上知道我不满意这桩婚事，以后说不定还能再赐我些好东西做补偿。"

说罢她转身上马，道一声："驾！"便疾驰而去。

行宫外，李同光正沉着脸训斥一行羽林卫——正是先前同迦陵起争执，被初月要求在墙根下罚站的那队人。

这一队羽林卫的头领王九委屈地分辩道："属下并非有意擅离职守，属下也完成了这一班巡查的任务，只是少主人吩咐我们在此罚站，属下是沙西人，不敢不从。"

李同光冷笑道："所以，你们沙西部的少主人能指挥得动你，我这个羽林卫将军倒指挥不动你了？"

王九不语，显然并不服他。

李同光目光一沉，冷笑："好，我今日便要正一正你们的风气！"他一拂衣袍，在道旁石头上坐下，吩咐亲随朱殷道："罚他们十鞭。"

朱殷拱手道："是！"便带着手下按住一众巡逻的亲军便开始行刑。

一道道鞭打声中，李同光训斥道："好好记住了，身为亲军，所奉的只有圣命、上峰之令和军纪，其余什么老主人、少主人，一概都是狗屁！"

初月纵马从路上经过，抬头便看到王九在挨打，忙勒住缰绳，喝令："住手！"

行刑之人却听而不闻，鞭声丝毫未有停滞。

初月自己也带兵，自是立刻便明白，这一行人令行禁止、纪律森严，非下令之人，谁都无法命令他们。

她立刻翻身下马，走到李同光的面前，目光含怒地呵斥道："听

第十章

见了吗？我要你住手！"

李同光这才抬起头来看她。四目相对，两人都是一惊。

初月脱口而出："是你！当初赛马会抢了我彩球的混小子！"

李同光却不甚理会她，依旧稳坐在石上，只懒懒地一拱手，道一声："郡主安好。"便又提醒亲随，"继续。"

初月从未被人如此冷遇过，见他毫不容情，心中不由得火气上涌，怒道："你为什么打他们?!"

李同光轻蔑道："就凭我是管着羽林卫的人。"他讥讽地一笑，抬头看向初月，"怎么，郡主这一回，又想用鞭子来教训我吗？"很显然，他也记起了那并不愉快的旧事。

初月手中确实握着马鞭，闻言又羞又恼。此刻她既不占势也不占理，心中恨极，却是无可奈何，只能狠瞪着李同光，听一旁鞭子啪啪地打在皮肉上。

行刑之人还在高声地报着数："九、十！"打足了数目，才收鞭回身，向李同光回禀："禀大人，行刑已毕！"

初月眼睛死死盯着李同光，却掏出怀中的药瓶扔给受刑的头领，道："有人怀恨报复，连累你们了。回去好好养伤，我会送礼给你们的家人。"

李同光无动于衷。

初月目光灼灼如火，却未再徒劳发怒，只问："你叫什么名字？"

"李同光。"

"很好，我记住了。"

她说罢翻身上马，一掣缰绳，头也不回地纵马离开了。

# 第十一章

## 揭破真身刀兵见

车队停在道旁树荫之下,使团众人却都没有下马,而是遥遥望向前方道路。

那大道直通,并无什么险峻的关隘,只在道路中央设置了一道简陋的木制关卡,两国士兵各自守卫着关卡的一侧——便是两国当下的边界了。

宁远舟指着那关卡,对众人道:"那边就是许城地界了。许城在此次战事中被安人所夺,所以越过这道关口,我们就算正式进入安人的势力范围,大伙儿都要打起精神来。"

众人都是一凛,心中都明白,行程前半段虽也遇到许多险阻,但真正的考验却在前方。跨过那道关卡,他们此行的任务才算是真正开始。

宁远舟道:"从现在起,为免安人怀疑,使团和商队必须分开行动,中间至少相隔一里。但是上一次使团人手折损太多,是以钱昭、孙朗两人,暂时先补入使团护卫殿下。于十三、元禄还随我留在商队。"

钱昭、孙朗立刻抱拳领命:"是。"

宁远舟一挥手:"出发。"

他们再次策马前行,向着关卡进发。所有人都肃然无声,只马蹄踏踏,车轮辘辘地碾在土石路面上。

如意打起帘子,从车厢里探出身来,问道:"那我呢?"

宁远舟道:"你还是以随行女官的身份陪着殿下。呈交通关文牒的时候,殿下势必会和安国人朝相,进了许城,还得会见镇守当地的安国将领。到时候我不在场,得麻烦你多提点她,只要过了第一关,以后就好办了。"他一顿,放缓了马蹄,与马车并行,轻声叮咛道,"你也要小心,万一遇到之前的仇家,务必不要冲动,等会合之后,我们再一起想办法。"

如意一抿唇,长睫下便掩了些笑意,抬手一指头上幂篱,道:"女官都要戴这个,没人认得出我。就算遇上了仇家,该小心的也是他们,而不是我。"说完便转身回到马车里。

钱昭驱马跟在车后,不动声色地观察着他们的交谈,面无表情。

如意一回到车厢里,杨盈便好奇地凑上前来,问道:"你跟远舟哥哥说什么呢?这两天总觉得你们变得有点怪怪的。"

如意提醒道:"进入安国之后,你只能叫他宁掌柜,叫我任女官。"

杨盈随口应了声"哦",便目光炯炯地追问道:"那宁掌柜和任女官刚才说什么呢?"

如意避而不答,反要教导她:"马上就要见到安国的守将王远了,你还是再看看卷宗,多准备一下吧。"

杨盈抱怨着:"那些东西我都会背了,我就是紧张,才想跟你多说说话……"说着便又凑上前,絮絮叨叨地跟如意说着话,"昨天晚上,我又梦到青云啦,我梦到他送我最喜欢的小兔子,还梦到他说想我了。如意姐,我觉得你那天说得不对,我问过十三了,他说他一忙起来也经常会把他相好的小娘子忘了,但不管什么时候,她都会是他最重要的人……"

如意瞟她一眼:"你怎么不问问他有多少个相好的小娘子?"

杨盈愕然,没料到最温柔体贴的于十三竟有不止一个相好的小娘子,嘟起嘴不再说话了。她忽地瞧见如意手中攥着个木偶,正无意识地把玩着,又好奇地凑上去细看:"这是什么?"

如意却立刻将木偶塞回袖子里,杨盈不敢缠她,只好强掩住好奇,去寻旁的东西来分散紧张。

马车缓缓停在关卡前。

钱昭已是一身侍卫打扮,低头递上通关文牒。梧国士兵查验通过后，车队再度开动，向着数十丈外安国士兵把守的地方驶去。待杨盈的车驾驶过木门，梧国士兵突然齐齐左膝跪地，高声祝愿道："殿下一路珍重，愿早日平安归来！"

车里的杨盈闻言一怔。此处一过，前方便不再是故乡了。她的兄长和皇嫂都不在意她是否会死在异乡，但离开之前，故土上却依旧有人真心祝愿她平安归来。

她心中一动，起身唰地拉开了车帘，探出身去，向着士兵们用力挥手道："多谢！你们也保重！"

坐回车里后，她眼中已满是泪水，心中的紧张不安却不知何时悄然消散了。

通关之后，第一程便是去许城府衙会见驻守在此的安国将领。

安国尚未派出引进使，使团仍有行动的自由，不至于一举一动都在安国监视之下，却也不好脱离安国官府的视线太远。引进使到来前，路上每在一处城池落脚，都要会见当地长官。

来送赎金的战败国使者，会受到刁难是预料之中。然而此行不但无人出迎，甚至等候许久还不见人影，杨盈也忍不住露出些不耐的神色。

小厮送上茶来，杨盈喝了一口，苦涩难咽，便皱起眉，对如意摇了摇头。

却是使团长史杜铭先发作了，怒斥道："这王远好生无礼，竟然让殿下和我们等这么久！"

钱昭无声地示意他少安毋躁。孙朗则悄悄上前，塞了锭银子给送完茶水正准备退下的小厮，低声问了些什么，脸上不由得露出惊诧的神色。

待小厮离开后，孙朗便上前回禀："小厮说，昨天驻守许城的王远突然被调走了，新来的将军叫申屠赤，性情要比王远跋扈很多。"

杨盈一惊，流露出些紧张神色："啊？那怎么办？我还没瞧过这个申屠赤的卷宗呢。"

如意按住她的肩，示意她镇定，低声告诉她："申屠赤是安国的西面行营马军都指挥使，世代名将，性格粗中有细，就是很看不起梧国人，跟他说话时务必忍耐。"

杨盈默默记诵着："好……他姓申屠？好怪的姓。"

如意道："申屠是沙东部的大姓。"

杨盈恍然。

而钱昭看向如意的眼神却越发深沉。

外间忽地传来通报声："都指挥使到！"

众人都一凛，纷纷坐正，凝神以待。

不多时便见一个高大豪壮的汉子跨步走进正堂，看都不看众人，便径直入座。他随意地翻看着桌案上的东西，头也不抬地问道："你就是礼王？"

杨盈吸了一口气，平复下心气，平静地应道："正是。孤受贵国之邀赴安出使，路经许城，特来拜会。"

申屠赤一伸手，道："国书拿来吧。"

杜长史忍无可忍，拱手向北，正色道："国书既有个'国'字，便只能递交给贵国国主，都指挥使只怕不宜擅观。"

申屠赤笑了，抬头戏谑地看着他："你家皇帝都被我踩在脚下吃过土，你还跟我装什么体面？"

使团众人都大怒不已，孙朗更是按住了刀柄。一时间剑拔弩张，一触即发。

如意看着杨盈，目光示意她按捺住怒气。

杨盈闭目深吸一口气，淡淡道："都指挥使硬要看也无妨——"便示意杜长史："杜大人，把都指挥使的行状记下来，到时交与安国国主即可。毕竟这安国僭越之罪，也不关我们梧国的事。"

申屠赤这才上下打量了杨盈一回，神色简慢无礼，却又带了些许惊异，似笑非笑道："听说你是个洗脚宫女生的？还有几分胆色嘛，梧国也不知道是从哪个腌臜堆里捞出你这个宝贝来的。"

杨盈脸色大变。

孙朗已经仗剑而上，怒道："主辱臣死！"

还未等他拔剑，如意已经挡在了他的面前，做出受了惊吓的模样，急道:"娘娘吩咐过,不可动武!"然而背对着申屠赤,看向孙朗的目光却严厉而不容置疑。

孙朗被她眼神所慑,只得愤愤地收剑回鞘。

申屠赤见状,得意地哈哈大笑起来。

一行人跟着安国的军官来到安国人给他们安排的馆舍时,天色已然向晚。

进门前便已觉出院落破旧,然而推开门后,望见荒草丛生的庭院,一行人还是感到难以置信。昏黄的日头越过生草的墙垣落进庭院,荒井旁的老树上几只乌鸦嘎嘎叫着飞起。透过树下未关的窗子,可望见黑洞洞的内堂,堂内桌椅都未摆开,不知是否早已结网生尘。

杜长史目瞪口呆地问道:"这是驿馆?怎能如此破败?"

送他们过来的安国军官态度轻慢,不耐烦道:"许城的驿馆早就在打仗的时候被烧光了,你们对付着住吧。"随手一指,"柴火在那儿,灶房里有米。"说完便径直离开了。

杜长史惊呆了,目光无措地追着军官的背影:"等等,怎么没服侍的人?你别走啊!"

军官头也不回,讥讽道:"都上门来赎人了,还有脸让人服侍?这里已经是安国的地盘了!"话音落时,人已消失在门外了。

杨盈咬着牙,深吸一口气,正要说些什么,回头却见使团之人都已不再愤怒,反而人人脸上都带着悲切。她还没到能体悟这种家国之悲的年纪,只觉心中愤慨。

如意却是丝毫不为所动,只示意杨盈随自己进屋。杨盈只得忍着气跟她一道进去。

待她们离开后,钱昭才面色冰冷地询问道:"老宁他们住进客栈了吗?"

孙朗点头道:"才安顿下来,就是离这儿比较远,隔着四五条街呢。刚才府衙的情况,宁头儿也知道了。他让我们先忍一忍,随遇而安,他待会儿就过来。"

第十一章

钱昭背对着斜阳,面容隐在暗影中,目光晦暗难辨。他不动声色地吩咐道:"现在外头有安国人盯着,告诉他先别过来,等二更的时候再说。"

孙朗目光一闪,似是意识到什么,意带询问地看向钱昭。

钱昭轻轻地点了点头,孙朗便也了悟一般,抱拳领命而去。

室内灰尘厚重,杨盈一进门就打了两个喷嚏。

两个内侍身上伤还没好,一瘸一拐地打开门窗透气,开始忙碌收拾起来。

杨盈心中气愤难忍:"这也太过分了!"

如意一边查看室内陈设,一边安抚她道:"忍一忍。又不是没在荒郊野外住过。"

杨盈刚要点头,那边内侍掀起床铺,铺下便蹿出了几只老鼠,直冲着杨盈而去。杨盈吓得失声尖叫起来,惊慌躲避间不留神向后一仰,身体失了平衡,重重地摔倒在地。身旁老鼠还在乱窜,杨盈在地上尖叫着躲闪,尘土混着汗水扑了满身,狼狈至极。

如意随意踩死一只老鼠,踢到一旁,俯身伸手拉杨盈起来。

杨盈吓坏了,满脸都是泪水,恨恨地抽泣道:"都怪那个申屠赤,姓申屠的全都不得好死!"

却不料如意脸色一变,一把推开她,厉声呵斥道:"闭嘴!"

她从未流露出这么凶狠的神色,更不曾这样对待过杨盈,杨盈一时眼泪都吓住了。

屋里一片寂静,不论是两个还举着拂尘的内侍,还是杨盈,甚至闻声赶来帮忙的钱昭和丁辉,都是一脸惊愕。

如意自知失态,强作平静地掩饰道:"申屠赤是安国先皇后之侄,到了安国,你再这样胡乱骂人,会祸从口出的。"

她心中气恼,却也不乏懊悔,对钱昭、丁辉道一声:"这里交给你们了,我先出去一下。"便径直离开了。

杨盈错愕地愣在那里,半晌才红了眼睛,委屈地咕哝着:"就算我说错了一句话，如意姐也不至于发这么大的火吧？"

钱昭目光一闪，抬眼望向如意的背影。

夕阳西下，天色渐渐暗下来，如意却还在街上游荡着。

或许不该说游荡——她此行也有正事要做，要找到朱衣卫留下的记号，同此地分堂取得联络，好进一步套取情报，查出越三娘幕后的主使之人。

但这一日她总不能专心，不时便看看自己的手，想到自己推过去后杨盈错愕惊恐的目光，便觉懊悔烦乱。

她深吸一口气，甩开杂乱的思绪，走到一座房舍旁，找到了红色的小鸟标志后，便再一次留下了记号。

忽听到街边叫卖声，她循声望去，是个卖糖人的小摊。

杨盈的声音再次在脑海中响起："我又梦到青云啦，我梦到他送我最喜欢的小兔子。"

如意犹豫了片刻，还是走到摊位前，挑了一支小兔子糖人。

回到馆舍时，天还没有完全暗下来，天际余光透过荒草老树，在庭中铺开昏黄的暗影。

院子里静悄悄的，一丝风也无。钱昭一个人坐在井台旁专心地磨铜，厚重的四棱铁铜擦在磨石上，发出一声接着一声的"锵""锵"。井台后的老树支棱着枝丫，巨爪一般。屋里没点灯，窗子里黑洞洞的。

如意目光扫了一圈，没看到杨盈和其余人，便问道："怎么就你一个人？"

钱昭单手握铜，对着天际余光查看棱面，答道："许城的大族在酒楼设宴慰劳使团，殿下去了。老宁那边，也让十三去暗中保护了。"

如意停住脚步，沉默了一会儿，还是解释道："刚才，我有点失态。"

钱昭点点头，面无表情道："没事。"

如意心情轻松了少许，扬了扬手中糖人："那我先进去了。"

她刚走两步，忽然脚下一空，地上竟现出一个布满削尖的竹筒的

第十一章

陷阱。

她反应机敏，脚尖在陷阱壁上一点，险险地跃起。可就在她身在空中无所借力之时，钱昭从她背后一锏挥来，重重地砸在她的后背上。

如意身体一扑，被砸进陷阱里。眼看就要被竹筒尖刺穿透，她当机立断，手掌在竹筒上用力一撑。竹筒穿掌而过，她霎时便疼出了满身汗，却也终于寻到借力之处。她强忍疼痛再次施力跃起，但足尖刚落地，早已埋伏在此的孙朗便从她背后一剑刺来。如意奋力闪避，胁下仍是中剑。

她运气一掌震去，那剑被她震断成两截，从孙朗手中飞出。如意捡起断剑拄地，呛出几口血来。她踉跄地撑住了身体，双目赤红，难以置信地抬头看向被自己当成同伴的人。事已至此，她却还是想问一句："为什么？"

钱昭沉着脸走来，嗓音冰冷："你是朱衣卫的奸细。"

如意怒道："我不是。"

孙朗步步逼近，痛恨道："别想狡辩，你两次和朱衣卫接头，还躲在房梁上监视宁头儿，老钱和我都看见了！"

钱昭道："褚国人不会跳胡旋舞，烤肉的时候，也只有你们安国人才不吃茱萸。"

孙朗越说越愤恨："难怪你会护着那个申屠赤，还敢骂殿下！宁头儿也真是走了眼，竟然被你这妖女给蒙在鼓里！朱衣卫的贱人，去死吧！"他再也忍耐不住，拔出一把刀冲了上来。

如意脸上、掌中、腰间全都是血，身上新伤叠着旧伤，但仍是冷冷地道："就凭你？"她手持断剑迎上前去，以一敌二，竟是不落下风，招招狠辣，毫不留情。不过片刻间，孙朗便中剑倒地，如意眼中寒光一闪，旋身向钱昭杀去。

忽听门外传来惊愕的呼声："如意姐，钱大哥！"

三人同时回头望去，便见于十三和杨盈站在院门口错愕地看着他们。

钱昭架住如意手中断剑，急道："快来帮忙！她不是不良人，是朱衣卫！"

于十三一惊："什么？！"

如意招招凌厉逼命，钱昭已有些撑不住，催促道："快来！"

于十三来不及多想，只能迎身而上，与钱昭并肩作战。孙朗也挣扎着爬起来相助。

杨盈不知该如何是好，眼见如意浑身是血，孙朗也身受重伤，只能焦急地喊着："你们别打了！"

如意以一敌三，终于落入下风，身上接连受伤。她架开于十三刺来的一剑，冷冷地质问："连你也要来杀我？"

于十三焦头烂额，仗剑拦住两边攻势，居中劝阻道："大家都冷静一点，肯定有误会！"

钱昭分毫不让："我亲眼看见她和朱衣卫接头，出卖使团的消息。"

于十三又是一惊，却也知道钱昭必然不会谎言构陷，只能道："就算她是朱衣卫，那也不能杀她，一切等老宁来了再做决断！"

钱昭怒视着他："你再说一次。"

于十三一怔。钱昭一向都没什么表情，但这一次眼中却带着刻骨的恨意，灼灼刺人。于十三对上他的目光，口中话语竟一时发不出来。

钱昭压抑着声音，说出的话却句句刺骨："你对孙朗被朱衣卫逼下悬崖的爹说一次，对冤死在天门关的柴明他们说一次，对千千万万死在这片战场上的梧国百姓再说一次！"

孙朗也怒视着于十三，目眦尽裂："你没亲人死在朱衣卫手上，当然可以轻飘飘地干站着！可如果不是朱衣卫买通了内监，盗走了军机图，五万大军怎么会一败涂地？！哪一个朱衣卫手上，不是沾满了我们六道堂的血？！现在铁证如山，她想害殿下，害整个使团，你还要帮她？！"

话音落下，四面寂然。杨盈呆愣地站在那里。于十三也怔然收剑，再也无话可说。

他一闭眼，对如意道："对不起。"便持剑和钱昭、孙朗一起攻上来。

如意奋力抵挡着,眼神孤傲如剑,却带着无限的辛酸与愤懑:"很好,很好!"

于十三心中不忍,稍稍收剑。

如意便趁着这一瞬间的破绽,飞身而起,冲出包围,将断剑架在了杨盈的脖子上。

众人惊道:"殿下!"

杨盈也恐惧地唤道:"如意姐……"

如意浑身是血,双目赤红,鬓发沾着血水、汗水、泪水,凌乱地缭绕在苍白如瓷的脸上,却更衬得面容妖艳冰冷。她冷冷一笑,目光如寒霜,侵肌刺骨:"让开,不然我就杀了她。"

三人不敢轻举妄动,但也不能放她劫持着杨盈离开。如意架着杨盈步步后退,三人也步步紧逼。

如意看到旁边有一匹马,便一推杨盈:"你先上去。"

钱昭见杨盈脱开如意的掌控,立刻打出几枚暗器。如意生生受了,跃上马背,带着杨盈狂奔而去。

如意一手挽住缰绳,一手持剑挟持着杨盈,一路飞奔。身上鲜血浸透衣襟,打湿了马背,她的意识也渐渐模糊起来。

杨盈僵在如意怀里,只觉得马越跑越慢,架在自己脖颈上的断剑滑下来,如意的身形已有些摇晃了。

她与如意相贴的脊背一片濡湿,温热的血水顺着如意的手臂流进了她脖子里,烫得她心里发慌。她不敢乱动,只能带着哭腔唤道:"如意姐,你别睡啊……"

如意闻声一凛,清醒过来。

杨盈犹未察觉,她心中焦急恐惧,却不是因为被劫持。她哭着唤道:"你醒醒啊……我娘以前也是这样一睡,就走了。"

如意气息虚弱地答道:"我还没死。"

杨盈这才松了口气,忙道:"那就好。我这里有伤药,临走的时候青云塞给我保命的……"她哆哆嗦嗦地从怀中掏出伤药，焦急地塞给如意。

马蹄渐渐停了下来，那马也已疲累，发出低低的嘶鸣声。

天色已完全黑了下来，也不知跑到了何处。只见远方山林起伏，夜雾弥漫在地平线上。

如意不信杨盈觉不出她气力不济，只问道："你为什么不跑？为什么不怕死？"

杨盈抽泣着："你不会杀我的。"

如意冷笑道："凭什么？我可是朱衣卫最厉害的刺客。"

杨盈怔了怔，哭道："可是，你也是我师父呀！"

如意一震，许久之后才苦笑一声。她翻身下马，却险些摔在地上。杨盈焦急地要来扶她："如意姐！"

如意却一刀插在马臀上，那马吃痛，人立而起。杨盈只能惊慌地挽住缰绳，稳住身体。

如意仰头望着她，轻声道："你走吧。"

杨盈还想控住惊马，那马却放蹄飞奔，带着她飞速远去。她又惊又怕，回首大喊："如意姐！"

但如意已经孤身一人消失在了茫茫夜雾之中。

四面山林黢黑，灌木里虫鸣凄清，远远传来野兽嚎叫之声。

使团众人点着火把，带着猎犬，焦急地沿途搜寻着，却始终一无所获。

许城是安人的地盘，申屠赤虽没给他们安排仆役服侍，却显然安排了人手监视。馆舍庭院里闹了那么大的动静，自然瞒不过去。如意才劫走了杨盈，申屠赤那边立刻便有人来问话。于十三见状不妙，立刻闹起来，说是山匪劫走了杨盈，又派人去通知宁远舟。这一折腾，便没能及时追赶上去。

此刻宁远舟强按心中焦急，正带队搜寻。于十三一路追在他身后，边走边说，终于把事情解释明白了。

宁远舟停住脚步,抬头看向他:"所以不只是他们两个伤了如意,你也参加了?"

于十三避开他的目光,道:"老钱说她是朱衣卫。"

宁远舟一哑,半晌,还是抬手拍了拍于十三的肩膀,叹道:"不是你的错,这事怨我。"

火把噼啪响着,使团众人挥刀劈开灌木,茫然无头绪地搜索着,大喊:"殿下!殿下!"

元禄面色苍白,正专注地思索对策,闻声心急地喝道:"都闭嘴!"

众人忙安静下来。

元禄从腰袋里摸出个喇叭形状的东西,把粗头抵在地上,专心聆听,突然一指右边:"那边,那边有马蹄声。"

话音刚落,宁远舟便驰马奔了过去,越过一道灌木丛,便远远看到一匹马驮着个人从夜雾中走出来,看服饰分明就是杨盈。

宁远舟惊喜地迎上去:"殿下!"

杨盈早已力竭,虚弱地伏在马背上。听到宁远舟的声音,她猛地意识清醒过来,惊喜地起身喊道:"远——宁掌柜!"她滚落下马,脚下一个趔趄,却还是奋力向着宁远舟奔去。

宁远舟忙赶上前去搀扶,见她满身是血,心里一惊,忙道:"周围没有安国人,你放心——你伤哪儿了?"

杨盈焦急地摇头,一指身后:"不是我,是如意姐,她马上就要死了,你快去救她,快——"话音未落,便再也支撑不住,晕倒过去。

宁远舟目光一沉,匆匆把杨盈交给于十三,转身便欲上马。

钱昭却上前拦住他,仰首看向宁远舟,道:"你要去救她,除非我死!"

四面山壁陡峭,松萝倒挂。弦月透过天顶窄窄的出口,落下银霜似的清辉。

如意跌跌撞撞地走在洞中,终于支持不住摔倒在地。她抬头看到前方有一块宽大的天然石台,便奋力攀爬上去,拼尽最后一点力气坐起身来，运功疗伤。

意识已然迷离，她不知不觉便陷入了幻境。

幻境之中浓雾弥漫，她浑身是血，挣扎前行。朦胧中，她再次看到了昭节皇后的身影。

她伸出手去，呼唤道："娘娘，救我！"

昭节皇后转过身来，悲悯地凝视着她："你要我怎么救你呢？你伤成这样，两根筋脉断掉了……"

如意不甘地挣扎着，向她保证："我会活下来的，我还没完成您的遗愿……"

昭节皇后却摇着头，叹息道："你把我的嘱咐都忘了，我告诉过你，千万不要爱上男人，你全忘了。"

如意怔了一怔，不觉已泪流满面，喃喃道："娘娘，我错了。"

昭节皇后闭上了眼睛，道："可是刺客是不能犯错的，一旦错了，就只有死。"她决绝地转身离去。

如意挣扎着想去抱她的腿，哀求道："您别走，救救我，救救……"

然而她的手碰触到昭节皇后的瞬间，昭节皇后的身影便如碎瓷般分崩离析，只余头颅落在她的面前，轻轻说道："这一次，连我也救不了你啦。"说完，便化作灰烬消散了。

世界在如意面前飞速旋转了起来，昭节皇后、玲珑、杨盈的身影浮现在四周，她们都在对她大喊："这一次，我也救不了你啦，我也救不了你啦！"

如意猛地从幻境中惊醒过来，喷出一大口鲜血，身体软软地倒在了石台上，再无声息。

一切归于寂静。月色如霜雪，照着洞底的一切。

许城山下树林里，钱昭拦在宁远舟身前，冷冷地说道："你被任如意迷晕了头，但我们没有。让她死在外面，已经是我最大的仁慈了。"

宁远舟坚决地道："如意从来没想过隐瞒她的真实身份，是我要她这么做的。"

钱昭一怔。

宁远舟近前在他耳边低声道:"她是朱衣卫的前左使任辛。"

钱昭目光一震,宁远舟已直起身来,看着钱昭,也看着在场所有人,正色道:"相处这么多天,她如果想杀你们,随时都是机会。她早就叛出朱衣卫了,也是我主动找她合作的。"

钱昭道:"那她同样也可以再背叛一次我们!"

"她不会。"

"你凭什么说这句话?"

宁远舟怒道:"凭我这条命!"

四面霎时一片寂静,所有人都震惊地看着他。

宁远舟质问道:"你们忘了她在天星峡,是怎么和大家一起浴血奋战的吗?世上有这样不要命地救你们的奸细吗?!"

孙朗简直不敢相信自己的耳朵,怒视着宁远舟。

而宁远舟已翻身上马,道:"我有多相信你们,就有多相信她!"

钱昭虽有所动摇,却依旧惊疑不定,拦在宁远舟马头前不肯让开。

宁远舟直视着他,道:"你要拦着我去救她,除非我死!"

钱昭一怔,被元禄一拉,终于让开去路。

宁远舟一夹马肚,挥鞭疾驰。元禄连忙扔给他一只小盒:"带上迷蝶!"

宁远舟向着杨盈所指的方向纵马狂奔。马蹄声踏破夜色,惊醒飞鸟,过处不时有夜鸦扑棱棱地扇动翅膀飞起。

奔到山路尽头,他终于借着月光看到了滴落在山石上的血,连忙翻身下马,沿着血迹一路找过去。那鲜血淅淅沥沥滴了一路,他不敢多想,只能不停催快脚步。

寻到草木丛生处,血迹隐在暗处难以寻觅了,他忙放出迷蝶。迷蝶落在草叶沾着的血迹上,停落片刻后,终于再次飞起。宁远舟连忙紧跟上去。

然而不多时,迷蝶便不肯再往前,只绕着一处乱石峭壁盘旋不去。

宁远舟在附近焦急地搜寻着，却遍寻不到如意。他想见如意身上伤势不知得有多重、不知能撑多久，只觉五内如焚，大声呼喊着："如意！任如意！"

山洞里，如意静静地倒在石台上，已是毫无生气。有几只野狼循着血腥味找过来，正在舔舐着她身边的血泊。其中一只野狼试探着用鼻子触了触她的胳膊，见她毫不动弹，便大胆地踏上石台，开始舔舐她身上的血。

如意的意识在冰冷黑暗中缓缓下沉，黑暗中似有谁的声音传来，隐约破开一线光亮。早已死寂的意识渐有苏醒的迹象，她的手指微微动了一下。

山洞外，宁远舟奋力劈开了阻挡他视线的荆棘，边搜寻边不停地呼唤着："如意！任辛！"

山洞里，野狼舔足了鲜血，尖利的牙齿在月色下反射出森白的光，一口咬上如意的手臂。疼痛让如意猛地惊醒过来，几乎本能一般，她拔下头上的簪子，狠狠刺入野狼脖颈。

那野狼发出一声惨叫，四面野狼瞬间都抬起头来，幽绿的眼睛望向如意，龇着森白的尖牙，低嚎着向她扑了过去。

宁远舟听到野狼的惨叫声，匆忙飞奔回来——那叫声是从先前迷蝶盘绕的峭壁处传来的。他近前仔细查看，这才发现峭壁底下还有个隐秘的山石通天口，拨开通天口上的草木后，便露出一条乱石崎岖的斜道，透过斜道可望见底下有个数十丈高的钟乳石洞。

宁远舟瞳孔猛地一缩，只觉浑身血液都要冻结了——月光照亮了洞底，他分明看见一群野狼正在围攻洞底石台上的如意。

他想也没想，立刻跃下通天口。那通道狭窄崎岖，他虽频频踩石借力，却仍不时被斜出的山石撞到前胸后背。巨大的冲击力撞击着肺腑，他口中很快便尝到腥甜味，却无暇顾及，只想尽快到达洞底。

如意与野狼搏斗着。她气衰血竭，早已虚弱至极，只是胸中一股狠劲梗着，不肯坐以待毙了。她用尽最后一点力气，扳住一只野狼的血口，阻住了它的扑咬。然而最后一只野狼却随之扑上！

第十一章

就在她仍奋力欲用脚尖踢飞那只野狼之时，一道血箭凌空溅起，欺在她身上的野狼身首分离，软倒下来。

鲜红的血浇了如意一头一脸。她看不清东西，只听到野狼的哀嚎声不断传来。她意识已有些模糊，却还是费力地睁开眼睛，便在一片血红之中，看到了宁远舟焦急的面孔。

她再一次晕倒过去。

宁远舟盘膝而坐，双掌抵在如意的后背，为她疗伤。昏迷之中如意无法坐直，身体软软地斜倚在山壁上。

内力如雾蒸腾，宁远舟的额上渐渐凝起汗水。

如意面色苍白如纸，一丝血色也无，细若游丝的呼吸终于缓缓平稳下来。不知过了多久，她在蒙眬中睁开了眼睛，迷茫地看着周围。

宁远舟精神一振，惊喜道："你醒了？"

听到他的声音，如意浑身一震，立刻起身欲逃。

宁远舟心中焦急，忙分了只手将她牢牢抱在怀里，另一只手继续抵着她的背运功。他在她耳边叮咛道："别动！我在给你疗伤，一旦中断，你会死的。"

两人从未如此接近过，如意一时竟有些恍惚。但她立刻便清醒过来，迅捷地甩头一击宁远舟的脖颈要害。宁远舟下意识地躲避，如意立刻脱离他的控制，却因为无力，才刚起身，便摔倒在地。

她撑在地上，恨恨地盯着宁远舟："我宁愿死。"

刚说完她就喷出一口鲜血，而宁远舟也几乎同时喷出一口鲜血来。

如意愣了一愣。

宁远舟却踉跄着起身，似是没察觉到她的恨意一般，自说自话地解释道："不要紧，只是突然断开，内力反噬。"

他上前欲扶起如意，如意挣扎站起身，后退着："不要再演戏了！你和于十三前晚说的话，我全都听到了，你在骗我，你在利用我……"她惨笑着，"什么同伴，什么信任，都是假的！"可恨她居然全都信了。

宁远舟一时错愕。

如意呛咳着又吐了口血,却还是后退着拒绝他:"不用你假好心。我就算死,也绝不接受你这种龌龊的恩惠。"

宁远舟焦急地解释着:"钱昭他们只是误会了。我相信你,你绝对不可能向朱衣卫出卖使团的秘密,你接近他们,无非是想套出害死玲珑的真正主使……"

如意却打断了他,决绝道:"我不需要你的相信。"

宁远舟急道:"你冷静一点!"

如意奋力从狼尸上拔出簪子,横在身前,冷冷地看着他:"我很冷静,你再过来,我就杀了你。"

宁远舟一狠心:"好,你杀吧。"

如意一怔。

宁远舟道:"既然我说什么你都不相信,那你就动手好了。我说过,我当你是同伴,值得我交付性命的那种。死在你手里,我无怨无悔。"他抬手扯开衣襟,指着自己的胸膛,"来,冲着这儿来。"

如意怔在当场,惊疑不定地看着他,久久没有动作。

宁远舟等了一刻,突然睁开眼睛,一步步逼近如意,凝视着如意道:"我改变主意了。现在我一定要救你,你不可以拒绝,除非你能杀了我。"

如意下意识地后退:"别过来,你疯了?!"

宁远舟嘶吼:"对,刚才看到野狼咬你的那一刻,我就已经疯了!"

身后便是峭壁,如意已退无可退。她眼中寒光一闪:"你当真以为我不敢?"便挥动簪子,用力刺向宁远舟的胸膛。

宁远舟没有躲,自始至终都坚定又信任地凝视着如意,毫无反抗地接下了这一击。

簪子刺入肌肤,鲜血涌出。剧痛令他脸上显出痛苦的神色,但他眼睛里的信任却始终没变。

他们面对着面,宁远舟温柔地垂着眼眸,而如意错愕地仰着头,彼此眼睛里都映着对方的面容。

片刻后,宁远舟轻轻呼了口气,道:"我说过,死在你手上,无

第十一章

怨无悔。"他脸上泛起一抹淡淡的笑容,低头看向如意手中的簪子,"果然是朱衣卫最出色的刺客,正中居元穴,避开了心,也避开了肺。"

如意怒道:"你赌我下手准?"

宁远舟目光温柔地凝视着她,轻轻地说:"我赌你舍不得。"

见如意不语,宁远舟立刻抓住了她的手,道:"我来替你疗伤。"

如意不敢挣扎,只怕那支簪子晃动会刺得更深:"没用的,他们伤了我丹田。"

宁远舟坚定地拔出簪子,一手止血,一手按着她坐下,道:"让我试试。"

如意只得和他掌心相抵。宁远舟运功片刻,如意忽觉不对,立刻撤开一只手:"你在干什么?"

宁远舟一只手继续运功,另一只手拉住她:"分我一半的内力给你。"

"我不需要,只有一半内力,你在安国会被朱衣卫弄死的!"如意用力抽手,却体虚力弱,根本脱不开宁远舟的控制,不由得有些焦急,"宁远舟你放开我,就算你救了我,我也不会跟你回去!"

宁远舟轻轻道:"我知道。"他凝视如意,"我知道你受了这么大的委屈,不可能再回到使团。但我还是想请你给我一个机会,让我救你。或许以后我们不会再见面了,但是任如意,我还是希望你从此以后,可以一直平安喜乐地活着,找一个真正值得你爱的男人,有一个属于你自己的孩子。"他的眸子如星似海。

如意如遭雷击,脑海中昭节皇后的话再一次响起,与宁远舟的话语交叠在一起:"我命令你去一个全新的地方,替我安乐如意地继续活着。我只要你记得一句话:这一生,千万别爱上男人,但是,一定要有一个属于你自己的孩子!"

不同的话语,却是同样疼惜真挚的目光。她怔怔地看着宁远舟。

宁远舟道:"于十三他们一定觉得我疯了,可现在,我不想做六道堂的堂主,我只是宁远舟。"

如意眼圈一红,泪水终于滚落下来。

宁远舟松开拉住如意的手，接住了那颗眼泪："原来你也是会哭的。"

如意逞强道："伤口太痛了而已。"

宁远舟道："我知道。"

如意眼中的泪水滚滚而下，她呢喃着："傻子。"一顿，又道，"我不是在说你，我在说我自己。"

宁远舟道："我也知道。"

他温柔而坚定地执起了如意的另一只手，两人重新四掌相抵，运功疗伤。

月色朦胧地洒落在他们身上，白衣鲜血，浓烈异常。

安国，裕州。

李同光走进后院，见后院里晾着衣物，一旁琉璃扭住一个侍女的手正在逼问，便停住脚步，问道："怎么回事？"

琉璃不忿道："这人鬼鬼祟祟的，趁着夜色，想在殿下的衣物上做手脚。奴婢试过了，上面的东西，能让人痛痒难忍。"

李同光皱了皱眉，特地潜入他后院来下毒，却只是让他痛痒？他掰过那侍女的身体，看了眼她的打扮："沙东部的？"

侍女低着头不敢回答。

李同光心中却已有了计较，道："我知道是谁干的了，把她绑起来，我自有处置。"

琉璃依言行事，却也忍不住问道："是谁这么大胆？"

李同光道："除了金明郡主，不会有别人。之前我为了讨圣上欢心，扮成沙中部的平民，从她手里夺了赛马会的锦标，她怀恨在心；前几日，我又处罚了她的族人。"他轻蔑地一笑，道，"特意找个沙东部的人来害我，想撇清干系，她也就这点能耐啊？"

第二日安帝宣召他前去觐见。李同光去得早，进殿时安帝尚未驾临。他百无聊赖地等在一旁，目光扫过殿内陈设，不多时便听到内侍又引着一人走进来。那人步子轻，一听便知是个女子，李同光便也懒得回头。

第十一章

那女子看到他时似乎有些吃惊,压低嗓音悄悄问道:"这人怎么也在这儿?"声音依稀有些耳熟。

内侍向她解释:"长庆侯也是奉圣上宣召……"

那人错愕失声:"他就是长庆侯?!"

李同光闻声立刻了然,可不耳熟嘛,毕竟昨日才同他对峙过。他立刻回过头去,抬眼一扫,果然就是初月。他一挑眉,冷笑道:"怎么,郡主难道还想装不认识我吗?"

初月却是一脸震惊,显然认出了他,却没料到他是长庆侯。她正要开口说话,殿外内侍已高声通传:"圣驾至!"

两人忙垂首肃立。

安帝走进殿中,见他们都在,便笑道:"哟,都见过了吧?怎么样,阿月,对朕替你安排的如意郎君意下如何啊?"

初月和李同光都是一惊。

安帝边走边笑道:"上次你着急出宫,也没见上一面,这次朕特意……"他入座回身,看到李同光和初月脸上惊愕的表情,笑容立时便冷了下来。他目光晦暗地看着初月:"怎么,金明,你不愿意?"

他平日里都亲切地唤她阿月,如自家长辈一般,唯有心情不悦时,才会唤她金明。

初月一听便知他情绪不对,情急之下却也来不及细思,话已冲口而出:"臣女不——"然而瞬间便察觉到安帝目光中的凌厉,立刻低头,嗓音一转,"不是不愿意,只是圣上,您怎么能当着臣女的面就这么问啊……"她跺了跺脚,做出害羞的模样,"圣上恕罪,臣女先告退了!"说完便转身一溜烟地跑出殿外。

安帝愕然,随后哈哈大笑。李同光见状,也忙掩过前情,换作一脸恭肃的样子。

初月一路跑到殿外,拐出院门,才靠着墙壁停住脚步。她脸色一下子沉了下来,按住心区,犹自惊魂未定,见小星迎上来,立刻问道:"马呢?我必须马上见到父王!"

殿内,安帝笑着对李同光说道:"初月毕竟是沙西王的掌上明珠,打小就有几分骄纵,以后你可要多忍着些了。"

李同光仿佛才刚回过神来,忙道:"是。"又似是惊喜过度,语无伦次道,"圣上恕罪,臣失态了,臣实在没想到,毕竟金明郡主这样的名门贵女,连太子妃也做得……啊,不是,臣也不知道该说什么了!"

安帝一笑:"朕就是知道你父族不显,才特意给你安排了这么一位足够威风的岳家。"他语气亲昵,目光含笑地看着他,"怎么?前阵子冷落你,把你给吓着了,你就以为舅舅生你气了?"说着便叹息感怀起来,"皇妹就你这么一根独苗,朕这个做舅舅的,能不关心你的终身大事?"

李同光立刻面露感激地跪地,眼圈适时地一红,唤了一声:"舅舅!"他似是强忍着泪水,叩谢道,"鸾儿以后一定会好好待郡主,方不辜负您一片苦心。"

安帝满意至极,上前扶起他来,笑道:"好了,朕喜欢有野心的孩子,但不喜欢太有野心的。只要你听话,朕会始终待你好的。"


离开行宫,李同光的面色立刻冷淡下来。

得知安帝传召李同光觐见,是为了给他赐婚,赐婚对象还是前日才和李同光起冲突的金明郡主,亲随朱殷震惊不已:"金明郡主?!可她不是刚刚才让人对您……"

李同光点头:"我也没想到,但圣命不可违。"他语气平静,不似初月那般抗拒,也并未流露出什么惊喜,只是冷静地权衡着利弊,"除了我和她相看两厌之外,能做沙西王的女婿,对我倒是好处多多。毕竟比起初贵妃,他才是真正掌握沙西部大权的人。"

朱殷略一思索,也赞同地点头:"沙西王已然老迈,但世子还未能独当一面。所以这几年,沙西王若想在朝中保持威势,便少不了您这位姑爷的助力。"顿了顿,又感叹道,"属下只是没想到,圣上竟然会突然赐下这么大的恩典……"

李同光面带不屑,讽刺道:"刚才我在案上看到了新的舆图,老头子多半觉得已经冷够我了,又想要我带兵,所以才会塞我颗新的甜枣吃。拿到梧国的十万两黄金，国库就足了，下一场战事，他想对付谁呢？宿国，还是褚国？"他说着，不知想到了什么，忽就长叹一声。

朱殷不解地看着他："能再掌兵权不是好事吗，主上为何叹息？"

李同光道："我虽然之前也是靠着战功才升上来的，可直到此次与梧国的天门关大战之后，才隐约明白战争有多残酷。归德城的宴席上，梧帝还能有一杯酒喝，可那些因为重伤而无法编入奴籍的梧国俘虏……"他一贯冷漠，可说到此处，面色中竟也流露出些许不忍。

想到安帝一贯以来的心狠手辣，朱殷不由得心惊："难道圣上把他们都……"

李同光叹道："杀俘不祥，圣上自然是不会见血。那些人只是被送进了某座坞堡，没留食水，然后堡门一锁……"他没有再说下去。

想到这些人的结局，朱殷也黯然低首。

李同光道："原以为圣上这次大胜梧国，能收心两年，让百姓休养生息，可没想到……"他说着，便又叹了口气，转而道，"算了，你去让琉璃安排几箱重礼出来，我一会儿也得去射只大雁。虽然还没回安都，旅途不便，但再怎么也得给沙西王把面子做足了。"

朱殷有些犹豫："这事，您不亲自告诉琉璃？"

李同光不解地看着他："为什么要我亲自……"正说着，便见不远处初贵妃正迎面走来，李同光的声音戛然而止，他恭敬地避让到路旁，躬身行礼。

初贵妃华服高髻，妆容比平日里更精致艳丽。她目不斜视，昂首款步走来，路过李同光身边时，停下了脚步。短暂的沉默之后，她微微侧头看向李同光，语气平静地说道："恭喜长庆侯，以后，我们就是一家人了。这桩婚事，你一定很满意、很开心。"

李同光抬眼，与她双眸相对。一时之间，两人眸子里都似有千言万语，却最终归于静默。

李同光拱手行礼："娘娘说得是。圣上恩典，臣感激涕零。"

初贵妃不再停留，她眸光漆黑湿润，却没再落下一滴眼泪，只令自己微笑着，昂首走上了阶梯。

李同光目视她的背影，尔后转身下阶。

两人就此错身而过，各自走向不同的方向。

朱殷到底还是找到琉璃，将李同光被安帝赐婚的消息告诉了她。

彼时琉璃正忙着帮李同光收拾要送给沙西王的礼物，闻言一惊，手中东西滑落在地。

朱殷同情地看着她。

许久之后，琉璃才缓了过来，俯身将东西拾起来，仔细地放入箱中。她垂首遮去眼中悲凉，只轻轻一笑，对朱殷道："你放心，我知道自个儿的身份。我这条命是主上重给的，能留在他身边服侍，就已经是我这辈子最欢喜的事了。"

说完她便不再开口，继续忙碌起来。

初月离开行宫，一路纵马飞奔到军营，高声向营门前的守卫询问："我父王呢？"

守卫对她说了些什么，初月眉头一皱，又打马急急离开。

从行宫出来之后，李同光便亲自去郊外射了只大雁，回到裕州城时，琉璃早已替他准备好了厚礼。他也不拖延，当即便恭恭敬敬地向沙西王的住处投递名帖，亲自前往拜会——却也没忘了将前一夜潜入他府中给他投毒的小贼一道带上，交还给沙西王处置。

沙西王却并不似初月那般少年意气，难以讨好。他见李同光礼数周到，态度谦逊恭敬，便也不曾冷脸待他；又见李同光抓了初月的把柄，却没有挟私报复，而是诚恳地转交给王府处置，就更不好再多说些什么了。

翁婿二人一个和蔼，一个谦逊，不论彼此真实心思如何，言谈之间总归和谐欢畅。

李同光恭谨地保证："小婿自知才资浅薄，唯不敢有负圣恩，待归于安都之后，自当洒扫庭院，静待恩旨，候郡主凤落雀巢。"

沙西王便也满脸含笑："都是自家人，何必这么客气？"

第十一章

正交谈着，院子里忽然传来初月的声音："管他什么贵客，我有急事，一定要马上见到父王！"话音未落，人已经推门闯入，直奔沙西王而去："阿爹你到底去哪儿了？我怎么到处都找……"

看到李同光的瞬间，声音戛然而止。

李同光适时站了起来，脸上还带着微微的不好意思，似乎不敢直视初月："郡主万安。"他轻咳一声，对着沙西王躬身一礼，道："那，小——晚辈就先暂时告辞，等到圣旨正式颁下，再行其他典仪。"

沙西王含笑点头："好，好。"便吩咐管家："替孤好好送郡马出府。啊，再把孤新得的那匹大宛马牵上。"

李同光笑道："多谢岳父。"

初月闻声怒极："谁许你瞎叫的?!"

李同光从善如流地改口："多谢沙西王殿下。"他再一拱手，便离开了房间。

初月气不打一处来，上前道："阿爹，我着急找您，就是想让您赶紧找圣上转圜，想法子废了这桩婚事，可你们怎么认起亲来了？我不想嫁他，说什么也不嫁他！"

沙西王面色不佳，反问她："你不想嫁他，就找个沙东部的侍女去害他，以为自己很聪明是吗？结果被人家抓住把柄，直接就把人送到我面前来了，我不跟他和颜悦色，难道跟他翻脸？圣上前头刚说赐婚，你转头就去害人，让我这老脸往哪儿搁？"

初月有些尴尬，咕哝道："我不是有意的。我派人去教训他之前，真不知道他就是长庆侯。"

"初月！"

"我没撒谎。他之前在赛马节上跟我有过节，我那会儿以为他只是个沙中部的普通小子。这事您不信去问大哥……"她心虚地解释了几句，赶紧岔开话题，"哎呀，不说那么多了，反正不管怎么样，我就是不要嫁他。"

沙西王瞪着她："抗旨是多大的罪名，你明不明白？"

"我不傻，当着圣上的面，我什么都没说。"初月的声音又一软，她上前抱住沙西王的胳膊，"可我是您唯一的女儿啊，我贵为郡主，为什么要受这种委屈，嫁一个面首之子?!"哀求道，"阿爹，您就不能走走别的路子，想法子跟圣上说说好话，毕竟还没正式颁旨嘛……"

沙西王叹了口气，拍着她的手背，道："当年清宁长公主贵为先帝独女，一样也要受这样婚姻不能自主的委屈。这次亲征之前，沙中王因为死守着先帝'沙中部以游骑两千永镇天门关外'的遗命，不愿奉旨调这两千游骑加入大军，就被勒令自裁。咱们这位圣上，可不是什么好说话的人啊。"

初月一滞，不由自主地想起在行宫内殿，她浅露出些抗旨意向时，安帝看向她的凌厉目光。

沙西王见她听进去了，才又正色道："清宁长公主于国有功，长庆侯是她的儿子，又得赐国姓，以后你们夫妻相处，千万不可以再用这件事来侮辱他。"

初月急道："父王！"

"行了！"沙西王打断她，抽出手臂，就此拍板，"且不说圣旨已下，无可更改。单说他今日一手带着亲自射下的大雁做彩礼，一手带着下毒之人过府而来的这番作为，五分恭谨，三分示好，两分立威，年纪轻轻有这手腕和城府，你嫁给他，对于我们沙西王府便不是一件坏事。"然而眼前毕竟是他从小疼到大的女儿，沙西王说着便又叹了口气，声音和缓下来，道，"阿爹知道你受委屈了，会多给你安排陪嫁的。"

初月见她阿爹这边再无转圜，一咬牙，转身就跑了出去。

她狂奔出府去追李同光，见李同光正要上马离开，连忙喊住他："喂，你等等！"

李同光停住动作，面色冷淡地看向她："郡主有何贵干？"

初月追到他面前，拦住他的去路，这才气喘吁吁地停住脚步，仰头看向他："对不起。"

李同光一怔。

初月道："我不该找沙东部的人对付你，但是……"

第十一章

李同光面色再次冷淡下来："打住。加了'但是'的道歉，毫无诚意，不如不说。"他绕开初月，又要上马。

　　初月一急，忙喊道："李同光！我真心向你赔不是，你别不依不饶的！"

　　李同光忽就起了些兴致，回过头来，似笑非笑地看着她："如果我偏要不依不饶呢？你又能奈我何？"

　　初月恼怒道："敬酒不吃吃罚酒是吧？那你给我听好了，限你一个月之内，不管是跌断腿，还是和别的女人闹出风流韵事，总之，必须把我们俩的婚事给搅黄了。否则，就算我嫁了你，我也会成天给你闹不痛快，让你成为全大安的笑柄！"

　　李同光一哂："随便。反正从出生起，我这个面首之子就已经是个笑话了。"

　　初月一愕。

　　李同光冷笑道："你刚才在屋里嚷得那么大声，我全听到了。"他看向初月，居高临下，声音甚至是柔缓温和的，"金明郡主，请你记住，你我的婚事是圣上的意思，不管你有多不想嫁、有多瞧不起我，我以后，都是你的夫主。我的荣辱，也就是你的荣辱。"

　　初月哪里受得了这种挑衅，恼怒道："休想，你癞蛤蟆休想吃天鹅肉，我就算死也不嫁你！"

　　李同光却阴冷地接道："那你去死好了！你想怎么死？毒药、白绫，我都有，要不现在就送给你？"

　　初月大骇，不由自主后退了一步。

　　李同光却又近前一步，如一片阴郁的暗影笼罩着她，逼得她步步后退。

　　"我知道你讨厌我。"李同光声音依旧是温和的，如他那双眼睛，纵使阴郁发疯时也似是透着些温柔笑意，令人不寒而栗。他轻声说道："放心，我也从来没瞧上过你。不过以后我们的日子，最好就像今天面圣时一样，面子上合作愉快即可。否则，"他面色一沉，"我有一千一万个法子，让你后半辈子过得不安生。"

他说着便一掌按在初月身边的拴马石上，指间发力，石头应声而断。他似是轻轻一笑，越发温和地看着初月："到时候，不管是令尊，还是你那些闹着玩一样的骑奴，谁都帮不了你。"

他这才直起身，给初月喘息的空间，似笑非笑地上下打量着初月，轻蔑道："而且，你以为，就你这副德行，我就真的瞧得上吗？"

拴马石轰地倒在地上，激起一阵烟尘。李同光翻身上马，扬长而去。

初月半晌才反应过来，对着李同光骑马而去的背影愤怒地叫道："你凭什么瞧不上我？凭什么?!"

钟乳石洞中，天色已然大亮。阳光照耀在天顶洞口上丛生的野草上，透过露珠折射出点点碎光，又穿过洞口，斜割在洞底石台的边缘。宁远舟和如意并肩躺在石台上，正沉沉昏睡着。

不知过了多久，宁远舟指尖觉出阳光的暖意，渐渐苏醒过来。

他睁开眼睛，看到身边呼吸平静的如意，有片刻恍惚，一时间甚至分辨不出这是阴暗石洞还是梦中田园。

他见如意唇边还有未干的血迹，下意识地伸手想替她抹掉，却在手指就要碰触到她的瞬间停住了。

他静静地凝视着如意，许久之后，终于起身悄然离去。

鸟鸣啁啾。

如意迷离地睁开眼睛，昨夜记忆缓缓涌入脑海。察觉到身上伤势大好，丹田处又有内力聚起，她立刻清醒过来，连忙翻身坐起，开始闭目运功。

积蓄足了内力，她再次睁开眼睛，向着五丈之外的小树一掌劈出，小树上却只有一根枝条微微晃了晃。她不由得有些懊恼，瞄准三丈之外的树枝，再次劈出一掌，那树枝凌空折断。她这才松了口气，察觉到身旁寂冷，四周空荡荡的——宁远舟早已离开多时了。

宁远舟凝视着她的目光再次浮现在脑海中，他的声音仿佛还回响

第十一章

在耳边:"或许以后我们不会再见面了,但是,任如意,我还是希望你从此以后,可以一直平安喜乐地活着,找一个真正值得你爱的男人,有一个属于你自己的孩子。"

如意闭了闭眼睛。她曾对宁远舟说,纵使这次他救了她,她也不会再回使团。这是她的真心话,也是最理智的选择。

半晌,她终于下定了决心,起身离开石台,向洞外走去。

可刚走几步,她便觉得身上少了些什么,伸手一摸,脸上立刻露出焦急的神色。她四处寻找着,霍然在刚才的石台上发现了宁远舟给她雕的那只木偶,连忙跑回去拿,却看到木偶下有几行用石头划出来的字。

"昭节皇后密档,三月后望日,安都卧佛寺梁上可见。伏惟康健,一世无忧。"

是宁远舟的笔迹。

如意看着刻字,静静地呆立许久。

宁远舟推开房门,便见钱昭、于十三、元禄、孙朗等人全都聚集在屋子里,齐齐地抬头看着他,显然已经等待多时了。

见他回来,元禄急切地想问些什么,却开不了口。于十三也目带关切,巴巴地看着他。宁远舟便道:"她还活着。"

元禄和于十三都松了口气。

钱昭知道他们说的是如意,未多说什么,只看着宁远舟,道:"给我解释。"

宁远舟看向元禄,元禄忙摇头道:"你没发话,我一个字也不会乱说。"

宁远舟便解释道:"第一,她确实是朱衣卫曾经的左使任辛,但五年前就因被陷害而不得不假死离开。第二,是我主动找她合作,约好她教殿下安国知识,我助她复仇。第三,我反复确认过,她手上虽然有好几条六道堂的人命,但和使团、商队里的任何人,都没有直接的仇怨。第四,她也没有出卖使团的秘密,她假扮成天玑分堂的朱衣众,只是想借假消息引出她的仇人。"

于十三讶异道:"什么?她明明以前就是朱衣卫,现在还假扮朱衣卫?"

钱昭却道:"一句和我们几个没仇没怨就算了?之前各道的兄弟,有多少死在朱衣卫的手上,你算过吗?"

宁远舟反问:"我们的手上,又有几条朱衣卫的人命,你算过吗?"

钱昭一怔,反驳道:"几条人命?朱衣卫盗走军情,在天门关害死的将士,何止上千?如果不是他们造谣栽赃,柴明他们又何至于英勇战死之后,还不得不背负叛徒污名!"

宁远舟平静地看着钱昭:"害死他们的真是朱衣卫吗?难道不是出卖军情的胡内监?圣上如果不是听信阉党、轻敌自大,又何至于现下沦为阶下囚?"

钱昭一把抓住他的衣领,怒道:"你被她迷得神魂颠倒,连自己是哪国人都忘了!"

于十三试图分开他们:"大家都冷静点!"

宁远舟挥开于十三,目光直视着钱昭:"看着我的眼睛,再说一次,我真的被她迷得神魂颠倒,不辨是非了?!"

钱昭说不出话来。

宁远舟道:"如果要计较六道堂和朱衣卫之间的恩怨,如意有无数个理由早早向我们动手,但是她没有。钱昭,你忘了在天星峡,她是怎么帮你挡剑的吗?于十三,又是谁和你一起去清静山,找毒蛇救元禄的?孙朗,你告诉我,她既然不顾性命地帮助过使团,我为什么不信她,为什么不救她?!你们知不知道,一个从来不相信别人的刺客,好不容易才把你们当兄弟,结果转头就背后受袭,她的心情,又该有多愤怒、多绝望?!"

元禄眼圈一红,于十三也低下了头。钱昭沉默半晌,慢慢地放开了宁远舟,推开门,径直走了出去。

杨盈一直躲在门外偷听着,早已泪流满面。见钱昭推门而出,她忙往后急退,不想却一脚踩中了杜长史。

她惊叫一声："杜大人！"连忙捂住嘴，压低声音问道，"您也听到了？"

杜长史叹了口气，无奈道："出了这么大的事，臣哪能不关心啊！"

看着钱昭愤懑离去的背影，于十三叹息着拍了拍宁远舟的肩膀："你别跟老钱计较。以前我还以为他又不是咱们六道堂的人，跟大伙儿没什么太深的交情。可昨晚他喝多了，我才知道，他在宫里跟天道的柴明几个相处得多了，其实一直把他们当成亲兄弟。只是他心思太深沉，平常又老是一张死人脸，不爱跟大伙儿说……"

宁远舟哪里会不懂，点头道："放心，钱昭也是义父教出来的，和我算是半个师兄弟。何况，如果不是为了替柴明他们洗清污名，我也不会去安国。"他叹了口气，道，"多给老钱一点时间，他会明白过来的。"便转而问道，"对了，昨天闹出这么大的阵仗，你们是怎么应付安国人的？"

于十三道："我没让事情闹大，只对外头说有悍匪突然夜袭使团。现在除了商队，使团的大部分人都还不知道美人儿是朱衣卫的事。"

元禄点头："杜长史直接去找了那个申屠赤发难，硬说他是悍匪的背后主使，劫持殿下，就是想破坏两国和谈。申屠赤见势不妙，态度立马就变了，不单指天发誓地撇清自己，还拨了好些人手过来服侍，一会儿还要过来亲自跟殿下问安。现在安军多半正在城里，严查那些无中生有的悍匪呢。"

宁远舟便放下心来，道："让他们查去吧。"又递了张人皮面具给于十三，道，"安国人送来的奴婢里一定会混有奸细，这是如意跟朱衣卫接头时戴的那一张，你去找具假的尸首戴上，送去烧了。元禄，你扮成如意的样子也去外头晃一圈。这样，奸细只会觉得和他们接头的人已经死了，不会怀疑到如意身上去。"

于十三接过人皮面具，有些迟疑，抬眼问道："以后，我们是不是再也见不到美人儿了？"

宁远舟叹了口气，道："她全身有三四处致命伤，我用尽内力，才险险保住她一条性命。你觉得呢？"

于十三闭了闭眼，没再多说什么，只快步离开了。

元禄也消沉下来，落寞地说道："如意姐现在一定很难过吧。我还记得上次烤羊的时候，她和大伙儿一起跳舞，那会儿，大家都多开心啊。"

宁远舟沉默了许久，起身道："我去看看殿下。"

杨盈正和杜长史一道漫步在庭院里。

整个使团里，除了宁远舟外，如意便是她最亲近、信赖和憧憬之人。她从小长在深宫之中，就算是出使之后频频遇险，害她的人也从来都不是朱衣卫——到目下为止，甚至都不是安人。因此就算知道如意是朱衣卫，她也生不出任何仇恨或是厌恶来。她只记得如意是她的师父，一直都在帮助她，保护她。

如今她却骤然以这样残酷惨烈的方式，被迫脱离师父的保护，独立起来。先前一直挂念着如意的安危，来不及细细思索，此刻稍稍放下心来，她便只感到茫然和难过。

"孤昨晚上一宿都没有睡着，"她边走，边将心中不安告知杜长史，"杜大人，以后如意姐不在，孤该怎么办啊？一会儿还要见申屠赤，孤真怕露馅。"

杜长史安慰她道："殿下要有自信。昨晚发生那么大的事，您都能处变不惊，见一见申屠赤，自然更不在话下。"

杨盈没有说话。

杜长史便又道："臣有个不情之请，臣知道殿下讨厌申屠赤，但待会儿您见他之时，如果他有任何邀约，比如赴宴之类，只要臣没有反对，您都要答应下来。"

杨盈愕然抬头，问道："为什么？"

杜长史道："两国相交，不仅在于实，还在于势。我朝兵败于安，殿下不得不带着重金出使，本来在实上就输了一等，是以申屠赤最初才会那么盛气凌人。现在他放下身段前来拜见，无非是想借机刺探殿下受惊后的反应。"

杨盈似有所悟，点头道："孤懂了，得让安国人知道孤不是个软蛋，以后使团行事，说不定就能顺利点。"

杜长史拱手道："殿下冰雪聪明。"顿了顿，又欣慰地看向杨盈，"说句不敬之言，老臣刚出发时，还对殿下是否能胜任迎帝使一职心存犹疑，可一路看来，殿下做得越来越好，不愧是先帝之子。"

这阵子相处下来，杨盈早已知道，杜长史古板方正的性情下也藏着温柔敦厚的君子之风。但杜长史为师严厉，这还是他第一次夸赞她，她不由得惊喜道："真的？"

杜长史点头："老臣哪敢信口开河。"又赞叹道，"唉，宁大人能找到任姑娘这位良师，当真是不拘一格，慧眼识才。只是没想到任姑娘居然是……唉！"说着便重重叹了口气。

两人走到树下石桌旁，面对面坐下。

杨盈又试探地问起来："孤有一事不解，怎么您知道了如意姐是朱衣卫的左使之后，居然不像钱都尉那么生气，言语中对她还颇为赞赏？"

她对如意生不出仇恨，只有憧憬和亲近。但她也能明白钱昭他们的心情，能明白他们为何不死不休。她原本以为杜长史这样的性情，该是最容不下如意过往的，见杜长史能淡然处之，心中不由得就升起些微渺的期待。

杜长史叹息了一声，似是陷入了回忆："因为老臣也曾经和任姑娘有着相似的立场啊。"他看向杨盈，"殿下不知道吧？臣其实是宿国人。"

杨盈错愕地看着杜长史。

杜长史坦然说道："臣家本是宿国世族，却因政局倾轧，全家死于非命，唯有臣一人拼死逃脱，投于先帝麾下。可臣在宿国任官之时，也主持过与梧国的多次战事，皇后的父亲秦国公，也可以说是因为臣才没了左眼。"

杨盈一惊。

杜长史又道："其实臣还有许多亲族仍在宿国，就连现在吃饭也时常是宿国的口味。那殿下觉得，臣是不是会因为怀念故国就心生反意，秦国公是不是也该对臣恨之入骨呢？"

杨盈连忙摇头："当然不会！皇嫂说过，您与秦国公是莫逆之交。正是因为有这段渊源，她才特意请您出山担任使团长史的。"

杜长史叹了口气，道："所以，臣也同样相信任姑娘。臣至今都记得先帝之言：判断一个人，不要看他来自哪里，而要看他做过什么，以及未来想做什么。而臣也正因为这句话，才愿意从此肝脑涂地，报效梧国。"

杨盈默默地思索了许久，然后起身离座，向着杜长史深深一礼道："多谢大人教我。"

杨盈和杜长史离开之后，宁远舟从角落里走了出来。他看向另一个角落，钱昭默默地站在那里，显然也听到了两人的对话。

两人对视良久之后，钱昭垂下眼睛，转身离开了。

宁远舟找到杨盈，将一支破碎的糖人交给她——正是昨夜被钱昭他们围攻之前，如意从糖人摊上买的那只。

"从陷阱里找到的，她受伤之后断断续续地说了些梦话，提到这支糖人是买给你的。"宁远舟顿了顿，又道，"她当时对你发火，也只是因为昭节皇后是她非常敬重的人。她们的关系，就如同我和元禄。"

杨盈接过糖人，半晌方道："远舟哥哥，杜长史刚才教了我许多，我大约明白了些。可是，到现在我还是不知道，这一切到底是谁的错。"

宁远舟轻轻拍了拍她的肩膀，道："谁都没有错，只是造化弄人而已。你只要记得如意一直待你很好就行。"

杨盈静默片刻，轻轻点了点头。

房门被敲响，片刻后元禄走进来，道："殿下，申屠赤在外候见。"

杨盈深吸一口气，起身道："我这就去。"

宁远舟安慰她："我不方便陪你，不过，老钱和十三他们会护着你的。"

杨盈珍而重之地把糖人放到锦盒里，眼中再无迷茫。她目光坚定，轻轻说道："我不怕。我会好好应对申屠赤，只有这样，我才对得起如意姐教我的一切，还有这支小糖人。"

第十一章

她收拾好东西，便昂首阔步从房中走出。钱昭带着一行侍卫和杜长史一同等在院中，见她出来，立刻肃然向她行礼。虽昨日才经历变故，但此刻所有人都已振作起来，准备好应对之后的风雨。

宁远舟目送他们离开。待他们走出庭院后，他突然咳了几声，踉跄一步扶住了院墙，而后一口鲜血喷出。

元禄大惊失色，忙上前扶他。

宁远舟摆了摆手，道："没事。昨天耗费内力太多，又撞到山石，可能伤了肺，把淤血吐出来就好了。"

元禄拔腿就跑："我去找钱大哥要两剂药！"

宁远舟连忙拉住他："别去，安国人已经在前院了。为了保密，我们商队的人，还是不能出现。"

"可是……"

"我的身体，我自己有数。"宁远舟道，"你不是还有别的任务吗？快去准备吧。"

元禄看了宁远舟一会儿，迟疑地点了点头。

馆舍前院，孙朗带着一众使团护卫和安国的士兵分立在庭院两侧。双方虽各自肃立，并无冲突，却也剑拔弩张，两相对峙，谁都不肯在气势上落入下风。

两队中央是一条青石小径，直通馆舍正堂。

此刻堂门大开，杨盈正在屋里从容地接待着申屠赤，于十三和钱昭护卫在她身后。

有侍女奉上茶水，目光几不可察地扫过屋内几人的面容，便端着茶水恭敬地退下了。

从正屋里出来，侍女目光忽地落在远方游廊上，看清游廊上走过的女子的面容，依稀记起是礼王身边的女傅，便又若无其事地移开目光，随后悄悄往后院里去了。

来到后院假山处，望见披着斗篷、背身而立的女子身影，侍女连忙迎上前去，向她回禀道："礼王受了惊吓，脸色有些白，但是跟申屠将军交谈时还算从容，谈起两国的政局也头头是道。"

那人回过头来，却是奉迦陵之命前来调查使团底细的珠玑。这侍女正是珠玑派去监视使团动向的朱衣卫，也是珠玑的心腹手下——琼珠。

闻言，珠玑若有所思，道："看来安国的这个礼王，并不像传言所说，只是个从小养在深宫一无所知的闲散宗室。"

琼珠又道："属下刚才还发现，潜伏在使团里的琥珀死了。使团的人刚把她的尸体送去化人场。"

珠玑一怔："死了？你看清楚了？"

琼珠点头，道："听他们说，是死在昨晚袭击的悍匪刀下。"

珠玑气恼道："好不容易有个敲得比较深的钉子，居然就这么折了。"她皱着眉徘徊了一阵，自言自语地分析着，"申屠赤一口咬定那些悍匪不是他安排的，那会是谁呢？不对，悍匪的出现和琥珀的死，都太巧了。"她飞速地思考着，"莫非还是褚国的不良人从中挑拨，或者，干脆就是梧国使团识破了琥珀的身份，杀了她，又趁机做了一出戏给我们看？"

琼珠倒吸一口冷气："如果真是这样，那这礼王的心思也太深了。"

珠玑也暗自心惊，越想便越觉得礼王其人深藏不露。她立刻转头吩咐身旁的侍从："马上把这些消息飞鸽传回给迦陵尊上。"又叮嘱琼珠道："你务必盯紧礼王，留意他的所有举动！"

"是！"

正说着，便听见前院传来一阵骚动声，似乎是申屠赤带着杨盈离开了馆舍。片刻后便有朱衣卫飞奔前来禀报："申屠将军邀礼王去军营参观。"

珠玑了然一笑："看来申屠赤还想再探探礼王的胆色到底有多深啊。"

申屠赤一路将杨盈带到军营，携着她登上校台。

校台下的操练场上，数百士兵整齐列阵在下，气势森然，身上铠甲映着白日，发出刺眼的冷光。

第十一章

军尉手中旗令一挥,只听唰的一声,所有人同时举剑,喊声震耳欲聋,响彻云天:"巍巍大安,雄兵赫赫!战无不胜,攻无不克!"

申屠赤豪迈地一挥手臂,高声对杨盈道:"这些都是本将军的兵,殿下觉得如何啊?"

军士的高呼震得杨盈面色发白,但她仍是尽力挺直了背,昂然看向申屠赤,镇定地回应道:"确实不错。不过,将军恐怕说错了一句话。这些人,应该都是贵国国主的兵,而不是将军您的私兵吧?"

申屠赤一滞,收起脸上的轻蔑之意,上下打量着杨盈,缓缓道:"殿下好口才。"

杨盈淡然道:"将军过奖。"

申屠赤抬手一指远处,做了个延请的动作:"那边是马场,请。"

杨盈依样回礼:"请。"丝毫不落下风。

申屠赤便引着杨盈来到军营马场,一路走去,只见每一匹马都高大神俊,毛色油亮,在马槽后低低地喷着鼻息。

杨盈才学会骑马不久,对马的性情还不是很熟悉,又喜欢,又怕不留神惊了它们。她小心翼翼地抚摸着马背,赞叹道:"不错,孤听说沙东部人极擅养马,今日一见,名不虚传。"

她个子娇小,偏偏挑了匹高头骏马,那马背立高几乎与她下颌齐平。

申屠赤见她个子矮小,动作又生疏,目光一闪,当即问道:"不知本官可否有幸,邀殿下共骑?"言毕,不等杨盈回答便翻身上马。

杨盈一愣,不肯被申屠赤小瞧了去,自然不会在此处露怯,立刻点头道:"恭敬不如从命。"便在钱昭的帮助下,利落地翻身上马。

申屠赤道一声:"好身手!"便一指远处,高声笑道,"走!本官带殿下好好逛一逛许城!"他说完便拍马而去。

杨盈无奈,只得咬牙跟上。

安国侍卫们纷纷翻身上马跟随。使团的护卫们皆是步行而来,只有孙朗抢到了马场上仅余的一匹马,他一面追赶杨盈,一面回头看向众人。

钱昭高声吩咐道:"你护好殿下,不用管我们!"

孙朗点头,拍马跟上了杨盈。

钱昭和于十三也带着其余侍卫,狂奔着追赶上去。

申屠赤催马离开军营,直冲着许城街道而去。他故意纵马从街市中央飞驰而过,惊得沿路行人纷纷躲闪。

他回头冲着杨盈哈哈大笑:"殿下怎么这么慢,像个娘们儿一样!"

他正戳中杨盈心虚之处,杨盈心中一紧,只得咬着牙猛挥鞭子,紧跟上去。但街上惊逃的行人太多了,纵使杨盈竭力控制马匹,也不时有险况出现,不过片刻间,她额头上已冷汗淋漓。

孙朗见状想赶紧追上杨盈,却被安国骑兵左右包夹。他们原是故意要令杨盈落单,自不会让孙朗轻易闯过去,虽未对孙朗动刀兵,却也无所不用其极地妨碍他,甚至寻隙用马鞭上的尖刺插他的马。

孙朗以一敌三,左突右冲,不落下风,但速度仍是被拖慢了。眼看着杨盈越去越远,他心中焦急,却丝毫没有办法。

钱昭一行人更是远远落在后方,任是再如何竭力奔跑,又哪里跑得过快马?经过一处路口,钱昭喘息着,飞快地向于十三打了个手势,喊道:"这样不行!你们去抄近路!"

于十三点头,立刻跃上屋顶,自空中向着杨盈的方向飞奔而去。

申屠赤策马到一处十字路口,突然勒马停下,笑着指向一旁繁忙的市集,高声问道:"我们大安治下的许城如何?是不是比之前更加繁华?"

杨盈猝不及防,也急急勒马,险些撞倒了路边一位摆摊卖菜的大爷。

被戏耍了半日,还差点牵连无辜,杨盈心中也涌上火气。她喘息着,冷冷地看向申屠赤,反问道:"繁华?贵国国主在所占的梧国故地,征的是四税其一的重税,百姓不过是为了吃饱饭才不得不更加努力而已,申屠将军又何必以此为荣?"

言毕她翻身下马,帮大爷扶起翻倒的摊子,又摸出钱袋搁在摊上:"对不起。这些算作孤的赔偿。"可她刚转身要走,后脑就被钱袋重重地砸了一记。

她错愕地回过头去，便见卖菜大爷愤怒地瞪着她："少在这儿假好心！要不是你们杨家无能输给大安，我们本来就不该背这么重的税！"说着便向四周大喊道："他就是那狗皇帝的弟弟！他带去赎皇帝的金子，都是我们的血汗钱！"

周围的摊贩也都一愣，纷纷悲愤地看向杨盈。卖菜大爷已带头冲上前，推搡起杨盈来。其他人见他动了手，也蜂拥而上，将杨盈围在中间撕打。

杨盈又惊又惧，大声唤着："钱都尉！"却无人回应。

钱昭还带着人在远处竭力奔跑追赶着，甚至不知杨盈已经奔跑到了何处。

于十三在屋顶上跳跃寻找着，却也只远远望见路口聚集的喧闹人群。

孙朗距离最近，已能望见前方杨盈被人围住，他心急如焚，却也一时难以赶到。

而申屠赤惊愕之余，抬手示意手下不必去管，自己也稳坐在马上，饶有兴致地看起戏来。

不过眨眼之间，杨盈已被人群推搡得冠斜衣乱。她惊恐至极地躲避着，胡乱抱住头，大喊："救命！"

安军中已有人迟疑地看向申屠赤。毕竟这是梧国使臣，申屠赤也有接待之责，万一在申屠赤眼皮子底下受了伤，申屠赤未必不会受挂落。

申屠赤却冷笑着一抬下巴，示意手下："再等会儿，让他多吃点苦头，谁叫这小子那么牙尖嘴利。"

杨盈终于一个踉跄，被推倒在地上。人群已有些失控，有人抄起扁担当头向她打过来，杨盈只能徒劳地举手格挡。

眼看那扁担就要打下来，一条长鞭突然凌空而至，卷起扁担，当空一掀。那扁担飞出去，重重地砸在了申屠赤的头上，申屠赤当即血流如注。

他身后一众安军都大惊失色:"将军!"

一片混乱之中,只见一个男子手挥长鞭向杨盈走去。那长鞭如灵蛇般矫捷进退,逼得四面百姓连连后退,很快便驱开了围攻杨盈的人群。那男子奔到杨盈身边,声音压得极低:"受伤了没有?"却是女子的嗓音。

杨盈喜出望外,脱口而出:"如——"

如意立刻示意她住口,伸手将她拉了起来。

安国士兵也终于反应过来,立刻冲上前来围攻如意,口中呵斥着:"大胆狂徒——"

如意抢上前去,以男子声音接过话头:"大胆狂徒!"却是向着先前围攻杨盈、此刻四下奔逃的摊贩怒斥,"竟敢挑唆百姓,攻击我大梧礼王及安国重臣!"喝令冲上来的安军:"尔等还不速速追击!"

安国士兵一时愣在当场,不知该如何是好。

如意护着杨盈,仰首看向申屠赤,目光严厉:"申屠将军,还是您觉得这些百姓只是一时受奸人所惑,所以才在两位受袭之时袖手旁观,可以宽宏大量地暂不计较?"她加重了"袖手旁观"四字的语气。

申屠赤捂着头上的伤口,紧盯着她:"你是谁?为何我刚才在使团中没有见过你?"

如意冷冷道:"安国有朱衣卫,梧国也有六道堂,将军不会以为礼王贵为一国之使,身边会没有暗卫保护吧?"

孙朗、于十三和钱昭也都气喘吁吁地先后赶到。如意这些话正好落入了他们耳中,他们虽面色各异,但仍然默契地聚成队形,整齐地护卫在如意身后。

申屠赤目光审视着她,显然并不打算就此罢休。

如意便抬手一指身后三人,微微眯起眼睛看向申屠赤,似笑非笑道:"他们虽然跑得不够快,但趁着月黑风高,杀一两个居心叵测、有意破坏两国和谈的宵小之徒祭祭旗,还是没问题的。"

申屠赤身后的士兵都不觉一凛。申屠赤闻言,面色变幻不定。他当然听得出这是威胁,他倒也不怕这几句大话,但他"袖手旁观"在前，梧国礼王当众狼狈受辱亦在前，若他此刻敢撕破脸面，"居心叵测、有意破坏两国和谈"的罪名，怕就要砸实在他头上了。安帝会怎么看待他的用心，才是他真正畏惧的。

他最终一笑，忍下了这口气："六道堂果然名不虚传。"抱拳向杨盈冷冷道一声，"殿下，请恕本官伤重，先走一步！"便带着手下拨马离开了。

如意这才松了一口气。杨盈开心地上前拉住她，眼中已不由得涌上泪水，低声道："如意姐，我就知道你不会扔下我不管的！"

如意身后三人闻言一震，同时错愕地望向如意。

# 第十二章

## 红衣重归执念解

许城馆舍里,使团护卫们列队肃立在庭院中。

眼见杨盈一身狼狈地回来,又得知她落单被人围攻,杜长史又气愤又后怕,面色铁青地训斥道:"竟然让殿下遇险,你们是怎么搞的?!"

令杨盈落单进而陷入危险,确实是护卫的过失。若非如意及时赶来,后果不堪设想。众人无可辩驳,个个都面有愧色,静默不言。

而如意只是漠然地站在一边,似乎完全不关心使团的内部事务。

杨盈也有些被杜长史吓住,小心地替他们解释:"不怪钱大哥他们,是孤托大了。对了,你们也别去找那些百姓的麻烦,他们原本安居乐业,却不幸沦为他国苛税之民,心里肯定……"

杜长史打断她,一板一眼道:"臣可以不怪百姓,但钱昭等人身为护卫,居然让您落单,这便是严重的失职!"他目光严厉地看向宁远舟,愤怒道:"宁大人,你必须给我一个交代!"

宁远舟自然明白轻重:"您放心。"扭头问元禄:"申屠赤送来的人都清走了吗?"

元禄点头:"现在这院里只有咱们的人。"

宁远舟点了点头,便看向众人,宣布:"钱昭、于十三处置不当,禁食水一日。孙朗以下等人,罚俸一贯。"

众人惊愕。杜长史更是不解又气愤:"这么轻的处罚,何以服众?"

宁远舟目光一一扫过在场众人,平静地继续说道:"士无能,将之责。发生这一切,还是因为我在后方指挥失当,未能提前预料敌情。

所以，"他脱下外衣，露出布满青紫的精壮上身，宣判，"宁远舟，罚鞭十记。"

众人皆惊。杜长史也颇为意外："这……"

杨盈着急地上前阻拦："不行！宁远舟，孤命你……"

话音未落，便被如意拦下："他是护卫头领，不要干涉他的决定。"

宁远舟背对着众人跪下，高声命令孙朗："行刑。"

孙朗拿起鞭子，见他背上新伤叠着旧伤，青青紫紫竟无一块好皮。他本就爱戴宁远舟，见状更是下不了手，干脆一扔鞭子，也跟着跪了下去。钱昭、于十三……所有护卫都跪了下去："堂主！"

宁远舟捡起鞭子，头痛地提醒："叫得再大声点，外面的安国人都听见了。"把鞭子往元禄面前一递，"元禄，你来。"

元禄哪里肯接，头摇得拨浪鼓一般。

钱昭道："大伙儿都有错，要打一起打！"

众人齐声应和："对，要打一起打！"

宁远舟环视众人，急道："连我的命令，你们都不听了？！"

元禄正犹豫不决，如意已冷冷地上前夺过鞭子，道："你们下不了手，我来。"

听到如意要打宁远舟，孙朗愤怒地扭头瞪过来："贱人——"

如意上手就是两耳光，打得他瞠目结舌。如意没再理他，挥手一鞭抽在宁远舟背上，只听啪的一声，霎时就是一道血痕。那一声鞭响震得众人心神欲裂，纷纷焦急地看向宁远舟，又怒视如意。

如意看着钱昭，冷冷道："慈不掌兵，连这点道理都不明白，难怪护不住殿下。"

钱昭不由得一怔。

如意又看向众人，一指宁远舟，道："你们以为他愿意挨打吗？不，他只是想以身作则，让你们再警醒一点！现在你们已经在安国的地盘了，再也没有以前那种只要闯过天星峡，就能松一口气的好日子了！以后，你们的周围到处都会是敌人、陷阱和危机，只要稍有失误——"她运鞭如风，啪啪啪连打三记，道，"这就是下场！"

宁远舟被抽得鲜血淋漓，却仍然挺直了身体，告诉众人："她说的，就是我想说的。"

众人都震惊之至，却也醍醐灌顶。

宁远舟高喊一声："继续！"

如意举起手中鞭子，道："看好了，这些鞭子，他是为了你们才挨的！"说完，她啪啪啪又是三鞭。

众侍卫紧握双拳，双目圆睁，强迫自己看着。杜长史回过头去不忍再看，杨盈则早已红了眼圈。

如意挥手又是两鞭，问众人："记住了吗？"

众人齐声怒吼："记住了！"

如意面不改色，把鞭子递给杨盈，道："你是统率使团的礼王，最后一鞭，你来。"

杨盈颤抖着接过鞭子，眼中已全是泪水，却还是走上前去。她闭上眼睛，坚决地挥出了最后一鞭。

那一鞭落下，宁远舟强忍住疼痛，伏身叩谢："谢殿下赐鞭。"说完身子一歪，晕倒在地。

众人大惊，慌乱地拥上前去扶他。

宁远舟躺在榻上昏迷不醒，众人里三层外三层地挤在周围，却都帮不上什么忙，心里又是焦急又是愧悔。

钱昭专心地给宁远舟把着脉，元禄在一旁急着描述宁远舟的病情："宁头儿刚才就咳了血，他昨晚内力耗尽，肺上也有伤。"

钱昭被闹得烦乱，喝道："别吵！"众人立刻噤声。

半晌，钱昭才收回手，道："新伤老伤交作，突然气冲血海，但死不了，我去熬药。"众人都如释重负，连忙给他让出一条道来。

钱昭起身正要去煎药，忽见一直远离众人、独自站在门口的如意正转身离开。他心念一动，连忙追了上去，追到游廊上，见如意丝毫没有停步的意思，便开口唤道："等等！"

如意站定，冷漠地看着他。

第十二章

钱昭犹豫了片刻，问道："你不去看他？"

如意冷笑着，反问："我是朱衣卫，他是六道堂，刚才他还是被我打晕的，我为什么要去看他？"

钱昭心中愧悔，知她心中有气，干脆拔出匕首递了过去，道："我不会为昨晚的事情道歉，但是你救了殿下，所以，要杀要剐，随意。"

如意看都不看那匕首一眼，冷冷道一声："懒得动手。"说罢转身就走，一回头，却见于十三、孙朗两人齐齐跪在身后，都面带愧意。

孙朗啪啪给了自己两记耳光，仰头道："我不该骂你。宁头儿说得对，我爹走那会儿，你才几岁，我对朱衣卫的仇怨，不该挪到你身上。"说罢抱拳垂头，等候发落。

于十三也抱拳垂首，道："我于十三平生从不辜负美人恩，可昨晚我实在太糊涂了。你在天星峡救了大伙儿，我还那么对你。我欠你一条命，你什么时候要，我随时给。"

如意扫他们一眼，冷冷地道一声："不稀罕。"绕过他们，径直离去。

钱昭心中一急，忙要追上去，于十三却起身拦住了他，直接推着他往回走："赶紧熬药去。"

孙朗道："可是……"

于十三叹了口气，道："你们都不懂女人。她肯定不会轻易原谅我们，但她既然回来了，就不会走。"

钱昭有些犹豫："你确定？"

于十三点头："第一，她的身份暴露了；第二，她知道我们恨她；第三，她受的伤比老宁重多了。可她还是回来了，"他含笑看向两人，"你们觉得，这会是为了谁呢？"

钱昭、孙朗恍然大悟，对视一眼，同时看向宁远舟的房间。

宁远舟苏醒时，夜色已深，只见房中一灯如豆，昏暗寂静，如意坐在桌边，单手支着面颊，清冷的面容晕着昏黄烛光，透出些红尘暖意。这情景似曾相识，他一时竟有些恍惚，便听如意道："醒了？"

他活动了一下身体，能动，便笑道："还好，看来这次，我没中蒙汗药。"

如意拿起桌上的药递了过去："这里头有。"

宁远舟接过来,一口喝干,笑道："味道不错。"

如意伸手去接药盏,宁远舟却没有放手。他只静静地看着如意,问道："为什么回来?"

如意道："因为你。"

宁远舟猝不及防,目光微微震动,却不知她是戏言还是真心,只知自己心脏跳得剧烈,一时竟不知今夕何夕。

他们静默地对视着。良久之后,如意忽地移开目光,故作凶狠道:"因为我不相信你的承诺。你们这些梧国人,一会儿骗我,一会儿杀我,太阴险狡诈了。找到害死娘娘的真凶,是我一生的夙愿,你光凭几行字就想打发我?没门。我跟你的交易还没完成呢,我一定会护送公主平安入安,一定要看你亲手将害死娘娘的真凶的消息交给我。"

宁远舟面色平静,眼中却有着隐藏不住的欢喜。他连忙点头道:"说得对。事关重大,你是得亲自盯着才能放心。"

说完,两人便又陷入沉默。片刻后,如意冷然道:"我以后会尽量不跟朱衣卫接触,不把危险带给使团。"

"你让我放心,我便让你放心",这正是间客的行事准则。宁远舟明白如意为何会如此说,当下便道:"好。"

如意又道:"我还没想好怎么应对钱昭他们,以后,你不许处心积虑地再要我和他们接近,当什么鬼同伴。"

宁远舟依旧道:"好。"

如意冷冷一笑:"怎么什么都说好?难道我要跟你生孩子,你也说好?"

宁远舟一滞。如意不以为意,拿过药盏转身离开。可宁远舟突然道:"好。"

如意瞬间僵住,愕然地转过身看着宁远舟。

宁远舟有些尴尬,脸上微微发热,目光飘忽道:"只是我们现在都五劳七伤,我身上还带着一旬牵机的毒。如果现在就……"他悄

第十二章

悄抬眼看了看如意，带了些商议的语气，"只怕对孩子不好，不如等一切安排好了，再说。"

如意盯了他半晌，突然一笑："又想来缓兵之计？"

宁远舟也笑了："计不必多，管用就行。"

他终于不再遮掩内心情思，目光温柔地凝视着如意。如意反而不习惯起来，伸手去探他的额头，疑惑道："真的没有被我打糊涂？"

宁远舟顺从地任她摸着，还不忘调笑："任尊上鞭法出神入化。刚挨第一鞭的时候我就知道了，外头看起来鲜血淋漓，但只伤皮肉，不伤肺腑。"

如意一挑眉，道："我只是受了伤内力不足，否则，一鞭就送你归西。"

宁远舟含笑道："好。"

"又来。"如意一哂，转身要走。宁远舟却突然抓住了她的手，仰头凝视着她，轻轻道："谢谢你刚才帮我说的那席话。说得很好、很准，正是我心中所想。"

如意僵了一下，却没有抽回手，只平静地道："那当然，毕竟我也曾经做过一人之下、万人之上的左使，我自然懂得站在你的立场，会怎么想、怎么做。"

宁远舟握紧了她的手，眸子里星光浩瀚："所以，只有你懂我。"

如意看着他的眼睛，忽然俯身把他压在枕上，轻声问道："你刚才说的是真心的？等一切结束之后，你当真愿意？"

宁远舟道："我愿意。"

如意笑了："你得证明给我看。"

她缓缓逼近宁远舟，两人距离越来越近，几乎鼻尖相接。宁远舟一时口干舌燥，轻轻闭上了眼睛。

不料如意却在最后一刻改变了方向，伏在了他的胸膛上听着，故作不满道："心跳得这么快，八成又是在骗我。"

宁远舟错愕又无奈，长叹了口气，道："你到底会多少这些磨人的手段？"

如意轻轻往他怀里蹭了蹭，寻了舒服的姿势，笑道："很多，你不是说我这只白雀学艺不精吗？以后慢慢来，我慢慢一招一招地炮制你。"

宁远舟轻抚着她的头发，暖暖地笑道："好。"

两人静静地相拥着，透过薄薄的衣衫，感受着彼此肌肤的温度、脉搏的跳动。

一时之间，宁远舟只盼着夜色更悠长些，时光走得再缓慢些。

旭日初起，晨雾消散，温暖的晨光铺开在庭院中，枝头传来晨鸟的鸣叫声。

元禄一早起身，先去宁远舟房中确认他的状况。他推门进去，唤一声："宁头儿……"后面的字就卡在了喉咙里——屋里床榻正对着门，榻上宁远舟和如意依旧保持着昨夜的姿势，正拥在一起沉沉睡着。

元禄捂住自己的嘴，片刻后又赶紧改成捂住眼睛，迅速地替他们关上了门。阳光射在他的指间，有什么东西晶莹地闪烁了一下。

宁远舟却已被声音唤醒，仰头一望，便见元禄捂着眼睛退了出去，不由得默然。如意也被他的动作弄醒，迷迷糊糊地睁开眼睛。

门外传来了杨盈不满的抗议声："为什么不让我进去？"

如意还睡眼蒙眬着，没搞清楚状况，闻声揉了揉眼睛，张口正要说些什么。宁远舟一脸尴尬，连忙示意她不要作声。

门外元禄拦住杨盈，满面通红，心虚地扯谎道："宁头儿还没醒呢。"

杨盈哪里管这些，探身就要上前："没关系，我就进去看一眼，不然我实在放心不下。昨晚你们就不让我守着……"

这时如意也听到了杨盈的声音，骤然清醒过来，迅速地从宁远舟怀中起身，不想下床时却脚下一软，险些摔倒。宁远舟连忙上前扶住她，如意却不小心撞倒了床边的花瓶。

门外杨盈听到声音，兴奋地欢呼："他醒了！"立刻就要伸手去推门。

元禄急得不行，连忙展开手臂挡住她："不行，你不能进去，就算醒了也不方便！"

第十二章

杨盈不满地看着他:"为什么?"

元禄结结巴巴,绞尽脑汁地编造借口:"因为……因为钱大哥正在里头给宁头儿扎针,不能见风,宁头儿就是被扎醒的。"

杨盈疑惑道:"可是我刚才过来,才看见钱都尉在外头熬药啊。"

元禄目光飘忽道:"噢,他和于大哥临时换了班。总之你不能进去。"他红着脸,小声解释,"扎针是得脱光衣服的。"

杨盈也霎时红了脸,忙后退道:"哦,那我先去前院,一会儿再来。"

元禄这才松了一口气,快步追上她:"我也要去前院,我陪你一起去。"

杨盈走了几步却忽地停住脚步,醒悟过来:"不对。我刚才去找如意姐,她也不在房里。"她眼睛一亮,立刻看向元禄,"你骗我,房里不是钱都尉,而是如——"

元禄着急地一把捂住了她的嘴,压低声音道:"别出声!大家都装不知道呢!"

杨盈拼命点头,大眼睛忽闪忽闪,兴奋不已。元禄这才放开了她。

刚得到自由,杨盈便激动地问道:"难道远舟哥哥和如意姐真的——"见元禄点头,杨盈捂着嘴兴奋地原地直跳,"啊啊啊!我早就觉得不对!太好了,我早就觉得他们两个就该像是话本里写的那样,是一对!"

恰好孙朗也走了过来,见两人凑在宁远舟房门前叽叽喳喳,疑惑地问道:"殿下,您这是在——"

杨盈忙道:"啊……我和元禄刚才在这里看到一只小兔子,毛茸茸的,好可爱,就这么跳跳跳!"她比着兔耳朵,跳了起来。

元禄赶紧附和道:"是啊,就这么跳跳跳!"也学着杨盈的样子跳起来。

孙朗热爱一切毛茸茸的小动物,闻言眼睛一下子亮了起来,急切地问道:"真的?在哪儿?快带我去看。"

元禄一指远处:"在那边。"他和杨盈立刻默契地一左一右引着孙朗往远处去。

孙朗兴致勃勃地边走边纠正他们:"哎呀!你们跳错了,兔子是这么跳的。"说着也蹦蹦跳跳地演示起来。

听到一行人走远了,宁远舟才长松了一口气,放开如意,有些尴尬地问道:"没摔着吧?"

如意有些懊恼,摇头道:"没。明明昨天已经好了不少,怎么今早又下盘无力了?"说着便径直坐下,盘膝运功,道,"丹田里还是有股杂气在乱窜。"

晨光透窗而入,落在她白皙的颈子上。她耳根处还带着浅淡的压痕,碎发映着金棕色的晨光,在耳后打了个新月似的弯儿。

宁远舟莫名地有些不敢看她,道:"你先回去,待会儿我安顿好,再去帮你疏理。"

如意不解道:"为什么不能现在?"

宁远舟窘迫地移开目光,道:"十三他们肯定马上会来看我,要是发现你在这里,会误会的。"

"误会?他们谁不知道我和你的事?前阵子还故意那样子在我面前走来走去。"

宁远舟大窘,声音飘忽道:"殿下就不知道。她年纪还小,不懂这些事情……"

如意大奇,道:"她怎么会不懂,你难道不知道她和那个郑青云……"对上宁远舟的目光,突然明白过来,"啊,宁远舟,你不好意思了。"

宁远舟整了整衣领,掩住发紧的喉结,辩解道:"我没有。"

如意一笑:"别一副我要强抢民男的样子。你不就是怕在别人面前尴尬嘛,放心,既然昨晚都说定了,你就安心地去救你的皇帝。"她伸出手指,作势一挑他的下巴,向他保证,"在那之前,我绝对不碰你一根手指头。"说罢利落地收手起身,眼角如钩牵着他,轻笑道,"刺客,都是很有耐心的。"说着便已推开后窗,纵身跃了出去。

宁远舟正自无语,门外又响起了轻轻的敲门声。

第十二章

这一次是于十三。只听他压低声音，轻咳一声："老宁，你们好了没有，钱昭马上就要来送药了，杜大人也要过来问你今天的安排，元禄让我赶紧过来报个信——"

宁远舟没好气地拉开了门。

于十三迅速瞟了一眼，讪笑道："哦，已经走了啊。"

院子里，使团众人终于再一次齐聚一堂，商议后续行程。

宁远舟也趁着众人都在，当众宣布道："既然风波已平，一会儿我们就辞别申屠赤，继续前往安都。但为了确保殿下的安全，使团和商队从今日起就合二为一。"

众人哗然。虽说昨日如意为救下杨盈，暴露了杨盈身边有六道堂暗中保护一事，但朱衣卫未必就能查出六道堂潜藏在何处，他们还有许多周旋空间。可一旦公开，他们的后续行动就尽数暴露在朱衣卫监视之下了。

众人都感到不解。杜长史也担忧地问道："这样殿下倒是安全了，可救驾的事怎么办？"

宁远舟道："原本设立商队，是为了方便暗中行事。可昨天有人的一句话提醒了我。既然是一国亲王出使，于情于理，六道堂都应该参与其中，否则，安国人也会起疑。现在想来，当初我让六道堂扮作商队，和使团分开行动的决定，确实有些一叶障目了，可能是因为离开六道堂太久，一时……"

杜长史、于十三、元禄几个都齐刷刷地望向一边的如意。如意不做理会，只仰头专心听宁远舟说话。

宁远舟轻咳一声，唤回众人的注意，道："如果我们和朱衣卫易地而处，大家想想，他们会怎么猜测使团的行动呢？第一，使团里多半会有六道堂的人。第二，使团到达安都之后，一定会使尽各种或明或暗的手段营救圣上。既然如此，我们就不该费心遮掩，而要让安国人以为我们有人却无能。这样，反而能让他们减少提防。"

众人立刻领会，随即眼前都是一亮。

孙朗连连点头:"对对对!毕竟宁头儿重任六道堂堂主的事是密旨,安国人不可能知道。朱衣卫梧都分堂的人也全没了,未必能查得到我们的底细!"

于十三目光依次扫过众人:"殿下是新封的礼王,杜大人是致仕后重新出山的,宁头儿犯过大罪刚被充军,我是从大牢里提出来的,元禄还是个小屁孩儿……"说着自己先笑起来,"嘿,我们使团,还真是歪瓜裂枣一大堆!"

众人也都跟着笑了起来。

杨盈故作不满地板起脸,呵斥道:"不许对孤和杜大人无礼!"

宁远舟也笑了,目光扫过众人,却是满含骄傲和信赖,道:"那就让他们看看我们这群歪瓜裂枣,在安国能搞出怎么个天翻地覆!"

众人豪气顿生,纷纷鼓足了劲头。

如意看着宁远舟,唇边不知不觉也扬起了一抹微笑。

元禄站在如意身边,悄悄地凑近她,低声道:"如意姐,你能回来,我真的特别高兴。"

如意想了想,也低声道:"你刚才帮我和他遮掩,我也很高兴。"

使团再次上路。这一次,宁远舟等人都不再做商人装扮,而是光明正大地换上了六道堂的制服。

之前朱衣卫派来的侍女琼珠扮成农妇,远远地跟随着队伍。但钱昭锐利的目光一扫,孙朗便策马前去驱逐:"贵人车驾,不许私自跟随!"琼珠无奈,只得赔笑停步。

马车颠簸前行。杨盈忍了一路,终于心痒难耐地凑上来,大眼睛亮晶晶地看着如意:"如意姐,我想问你一件事……"

如意还没回答,就有人在外面轻敲车窗。如意掀帘,见是宁远舟。

宁远舟轻咳一声,当着杨盈的面,一副公事公办的平淡模样:"听说你受伤后丹田内力不畅,是否需要我帮你看看?"

如意还没回答,杨盈便立刻大声道:"当然要!啊,如意姐的伤,当然得尽快好,不然进了安国怎么办?咳,孤正好想骑骑马。"她立刻迈着方步从车厢里钻出来，慷慨地一挥手，"宁大人，你跟孤换换马。"

宁远舟进了马车，杨盈也在元禄的帮助下，翻身跨上宁远舟的马。

她兴奋又得意地一抬下巴，向元禄使了个眼色，元禄也同样得意地向于十三使了个眼色，于十三立刻把眼色传给钱昭，钱昭面无表情抬头望远。眼看这个眼色就要抛空，孙朗恰好抱着只兔子策马赶回钱昭身旁，被于十三的眼色砸了个正着。孙朗不由得一阵恶寒，打了个哆嗦，嫌弃地靠向钱昭："老于这是怎么了，干吗对我抛媚眼？"

钱昭眼皮一耷拉，依旧是一副死人脸："可能因为你抱的是只母兔子吧。"

孙朗警惕之心大起，一把抱紧兔子，咬牙切齿地躲到钱昭身后："坏人！咱们离他远点！"

车厢里，如意和宁远舟掌心相抵，盘腿坐着运功疗伤。如意似笑非笑地看着宁远舟，宁远舟脸皮厚，知道她在笑他私事公办，却依旧镇定从容，还一身正气地提醒她："专心点。"

突然外面传来一声轻响，随即杨盈发出一声惊呼，钱昭拔剑高喊："保护殿下！"

宁远舟一惊，急忙收手，跃出车外："发生什么事了？"

护卫们早已持剑将杨盈团团护卫起来。杨盈靠在元禄的身后，显然受了惊吓，脸色苍白。元禄指着路边树林向宁远舟解释道："有人扔了块石头过来，还好被我挡住了。"

正说着，于十三便拎着个少年从路边的树林钻了出来，道："就是这小子。"

那少年身着麻衣草鞋，看上去十四五岁年纪，瘦得竹竿儿一般，在于十三手里不住地扭动挣扎，嘴里骂着："放开我！"

于十三按着他后颈，逼问道："说，谁指使你的？"

少年梗着脖子瞪着杨盈，眼中满是仇恨："没人指使我，我就是要打死他！我娘说啦，你们要是把皇帝接回来，我们就又要变回梧国人啦！"说着便要跳起来，"我不想当梧国人！"

杨盈又惊又怒，不顾元禄的阻拦，驱马就要上前："你说什么？

为什么?!"

宁远舟和众人却都沉默下来。杜长史叹息一声,挥手道:"放他走吧。"杨盈还要再问,宁远舟伸手拦住,对她摇了摇头。杨盈委屈地抿了抿嘴唇,没有再作声。

于十三将少年扔到树权上,车队继续前行。一路上再也没有人说笑,所有人都沉默地望着这片沦陷的山河,心情复杂又沉重。

晌午时,他们在附近的村落外停歇。他们来时,还能远远望见村中往来的行人,虽不免有些萧条,却也不至于荒无人烟。可他们到来后,家家闭门锁户,四下里空无一人,沉闷寂静,只偶尔有幼童透过木窗的缝隙向外窥探,却也很快便被大人喝走了。

他们自知使团一行对沦陷之处的乡民是麻烦,也不入村,只在村外大树下落脚休整,吃着自带的干粮。

有侍卫从井里打了一桶水上来,给众人分饮。于十三也殷勤地给如意送来一竹筒,如意沉默地接过,正准备喝一口,忽然察觉出有哪里不对,忙起身向众人喝道:"别喝!"众人都一惊。

如意快步走到井边,抽出剑来,反射阳光照亮井底,道:"你们看。"众人探头一望,只见井底赫然漂浮着几只死老鼠,大惊失色。没喝的赶紧丢下手里的水,已经喝了的连忙去一旁抠着嗓子催吐。

宁远舟近前看了一眼,道:"还有血……多半是村子里的人看见我们过来歇脚,刚刚打死扔下去的。"

杨盈终于忍不住了,眼圈一红,泪水涌出眼眶:"为什么?!他们凭什么这么对我!昨天在街上打我,刚才用石头扔我,现在又在井里下毒……"

宁远舟缓缓道:"他们不是在怪你,是在怪你皇兄。"

"可皇兄也不是故意的啊!胜败乃兵家常事,他现在也在安国受苦啊!"杨盈依旧气不过,她想不明白,"昨天在许城街上的事,我都忍了。可他们怎么可以这么糊涂,明明安国收他们两成五的重税,他们还一口一个不想当梧国人!"

宁远舟没有说话。于十三轻叹一声,开口问道:"殿下,您知道刚才那个孩子有多大了吗？"

杨盈道："十四五岁吧。"

杜长史面露不忍，道："按我朝规矩，男子十八方为成丁。但圣上这次出兵，为了召集大军，特旨令边境五城中，凡十六岁以上的男子都要从军。"

于十三也道："他穿着麻衣，多半是在为他爹戴孝。天门关一役，许城死伤的百姓成百上千。他不想当梧国人，多半是因为担心圣上一旦归国，就会发动大军复仇。到时候，他只怕也会跟他爹一样被征召入伍。重税比起送命，总归要好一些。"

杨盈一时哑然，只得颓然坐下，喃喃道："可是，男人从军，女子纺织，不是百姓的本分吗？"

宁远舟纠正道："安居乐业，康顺到老，这才是百姓的本分。圣上在时，许城的百姓并没有得到什么特别的好处，天门关大败之后，他们的心就更是伤透了。水既可载舟，也能覆舟。殿下，问别人要忠诚之前，先得问问自己，你为他们做过什么。"

如意原本一直静静地听着，此时她的目光突然一闪。

杨盈一滞，思量半晌后，忽地就慌了起来："那，你们还会陪我去安国吗？皇兄让你坐了牢，我之前又那么胡闹，我是不是也伤透了你们的心？我之前也没为你们做过什么……"她越说便越是愧悔，张皇地看向众人。

宁远舟安抚她道："我们当然会陪你去安国。我领过朝廷的俸禄啊，食君之禄，忠君之事，杜大人肯定教过你。"

于十三也道："没错，我们还喝过殿下请的酒呢。我们欠您人情。"

众人纷纷附和。

孙朗道："没错，杜大人也请我们吃过烤羊呢。就算是为了那几只羊，也得去安都走一圈啊！"

丁辉也说："在天星峡的时候，殿下还救过我的命！"

如意一指宁远舟，道："我跟他做了笔交易，得送你到了安都，他才会付钱。"

杨盈这才放下心来，感激道："谢谢大家！"她思索了片刻，再次抬起头来看向众人，"杜大人，宁大人，等接回皇兄，我一定劝他好好对大家，好好对百姓，这样才能把大伙儿伤了的心，再重新补起来！"

阳光破开云雾，照亮了她年轻而坚定的眸子。

安都城外，梧帝抬起麻木而绝望的脸，透过囚车的木栅望向前方高大巍峨的城门。那城门上旌旗招展，值守的门侯戍卫身着金甲迎着烈日，高亢地吹响了号角，号角声却随即淹没在更为盛大高亢的欢呼声中。

安帝率大军凯旋，沿途百姓夹道山呼。这原本也是梧帝为自己所设想的凯旋场景，此刻他却是囚笼中被人展示的战利品。他只觉得这次的游街比之前每一次都更漫长，四面八方都是轻蔑审视的目光、指指点点的闲言。天子之尊在俯视和议论中被践踏成泥，偷生的苟且之心令他卑怯如猪狗。

待囚车停在宫门之外，这漫长的一路终于走到尽头。就在梧帝麻木地以为羞辱可就此结束时，负责看押他的大皇子招手叫来官员，道："父皇要孤找个安全清静的地方安置他，你看哪儿好？"

官员推荐了永安寺的永安塔。大皇子满意地点头，看一眼囚车中的俘虏，道："不错，那儿倒是清静。就把他关在最高那层。对了，每天早上，再把他拎到寺门口示上两个时辰的众，百姓们今儿还没看够呢。"

长庆侯府。

琉璃跟着李同光一道穿过庭院走进书房，沿途小厮、丫鬟纷纷躬身迎接。

琉璃目光掠过沿途各处的草木画廊，扫过书房里的桌椅陈设，见还是许多年前她曾见过的模样，只是都半旧了，便低声问朱殷："这，好像还是以前的长公主府？"

朱殷点头，低声道："侯爷念旧。"

第十二章

正说着，李同光转过身来，对琉璃道："以后你就住在西厢。"又吩咐众丫鬟道："后院事务，以后一应由琉璃处置。"

丫鬟们躬身应"是"，纷纷抬眼看向琉璃，眼神里都满是羡慕。

琉璃一怔，不由自主地挺了挺脊梁。

朱殷已上前替李同光解下披风，又有小厮奉上铜盆手巾，李同光净手后，丫鬟便奉上一盘鲜花。一套动作有如行云流水，显然已经做熟了。琉璃想帮忙，却又无从下手，一时有些手足无措。

李同光接过鲜花后，室内侍奉的下人们便整齐无声地退下了。李同光打开墙上机关，走进一间密室，琉璃连忙跟了上去。朱殷本想阻止她，犹豫了一下，到底没有出声。

密室中挂满了画像，琉璃一步踏进去，立刻面露惊讶，忙捂住嘴，轻轻地"啊"了一声。

李同光知她跟进来，却并未在意。他亲手将鲜花供在香炉前，才提醒她："出去，以后每三日打扫一次即可。"

琉璃退出密室，小心地替李同光掩好门，再回过神来时，已是双眼通红。

朱殷低声道："侯爷每次回京都会如此。以前，他只许我一人进密室，以后，你要对得起他这份信任。"顿了顿，又安慰琉璃，"我说过侯爷念旧，就算以后郡主嫁了过来，你在府中的地位，应该也不会改变的。"

琉璃拭去泪水，既感动又骄傲，点头道："是。琉璃以后一定会尽心服侍侯爷。"


这一日午后，使团一行终于抵达蔡城。

蔡城姚知府的母亲是宗室出身，姚知府虽降了安国，对杨盈却多少还有几分香火情。得知他们来到蔡城，他特地派人出城迎接，一路将他们护送到驿馆里仔细安顿下来，才恭敬地拜别。

待驿馆各处都巡视完毕，宁远舟便找到钱昭，道："你看着这儿，我得去一趟这边的分堂。总堂转来的密报不够清楚，还是得当面谈。"

钱昭担忧他的伤势,想陪他一道去,宁远舟却道:"不必。人多了打眼。"

离开驿馆后,他一路兜兜绕绕,避开沿途跟踪的朱衣卫暗探。待来到城边一处破庙前时,打眼看去,他已是个头戴深笠、斜挎着打了补丁的包袱的游方术士了。

他走进破庙,正在佛堂里扫地的庙祝抬头看他一眼,立刻面露惊喜,忙上前向他合十行礼,将他引到佛堂角落里,低声交谈起来。

离开破庙,再回到城中街道上时,宁远舟的打扮已同从驿馆里出来时并无区别了。

他脚步轻快地走在街上,目光里不觉就染上了些笑意,突然停住脚步,道:"还不出来?"

身后一个影子一晃,转眼间如意便出现在他身边:"什么时候发现的?"

宁远舟也不刻意去看她,道:"刚进庙的时候就发现了。"

"那你不早说,害我白在外头帮你望了那么久的风。"

宁远舟笑道:"因为周围有没有朱衣卫的暗哨,你肯定比我看得更准啊。"

如意咕哝道:"又利用我。"眼睛里却也带上了笑意。

两人边走边交谈,保持着一尺的距离,表情平淡,言语之中却有着一股若有若无的亲昵。

如意又问:"吃了解药没有?"

宁远舟一怔,问道:"你怎么知道我是去拿解药的?"

"马车里你给我疗伤的时候,我就发觉你内息不对了。一算日子,就猜多半又是那个一旬牵机发作了。"如意说着便抬眼看向他,问道,"你不许别人跟着,难道,他们都不知道你中毒的事?"

宁远舟点了点头:"嗯。各地分堂里还是有不少原来赵季的势力,章崧就是把解药直接用飞鸽送给他们的。老钱和十三要是知道我中了章崧的毒,八成会和他们起冲突。可要完成救皇帝的任务,所有人都必须同心协力。"

如意脚步一顿:"所以,只有我知道?"

宁远舟笑看着她："对，只有你知道。"

如意黑眸子一亮，引着宁远舟便往前去，道："听说那边有家做饴糖的铺子，味道不错，要不要去试试？"

宁远舟也跟上去，边走边问道："你以前来过蔡城？"

"没有，可玲珑的老家杜城离这里不远，听她提起过……"她见宁远舟脚步顿了顿，似是想问些什么又怕引她伤心的模样，便点头，"嗯……"又道，"那会儿走得匆忙，没办法替她好好收殓，只能割了她一缕头发，等经过杜城的时候，再帮她葬入祖坟。"

宁远舟便轻声道："到时候我陪你一起去。"

从店主手里接过饴糖，宁远舟自然地分了一包递给如意。

如意接到手里，见宁远舟吃得格外香甜，一时便有些入神。看了一会儿，她便问："你为什么这么喜欢吃甜的？"

宁远舟道："我爹死得早，我娘一个人养我长大，那时候我还小，守了三年的孝，没法出门去玩，也见不到别人，只有师父每个月会来看我。对我而言，师父和他每回都带给我的糖，就是我小时候最快活的记忆。"他说得平淡，似是对往事已不挂怀，却又拣了块饴糖丢进嘴里，香甜地吃起来。

如意想了想，把自己那包也递给他，道："那我的也给你，以后你每次都吃双份，以前缺的那些就都补回来了。"

宁远舟笑了笑，没有接："有些东西是永远也补不回来的。"他边走边说道，"我知道没爹的孩子活着有多不快活，之前一直拒绝你，这也是原因之一。"

如意不服气地跟上去，道："我一个人也能把孩子教得很好的。"

"你很会杀人，这我相信。"宁远舟扭头看她，"可你很会教孩子？"说着自己先摇头笑起来。

如意不满道："我有过男徒弟，还教过公主，不管是男孩还是女孩，我都知道怎么对付他们。"

"亲生的孩子，你用'对付'这两个字？"宁远舟越发忍俊不禁，抬手一指远处抱着婴儿的妇人，道，"比如他这么大，不喝奶，你要怎么对付？罚他站？打他手掌心？他想他爹带他玩，你又怎么办？难道跟他说，娘也可以陪他一起掏鸟蛋、钻狗窝？"

"我怎么就不能陪他掏鸟蛋了？再说了，"如意坚定地说，"我只生女孩，不生男孩。"

宁远舟奇道："我也喜欢女孩，可你要怎么保证只生女孩？"

"我有秘方的。"如意说着便小心翼翼地从怀里摸出只锦囊，取出一小张符纸给宁远舟看，"二皇子十岁那年，娘娘想多要个公主，就去护国观里斋戒了七天，我亲眼看着住持画了这道符。后来娘娘就有了，虽然小公主后来没保住，但这道符肯定是灵的。我从安国逃走的时候，特意潜进宫里，好不容易才偷出来的呢。"

宁远舟失笑："你还信——"他本想说信这些骗人的玩意儿，却见如意一脸虔诚，便收起调侃之意，改口道，"信这个？"

如意理所当然道："娘娘信的，我自然都信。娘娘还替我在护国观里供了平安油灯，她说我没了亲人，她就是我的亲人。"

宁远舟目光里不觉便流露出怜惜，轻声问道："你父母也不在了？"

如意点头，道："我娘生我弟弟的时候，母子都没保住。我爹要另娶，嫌我是个累赘，就把我卖给了朱衣卫，才五斗米。"

宁远舟心疼不已，沉默了一会儿，握住了她的手。

正说着，便听见前方传来说笑叫好声，两人停住脚步循声望去，便见不远处有人在玩杂耍，四面围了一群看热闹的人。人群中不乏伤者，有的头上包着纱布，有的还拄着拐，都明显是新近受的伤——想来正是因不久前的那场大战，却都指指点点、说说笑笑，看到精彩处，连拄着拐杖的都忍不住腾出手鼓掌高呼起来。

如意微微皱了眉头，有些不解，问道："那是个伤兵吧？看他笑得多开心。"

宁远舟却很平静，道："天下兴亡，百姓皆苦。于他们而言，像这样安宁平静的生活，本身就是一件很难得的事。"

如意似有所感，不知想起些什么，立在花树下垂眸思索了一阵，便抬头看向宁远舟，眼睛里带了些求索的意味，道："你在村子那会

第十二章

323

儿说过一句话,忠诚什么的,能再多讲些吗?我之前被关在安国天牢的时候,旁边有一个即将被处斩的高官,他也说过些差不多的话,但没你讲得那么深。"

宁远舟便问:"他说什么了?"

"他说帝王是主,百姓是牛马,而他和我,还有百官和朱衣卫,都是圣上用来放牧的狗。"顿了顿,又道,"最初我很生气,朱衣卫为圣上出生入死,怎么就成了走狗呢?可后来又觉得他说得有道理,圣上应该最知道我对娘娘有多忠心,可他为什么一点也不肯听我分辩呢?直到后来逃到梧国养伤,昏昏沉沉了好几年,伤势稍好后又被重新捉去当了白雀,进了梧都分堂,我才慢慢想清楚:那个胆敢害死娘娘,而娘娘却不愿意去追究的人,必定是位极有权势的重臣。圣上那会儿出征宿国在即,怕找出凶手是谁,会动摇朝中的平衡,所以索性就不查,杀掉我这个所谓的凶手,给天下一个交代。"

宁远舟沉默了一瞬,看向她:"所以你早就知道,自己只是安帝选出来的替罪羊了?"

如意点头:"自然,从放火烧了天牢起,我就当自己从此叛出朱衣卫,不再奉圣上为主了。我还记得那个高官的话,他说帝王若是不仁,就不能怨他不忠。而今天,你也说了和他差不多的话。"

宁远舟问:"你是怎么一个人烧了天牢逃出来的?"

"我在朱衣卫虽然独来独往,但怎么也有几个心腹。"如意说着,便冲路边的幼犬挥了挥手中的糖,那狗立刻跑了过来,围着她摇尾巴,如意抛了块糖给它吃。她看了它一会儿,忽地问道:"宁远舟,你也被你们皇帝充过军,你觉得,他们真当我们是狗吗?"

宁远舟也沉默了片刻,见她抬头看过来,黑漆漆的眸子里有探寻,也隐隐有些失落,便轻轻说道:"不管那些上位者怎么想,我们自己知道自己是人就好。我们有自己的脑子、自己的好恶、自己的理想。现在我们所做的事,也只是为了自己所愿,而不是因为身后有鞭子在驱使。"

如意点头道:"是啊,我一直当刺客,也不是因为我喜欢杀人,而是因为我知道,那些人只要死在我手中,就一定对大安有益。比如凤翔、定难的节度使，都是性好征战之人，娘娘说过，每一次他们出兵，就会多数千条无辜百姓的冤魂……"

宁远舟安然凝视着她，道："所以你杀人，其实是为了救人。"

如意也终于释然，笑看着他道："说得没错，这包也奖你。"她把饴糖放到宁远舟手里，又道，"现在我的愿望是为娘娘、玲珑报仇，然后有个自己的孩子。"说完便又抬头去看宁远舟，问道，"那等你救完皇帝，给你天道的兄弟们洗完冤，你还想做什么？"

宁远舟一滞，目光骤然变得深沉，却垂了眸子掩去情绪，淡淡地道："还没想好，到时再说吧。"

如意不以为意："难怪我之前怎么逼你，你都不愿意，原来是因为你拿我当鞭子看啊！"说着便一歪头，笑看着他，"那为什么后来就愿意了？"

宁远舟一笑，道："因为你给我糖吃。"

如意忍不住也笑起来。

一时风过，枝头落花纷飞。两人都抬头望去，只见天青云淡，枝头花满，是难得的好景致。宁远舟含笑看向如意，见她容色如玉，黑瞳子映着皎洁天光，伸手去接飞花，便又含了块饴糖，轻轻笑了起来。

安都，永安寺。

梧帝靠在塔顶石栅上，遥望着远方。

这塔高七层，几乎是安都城内最高的建筑，自上望去，四面景致尽收眼底。北地山河开阔，街道庭院也都修得疏阔宏大，坊市街道都平整得如刀切一般，同江南的靡丽工巧有着截然不同的风貌。只消一眼，便知身在异乡，陌生得令人感到茫然。

他瞧见远方街道上的行人，脑海中忽又记起入城时被黔首愚氓肆意围观指摘的情景，屈辱混着痛楚涌上心头。他低下头去，见塔下花树摇摇，不由得喃喃道："感时花溅泪，恨别鸟惊心。"

便听敲金击玉般的声音传来："陛下并未国破，江山仍固，何必如此悲切？"

梧帝惊喜地转过头去，果然看到李同光拐过楼梯，走进塔顶囚室。他已换下戎装，一身银丝暗绣的衣衫，戴着錾金嵌玉的发冠，越衬得他俊美年轻。在梧帝面前他并不掩饰本性，眼睛里总似有若无地带着股喜怒无常的疯劲，那美貌便也多了些不好惹的凌厉杀气。

"陛下身边的金银已经不多了吧？"他抛着手里的金扣带，道，"舍得拿这么大一块金扣带来贿赂看守传话，本侯哪敢不来？"说着便径自在梧帝对面坐下，黑眸子一抬，道，"陛下找我何事，不妨直言。"

他态度轻蔑，却是整个安国上下，梧帝唯一能说得上话的人。梧帝也只能忍下心中怒气，好言道："朕自蒙尘以来，多次受辱，还好有您数次相助。可没承想到了贵国国都，这种情况却愈演愈烈。"说着便一指室内简陋破败的陈设，气得手都在打哆嗦，"你看看这比纸还薄的被褥，照得见人影的稀粥，连恭桶都没有，这叫朕如何住得下去？更有甚者，朕听说，自明日起，朕还要每天被拉到寺前示众两个时辰。有道是士可杀不可辱，能否请你代为奏告贵国国主……"

他忍辱含垢，正要上前好言请求，却见李同光凉薄地一耷眼皮，觑着他，淡淡道："那你为什么不去死？"

梧帝瞠目结舌，张了张嘴，却不知是怕是惊，一个字也吐不出来。

李同光却又转了笑脸，温言道："陛下别误会，本侯的意思是，置之死地而后生。落难凤凰的身边，多的是想啄一口的野鸡，就算本侯有心相助，又能救您多少次？倒不如趁着刚到安都，就借着不堪受辱的由头，给那些人来个狠的，以后，他们就不敢了。毕竟，"他轻蔑地一笑，"您还值十万两黄金呢。"说完便抬手指了指梧帝头上的房梁，微微近前，低声道，"上个吊，很容易的。"

梧帝惊惶地摆手："朕还不想死。"

"蹬掉凳子前叫大声点，会有人来救你的。"

"可是万一……"

李同光便又恢复了事不关己的淡漠，重新坐正了，抚平衣上褶皱，道："赌不赌，随便你，反正每天受折磨的那个人，不是我。"

梧帝心中挣扎："说得轻巧，你又没差点死过，不知道能活着对我有多重要！"

李同光冷笑了一声，道："谁说我没有？几天之前，我的未婚妻就因为嫌弃我父系卑贱，亲自派人来害我。"他再次看向梧帝，"若非念着我身上还有一点梧国人的血脉，起了兔死狐悲之心，你以为我会冒着被圣上发现的危险来偷偷见你？"

梧帝心一横，道："只怕不只是兔死狐悲之心，而是你虽然立了大功，却因为贵国国主的帝王心术而遭到冷遇，所以才想借着与朕交好，以后在两国的和谈中别有所图吧？"终于点头道，"好，朕若是能侥幸不死，就会继续绝食，到时除非你来劝朕，否则朕滴水不进。你帮朕脱困，朕也帮你在贵国国主面前露脸。"

李同光一笑："看来陛下吃一堑长一智啊。那本侯就静候佳音了。"


蔡城。

驿馆房间里，宁远舟正和原商队诸人一道商议后续的行动。

他们越过边境已有几日，急需得到安国的情报。宁远舟今日去蔡城分堂，也是为了此事。

但他被赵季关了一年，这一年里赵季四处裁撤人手，抹除他当年所做的改革。不但森罗道被裁撤，畜生道在各处组建起来的情报网络也多有削减和废弛。尽管进入安国境内后，宁远舟立刻尝试联络安国各处分堂，但收到的回应却寥寥无几。

"现在安国的分堂能保持正常联络的，只有六处。"宁远舟向众人说着眼下困境，"最麻烦的是安都分堂，到现在都一直没有回音。偏偏我们最需要的就是安国宫廷的消息。"

众人都用心听着。钱昭却不知想到什么，突然起身道："这里还少一个人，等我回来。"他扭头就走，众人都有些不解。宁远舟的目光却闪了一闪，看向他的背影。

庭院里，如意迎面遇见钱昭，面无表情地转弯绕过。

钱昭却挡住她的去路，一指亮着灯的房间，道："大家在商议进入安国国境之后的行动，你也来。"

第十二章

如意冷冷道："你们六道堂议事，与我何干？"她再次绕开钱昭，钱昭却又跟了上来。

"有关，"他毫不犹豫道，"你是同伴。而且安国的事，你比我们都懂。"

如意一怔，回头盯着钱昭。

钱昭直视着她，坦然道："我说过不会向你道歉，因为同伴之间不需要道歉。以前，我也失手伤过老宁，可他现在要是敢抱怨，我就敢揍他。"

如意和他对视良久，轻嗤道："你们六道堂的脸皮，一个两个，怎么都这么厚？"话虽如此，却还是转身走向了议事的房间。

钱昭松了一口气，连忙跟上。

房门推开，众人见如意进来，都是一愣。

钱昭随手关门，面无表情道："人齐了。"

众人这才反应过来，一时有些慌乱。于十三连忙让座："坐我这儿，我这边宽敞。"元禄也赶紧奉茶："如意姐，你喝茶。"丁辉四面扫了一圈，迅速把搁在身后的果盘摆到如意面前。

如意刚要落座，孙朗立刻喝道："等等！"如意疑惑地看向他，孙朗快步上前，用袖子仔仔细细地把椅子擦了一遍，这才恭恭敬敬道："请。"

如意目光扫了一圈，见所有人都眼巴巴地看着她，便在众人的注视下默然入座，无语道："行了。承蒙大家看得起，之前的事情，就当一笔勾销。"却又抬眼看向众人，道，"不过我丑话说在前头。第一，我跟朱衣卫的恩怨，不会影响到使团，但也请各位不要插手。第二，我始终都是安国人，你们要救皇帝，我会尽量帮忙，但我不会背叛自己的国家。"

钱昭没有说话，只是向她一拱手。众人一下子活泼起来。

于十三道："那是当然，美人儿肯帮我们，我们就是已经修了八辈子的福气……"

孙朗嘿嘿笑着："之前我还担心等到了安国，肯定会和朱衣卫有一场血战，私下里还求了几次菩萨保命。没想到现在就天降一位左使来指点，真灵啊……"

众人纷纷附和："可不！""没错！""宁头儿真是深谋远虑！"

宁远舟一直含笑看着他们，此刻才道："好了，继续说正事。"

他絮絮地说了起来，不时指点案上的地图。如意偶尔添上两句，众人或点头，或发问。

一时说起安国朝堂的现状，如意道："洛西王和河东王的内斗，你们六道堂查不清楚，我这儿也一样。毕竟我五年前就离开了安都，中间一段时间，一直都昏昏沉沉地在乡下养伤。虽然快一年前重新进了朱衣卫的梧都分堂，但身为一只小小的白雀，自然也碰不到什么核心的消息。"

宁远舟思索道："看来，得去金沙楼问一问了。"

如意有些疑惑："金沙楼？和宿国的金沙帮有什么关系吗？"

宁远舟道："就是一家，金沙帮原本是沿江一带最大的盐帮，这几年养了不少间客，兼做起了掮客生意，不管是各国军报、高官秘事，还是茶铁生意，都能跟他们打听。虽然消息未必准，但他们帮众在各国有数万之多，有时候比我们自己查得还快一些，所以偶尔，我们也会跟他们买些消息。"

于十三连连点头："对，就在他们开在各地的金沙楼，"他目光望远，一时间心荡神摇，"嚄，那可是天字第一号销金窟，美女如云，醇酒似海，骨牌声震天，就连弹琵琶的乐师，都是从西域请来的胡姬。最妙的是，不管在里头怎么胡天胡地，金沙楼都会为你保密……"

众人也不禁心驰神往。宁远舟轻咳一声，众人这才回神，见如意似笑非笑，都羞愧地低下了头。

如意问："最近的金沙楼在哪里？"

元禄脱口而出："就在离这儿七十里的颍城，明天正好路过！"

钱昭面无表情，一敲他的后脑勺。

如意眉眼一弯，轻笑道："是吗？"

## 第十三章

## 金沙楼头人如旧

夕阳自天际缓缓沉下，只留一线熔金似的余晖。

夜色尚未沉落，颖城金沙楼前的街口上，游冶寻欢之人已往来不绝。金沙楼华灯初上，碧瓦朱檐映着灯火，处处流光溢彩。透过明瓦雕窗，可望见屋里舞动的红袖。伙计在楼前敲响金锣招徕顾客，身缠璎珞宝铃的天竺舞娘围着吐火艺人妖娆地起舞。柔媚舞动的腰肢、飞旋晃动的宝铃、欢快的鼓点声，伴随着不时呼地喷飞出来的火焰……直令人声色俱迷，眼花缭乱。到处都人头攒动，熙熙攘攘。

杨盈和元禄目瞪口呆地望着眼前景象。这一日行程很顺利，使团进入颖城，在知府别院里安顿下来后，宁远舟和钱昭便出门打探消息。如意说要带他们出来见见世面，他们便兴冲冲地跟着来了。

可原来，竟是这样的世面吗？！

如意一身男装走在他们身后，身长玉立，意态娴雅。见他们一脸愣怔，被往来行人推搡了都还没醒过神来，她便一拍两人后背，不动声色地提醒道："沉稳点，进去慢慢看。"她目光越过人群，望向金沙楼上用作装点的金色龙爪菊，姿态风流地抬脚向前走去。

她身后的杨盈和元禄忙收回心神跟上去。杨盈有些心虚，眼角余光打量着四面迎来送往的美人少年，以及歌舞升平的景象，悄悄问道："如意姐，我们来这儿，真的不要紧？万一和远舟哥哥他们迎头碰上了，怎么办？"

如意神态自若："我之前跟他提过，说要找个合适的时机带你来民间的酒楼见识一下,他没有反对。"

元禄局促地躲避着往来的男女,窘迫道:"可你没有说是现在,也没说来的是金沙楼啊!"

如意对着楼上招袖揽客的美女妖童一笑,反诘:"怎么,只许他们上这儿来享受,我们就不行?"

杨盈立刻点头:"对!"

元禄张口结舌,无言以对。

便有个美貌女子迎上来,如意随手抛给她一个钱袋,道:"开间上房。"

那女子打开钱袋一看,立时眉开眼笑:"是,贵客楼上请!"便亲自引着他们上楼。

三人跟着那女子穿过歌舞欢闹的厅堂,上楼走进雅间。他们刚刚坐好,便听一阵环佩叮咚、笑语盈盈,一行环肥燕瘦的美人步态轻盈地拥入房中。见屋内三人或从容或拘束或窘迫地坐着,她们立刻欢笑着各自分开,依偎到他们身边,殷勤劝酒。乐师随即奏响仙乐,舞姬展袖起舞。

如意倚红偎翠,风流从容,就着美人手中的琉璃杯啜了口美酒。杨盈和元禄哪里见过这种场景,坐在一旁面红耳赤,浑身僵直。

如意饮下美酒,舒适地倚在锦绣堆中,身后花台上龙爪菊开得灿烂。听怀中美人口称"公子",她便抬手一指杨盈,笑问道:"你看清楚了,我们真是公子?"

杨盈猛然紧张起来。

那美人瞟杨盈一眼,便往如意怀里一倚,掩口笑道:"在我们金沙楼里,客人就是天,您想是公子就是公子,想是娘子就是娘子,奴家都全心全意服侍。"

如意往她掌心里扣了枚金豆子,笑道:"我带我妹子出来玩,你来说说,我们有什么破绽?"

那美人收了金子,便笑看向如意,道:"姐姐公子您除了长得太俊秀,倒没什么别的破绽。妹妹公子嘛,"说着便又笑瞟了杨盈一眼,

第十三章

"一见我们虽然没躲，可那眼神，就像见了蛇一样，对我们一点兴趣也没有。"柔荑似的手指又一戳元禄，笑着靠过去，"这位呢，虽然也是正襟危坐，但眼神不住地往云姐姐身上瞟，一看就是个气血方刚的少年郎！"

四面美人都吃吃地笑，元禄满脸通红，窘迫得说不出话。那美人挪身靠近一步，他便往旁边躲一步，逗得众美人越发欢乐起来。

如意这才笑看向杨盈，提点道："听见没有？亲戚们说你扮得像没有用，得过了她们的法眼才行。还不赶紧请教请教？"

杨盈当即明白过来，忙拉来个美人，在旁低声询问起来。

元禄已被先前的美人逼到墙角逗弄，手足无措，眼见杨盈也同身旁的美人言笑甚欢起来，急得快步脱身出来，催促道："如意姐，差不多就行了吧？"

如意却不理他，反而抬眼笑看着领头的美人，示意道："光有美人，只怕还是不够。"

那美人立刻会意，眉眼一弯，掩口笑道："那奴家再叫几个俊俏郎君过来陪着如何？"

如意但笑不语，元禄惨叫一声："宁头儿要是知道了，一定会杀了我们的！"

如意从容不迫地啜了口美酒，一笑："他敢。"

金沙楼另一间上房里，宁远舟和钱昭正端坐在桌案一侧和一名美妇人交谈着。

房中陈设典雅，布局开阔，并无第四人在。透过洞开的窗子，可望见远方鳞次栉比的屋脊，听见歌舞声从楼下传来。

听宁远舟说完他们的诉求，那美妇人略一斟酌，便将钱昭递来的明珠推了回去，道："虽说是老主顾，但这回贵客打听的事情太过机密，只怕得帮主大人才敢拿主意了。"

宁远舟道："我几年前，倒是与沙帮主有过一面之缘。"

美妇人抬头打量着宁远舟，道："沙帮主三年前就不在啦，如今做主的,是金帮主。"

宁远舟便重新把明珠推了过去,道:"那就请姑娘代为引见。"

他生得俊朗潇洒,尤其有一双沉静清明的好眼睛,纵使身在这纸醉金迷的风月之地,抬眼看人时,眸子里也无丝毫轻佻不敬。

那美妇人看了他一会儿,莞尔一笑,终于收下明珠,道:"帮主今日不在,奴家不敢自专,只能明日再去禀报,还请贵客们明日再来。"

宁远舟垂眸致意:"多谢。"

美妇人掩口笑着点了点头,便起身飘然而去。

待她走远,宁远舟略松了口气,便示意钱昭:"走吧。听这口气,有戏。"

他无意久留,和钱昭一道走出房门,沿着楼中长廊,向楼下走去,边走边闲聊着。不时便有美女妖童嬉笑着从他们身边走过,他随意侧身避让着,熟视无睹。

只瞧见楼里金碧辉煌、人声鼎沸,他不由得感慨:"几年没来,这金沙楼的规模倒是越来越大了。"

钱昭道:"金帮主比沙帮主能干。"

宁远舟点头赞同,却忽见钱昭停住脚步,便问:"怎么?"

钱昭侧耳倾听,皱眉道:"我听到了元禄的声音。"

宁远舟一凛。

钱昭一指远处的房间:"那里。"两人忙快步赶上前去。

房内欢声笑语,一行人正玩得兴起。如意斜靠着隐囊,迤迤然坐在堆锦叠绣的软榻上听着小曲儿,身旁缠着两个美少年。一个在替她打扇,另一个在为她捶背,不时还笑盈盈地凑到她耳边,同她低语说笑着。

一旁元禄被美人逼得连连后仰,推拒着殷勤递过来的酒杯,满脸通红地摇着头:"不行不行,我真的不能再喝了!"

杨盈则坐在桌案另一侧,正兴致勃勃地跟四周美人们学着如何投壶,手中羽箭一抛,划出完美的弧度,只听咕咚一声,稳稳入壶。她正要兴奋地跳起来,便见房门霍地被推开,宁远舟和钱昭的面容出现在门外。

杨盈的笑声便老老实实地卡在了喉咙里，拍手的动作也僵在肩膀上。见宁远舟的视线直直地落在如意身上，她才悄悄缩了缩脖子，心虚且僵硬地偷眼看向如意，却见如意丝毫没察觉到宁远舟的目光，正含笑听身后的美少年低语。

而元禄看见宁远舟的瞬间便已慌乱地站起身，手中酒杯啪地落地。一声脆响，屋内热闹的歌舞说笑声戛然而止，所有人的目光都齐聚向门外。

却是先前侍奉过如意的美人先回过神来，一声娇笑打破了寂静，边说着边迎上前去："哟，这该不会是姐夫打上门来了吧？您放心，奴家们只是陪着聊天，别的什么都没敢做。"

宁远舟只看着如意，他此刻的心情很是一言难尽。

如意却是毫不紧张，只笑着扫一眼宁远舟，招呼："你们也来了？快进来一起喝两杯。"便笑着对上前去迎宁远舟的美人解释道："他跟我没关系，只是这位妹子的大哥。"

宁远舟都已抬步进屋了，便听她说自己跟她"没关系"，脚步都随之僵了一僵，却还是平静地走上前去，在如意身旁坐下。如意察觉不出，但那些迎来送往的美少年哪里察觉不出他身上气性，忙都离远了些。

钱昭也在元禄身边坐下，一扬手就把元禄面前的酒倒了。元禄哪里敢吭声，心虚地赔着笑。

乐曲再次奏响，先前说话的美人已自觉代替两个美少年侍坐到如意身侧，抬头瞄一眼宁远舟那张坐怀不乱的脸，忍俊不禁，凑过来同如意低语了些什么。如意便也看了眼宁远舟，笑道："是啊，他这个人，平常最是古板没趣。"

美男美女们都吃吃地笑了起来。

宁远舟抿唇一笑："谁说的？"一拍案上的酒壶，那酒壶应声高高飞起，壶身倾斜，壶中之酒泻出。他抄起只空酒杯，隔空接住酒液，接满后飞快地换上另一只酒杯。待酒壶落进他左手时，右手的第二只酒杯堪堪倒满。

那动作行云流水,倜傥风流。众人惊异之下,纷纷鼓掌。

宁远舟把第一杯酒放在了如意面前,紧盯着她,眸中如有风暴暗涌:"请。"

如意却并没有感受到宁远舟暗流涌动的情绪,笑吟吟地道:"呀,失策了。没想到你居然还会这一手。"便接过酒杯,一饮而尽,信手一翻,潇洒地亮出杯底。在场的风月男女立刻鼓掌叫好起来。

如意笑看着他,反问:"你怎么不喝?"说着便想起些什么,"啊,你有旧伤,不能喝,我忘了。"她便推了盘点心过来,殷切道,"那快尝尝这个果子,特别香甜,我原本还想给你带些回去呢——"见宁远舟面色纠结,欲言又止,便疑惑地问道,"你怎么了?"

宁远舟目光追着她,却只见她坦然关切,竟是丝毫都不作伪,哪里还不明白是怎么回事。他心中一口气憋着,却是无处诉说,只一笑,道:"没什么。"举起酒杯向如意一敬,"舍命陪君子。"便也仰头一口喝干。

他喝得闷且急,也不知是呛着还是激了气血,立时咳嗽起来。

杨盈忙讨好地凑过来替他拍背,小声解释道:"如意姐真的只是带我过来见见世面,别的什么都没——"

宁远舟打断她,道:"我知道。"就是知道,才更有苦说不出。

如意见他们俩低声说着话,便也转头同身旁美人低语起来:"刚才我们正说呢,这些龙爪菊都不是凡品,也不知是你们哪位兰心蕙质的姑娘养的。"

美人笑了起来,比了比手势:"您猜错啦。这些花虽然是我们吴楼主亲自料理的,但他的胡子有这么长——"

如意眼中闪过一抹失望,喃喃道:"是吗?"


离开金沙楼时,已是半夜。街上寂静,上车不多时杨盈便困倦地靠在车厢壁上睡着了。宁远舟便打起车帘低声示意外面驾车的元禄和钱昭:"慢一点。"

车帘放下，才察觉到车厢里只他和如意两人清醒着对面而坐了。四目相对，一时无语。宁远舟正要扭头避开，如意已开口询问："你今天到底怎么了？奇奇怪怪的。"

宁远舟的心早麻木成了一只苦涩的柿子，他只能随口掩饰道："在想金沙楼的事。"

如意却随口道："你该不会因为我没经你准许就带他们出来，生气了吧？我可是事先跟你打过招呼的啊。而且你之前也说过，颍城从别院到金沙楼这一片，都是你们六道堂的地盘。"

如意确实打过招呼不错，颍城也确实比先前所经过的许城和蔡城更安全不错。然而……宁远舟憋了一憋，见她一副坦然的样子，到底还是叹道："生气也没用，反正你要么不听，要么阳奉阴违。"

如意仍旧不以为意："其实我原本也没想去的，只是进城的时候，无意间看见了金沙楼幡旗上的图案……"

"你的熟人？"

如意点头："我以前有个很信得过的手下，经常用龙爪菊做自己的代号。"

宁远舟了然，道："难怪你会那么问那些舞姬。"

如意却有些失望，叹道："可惜不是她，不光姓不对，性别也不对。"

宁远舟顿了一顿，抬眼看向她："你很信任她？"

"嗯，她是我一手带出来的绯衣使，当年就是她帮我逃出天牢的。"摇晃的车厢和辘辘的车轮声令人眼皮发沉，如意说着便也打了个哈欠，喃喃道，"啊，我酒劲也上来了，到了叫我……"话音未落，便已合眼睡着了。

宁远舟想了想，将自己的披风脱下，盖在了她和杨盈的身上。他静静地看着如意了无心事的睡颜，良久之后，才无声地叹了口气。

回到驿馆各自安顿好后，宁远舟走回自己房中。夜色已深，四面虫鸣寂冷，他却依旧毫无睡意，便踱步到桌前，翻出酒壶，给自己斟了杯酒。清凌凌的酒声响起，脑海中又是金沙楼里如意坦然笑看着他的模样。他叹了口气,抿一口酒,却不防又激了气血,低声咳嗽起来。

正要再斟一杯,于十三忽地推门而入,兴冲冲地说着:"老宁,你知不知道——"瞧见他手中酒壶,吓了一跳,"你不要命了?刚从金沙楼回来就又喝酒!"

宁远舟举起酒壶,苦笑一声:"一起?"

"得,事情还不小,"于十三了然,直接进屋在他对面坐下,抬眼看他,"又是因为美人儿的事吧?"

宁远舟没说话。

于十三截过酒壶。说到男女情事,他眼角眉梢都是戏,边斟酒边言辞谆谆地劝:"吵架了?这两天你们俩不是还挺好的嘛,哎呀,其实有些事,男人就得大度点,毕竟那天人家在你房间都待了一晚,你还那么三贞九烈的,不合适!"说着便和宁远舟一碰杯,豪迈地仰头喝下,"不就是个孩子嘛,一闭眼,给了!"

宁远舟冷不丁地道:"我已经答应她了。"

于十三一口酒没咽下去,呛得惊天动地:"啊?!"

宁远舟兀自诉说着:"但不是现在,而是整件事情结束以后。不是空口许诺,也不是缓兵之计。"

"咳咳咳,"于十三强忍下咳嗽,赶紧追问后续,"那她应该高兴才对啊,你们还吵什么架?"

宁远舟憋闷道:"她一直都很高兴,不高兴的是我。"

于十三有些跟不上了:"啊啊?!"

宁远舟叹了口气,倾诉道:"我答应她了,她好像就觉得一切都尘埃落定了,对我一如从前。不,好像是多了一些关心。可那种关心,更像是你为马厩里那匹要被送去配种的菊花青,多加了几块豆饼。"

于十三连连点头,继续追问道:"但是能让你一个人喝闷酒,绝对不止她的态度不对那么简单。今晚,就刚才,发生什么事情了?"

宁远舟端起酒杯在手上把玩着,看那杯中清酒粼粼生波。烦闷凝结成块,坠得他喉咙发苦。

"她也去了金沙楼,然后,叫了几个美女妖童进房间。"

第十三章

"啊啊啊?!"

"当然她也没做什么。甚至连我生气,她也没太看出来。她很坦然,在我面前跟那些少年脸贴脸地说话,一点也没有顾忌。但就是这种毫不避讳,才让我觉得……"宁远舟再也说不下去,讥讽地一笑,仰头灌下一口酒。

于十三心情复杂地看着他,强忍着笑意,满面同情:"就为这个啊,可你以前不是都想得很明白嘛,美人儿她虽然美,但有些地方也实在是没开窍……"

"我当然知道,我已经在心里无数次地跟自己这么说了——她不是故意的,她只是根本没想过;你和她之间只有一个孩子的约定,并没有其他任何的承诺……可听到她跟别人说那句'他跟我没关系'时,我真的是——"宁远舟一时气结,满面苦涩。

于十三再也忍不住了,捂着肚子笑出声来,边笑边捶桌子:"老宁啊老宁,你也有今天!认识你这么多年,还以为你天生就是个八风不动的泥胎,现在看你恼了、颓了,才总算有点人样了!"

宁远舟斜了他一眼。

于十三笑嘻嘻地坐回去,道:"别恼羞成怒,还想不想我帮你了?"

宁远舟憋闷道:"说。"

于十三又笑了一阵,才认真说道:"以前我就觉得美人儿有点古怪,但说不出为什么。后来知道她是朱衣卫,一下子就懂了。朱衣卫里的姑娘们,漂亮是漂亮,可活得就别提有多糟心了。当白雀的,就是个玩物,一辈子都被药物控制着;就算进了内门,不管是刺探还是杀人,按朱衣卫那种寡恩薄义的做派,能活到三十的就没几个。这种朝不保夕的日子过久了,美貌少年什么的,在她们心里,那就跟花啊鸟啊一样平常。"他便将椅子拉近了,示意宁远舟凑近些,道,"也就跟你抱着菊花青那匹马的感觉差不多。所以,真不必往心里去。"

"这些我都知道——"

于十三打断他:"听我说完!美人儿现在不在乎你,是因为她不懂你在她心里的地位。要让她明白过来,就得让她发现你不只是一匹菊花青,你得让她吃醋、嫉妒,让她对你有那种独占的欲望……"

宁远舟抬眼看他:"怎么能有?使团里除了她和殿下,还有别的女人吗?"

于十三嘿嘿一笑,低声道:"这你就不懂了吧,她找你有事,你可以说自个儿忙;她送你东西,你可以无意地提一句之前相好的姑娘们送过你什么;她要再和别的男人太过接近,你得马上翻脸就走,让她知道你生气了,不想当孩子的爹了。像你这样一边装大度,一边闷在心里算怎么回事啊,既害人又害己。"

宁远舟沉吟半晌,还是不怎么敢信:"你这些主意靠谱吗?"

于十三"切"了一声:"天下还有比我于十三更了解女人的男人吗?"一拍宁远舟肩膀,怂恿道,"听我的,明儿就试试看!"

不论宁远舟再如何纠结烦闷、辗转难眠,第二日的晨光也还是准时照亮了天际。

因约好了今日要再去金沙楼,使团并未急着启程。一早宁远舟便忙碌起来,先是听使团众人汇报各处状况、商议行程,又要处置各地汇总送来的情报。

颖城是原梧国境内最后一座大城。过颖城再往前走,就真正进入安国国境,连姚知府那般肯念旧情的降臣都无了。因此和杜长史说起来时,宁远舟便提醒道:"再过三四天,我们就要正式进入安国了,您看要不要多采买一些物品,以免沿途不便……"

杜长史点头要去,起身时却有些吃力。他年岁毕竟大了,一连骑了半个多月的马,身上受不住,又犯了腰病。

宁远舟才将杜长史送出门去,便见如意走进来。

昨日的事如意显然早已抛诸脑后了,她双眼清黑,心无挂碍,开口便问正事:"你们今晚还要去金沙楼?那我们哪一天离开颖城?"

察觉到她来时,宁远舟的心脏便本能地欢跳起来,然而他未及抬头便听她开口就是金沙楼,心又沉闷下去。

宁远舟低头翻阅着厚厚的一沓密信,随口道:"明天吧。"

如意道："那我想易了容出去一趟，找颖城这边的朱衣卫再探一下风声。"已准备离开了，却见宁远舟那边毫无回应，只低头忙碌着，仿佛没有听见。如意略觉怪异，沉声道："宁远舟?!"

宁远舟这才回过神来，草草点了点头："哦，好。你自便吧。"一指桌上书信，道，"总堂森罗殿送来的密报。"便又低头继续忙碌起来。

如意微微皱眉，道："那晚一点，你能帮我再疏通一下内息吗？"

"你找十三吧，他对女子的内功比我还精通些。"宁远舟说着便拾起一份文件，越过如意，扬声唤道："元禄，把舆图拿过来！"

如意见他完全不理会自己，当即转身离去，走出没几步，便见于十三和孙朗从屋檐那头走来。

于十三眉飞色舞地说着："那堆密信里头，还有裴女官写的一封信！"

"嘿嘿，肯定是情书，难怪宁头儿一直盯着看……"

察觉到如意也在，于十三连忙清了清嗓子。孙朗立时回神，干咳一声，正色道："颖城这边的知府……"

如意狐疑地看着他们远去的背影，又转身看了看正堂里仍在低头读信的宁远舟，眼睛危险地眯了起来。

于十三从拐角处探头出来，望见如意气冲冲地离开的背影，立刻抿唇一笑，转身钻进正堂里，指给宁远舟看："瞧瞧，已经开始生气了。不过现在还不能下猛药，得多熬一会儿，味道才够香浓。"

宁远舟手里捏着信，却一个字都没读进去。此刻他望见如意闯出去的背影，更是心烦意乱，将信一把丢开，摇头道："我真是疯了，才会跟着你一起胡闹。"

于十三大笑："人生得意须尽疯，莫使青春空对月！"

宁远舟一把拎住他，将他拽到那堆密信前，道："别疯，过来帮我，今晚上还要见金沙帮的新帮主，你觉得该怎么试试他的深浅？"

如意装扮成寻常的买菜妇人，不动声色地沿街闲逛着，寻找着朱衣卫在颖城的驻点。望见远处成衣铺前悬着一溜鸟笼，她目光一闪，低头拐进了旁边的小巷子里。

自小巷子里七拐八绕，不多时便绕到成衣铺后墙。自后墙可望见院中正房，房顶上铺满了茅草。如意避开耳目，悄然翻上屋顶，在茅草下潜伏起来，透过屋顶缝隙，监听着正房里的对话。

房中，朱衣卫绯衣使珠玑正对着属下发火——自离开许城之后，朱衣卫中便再无人能靠近使团获取情报。安都总堂催逼得急，听闻右使迦陵又在指挥使那儿受了挂落，她这边却是毫无进展，不由得便对这帮无能的下属失了耐心。

"梧国使团好端端地就住在那儿，怎么就接近不了？"

先前被派去跟踪过使团的琼珠低声辩解着："他们住的是知府的别院，周围几条街都由他的亲兵和六道堂联手护着，属下们试过好几回，确实难以接近！这知府据说和使团的杜长史是旧友，虽然降了我们大安，但是圣上亲口允诺，此地军政仍由他亲裁……"

"近不了知府的私宅也就罢了，为什么连金沙楼也去不了？"

"我们分堂最近刚得罪了金沙楼。他们对我们朱衣卫也很是熟悉，所以……"

珠玑烦躁地打断她："够了！光说这些推脱之语有什么用？查不出使团里新冒出来的那几个六道堂的身份，邓指挥使一旦降罪下来，不光尊上和我，所有的人，都等着一起下冰泉，受那万针刺骨之苦吧！"

堂内一行朱衣卫都不由得惊恐起来。

珠玑焦躁地来回踱步，自言自语道："那个如意也一直没有下落。她为什么要杀越三娘？褚国派不良人出来搞了这么多事，到底想干什么？"回头见一行人还缩在那里，气恼道："再去查，把所有跟如意、玲珑、玉郎打过交道的人都查一遍！"

如意目光一闪，如猫一般轻手轻脚地悄悄离开。

回到别院，如意伪造好信件，便直奔元禄而去。得知如意要找和六道堂合作的信客，元禄略有些疑惑，却还是点头道："当然有。你要送什么信？"

如意便将信递给他，道："这一封，还需要你帮我做旧一下，让

第十三章

人感觉是几个月前就寄出来了,只是由于中间耽搁了,这些天才送到玉郎家里。"

"玉郎是谁?"

"越三娘的情郎,也是玲珑的未婚夫。"

元禄拿着信的手就僵了一下——如意袭杀越三娘时,他和宁远舟都在场,当然知道此人是谁,也立刻便意识到如意是想对朱衣卫下手。

如意自然明白他的顾虑,见他迟疑,便道:"你打开看就是,既然找你做旧,自然就没想着瞒你们。"

元禄忙展开信读了起来,见信上写的是:"大哥见信如晤,弟不日将远行,恐数年方归。幸得横财百金奉养老母。为策安全,大哥可持此信,于五月十五日合县刘家庄清风观寻一绿衣女子索取,暗号即是弟之小名。伏惟平安。弟玉郎上。"

如意道:"那个叫珠玑的绯衣使多半知道内情。我想找她逼问,但又不想影响到使团。所以索性就把她诱到在梧、安两国边境附近的合县去动手。"

元禄便也安心下来,立刻回头翻找工具:"好,我现在就弄。"

日影西斜,不知不觉便又临近傍晚。

宁远舟和钱昭已准备好动身去金沙楼,正要出门,便听前院传来一阵惊呼:"杜大人!"

两人都是一惊,急忙奔去前院,却见杜长史坐在地上,侍卫们正忙着扶他。杜长史扶着腰,面色惨白,不住地痛呼着,纵使有侍卫搀扶也站不起身来,半坐半仰着,疼得满头是汗。

孙朗见他们匆匆赶来,便上前解释道:"刚下台阶的时候闪了下腰,没走几步就这样了!"

钱昭连忙上前查看,片刻后便明了原委,见他还要强撑着坐起来,忙阻拦道:"别坐起来,这是犯了腰痹,得躺着静养!"又回头示意孙朗:"我这就抓药,你们赶紧把杜大人送回房去。"

杜长史阻拦道:"不行,郭知府过来拜会,我着急出去就是想见他。"

宁远舟倍感无奈，规劝道："你好好休息，让殿下见他就是了，殿下现在已经能独当一面了。"

"不行！"杜长史焦急地示意宁远舟近前，宁远舟只好附耳过去，便听杜长史低语道，"郭知府是来送皇后秘信的，里面事关丹阳王，殿下不适合知道。"说话间又扯动了腰伤，"啊"地痛呼起来。

钱昭哭笑不得："您这样子，谁也见不了。"

杜长史抓紧宁远舟的手，叮咛道："宁大人，你替我去！"

宁远舟无奈，沉吟片刻，点头道："好。"

杜长史这才肯让众人抬着他回去。

金沙楼宁远舟今夜显然是去不成了，但安都的情报不能不问。幸而金沙楼新上任的那位金帮主并不认得他，而该如何同这位金帮主打交道，他也专门请某人参详过。

宁远舟便转头唤道："于十三，你替我去！"

金沙楼繁华如昔，热闹欢乐还更胜昨日。

于十三褒衣博带，腰佩美玉，雍容风流地跨进楼里。进门前他还记得要摆出堂主的姿态，进门一见那灯红酒绿、莺歌燕舞的景象，霎时间便被乱花迷了眼，如鸟投林，如鱼归海，自在快活无边。他一会儿同起舞的异国舞娘来个呼应，一会儿手势娴熟地抛银角子给带路的小厮打赏。钱昭不得不低声提醒他："收着点。"

于十三这才回过神来，赶紧收敛神色："不好意思，身子习惯了，都没过脑子。"

两人跟随一个美妇人走进雅间，传说中的金帮主却还没有到。

美妇人盈盈笑道："请贵客稍坐，我们金帮主马上就来。"便转身离去。

灯火明亮，映得墙壁玲珑光洁。贴墙悬挂着字画琴剑，花架上陈着瓷器香炉，都雅致不俗。四面锦帐低垂，纱幔轻笼，更衬得室内暖光莹润，确实是温柔富贵的销金窟。

于十三端起桌上茶盏，手指一合便知用器好坏，点头道："邢窑

第十三章

的白瓷，不错。"一闻茶水，再点头，"湖州紫笋，真不错。"品一口茶，越发赞叹，"南零水，确实不错！"

虽还没见着人，但主家品味已令他赞不绝口，他低声对钱昭夸道："这位金帮主，能把扬子江的南零水弄到这儿来泡茶，大手笔。"忽听门外传来脚步声，眼前一亮，"咦，来了。"侧耳倾听了片刻，却又皱起眉来，"不对，怎么全是女的，还有个喝醉了？"

话音刚落，门就被推开了，便有个绛红衣裳、云鬓半斜的女子跌跌撞撞地走进来，一双雪白赤足踏在厚厚的地毯上，足踝上系着金铃，足尖一动，那金铃便叮当作响。烛火摇曳，只照亮了她半张脸，却越发显得风情万种。

那女子眼尾一勾，目光扫向四周，眼角胭脂红艳如霞光，声音如浸在温水中一般，懒洋洋地挠着人："谁要见我？"

她踉跄了一下，身旁的美妇人连忙扶住她："帮主小心。"

竟就是金沙楼的金帮主。

于十三早看得丢了魂，被钱昭一捅，这才醒了过来，忙起身行礼道："六道堂宁某，今日得见金帮主，不胜荣幸。"

那女子听到于十三的声音，似是一愣，踏着地毯走上前来，凑到他面前，细细地打量着他："宁？你姓宁？"

于十三被她看得有些发毛，仍含笑道："正是。帮主芳仪风流，引无数人宁为牡丹花下死的那个宁。"

金帮主打量他半晌，突然娇媚地一笑："你怎么不说初见佳人，只觉前生似曾相识？"

"原本是想这么说的，可帮主执掌偌大一个金沙帮，胆识谋略皆非凡人，宁某哪敢唐突？"

金帮主放声大笑："好！说得好！"她击掌，"都愣着做什么，唱起来啊，舞起来啊！"说着身子便一歪，跌进了一旁的美人怀中。

随她一道进屋的美人们闻言，立刻各自歌舞欢闹起来，房内一时热闹非凡。金帮主也拾起身边的一只西域铃鼓，给众人打起了节拍，畅快地欢笑着。

欢闹声中，唯于十三和钱昭跟不上事态进展。于十三有些愣怔地看着四周，悄悄拐了拐钱昭："这是怎么个路数？"

"你不是最懂女人吗？我怎么知道？"

于十三干脆也拾起一旁的琵琶，道："不管了，先把她哄高兴再说！"说着便将琵琶抱在怀中，手腕一挥，铮铮地弹了起来。一时间满屋笑闹，众人随着音乐且歌且舞，觥筹交错，热闹至极。

欢快的乐曲声飞出房间，越过长廊，自金沙楼高高的中庭飘向夜空。

夜色之下，使团驻扎的别院里灯火明亮，寂静祥和。正堂里，宁远舟、杨盈和颖城知府其乐融融地交谈着。卧房里，如意把宁远舟送她的木偶削成了不倒翁，正托着脸颊含笑坐在桌旁，一戳一戳地推着不倒翁玩。

而金沙楼会客的雅间内，热闹的歌舞还在继续。于十三弹到兴起，起身凑到金帮主身旁，乐舞相邀。金帮主也起了兴致，手执铃鼓，足震金铃，与他一道起舞。两人一个俊朗，一个妖媚，都是难得一见的美人，互以舞蹈挑逗，暧昧却又赏心悦目。

一曲终了，金帮主端起酒杯，仰头一饮而尽，大呼："爽快！"

于十三亲手执壶为她满上，笑道："能让帮主一展笑颜，是宁某毕生之幸。不过现在酒也喝了，舞也尽了，帮主可有兴致谈谈正事了？"

舞曲渐渐停了下来，欢闹过后众人都已尽兴，四散在侧看着两人。而金帮主长睫一抬，也看向了于十三："你说。"

"宁某想知道，"于十三便凑上前去，低声同她说起正事，"安国朝中，河东王与洛西王两位……"却被一把推开了，金帮主意带讥讽地看着他，似笑非笑道："原来你这般打叠精神讨好我，也只是为了打听消息啊？"

"投我以木桃，报之以琼瑶嘛。"于十三笑盈盈道，"宁某既然身为六道堂堂主……"

金帮主面色却突然一变，不耐烦道："宁某宁某，一晚上我都听烦了!"话音未落,她便突然出手,于十三防备不及,刚过一招便被她制住咽喉要害,动弹不得。

见对面美人面带怒意,于十三屏息凝神,强笑道:"金帮主这是怎么了?"

电光石火间,金帮主已拔下簪子直指他的喉咙:"于十三,你认真看着我,你当真不记得我是谁了?"

性命攸关,于十三哪里还敢嬉笑,竭力辨认着,突然脑中灵光一闪,一个名字脱口而出:"媚娘?!你是媚娘!你脸上的伤全好了?!太好了,自从那日江口一别,我从来就没忘记过你……"

"错了,"金媚娘咬牙切齿地笑着,又怒又恨,"你不单第二天就跑了,还把我忘得干干净净!"

"这是个误会,说来话——啊,"于十三伸手向下一指,"你踩到我脚趾了!"

金媚娘下意识地让开,手上略有松懈。于十三已趁机暴起,飞身跃出窗外:"老钱,跑!"钱昭早有准备,当即从另一个窗子跃出。

金媚娘大怒:"追!"

金沙楼却是"回"字形的建筑,跃出窗子便是中庭,一时逃不出去,钱昭和于十三在中庭里左突右转,惊险奔逃着。金媚娘俯身探出栏杆,恼羞成怒地指挥着底下的护院拦截。

往来的舞女宾客尚不知发生了什么,自也来不及躲避;也有人见多了此等场面,依旧忙碌如常。于十三穿梭在回廊、护栏之间,向楼下正门奔逃,沿途不留神撞倒舞女,他忙抽空回身致歉,一时又踩在小厮抱着的酒坛上借力跳跃,一时间鸡飞狗跳。

眼见于十三和钱昭要冲出正门,金媚娘拿出哨子响亮一吹,大门和各走廊的小门立刻同时关上。于十三和钱昭被堵在了楼中,两人对视一眼,同时向头顶看去,见顶窗大开,便又转身向着高处跃去。

两人跃上二层、三层……正要翻上顶楼,便又听两声急促的哨响,随即一张大网从天而降,将两人迎头兜住。

于十三反应机敏,摸出匕首双手狂挥,当即破网而去。钱昭却突围不及，四面网口向下一坠，那网随即收紧，他被紧紧兜在其中，随着网一道坠下楼去。

金媚娘身旁的美妇人望向夜空，气恼道："被他逃了，怎么办？"

金媚娘冷笑一声："看他能跑到哪儿去！"

于十三一气蹿回别院里，直奔正堂而去。见了宁远舟，不及喘一口气，他先三言两语将原委交代明白。

但有求于人却偏偏遇上心有怨愤的旧情人，他还没认出来，以至于让全护卫团最靠谱的钱昭落在人家手里这种事，正常人哪里是听一遍就能转过弯来的。

众人也只能齐声问一句："什么?!"

"我发誓，我没对她怎么着！"于十三一身狼狈，直喘粗气，指天发誓，"她那会儿受伤毁了容，我不单救了她，还夸她是世上最好看的女子……"

宁远舟打断他，直接问道："你跟她一共待了多久？"

于十三声音一低，心虚道："一个月吧。"

元禄脱口惊呼："一起待了一个月，你还能认不出人家？"

"不是说了她那会儿伤了脸嘛！脸上七八条口子！"于十三声音更低，目光游移，强行辩解着，"而且那会儿她也不姓金，好像姓林！"

孙朗直击关键："你是怎么离开她的？"

于十三的声音低到了尘埃里，他无力地咕哝着："她说她想嫁我，我当天晚上就溜了。不过我给她留了钱，留了玉容丹，还留了一封情真意切的信……"

众人齐声鄙视："切！"

宁远舟头痛道："你们俩的恩怨我不管，但得把老钱救回来。"

话音刚落，便听到敲门声，女子的声音自外传来："有人在吗？"

四人对视一眼，孙朗忙去开门，便见一个美妇人挑着灯笼，亭亭站在门外——正是金沙楼上陪在金媚娘身旁的那一位。

"帮主派我来传句话，"美妇人从容说道，"除非用于十三的人头

第十三章

来赎，否则我们金沙楼愿意一辈子留着那位钱官人做客。不过，我们帮主的心情不是特别好，所以下回过来的，可能就不是我，而是钱官人的指头或者眼睛了。"言毕，她盈盈一福，转身离去。

宁远舟拎起于十三，丢给孙朗一句："你看好这里，我跟十三再去一趟。"便往门外走。

于十三早就被旧情人吓破了胆，拼死挣扎着："我不去！我好不容易才逃回来的！你没听见吗，她想要我的——唔！"话没说完，便被宁远舟堵住嘴扔到了车上。

如意正陪着杨盈在房中上课。杨盈没精打采地支着下巴，听到外间吵闹，越过窗子回头看了一眼，随口问道："如意姐，你不出去看看？"

如意看了一眼匆匆向外走去的宁远舟，想起他日间的冷淡，心里便有一股无名之火。她面无表情道："真要有事，他们自然会来找我。既然没来，我为什么要自作多情？"

杨盈"哦"了一声。

如意看了她一会儿，察觉到她心不在焉，便问："你平日里不是最喜欢凑热闹吗，现在怎么不出去了？"

杨盈道："我心里难过，空落落的。"

"又想那个郑青云了？"

杨盈点点头，又摇摇头："也想他，但更想这里。"她留恋地摸了摸桌子。这屋内陈设所用、饮食所习，都还是故乡的况味，但再往前去，怕是再不能见了吧。她喃喃说道："刚才跟远舟哥哥一起见了这里的知府，他虽然还是江南口音，提起皇兄也一口一个'圣上'，但已经换了安国的官服。我这才发现，一旦离开颍城，就算真正进入安国了……"落寞与不安同时涌上来，她咬了咬唇，道，"我怕以后遇见的，全都是申屠赤那样的人。"

如意虽不解她的乡愁，却听懂了她的不安，便放缓了声音，安慰道："申屠赤是安人，我也是安人。"

"我知道。"杨盈靠进她怀中，"可我还是有点害怕，"她抬头仰望着如意,"如意姐,怎么能像你这样,什么都不怕啊?"

如意却没有推开她,便让她靠着,轻声道:"不会害怕未必就是好事。你会害怕,你想依靠,是因为你还有能依靠的人。"

杨盈一震,缓缓坐起身来看向她,良久才道:"如意姐,你为什么对我这么好?你虽然总说是和远舟哥哥做了交易才来做我的教习。可算上顾女傅、裴女官、明女史,我也有过好几位师父了,我知道你所做的,已经超过她们太多太多了……"

"可能是因为我对之前那个徒弟不太好,所以心里有点愧疚吧……"如意一时也有些失神,却忽地想起些什么,立时提起精神,"裴女官也教过你?"

杨盈被她吓了一跳:"嗯?"

如意眼波一闪,冷声道:"那你好好给我讲讲,她到底是个什么样的人。"

夜色已深,正是银烛高照、抛钱买笑的好时候,金沙楼前却行人寥寥。华丽的招牌之下,楼门洞开着,可望见楼内仍是灯火通明、金碧辉煌,细看却是一个客人也无,扶栏楼梯间都空荡荡的,空旷明亮得近乎诡异。

元禄和钱昭驾着马车停在金沙楼下。宁远舟从车里出来,抬头看了一眼楼上招牌,便从容地走进了金沙楼。随后于十三也满脸不情愿地钻了出来,跟着他走了进去。

金媚娘就在"回"字形的中庭里,大马金刀地斜踞在交椅上,身后站着一排持剑的侍卫,钱昭则被吊在一旁的树上。见于十三跟在宁远舟身后进门,金媚娘目光立刻一寒,一弹指,侍卫们立刻团团拥上,把剑架在了于十三颈上。

"把这个始乱终弃、负心薄幸的混账给我扔进去!"

于十三连忙高呼:"媚娘,这真的只是一个误会。"

宁远舟却殊不惊惶,只是平静地一拱手:"宁某见过金帮主。"

金媚娘这才注意到他,似笑非笑地打量了他一下:"这回又是哪

第十三章

349

个宁？"

宁远舟淡然道："六道堂堂主宁远舟的那个宁。"

话音刚落，他已身如鬼魅倏然近前，袖剑一挥，便将架在于十三颈上的数把利剑全数削断。随后他看也不看，信手便是一掷，飞剑破空削断了吊住钱昭的绳子。他身后的元禄几乎同时扔出飞爪，众人尚未来得及反应，飞爪已拉着钱昭落到了宁远舟身边。于十三早已挣开侍卫重获自由，旋即便用匕首削断了钱昭手脚上的绳子。

整个过程四人配合默契，犹如电光石火。

待侍卫们回过神时，钱昭、于十三、元禄已做好了防备。金沙楼诸人都震惊至极。而宁远舟从容立于中央，对金媚娘道："帮主想留我兄弟做客，只怕还欠了点火候。"

金媚娘脸色一变，玉足轻抬，终于从交椅上起身。她鼓着掌走上前来，眸子里精光闪烁，上下打量着宁远舟，缓缓道："好，好，好，不愧是大名鼎鼎的宁远舟。"

一语未完，她突然闪电般出手，袭向宁远舟。宁远舟一手负于身后，只用单手与金媚娘过招，身姿潇洒至极。两人近身缠斗着，一路从院中战到了楼上。

金媚娘几次强攻，都被宁远舟避让了过去，不由得心生羞恼。她一边不断出招，一边娇笑道："宁堂主如此狠辣，难道不怕我一气之下，从此就不和六道堂合作了？"

宁远舟始终都是单手对敌，听她问话，一面从容闪避着，一面好整以暇道："如果从此江湖上到处都是六道堂跟金沙楼为敌的消息，害怕的应该是金帮主你自己。"

金媚娘一凛，抄手便撒出一把铁莲子，宁远舟也当即撒出一把银弹还击。如暴雨打冰雹，只听一阵金石乱撞声响，银弹已将铁莲子悉数击落在地。多余的银弹去势未尽，打在墙上便是一个孔洞。眼见有银弹扑面袭来，金媚娘大惊失色，忙使了个铁板桥后仰躲避，却因用力过猛，撞塌了身后的栏杆，眼看就要直摔下楼。

楼下众人不由得惊呼出声，却见宁远舟闪身而上，堪堪扶住了金媚娘的腰："小心。"

金媚娘抬头望去，只见眼前男人丰神如玉、英姿俊朗，一双漆黑的瞳子映着光，平稳冷静。

她惊魂未定地站好，而宁远舟已如同什么事都没发生过一般退开，淡然道："帮主可还要再战？"

金媚娘看着他，突然一笑："我累了。"

"帮主如果愿意，我们可以坐下慢慢谈。"

"不用慢慢谈了。"金媚娘一曳臂上轻纱，便当着宁远舟的面回过身去，仪态万千地款步走下楼梯，边走边毫不在意地笑道，"你们不就是为了护送礼王去安国，想知道那几个皇亲国戚内斗的事嘛，我可以告诉你。"

宁远舟微松了一口气，道："多谢。"便示意楼下："元禄——"

元禄和钱昭立刻打开早已放在地上的箱子，只见箱中堆金积玉，映着烛火，分外醒目。

金媚娘走下楼去，指尖随意拨弄着箱中财宝。看她眸中笑意，心情当是不错。

宁远舟道："这些财物，换金帮主的消息，应该还算价钱公道。"

金媚娘一笑，嗔道："我缺钱吗？我缺的是人。"她曳着披帛婆娑旋身，含笑看向宁远舟，眸中波光盈盈，柔情似水。只见她朱唇轻启，嗓音娇媚带笑："只要宁堂主愿意做我金媚娘的入幕之宾，我什么消息都可以免费奉上。"

饶是宁远舟，也被这话砸得有些蒙，动作都僵了一下。钱昭的表情也被震得坍塌，他猛地扭头看过来，脖子都差点扭断。于十三和元禄更是直接惊呼出声："什么？！"

"如果你答应，"金媚娘上前一步，笑盈盈地加码道，"我跟于十三的恩怨，也可以从此一笔勾销。"

被当筹码的于十三悲愤交加："金媚娘！你才是见异思迁，朝三暮四！"

金媚娘理都不理他，只盯着宁远舟，笑得娇媚可亲："如何？"

第十三章

宁远舟终于回过神来，正色道："抱歉，我志不在此，恕不能奉陪。"

金媚娘也不恼，轻嗔浅笑，意带威胁："那你就永远别想知道那些消息。"

"天下做密报生意的，并不止金帮主一家。"宁远舟却丝毫不为所动，拱手道，"告辞。"说罢便要转身离开。

金媚娘三声击掌，手下立刻堵住了宁远舟一行人的去路。

宁远舟道："你拦不住我们的。"

"可只要我的人全力拦阻，至少能拖延你们半个时辰。"金媚娘不疾不徐道，"这已经足够朱衣卫的人接到我的通知，去知府别院掠走你们的礼王了。"

宁远舟平静道："礼王身边自有重兵护卫，帮主若想从此和我们六道堂为敌，大可一试……"

两人唇枪舌剑之时，元禄悄悄地缩到角落，摸出早就藏在角落的鸽笼，放出一只飞鸽。

颍城别院里，杨盈正和如意说着裴女官。待说到裴女官和宁远舟定过亲，如意声音一冷："宁远舟还跟裴九娘定过亲？"

杨盈本能地身子一缩，支支吾吾道："这个……这个我也只是听宫女们瞎说，不一定准。不过后来他们肯定是退了……"

正说着，孙朗突然冲了进来："殿下，如意姐，不好了！"他手捧飞鸽，奉上密信，"元禄传来的急信！"

如意接过密信，低头一扫："金沙帮的帮主看上了宁头儿，要强抢民男，快叫如意姐来救人！"

如意柳眉一竖，闪身而起。众人只觉眼前一花，已经不见了她的身影。

金沙楼里，宁远舟和金媚娘还在唇枪舌剑，言语交锋。

金媚娘循循善诱，却也因宁远舟油盐不进而渐渐有些沉不住气："我难道不够美吗？不够媚吗？金沙帮消息遍天下，和我好了，对你们六道堂的森罗殿，不是更有助益吗？"

宁远舟依旧毫不动摇："宁某愿意跟金帮主合作，但不是你期望的那种。"

"我又不是要你娶我，只要你和我偶尔春风几度就行了，这对你并没有损失啊。"

敢情天底下不必负责的好艳遇全奔着宁远舟去了，于十三忍无可忍地上前抗议，悲愤道："你们怎么一个两个都是这副腔调？金媚娘，你当初还逼我娶你呢，现在凭什么不逼他啊！这不公平！"

金媚娘一脚踹开他："一边去！"转头看向宁远舟时，又是柔情万种。她纤白的指尖一攀宁远舟的胸膛，语气轻柔："告诉我，你为什么不愿意？"

宁远舟避开她，不知想到些什么，眼中似是泛上些笑意，淡淡道："我怕我孩子的娘会不高兴。"

金媚娘不服气，轻笑一声："你孩子的娘是谁？要不要我去好好劝劝她？"话音未落，忽有一根银针破空而来，直刺她的眼珠。一个冰冷的声音随即逼来："好啊，你劝啊！"

金媚娘大骇，闪身滚地，方才避开袭击。如意旋身将宁远舟往自己身后一带，不悦道："你怎么还跟她那么多废话？！"

钱昭和元禄都松了一口气，于十三都快哭了："如意！美人儿！你终于来救我们了！"

金媚娘红衣染尘，发髻散乱，狼狈地起身，抬头看清如意的面容时，面色随之一变。她惊疑不定地开口唤道："尊上？！"

如意霍地回身。金媚娘举着手中银针，似在向如意确认些什么，眼含期待却又不敢置信："真的是您？！"

如意疾步走到了她的身边，仔细辨认着她的脸："你是——琳琅？"

金媚娘脸现狂喜，立刻单膝跪地："尊上！"瞬间便已泪盈于睫，她把着如意的手臂仰头端详，犹恐相逢是在梦中，"属下终于……终于又见到您了！"

第十三章

353